主編：陳大為、鍾怡雯

華文散文百年選

中國大陸卷 貳

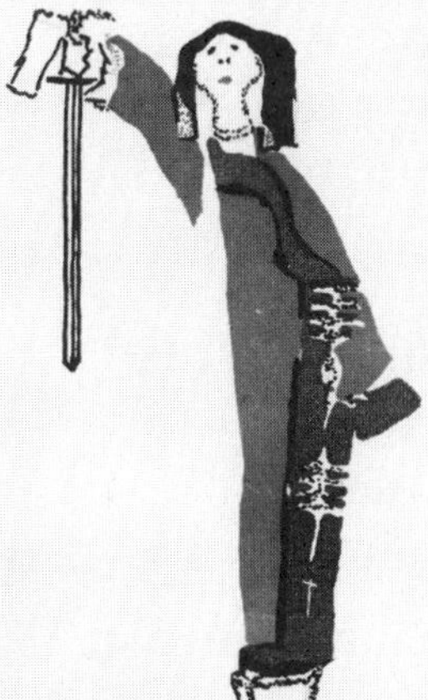

編輯體例

一、時間距度：以一九一八年為起點，到二〇一七年結束。

二、地理範圍：以臺灣、香港、馬華、中國大陸等四個創作質量較理想，而且學術研究成果已具規模的華文文學區域為編選範圍。歐美、新加坡等東南亞九國的華文文學，不在選文範圍內。

三、選文類別：以新詩、散文、短篇小說為主，在特殊情況下，節錄長篇小說當中足以反映全書敘事風格，而且情節相對獨立的章節。

四、編選形式：以單篇作品為單位，透過編年史的方式，讓不同時代作品依序登場，藉此建構一地文壇的百年文學發展脈絡。百年當中，總會有幾個時期的整體創作質量，或直接受到政治局勢左右，或受二戰的戰火波及，而導致嚴重的崩壞；但也總會有那麼幾個時代人才輩出，而且出版業興盛，每個「十年」（decade）的選文結果因此不盡相同，不過至少會有一兩篇重要的作品負責呈現那個「十年」的文學風貌，或文學浪潮。在此一理念下建構起來的百年文學地景，應該是相對完善的。

五、選稿門檻：所有入選作家必須正式出版過至少一部個人作品集，唯有發表於一九五〇年以前的部分單篇作品得以破例。

六、選稿基礎：主要選文來源，包括文學大系、年度選集、世代精選、個人文集、個人精選、期刊雜誌、文學副刊、數位文學平臺。至於作家及作品的得獎紀錄、譯本數量、銷售情況、點閱與按讚次數，皆不在評估之例。

七、作家國籍：華人作家在過去百年因國家形勢或個人因素，常有南遊北返，或遷徙他鄉的行述，部分作家甚至產生國籍上的變化。在分卷上，本書同時考慮「原國籍」、「新國籍」、「異地定居」、「長期旅居」等因素（不含異地出版），彈性處理，故某些作家的作品會分別出現在兩個地區的卷次。

目次

總序

華文文學・百年・選

《華文文學百年選》是一套回顧華文文學百年發展的大書，書名由三個關鍵詞組成，涵蓋了全書的編選理念。

先說華文文學。在中港臺三地以外的華人社會，華文是一顆文化的種籽，從華文小學到華文中學，從華語到華文課本，「華」字的存在跟空氣一樣自然，一般百姓不會特別去思量它的命名有何不妥。華語文不但區隔了在地的異族語文，其實也區隔了文化中國這個母體，它暗示了一種「海外」獨有的、在地化的「非純正中文」或「非純正漢語」，日子久了，發酵成像土特產一樣的腔調。

在一九八〇年代進入中國學術視域的「華文文學研究」，不包括中國大陸的境內文學，因為那是「中國文學研究」，臺港澳文學後來跟海外華文文學融為一體，統稱為華文文學。當時臺灣學界不重視這個領域，命名權自然被中國學界整碗端去，先後成立了研究中心、超大型國際會議、專業學術期刊，甚至主動撰寫各國文學史，由此架設起一個龐大的研究平臺，「世界華文文學」遂成囊中之物。華文文學自此獲得更多的交流與關注，學科視野變得更為開闊，我們對東南亞華文文學的研究，確實獲利於此平臺，中國學界的貢獻不容抹煞。不過，「海外」華文文學詮釋權旁落的問題十分嚴重，除了馬華文學有能力在一九九〇年代奪回詮釋權，其他地區至今都沒有足夠強大的本土研究團隊跟中國學界抗衡，發不出自己的聲音。世界華文文學研究平臺，是跨國的學術論壇，也是話語權的戰場。

近十餘年來，有些學者覺得華文文學是中共中心論的政治符號，必須另起爐灶，重新界定了「華語語系文學」，它的命名過程很粗糙且漏洞百出，卻成為當前最流行的學術名詞。它建基於學理和心理上的「雙重反共」，在本質上並沒有改變任何東西，沒有哪個國家或地區的華文文學創作和研究從此改頭換面。

再度把鏡頭轉向廿一世紀的中國大陸，情況又不同了。原本屬於海外華人專利的「華語」，被中國民間商業團體改了體質，撐大了容量，成了現代漢語全球化的通行證，華語吞噬了漢語的概念版圖，一個懷抱天下的「華語世界」在中國傳媒界裡誕生。其中最好的例子是「華語電影傳媒大獎」（十七屆）、「華語音樂傳媒大獎」（十七屆），和「華語文學傳媒大獎」（一五屆），全都是包含中國在內的影音文學大獎；如果再算上那些五花八門的全球華語詩歌大獎，即可發現華語在非官方的日常使用領域中，正逐步取代漢語或普通話，尤其在能見度較高的國際性藝文舞臺。

我們以華文文學作為書名，兼取上述華文和華語的慣用意涵，把中國大陸涵蓋在內（一如我們主辦的「亞太華文文學國際學術研討會」），強調它的全球化視野。這種視野同樣體現在馬來西亞「花踪世界華文文學獎」（九屆），卻在臺灣逐步消失。鎖國多年的結果，曾為全球華文文學中心的臺灣離世界越來越遠。

這套書的最大編選目的，不是形塑經典，而是把濃縮淬取後的華文文學世界，以編年史的形式帶進臺灣書市，學生和大眾讀者可以用最小的篇幅去了解華文文學的百年地景——展讀中國小說家如何歷經五四運動、京海之爭、十年文革、文化尋根，和原鄉寫作浪潮的衝擊，如何在新世紀開創武俠、科幻、玄幻小說的大局；或者細讀香港文人從殖民到後殖民，從人文地誌到本土意識的敘述；以及歷代馬華作家筆下的南洋移民、娘惹文化、國族政治、雨林傳奇。當然還有自己的百年臺灣文學脈動。

現代百年，真的是很長的時間。

這百年的起點，有幾種說法。在我們的認知裡，現代白話文的源頭來自白話漢譯《聖經》及晚清傳教士的衍生寫作，當時有些讚美詩的中文／中譯，已經是相當成熟的「歐化白話」，胡適不過借用現成的歐化白話來進行新詩習作，從這角度來看，《嘗試集》比較像是一筆重要的文學史料或遺產。真正對中國現代文學寫作具有影響力並產生經典意義的，是一九一八年魯迅發表的〈狂人日記〉，此文正式揭開中國現代文學乃至全球現代漢語寫作的序幕，是歷久不衰的真經典。故本書以一九一八年為起點，止於二〇一七年終，整整一百年。

百年文學，分量遠比想像中的大。

我們在過去二十年的個人研究生涯中，花了一半的心力研究中國當代小說、散文和詩歌，另一半心力則投入臺灣、香港、馬華新詩及散文，有關新加坡、泰國、越南、菲律賓的研究成果不及一成，北美和歐洲則止於閱讀。上述研究成果，以及我們過去編選的二十幾冊新詩、散文、小說選，都是這套大書的基石，編起來才不至於太吃力。經過一番閱讀與評估，我們認為只有中、臺、港、馬四地的文獻資料是相對完整的，文學史的發展軌跡十分清晰，在質量上足以獨自成卷，而且我們長期追蹤它們的發展，不時選取新近出版的佳作來當教材，比較有把握。歐美的資料太過零散，東南亞其餘九國都面臨老化、斷層、衰退的窘境，即使有很熱心的中國學者為之撰史，甚至編選出文學大系，但質量並不理想。我們最終決定只編選中、臺、港、馬四地，所以不冠以世界或全球之名，只稱華文文學。

最後談到選文。

每個讀者都有自己的好惡，每個學者都有自己的一部（沒有寫出來的）文學史，大家總是對別人編的選集產生異議。文學本來就是主觀的。為了平衡主編自身的個人口味與好惡，我們初步擬好隱藏其後的文學史發展架構，再從各種文學大系、年度選集、世代精選，選出部分被各地區的主流論述認可的經典之作；接著，從個人文集與精選、期刊雜誌、文學副刊、數位文學平臺，挖掘出能夠跟前者並肩的佳作。我們既選了擁有大量研究成果的重量級作家，和中流砥柱的實力派，同時也選了被主流評論忽略的大眾文學作家與文壇新銳。在同水平作品當中，我們會根據教學經驗挑選一些適合課堂討論，或個人研讀與分析的作品。至於作家的得獎紀錄、譯本數量、銷售情況、點閱與按讚次數、意識形態、族群政治等因素，皆不在評估之例。

編這麼一套工程浩大的選集，確實很累。回想埋首書堆的日子，其實是快樂的——重溫了一路陪伴我們成長的老經典，發現了令人讚嘆的新文章。我們希望能夠把多年來在教學和研究方面累積的成果，轉化成一套大書，它既是回顧華文文學百年發展的超級選本，也是現代文學史和創作課程的理想教材，更是讓一般讀者得以認識華文文學世界的一流讀物。

陳大為、鍾怡雯

二〇一八年一月八日　中壢

讀一本大書

一九一八年四月，五四運動的前一年，新文化運動的大本營《新青年》雜誌（第四卷第四期）首創了現代白話文體的「隨感錄」專欄。隨感亦稱雜感，即是針砭時弊的文章，頗類今日的新聞評論、言論或輿情版，具有魯迅所謂的匕首與投槍的批判作用。後來其餘報刊紛紛以「雜感」、「評壇」、「亂談」、「雜感錄」的欄目跟進。隨感是雜文的前身。雜文初起時，文學性和藝術性不高，甚而成為叫囂和謾罵的工具，三年後，乃有跟雜文相對而生的，周作人所提倡的美文。

周作人的〈美文〉（一九二一），是對（純）散文美學的初次思考，標示著（純）散文和雜文的分道揚鑣。這同時也可視為「現代」散文的起源，一種蘊含了對文類美學要求的純散文或狹義散文。現代散文乃因此迅速開展出以周作人為代表的抒情傳統。所謂美文，指的是記述、藝術性的，可以敘事與抒情，或兩者夾雜的散文。周作人這篇五百字左右的短文寫得極為簡略，只有概略性說明，必須把它放到大時代的脈絡裡，方能看出美文的相對概念是雜感，換而言之，它並非單指文字的美感，美文同時涉及了風格和文類的觀念，並且對純散文提出了最早的想像。不過，純散文的觀念卻是出自王統照〈純散文〉（一九二三）。魯迅〈小品文的危機〉（一九三三）則認為〈美文〉所提的幽默、漂亮、縝密、雍容等特質，都得自英國的隨筆（Essay）。

美文是周作人對治雜文的一帖藥方，強調敘事和抒情，為的是讓訐直太露的雜文多一點迂迴和含蓄，周作人的嘗試和探索，很符合五四拓荒者的精神。五百字的〈美文〉卻引來現代散文史上的第一場論戰。發起人正是周作人的兄長魯迅。魯迅〈小品文的危機〉把這種來自英國的隨筆視為小擺設。在風沙撲面，狼虎成群的時代，需要的是匕首和投槍，鋒利而切實，而不是什麼雅致的東西。他眼裡的小品文（等同於今日的散文）應該是解剖刀，是勞作和戰鬥的工具，講究功能，能帶領讀者殺出一條血路，而非麻痺心靈，或者給人心靈安慰的擺飾。

魯迅和周作人都雜學，也都推崇明代小品，然而側重的角度大不相同。魯迅看到的是明代小品不平、諷刺、攻擊和破壞的一面，周作人則鍾情於公安竟陵的抒寫性靈。兩人意識形態不同，美學標準和散文風格也大異。周作人主張白話散文可以上溯古文傳統，「下有明朝，上有六朝」，明朝三袁和六朝散文都是他推崇的源頭。他主張五四散文從古典吸收營養，因為中國文學一直有強大的散文傳統。

周作人的小品文是有意的背離透明乃至「庸熟」的「胡適之體」，並主動地從傳統文言中汲取資源。中西文化的融合，文言和外語相濟的語體文，乃至對文氣和文采的要求，周作人的美文理念加上他自身的實踐，抒情沖淡的「閒話風」頓時成為風潮。飲酒、品茗、靜觀萬物，風雅地生活，跟他怨怒以對的雜文並存。這種現象背後，自然有相對應的現實問題——雖然他渴望平靜的生活，知識分子式的胸懷卻使他無法成為徹底的名士，正如他的散文〈兩個鬼〉（一九四五）的譬喻，紳士鬼和流氓鬼同時在他心中活動。

周作人《雨天的書》（一九二五）和《澤瀉集》（一九二七）是現代散文的奠基之作，標誌著散文從雜文的抨擊時事的外顯文體，轉向抒寫內心情感。苦雨齋中聽苦雨，喝苦茶，品味人生的態度，沖淡閒適中帶著苦澀的美感，這種「個人的文學」是五四散文的主流，包括梁實秋、林語堂、俞平伯和馮文炳（廢名）等，都循周作人之路，走向張揚自我和個性。個人的文學和美文的結合，正式為現代散文定調。〈美文〉作為百年選的開卷之作，重要在此。

五四文人之中，林語堂的文論最受周作人影響，他提倡個人的筆調（personal style），主張以閒適的筆調寫作。從個性上講，林語堂隨性、不受束縛，不喜歡體制，喜歡閒談，也把寫小品文視為閒談。閒談沒有拘束，天南北地，是感官的享樂和生活的樂趣，因此也就不可能微言大意，或深刻有系統地批判和組織。他的散文以幽默見長，又稱幽默大師。這點頑童式的天真，跟周作人以苦澀為生命基調的情趣不同。林語堂認為散文的題材可以涵蓋宇宙之大，蒼蠅之微；可以說理，可以抒情，可以描繪人物，可以評論時事，凡方寸中一種心境、一點佳意、一股牢騷、一把幽情，皆可聽其由筆端流露出來。他尤其強調「流露」，也就是直覺和隨性。要而言之，「我要能隨便閒散的自由」的名士派作風，雖然從周作人那裡得到點撥，卻也是林語堂本來的個性和風格，〈我的戒菸〉（一九三二）可見一般。朱自清散文流露的，也正是他謙卑方正的個性。朱早年寫詩，因詩情枯竭，轉而寫散文；寫過小說，卻覺得無法入門，不得已去寫散文。文學史上的朱自清是散文家，其散文莊重儒雅，力求文句合乎規範，文字淺白，〈給亡婦〉（一九三二）寫妻子傷逝，淺顯易懂的風格之外，多了人生滄桑，實為朱的代表作。

標舉獨立、自由、愛和美，是時代的風氣。

獨立和自由在周氏一脈的作家中得到闡發，而愛則是冰心和豐子愷的核心主題。離家去國之前，冰心原是個憤怒的時代青年，拿到獎學金赴美，則是一個重大的轉折。她在旅程中開始以愛為主題的《寄小讀者》（一九二六），童心和戀母的風格，被譽為「冰心體」。豐子愷悲天憫人的散文，則是建立在佛學信仰上，他把藝術視為自然克制人欲和保存天理的方式，因此使他的散文有一種哲學家式的氣質，周作人的獨抒「性靈」在豐子愷身上則一變為「靈性」，《緣緣堂隨筆》（一九三一）則是對兒童赤子之心的靈性頌揚。

至於散文所標榜的美，則為徐志摩發揚光大。五四是講究個性和情感的時代，浪漫是整個時代的風潮，最具代表性的人物則非徐志摩莫屬。胡適對他的評價：「愛、美和自由的追尋」，幾乎成為徐志摩個人及其作品的定論。他的天真和熱烈，情詩和情史，恰如其分地回應了時代的需要。他宣稱「就使打破了頭，也還要保持我靈魂的自由」。徐志摩的任性表現在生活和情感上，也表現在創作上，他的散文華美，跟周作人的平淡恰成對比。《落葉》（一九二六）、《巴黎的麟爪》（一九二七）和《自剖》（一九二八）感情豐富，情思湧發，勇於解剖自己的內心，其中包括了不少自傳體和遊記，〈我所知道的康橋〉乃是遊記體的時代名篇。

《從文自傳》（一九三四）和《湘行散記》（一九三六）是五四自傳體散文的代表作。沈從文是湘西鳳凰縣人，亦是京派散文的代表，一九三〇年代兩次還鄉，為的是去「翻閱人事組成的歷史」。沈從文寫自身的成長，寫故鄉的山水和人事，包括水手和妓女，充滿野性的生命力。他擅長以白描捕捉現象，強調自己是鄉下人，對現世光色的著迷使他的風格緊貼著現實，他自稱「我就是個永遠不想明白道理，卻永遠為現象所傾心的人」。他離五四不遠，文字和風格卻非常不五四，

〈我讀一本小書又同時讀一本大書〉（一九三一）和〈我上許多課仍然不放下那一本大書〉（一九三二），所謂自由、愛和美的五四時代之風，在沈從文身上是自然流露，而非刻意為之。他是天才，天才始能超越時代。跟五四散文家相比，他的文字自成一格，是獨一無二的文體家。

從雜感開始，到沈從文的自傳體出現，五四散文大體上完成了建設的基礎工作。從雜文到美文，載道和抒情，語言或文體的範式，短短的二十年，快速積累了可觀的成果。

在自傳和抒情之外，另有像孫伏園的〈長安道上〉（一九二四）這樣的歷史散文。他用書信體的筆法記述了當時因連年兵荒而殘破不堪的陝西，艱苦的百姓生活和失修的歷史遺跡，萬言巨幅一筆呵成，大唐的帝都長安崩裂於紙上。蕭軍〈上海三日記〉（一九三七）也以上萬字的篇幅留下中國的苦難，把日軍兵臨城下的上海局勢完好的保存在敘事之中，畫面的動感和聲光，歷歷在目。豐子愷後來也寫了〈藝術的逃難〉（一九四六），幽默、溫暖的文字舉重若輕，戰火中的一場逃難竟有了峰迴路轉的憂愁與歡喜。

中共建政之後，一九五〇年代的散文跟上「頌歌」的步伐，並肩邁入歌頌新中國成立的歡樂氣氛，從老舍〈北京的春節〉（一九五一）對太平盛世的新春感受可見一斑。這篇散文捕捉舊曆年裡的京味兒，舊社會裡大家拜神供佛，敬天地鬼神，新時代把這一切革除，表面上看來是破了迷信省了香燭錢，卻同時也失去傳統的年味。這是新時代的開端，老舍的散文裡尚保有歡樂和希望。隨著整風的政治氛圍越來越險峻，大部分作家開始下筆謹慎，「寫得安全」成為這時候的主流，張恨水的〈陶然亭〉（一九五六）便是一個典型。到了一九五七年，整風運動吞沒一切，能寫的東西更少了。黃裳的〈閒〉（一九五七）、巴金〈從鐮倉帶回的照片〉（一九六一）、陸弢〈瑣憶〉（一九六一）、陸文夫〈蘇州漫步〉（一九六一）都避開了政治的詭雷，讓散文走在更接近安全的寫作道路上，匕首和投槍式的雜文全失了蹤影。

文革爆發後，無孔不入的批鬥把全中國的作家逼到懸崖邊上，除了少數幾個為虎作倀的御用文人，大都難以倖免。不管寫得多小心，都可能被有心人強行曲解，可羅致罪名的題材，一律不寫。此時一枝獨秀的是楊朔，他主張「從生活的激流裡抓取一個人物、一種思想，一個有意義的生活斷片，迅速反映出這個時代的側影」，散文由此進入套路寫作，曹文軒認為這種「見景—入境—抒情—昇華—煞尾點題」的楊朔模式，導致了散文的敗壞。

文革十年，廢墟一片。

一九七八年改革開放，方有丁玲〈「牛棚」小品〉（一九七九）、巴金《隨想錄》（一九八〇）、楊絳的《幹校六記》（一九八一）等地標式的作品。丁玲及其夫婿在一九五八年被流放到北大荒，十二年後被關回北京監獄，再九年重獲自由，〈「牛棚」小品〉是她回憶北大荒苦難歲月的自傳體散文，在逆境中閃爍著強悍的人格和真性情，寫下自己和一代人的傷痛。丁玲激越豪邁的感性，跟楊絳雍容大度的理性是很好的對照。楊絳和錢鍾書下放到河南，《幹校六記》平淡安靜單純記事，沒有對時代的批判和吶喊，其中〈下放記別〉（一九八一）可以讀到時代對人的磨難。這些磨難到了楊絳手裡只有舉重若輕的「經受折磨，就叫鍛煉」，甚至說木箱、鐵箱這些粗重行李，都「不如血肉之驅經得起折磨」。巴金《隨想錄》（共五集，一九八〇—一九八六）被譽為「講真話的大書」，以質樸語言挖掘、反省文革對心靈和人性的扭曲，追悼亡妻的〈懷念蕭珊〉（一九七九）寫得最真摯，懺悔的文字重新直面生命巨大的悲慟。

一九八〇年代，政治的緊箍開始鬆動，創作者面對歷史的傷痕，回頭梳理文革或更早期的記憶，懷人憶事是為大宗。賈平凹〈五味巷〉（一九八二）刻畫了當時長安的日常生活，卸下亂世的塵埃和歷史的包袱，寫的是個人對現實生活的空間感受。賈平凹認為「失去了真情，散文就消失了。它不靠故事來吸引人，不靠典型的人物形象，它就靠的是情緒的感染和思想的啟示」，他認為文章是感染的，汪曾祺則是擅長現象的觀察。汪曾祺散文勝在文字的韻味，「人活著，一定要熱愛點什麼」的人生哲學，〈泡茶館〉（一九八四）和〈沈從文先生在西南聯大〉（一九八六），充滿對生活的情味和細節，這種風格，同樣見於他的老師沈從文。汪曾祺寫西南聯大時期泡茶館的經驗，以及沈從文在西南聯大教書的昆明往事，生活底氣十足。跟沈從文一樣，他曾表示自己傾心於現象，不善於抽象的思維，而自稱是「生活現象的美食家」，批評李白「底氣不足」，可見他對生活這本大書的重視：沒有生活經驗，一切都是假大空。阿城說汪曾祺的文字簡直是「成精了，隨手便是」，賈平凹則形容「汪是一文狐，修煉成老精」，說的都是汪曾祺有文天成，下筆成章的本事。那種行雲流水的節奏，精準活潑的說話方式，在當代無出其右。

現代散文發展至此，在美學或語言上，幾乎都達到了極致。從古典吸收營養，或獨抒性靈，這些二十世紀初被周作人納入美文的基礎條件，在二十世紀末獲得了進一步的實踐。

散文非虛構的特質使得它向來不太受思潮的影響，當一九八五年魔幻寫實浪潮席捲中國小說界，散文依然跟生活、情感和現實搏鬥。一九九〇年代以後的這三十年間散文蓬勃發展，幾度形成熱潮。回到生活本身，不再受政治力的主導和干擾之後，不論宏觀或微觀的城鄉寫作，單純的追憶逝水年華，或對現實社會問題的省思，都有更精湛的成果。此外，來自藏族和維吾爾族等少數民族區域的寫作，也豐富了漢語散文題材的多元性。

新疆漢語文學在一九八〇年代中期進入「二十世紀中國文學史」的視野，真正進入文學史的論述範疇，已經到了一九九〇年代。新疆漢語文學是西部文學的一部分，收攝在「西部文學」的版圖裡，並不是以獨立的姿態被看見。新疆乃絲綢之路，自古以來就是異族文化交流與經貿資訊匯通的重要渠道，它既開闊又開放，朝著多元文化的發展軌跡，所以它的文化累積是橫向的。西藏文化以佛教密宗金剛乘的宗教思維體系，融合了以泛靈思想為中心的本土原始苯教，成為獨樹一幟的藏傳佛教，逐漸滲透、沉積在西藏人民的文化心理結構、生活道德規範當中，成為藏族信仰結構的重要一環。新疆和西藏無論在文化和地理上都是邊緣，然而獨特的文化背景孕育了風格鮮明的散文，不容忽視。

新疆散文建立於在地化和知識化的雙重視野上，既可見出自然地理的描繪和敘述，也有人文的景深。劉亮程以《一個人的村莊》（一九九八）奠定文壇地位，他的敘事魅力有二，一是來自現實和想像混合的黃沙粱，二是「一個人」的主導敘事，也是他觀照事情的獨特視角，〈通驢性的人〉（一九九三）和〈逃跑的馬〉（一九九三）大體體現了這樣的風格。此外，新疆的山川草木、四季風土，以及特殊的物產，都在黃毅筆下煥發地域的神采，他把個人風格跟新疆的人文地理結合，地理與創作主體融而為一，形塑陽剛的新疆精神，〈不可確定的羊〉（二〇〇〇）便是此中佳構。王族〈長眉駝〉（二〇一〇）寫的是哈薩克人稱之為長眉駝的一種駱駝，乃木壘縣獨有，號稱駱駝中的美人。新疆牧民的生活和感覺結構在王族筆下有非常細緻的表現，王族的非虛構三部曲《鷹》（二〇〇八）、《狼》（二〇一一）和《駱駝》（二〇一一），揉合了人類學、生態學、民族學、民俗學，以及客觀知性理解等博物學式的寫作視野，書寫新疆多元民族跟動物之間的情感，充分展現作為在地人的地方性知識。哈薩克族的葉爾克西・胡爾曼別克〈永生羊〉（一九九九），以及維吾爾族的帕蒂古麗〈甦醒的第六根手指〉（二〇一三）則以女性視角書寫新疆的生活日常，別開生面。

西藏散文則表現了「藏文化—民族風土」的書寫特色，塔熱・次仁玉珍的〈矮門之謎〉（一九九四）記述藏地屍變的原因和事件，以及為了防止殭屍入侵的矮門設計；阿來〈嘉木莫爾多：現實與傳說〉（二〇〇一）則是融遊記、文史導覽的文化散文，出入於神祕與寫實之間。藏文化帶著它的異域色彩進入二十一世紀的散文版圖，這些迥異於中原文化的邊緣寫作，成為最瑰麗耀目的色塊。

散文來自生活，它無法自外於時代，也離不開個人；既需要向外索，也要向內求，向內求所仰賴的靈視，往往成為好散文最神祕的關鍵。生命經驗可遇不可求，靈視則必須成長於絕境和孤獨，置於死地而後生。散文是情感和事件的載體，它需要體會，也仰仗見解，實話實說是它的本質。王安憶曾說散文的情節是原生狀的，扎根在人的心靈裡，長得如何，要看心靈的土壤有多豐厚，養料如何。這是行家的觀點。這種直面現實和面對自己的文體沒有形式，它完全依賴生活的養分，從五四以降，從白話散文到現代散文，我們讀到百年來時代和個人的交鋒，生活給予作家寫作的靈感，間接地，我們也閱讀了一本大書。

鍾怡雯

我與地壇（節選）

史鐵生

一

我在好幾篇小說中都提到過一座廢棄的古園，實際就是地壇。許多年前旅遊業還沒有開展，園子荒蕪冷落得如同一片野地，很少被人記起。

地壇離我家很近。或者說我家離地壇很近。總之，只好認為這是緣分。地壇在我出生前四百多年就座落在那兒了，而自從我的祖母年輕時帶著我父親來到北京，就一直住在離它不遠的地方——五十多年間搬過幾次家，可搬來搬去總是在它周圍，而且是越搬離它越近了。我常覺得這中間有著宿命的味道：彷彿這古園就是為了等我，而歷盡滄桑在那兒等待了四百多年。

它等待我出生，然後又等待我活到最狂妄的年齡上忽地殘廢了雙腿。四百多年裡，它一面剝蝕了古殿簷頭浮誇的琉璃，淡褪了門壁上炫耀的朱紅，坍圮了一段段高牆又散落了玉砌雕欄，祭壇四周的老柏樹愈見蒼幽，到處的野草荒藤也都茂盛得自在坦蕩。這時候想必我是該來了。十五年前的一個下午，我搖著輪椅進入園中，它為一個失魂落魄的人把一切都準備好了。那時，太陽循著亙古不變的路途正越來越大，也越紅。在滿園瀰漫的沉靜光芒中，一個人更容易看到時間，並看見自己的身影。

自從那個下午我無意中進了這園子，就再沒長久地離開過它。我一下子就理解了它的意圖。正如我在一篇小說中所說的：「在人口密聚的城市裡，有這樣一個寧靜的去處，像是上帝的苦心安排。」

兩條腿殘廢後的最初幾年，我找不到工作，找不到去路，忽然間幾乎什麼都找不到了，我就搖了輪椅總是到它那兒去，僅為著那兒是可以逃避一個世界的另一個世界。我在那篇小說中寫道：「沒處可去我便一天到晚耗在這園子裡。跟上班下班一樣，別人去上班我就搖了輪椅到這兒來。園子無人看管，上下班時間有些抄近路的人們從園中穿過，園子裡活躍一陣，過後便沉寂下來。」「園牆在金晃晃的空氣中斜切下一溜蔭涼，我把輪椅開進去，把椅背放倒，坐著或是躺著，看書或者想事，撅一杈樹枝左右拍打，驅趕那些和我一樣不明白為什麼要來這世上的小昆蟲。」「蜂兒如一朵小霧穩穩地停在半空；螞蟻搖頭晃腦捋著觸鬚，猛然間想透了什麼，轉身疾行而去；瓢蟲爬得不耐煩了，累了祈禱一回便支開翅膀，忽悠一下升空了；樹幹上留著一隻蟬蛻，寂寞如一間空屋；露水在草葉上滾動，聚集，壓彎了草葉轟然墜地摔開萬道金光。」「滿園子都是草木競相生長弄出的響動，窸窸窣窣窸窸窣窣片刻不息。」這都是真實的紀錄，園子荒蕪但並不衰敗。

除去幾座殿堂我無法進去，除去那座祭壇我不能上去而只能從各個角度張望它，地壇的每一棵樹下我都去過，差不多它的每一平方米草地上都有過我的車輪印。無論是什麼季節，什麼天氣，什麼時間，我都在這園子裡待過。有時候待一會兒就回家，有時候就待到滿地上都亮起月光。記不清都是在它的哪些角落裡了，我一連幾小時專心致志地想關於死的事，也以同樣的耐心和方式想過我為什麼要出生。這樣想了好幾年，最後事情終於弄明白了：一個人，出生了，這就不再是一個可以辯論的問題，而只是上帝交給他的一個事實；上帝在交給我們這件事實的時候，已經順便保證了它的結果，所以死是一件不必急於求成的事，死是一個必然會降臨的節日。這樣想過之後我安心多了，眼前的一切不再那麼可怕。比如你起早熬夜準備考試的時候，忽然想起有一個長長的假期在前面等待你，你會不會覺得輕鬆一點？並且慶幸並且感激這樣的安排？

剩下的就是怎樣活的問題了。這卻不是在某一個瞬間就能完全想透的，不是能夠一次性解決的事，怕是活多久就要想它多久了，就像是伴你終生的魔鬼或戀人。所以，十五年了，我還是總得到那古園裡去，去它的老樹下或荒草邊或頹牆旁，去默坐，去呆想，去推開耳邊的嘈雜理一理紛亂的思緒，去窺看自己的心魂。十五年中，這古園的形體被不能理解它的人肆意雕琢，幸好有些東西是任誰也不能改變它的。譬如祭壇石門中的落日，寂靜的光輝平鋪的一刻，地上的每一個坎坷都被映照得燦爛；譬如在園中最為落寞的時間，一群雨燕便出來高歌，把天地都叫喊得蒼涼；譬如冬天雪地上孩子的腳印，總讓人猜想他們是誰，曾在哪兒做過些什麼，然後又都到哪兒去了；譬如那些蒼黑的古柏，你憂鬱的時候它們鎮靜地站在那兒，你欣喜的時候它們依然鎮靜地站在那兒，它們沒日沒夜地站在那兒，從你沒有出生一直站到這個世界上又沒了你的時候；譬如暴雨驟臨園中，激起一陣陣灼烈而清純的草木和泥土的氣味，讓人想起無數個夏天的事件；譬如秋風忽至，再有一場早霜，落葉或飄搖歌舞或坦然安臥，滿園中播散著熨帖而微苦的味道。味道是最說不清楚的，味道不能寫只能聞，要你身臨其境去聞才能明了。味道甚至是難於記憶的，只有你又聞到它你才能記起它的全部情感和意蘊。所以我常常要到那園子裡去。

二

現在我才想到，當年我總是獨自跑到地壇去，曾經給母親出了一個怎樣的難題。

她不是那種光會疼愛兒子而不懂得理解兒子的母親。她知道我心裡的苦悶，知道不該阻止我出去走走，知道我要是老待在家裡結果會更糟，但她又擔心我一個人在那荒僻的園子裡整天都想些什麼。我那時脾氣壞到極點，經常是發了瘋一樣地離開家，從那園子裡回來又中了魔似的什麼話都不說。母親知道有些事不宜問，便猶猶豫豫地想問而終於不敢問，因為她自己心裡也沒有答案。她料想我不會願意她跟我一同去，所以她從未這樣要求過，她知道得給我一點獨處的時間，得有這樣一段過程。她只是不知道這過程得要多久，和這過程的盡頭究竟是什麼。每次我要動身時，她便無言地幫我準備，幫助我上了輪椅車，看著我搖車拐出小院；這以後她會怎樣，當年我不曾想過。

有一回我搖車出了小院，想起一件什麼事又返身回來，看見母親仍站在原地，還是送我走時的姿勢，望著我拐出小院去的那處牆角，對我的回來竟一時沒有反應。待她再次送我出門的時候，她說：「出去活動活動，去地壇看看書，我說這挺好。」許多年以後我才漸漸聽出，母親這話實際上是自我安慰，是暗自的禱告，是給我的提示，是懇求與囑咐。只是在她猝然去世之後，我才有餘暇設想。當我不在家裡的那些漫長的時間，她是怎樣心神不定坐臥難寧，兼著痛苦與驚恐與一個母親最低限度的祈求。現在我可以斷定，以她的聰慧和堅忍，在那些空落的白天後的黑夜，在那不眠的黑夜後的白天，她思來想去最後準是對自己說：「反正我不能不讓他出去，未來的日子是他自己的，如果他真的要在那園子裡出了什麼事，這苦難也只好我來承擔。」在那段日子裡——那是好幾年長的一段日子，我想我一定使母親作過了最壞的準備了，但她從來沒有對我說過：「你為我想想」。事實上我也真的沒為她想過。那時她的兒子還太年輕，還來不及為母親想，他被命運擊昏了頭，一心以為自己是世上最不幸的一個，不知道兒子的不幸在母親那兒總是要加倍的。她有一個長到二十歲上忽然截癱了的兒子，這是她唯一的兒子；她情願截癱的是自己而不是兒子，可這事無法代替；她想，只要兒子能活下去哪怕自己去死呢也行，可她又確信一個人不能僅僅是活著，兒子得有一條路走向自己的幸福；而這條路呢，沒有誰能保證她的兒子終於能找到。——這樣一個母親，注定是活得最苦的母親。

有一次與一個作家朋友聊天，我問他學寫作的最初動機是什麼？他想了一會說：「為我母親。為了讓她驕傲。」我心裡一驚，良久無言。回想自己最初寫小說的動機，雖不似這位朋友的那般單純，但如他一樣的願望我也有，且一經細想，發現這願望也在全部動機中占了很大比重。這位朋友說：「我的動機太低俗了吧？」我光是搖頭，心想低俗並不見得低俗，只怕是這願望過於天真了。他又說：「我那時真就是想出名，出了名讓別人羨慕我母親。」我想，他比我坦率。我想，他又比我幸福，因為他的母親還活著。而且我想，他的母親也比我的母親運氣好，他的母親沒有一個雙腿殘廢的兒子，否則事情就不這麼簡單。

在我的頭一篇小說發表的時候，在我的小說第一次獲獎的那些日子裡，我真是多麼希望我的母親還活著。我便又不能在家裡待了，又整天整天獨自跑到地壇去，心裡是沒頭沒尾的沉鬱和哀怨，走遍整個園子卻怎麼也想不通：母親為什麼就不能再多活兩年？為什麼在她兒子就快要碰撞開一條路的時候，她卻忽然熬不住了？莫非她來此世上只是為了替兒子擔憂，卻不該分享我的一點點快樂？她匆匆離我去時才只有四十九呀！有那麼一會，我甚至對世界、對上帝充滿了仇恨和厭惡。後來我在一篇題為〈合歡樹〉的文章中寫道：「我坐在小公園安靜的樹林裡，閉上眼睛，想，上帝為什麼早早地召母親回去呢？很久很久，迷迷糊糊的我聽見了回答：『她心裡太苦了，上帝看她受不住了，就召她回去。』我似乎得了一點安慰，睜開眼睛，看見風正從樹林裡穿過。」小公園，指的也是地壇。

只是到了這時候，紛紜的往事才在我眼前幻現得清晰，母親的苦難與偉大才在我心中滲透得深徹。上帝的考慮，也許是對的。

搖著輪椅在園中慢慢走，又是霧罩的清晨，又是驕陽高懸的白晝，我只想著一件事：母親已經不在了。在老柏樹旁停下，在草地上、在頹牆邊停下，又是處處蟲鳴的午後，又是鳥兒歸巢的傍晚，我心裡只默念著一句話：可是母親已經不在了。把椅背放倒，躺下，似睡非睡挨到日沒，坐起來，心神恍惚，呆呆地直坐到古祭壇上落滿黑暗然後再漸漸浮起月光，心裡才有點明白，母親不能再來這園中找我了。

曾有過好多回，我在這園子裡待得太久了，母親就來找我。她來找我又不想讓我發覺，只要見我還好好地在這園子裡，她就悄悄轉身回去。我看見過幾次她的背影。我也看見過幾回她四處張望的情景。她視力不好，端著眼鏡像在尋找海上的一條船，她沒看見我時我已經看見她了，待我看見她也看見我了我就不去看她，過一會我再抬頭看她就又看見她緩緩離去的背影。我單是無法知道有多少回她沒有找到我。有一回我坐在矮樹叢中，樹叢很密，我看見她沒有找到我；她一個人在園子裡走，走過我的身旁，走過我經常待的一些地方，步履茫然又急迫。我不知道她已經找了多久、還要找多久，我不知道為什麼我決意不喊她——但這絕不是小時候的捉迷藏，這也許是出於長大了的男孩子的倔強或羞澀？但這倔強只留給我痛悔，絲毫也沒有驕傲。我真想告誡所有長大了的男孩子，千萬不要跟母親來這套倔強，羞澀就更不必，我已經懂了可我已經來不及了。

兒子想使母親驕傲，這心情畢竟是太真實了，以致使「想出名」這一聲名狼藉的念頭也多少改變了一點形象。這是個複雜的問題，且不去管它了罷。隨著小說獲獎的激動逐日暗淡，我開始相信，至少有一點我是想錯了：我用紙筆在報刊上碰撞開的一條路，並不就是母親盼望我找到的那條路。年年月月我都到這園子裡來，年年月月我都要想，母親盼望我找到的那條路到底是什麼。母親生前沒給我留下過什麼雋永的哲言，或要我恪守的教誨，只是在她去世之後，她艱難的命運，堅忍的意志和毫不張揚的愛，隨光陰流轉，在我的印象中愈加鮮明深刻。

有一年，十月的風又翻動起安詳的落葉，我在園中讀書，聽見兩個散步的老人說：「沒想到這園子有這麼大。」我放下書，想，這麼大一座園子，要在其中找到她的兒子，母親走過了多少焦灼的路。多年來我頭一次意識到，這園中不單是處處都有過我的車轍，有過我的車轍的地方也都有過母親的腳印。

三

如果以一天中的時間來對應四季，當然春天是早晨，夏天是中午，秋天是黃昏，冬天是夜晚。如果以樂器來對應四季，我想春天應該是小號，夏天是定音鼓，秋天是大提琴，冬天是圓號和長笛。要是以這園子裡的聲響來對應四季呢？那麼，春天是祭壇上空漂浮著的鴿子的哨音，夏天是冗長的蟬歌和楊樹葉子嘩啦啦地對蟬歌的取笑，秋天是古殿簷頭的風鈴響，冬天是啄木鳥隨意而空曠的啄木聲。以園中的景物對應四季，春天是一徑時而蒼白時而黑潤的小路，時而明朗時而陰晦的天上搖盪著串串楊花；夏天是一條條耀眼而灼人的石凳，或陰涼而爬滿了青苔的石階，階下有果皮，階上有半張被坐皺的報紙；秋天是一座青銅的大鐘，在園子的西北角上曾丟棄著一座很大的銅鐘，銅鐘與這園子一般年紀，渾身掛滿綠鏽，文字已不清晰；冬天，是林中空地上幾隻羽毛蓬鬆的老麻雀。以心緒對應四季呢？春天是臥病的季節，否則人們不易發覺春天的殘忍與渴望；夏天，情人們應該在這個季節裡失戀，不然就似乎對不起愛情；秋天是從外面買一棵盆花回家的時候，把花擱在闊別了的家中，並且打開窗戶把陽光也放進屋裡，慢慢回憶慢慢整理一些發過黴的東西；冬天伴著火爐和書，一遍遍堅定不死的決心，寫一些並不發出的信。還可以用藝術形式對應四季，這樣春天就是一幅畫，夏天是一部長篇小說，秋天是一首短歌或詩，冬天是一群雕塑。以夢呢？以夢對應四季呢？春天是樹尖上的呼喊，夏天是呼喊中的細雨，秋天是細雨中的土地，冬天是乾淨的土地上的一支孤零零的菸斗。

因為這園子，我常感恩於自己的命運。

我甚至現在就能清楚地看見，一旦有一天我不得不長久地離開它，我會怎樣想念它，我會怎樣想念它並且夢見它，我會怎樣因為不敢想念它而夢也夢不到它。

四

要是有些事我沒說，地壇，你別以為是我忘了，我什麼也沒忘，但是有些事只適合收藏。不能說，也不能想，卻又不能忘。它們不能變成語言，它們無法變成語言，一旦變成語言就不再是它們了。它們是一片朦朧的溫馨與寂寥，是一片成熟的希望與絕望，它們的領地只有兩處：心與墳墓。比如說郵票，有些是用於寄信的，有些僅僅是為了收藏。

如今我搖著車在這園子裡慢慢走，常常有一種感覺，覺得我一個人跑出來已經玩得太久了。有一天我整理我的舊相冊，看見一張十幾年前我在這園子裡照的照片——那個年輕人坐在輪椅上，背後是一棵老柏樹，再遠處就是那座古祭壇。我便到園子裡去找那棵樹。我按著照片上的背景找很快就找到了它，按著照片上它枝幹的形狀找，肯定那就是它。但是它已經死了，而且在它身上纏繞著一條碗口粗的藤蘿。有一天我在這園子裡碰見一個老太太，她說：「喲，你還在這兒哪？」她問我：「你母親還好嗎？」「您是誰？」「你不記得我，我可記得你。有一回你母親來這兒找你，她問我您看沒看見一個搖輪椅的孩子？……」我忽然覺得，我一個人跑到這世界上來玩真是玩得太久了。有一天夜晚，我獨自坐在祭壇邊的路燈下看書，忽然從那漆黑的祭壇裡傳出一陣陣嗩吶聲；四周都是參天古樹，方形祭壇占地幾百平方米空曠坦蕩獨對蒼天，我看不見那個吹嗩吶的人，唯嗩吶聲在星光寥寥的夜空裡低吟高唱，時而悲愴時而歡快，時而纏綿時而蒼涼，或許這幾個詞都不足以形容它，我清清醒醒地聽出它響在過去，響在現在，響在未來，回旋飄轉亙古不散。

必有一天，我會聽見喊我回去。

那時您可以想像一個孩子，他玩累了可他還沒玩夠呢。心裡好些新奇的念頭甚至等不及到明天。也可以想像是一個老人，無可質疑地走向他的安息地，走得任勞任怨。還可以想像一對熱戀中的情人，互相一次次說「我一刻也不想離開你」，又互相一次次說「時間已經不早了」，時間不早了可我一刻也不想離開你，一刻也不想離開你可時間畢竟是不早了。

我說不好我想不想回去。我說不好是想還是不想，還是無所謂。我說不好我是像那個孩子，還是像那個老人，還是像一個熱戀中的情人。很可能是這樣：我同時是他們三個。我來的時候是個孩子，他有那麼多孩子氣的念頭所以才哭著喊著鬧著要來，他一來一見到這個世界便立刻成了不要命的情人，而對一個情人來說，不管多麼漫長的時光也是稍縱即逝，那時他便明白，每一步每一步，其實一步步都是走在回去的路上。當牽牛花初開的時節，葬禮的號角就已吹響。

但是太陽，他每時每刻都是夕陽也都是旭日。當他熄滅著走下山去收盡蒼涼殘照之際，正是他在另一面燃燒著爬上山巔布散烈烈朝暉之時。有一天，我也將沉靜著走下山去，扶著我的拐杖。有一天，在某一處山洼裡，勢必會跑上來一個歡蹦的孩子，抱著他的玩具。

當然，那不是我。

但是，那不是我嗎？

宇宙以其不息的欲望將一個歌舞煉為永恆。這欲望有怎樣一個人間的姓名，大可忽略不計。

作者簡介

——史鐵生（1951-2010），生於北京，畢業於清華大學附屬中學，被先鋒派作家奉為精神領袖。年輕時雙腿癱瘓，一九八八年確診尿毒症，小說多有自傳色彩。成名作為〈我的遙遠的清平灣〉，獲一九八三年全國優秀短篇小說獎以及青年文學獎；長篇小說《老屋小記》獲第一屆魯迅文學獎、《東海》文學月刊「三十萬東海文學巨獎」金獎、北京市文學藝術獎，《務虛筆記》獲上海市長篇小說獎；短篇小說〈毒藥〉獲上海文學獎；散文〈病隙碎筆〉獲老舍散文獎、傳媒文學傑出成就獎、第三屆魯迅文學獎。作品亦曾譯為英、日等語言出版。

1993

通驢性的人

劉亮程

我四處找我的驢，這畜生正當用的時候就不見了。驢圈裡空空的。我查了查行蹤——門前土路上一行梅花篆的蹄印是驢留給我的條兒，往前走有幾粒墨黑的鮮驢糞蛋算是年月日和簽名吧。我撿起一粒放在嘴邊聞聞，沒錯，是我的驢。這陣子牠老往村西頭跑，又是愛上誰家的母驢了。我一直搞不清驢和驢是怎麼認識的，牠們無名無姓，相貌也差不多，唯一好分辨的也就是公母——往襠裡乜一眼便了然。

正是人播種的大忙季節，也是驢發情的關鍵時刻。兩件絕頂重要的事對在一起，人用驢時驢也正忙著自己的事——這事兒比拉車犁地還累驢。土地每年只許人播種一次，錯過這個時節種啥都白種；母驢也在一年中只讓公驢沾一次身，發情期一過，公驢再糾纏都是瞎騷情。

我沒當過驢，不知道驢這陣子咋想的。驢也沒做過人。我們是一根韁繩兩頭的動物，說不上誰牽著誰。時常腳印跟蹄印像是一道的，最終卻走不到一起。驢日日看著我忙忙碌碌做人，我天天目睹驢辛辛苦苦過驢的日子。我們是彼此生活的旁觀者、介入者。驢長了膘我比驢還高興。我種地賠了本驢比我更垂頭喪氣。驢上陡坡陷泥潭時，我會毫不猶豫地將繩搭在肩上四蹄爬地做一回驢。

我炒菜的油香飄進驢圈時，驢圈裡的糞尿味也竄入門縫。

我的生活容下了一頭驢，一條狗，一群雜花土雞，幾隻咩咩叫的長鬍子山羊，還有我漂亮可愛的妻子女兒。我們圍起一個大院子、一個家。這個家裡還會有更多生命來臨：樹上鳥、簷下燕子、冬夜悄然來訪的野兔……我的生命肢解成這許許多多的動物。從每個動物身上我找到一點自己。漸漸地我變得很輕很輕，我不存在了，眼裡唯有這一群動物。當牠們分散到四處，我身上的某些部位也隨牠們去了。有一次牠們不回來，或回來晚了，我便不能入睡。我的年月成了這些家畜們的圈。從餵養、使用到宰殺，我的一生也是牠們的一生。我飼養牠們以歲月，牠們飼養我以骨肉。

我覺得我和牠們處在完全不同的時代。社會變革跟牠們沒一點關係，牠們不參與，不打算改變自己。人變得越來越聰明自私時，牠們還是原先那副憨厚樣子，甚至拒絕進化。牠們是一群古老的東西，身體和心靈都停留在遠古。當人們拋棄一切進入現代，牠們默默無聞伴前隨後，保持著最質樸的品質。我們不能不飼養牠們。同樣，我們不能不宰殺牠們。我們的心靈拒絕牠們時，胃卻離不開牠們。

也就是說，我們把牲畜一點不剩地接受了，除了牠們同樣憨厚的後代。我們沒給牲畜留下什麼，牲畜卻為我留下過冬的肉，以後好多年都穿不破的皮衣。還有，那些永遠說不清道不明白的思緒。

有一次我小解，看見驢正用一隻眼瞅我襠裡的東西，眼神中帶著明顯的藐視和嘲笑。我猛然羞愧自卑起來——我在站滿男人的浴池洗澡時，在脫光排成一隊接受醫生體檢時，在七八個男生的大宿舍以陽具大小排老大、老二、老三時，甚至在其他有關的任何場合，都沒自卑過。相反，卻帶著點自豪與自信。和驢一比，我卻徹底自卑了。在驢面前我簡直像個未成年的孩子。我們穿衣穿褲，掩飾身體隱祕的行為被說成文明。其實是我們的東西小得可憐，根本拿不出來。身旁一頭驢就把我比翻了。瞧牠活得多灑脫，一絲不掛。人穿衣乃遮羞掩醜。驢無醜可遮。牠的每個部位都是最優秀的。牠沒有陰部。牠精美的不用穿鞋套襪的蹄子，渾圓的脊背和尻蛋子，尤其兩腿間粗大結實、伸縮自如的那一截子，黑而不髒，放蕩卻不下流。

自身比不了驢，只好在身外下工夫。我們把房子裝飾得華麗堂皇，床鋪得柔軟又溫暖。但這並不比驢睡在一地亂草上舒服。咋穿戴打扮我們也不如驢那身皮自然美麗，貨真價實。

驢沉默寡言，偶爾一叫卻驚天地泣鬼神。我的聲音中偏偏缺少亢奮的驢鳴，這使我多年來一直默默無聞。常想驢若識字，我的詩歌呀散文呀就用不著往報刊社寄了。寫好後交給驢，讓牠用激昂的大過任何一架高音喇叭的鳴叫向世界宣讀，那該有多轟動。我一生都在做一件無聲的事，無聲地寫作，無聲地發表。我從不讀出我的語言，讀者也不會，那是一種更加無聲的啞語。我的寫作生涯因此變得異常寂靜和不真實，彷彿一段黑白夢境。我渴望我的聲音中有朝一日爆炸出驢鳴，哪怕以沉默十年為代價換得一兩句高亢鳴叫我也樂意。

多少漫長難耐的冬夜，我坐在溫暖的臥室喝熱茶看電視，偶爾想到陰冷圈棚下的驢，牠在看什麼，跟誰說話。

總覺得這鬼東西在一個又一個冷寂的長夜，雙目微閉，冥想著一件又一件大事。想得異常深遠、透徹，超越了任何一門哲學、玄學、政治經濟學。天亮後我牽著牠拉車幹活時，並不知道牽著的是一位智者、聖者。牠透悟幾千年的人世滄桑，卻心甘情願被我們這些活了今日不曉明天的庸人牽著使喚。幸虧我們不知道這些，知道了又能怎樣呢？難道我們會因此把驢請進家，自己心甘情願去做驢拉車住陰冷驢圈？

我是通驢性的人。而且我認為，一個人只有通了驢性，方能一通百通，更通曉人性。不妨站在驢一邊想想人。再回過頭站在人一邊想想驢。兩回事擱在一塊想久了，就變成一回事。驢的事也成了人的事，人的事也成了驢的事。實際上生活的處境常把人畜攪得難分彼此。

每年驢發情的喜慶日子，我寧可自己多受點累也絕不讓我的驢筋疲力盡，在母驢面前丟我的人。村裡人議論張家的驢沒本事，連最矮的母驢都爬不上去，只配爬豬。說李家的驢舉而不堅，堅而不久，早洩，把精射在看熱鬧人臉上。還說王家的驢是瞎孫，雞巴上不長眼睛……我絕不許劉家的驢落此劣名。每當別人誇我的驢時，我都像自己受了誇一般竊喜無比。我把省吃的精糧拌給驢吃，我生怕牠沒精神。我和妻子荒睡幾個晚上不要緊，人一年四季都在發情，不在乎一夜半宿。驢可幹的是面子上的事。驢是代表我當著全村男人女人的面耀威揚雄。驢不行村裡人會說這家男人不行。在村裡啥弄不好都會怪男人的。地不出苗是男人沒本事。瓜不結果是男人工夫不到。連母羊不下羔都輪不到公羊負責。好在我的驢年年為我爭光長面了。牠是多麼通人性的驢啊，風流了大半日回來，汗流浹背，也不休息一下便徑直走到棚下，拉起車幫我幹活了。驢的舒服和滿足通過韁繩傳到我身上。韁繩是驢和我之間的忠實導線。我的激動、興奮和無可名狀的情緒也通過韁繩傳遞給驢。一根繩那頭的生命，幸福、遙遠、神祕、望塵莫及。牠連幹七八頭母驢剩下的勁，都比我大得多。有時嫉妒地想：驢的那東西或許本來是我的，結果錯長在驢身上。要麼我的欲望是驢的。我瘦小羸弱的軀體上負載著如此多如此強烈的大欲望，而那些雄健無比的大生命卻悠哉遊哉。牠們身佩大壯之器，把雄心壯志空留給我，任這個弱小身子去折騰、去騷動、去拚命。

驢不會把牠的東西白給我，我也不會將擁有的一切讓給驢。好好做人是我的心願，乖乖當驢是驢的本分。無論乖好與否，在我卑微的一生中，都免不了驢一般被人使喚，放棄自己想做的事，想住的房子，想愛的人乃至想說的話。一旦鞭子握在別人手裡，我會首先想到驢，寧肯爬著往前走絕不跪著求生存，把低賤卑微的一生活得一樣自在、風流且亢奮，而且並不因此壓低嗓門，低聲下氣，用激揚的鳴叫壓過沸沸人聲。必要時，還要學一點「拉著不走打著後退」的倔強勁。驢也好，人也好，永遠都需要一種無畏的反抗精神。

驢對人的反抗恰恰是看不見的。牠不逃跑，不怒不笑（驢一旦笑起來是什麼樣子）。你看不出牠在什麼地方反抗了你，抵制了你，傷害了你。對驢來說，你的一生無勝利可言，當然也不存在遺憾。你活得不如人時，看看身邊的驢，也就好過多了。驢平衡了你的生活，驢是一個不輕不重的砝碼。你若認為活得還不如驢時，驢也就沒辦法了。驢不跟你比。跟驢比時，你是把驢當成別人或者把自己當成驢。驢成了你和世界間的一個可靠係數，一個參照物。你從驢背上看世界時，世界正從驢胯下看你。

所以卑微的人總要養些牲畜在身旁方能安心活下去。所以高貴的人從不養牲畜而飼一群卑微的人在腳下。

世界對於任何一個人都是強大的，對驢則不然。驢不承認世界，牠只相信驢圈。驢通過人和世界有了點關係，人又通過另外的人和世界相處。誰都不敢獨自直面世界。但驢敢，驢的鳴叫是對世界的強烈警告。

我找了一下午的驢回來，驢正站在院子裡，那神情好像牠等了我一下午。驢瞪了我一眼，我瞪了驢一眼。天猛然間黑了。夜色填滿我和驢之間的無形距離，驢更加黑了。我轉身進屋時，驢也回身進了驢圈。我奇怪我們竟沒在這個時候走錯。夜再黑，夜空是晴朗的。

作者簡介

——劉亮程（1962-），新疆沙灣縣人，現居於新疆。二〇一三年創建菜籽溝藝術家村落及木壘書院，任院長。多篇文章收入中國中學、大學教材。曾獲魯迅文學獎、百花文學獎、馮牧文學獎、年度華文最佳散文獎等。著有散文集《一個人的村莊》、《庫車行》、《在新疆》、《一片葉子下生活》；長篇小說《鑿空》、《虛土》、《捎話》；詩集《曬曬黃沙梁的太陽》等。

1993

逃跑的馬

劉亮程

我跟馬沒有長久貼身地接觸，甚至沒有騎馬從一個村莊到另一個村莊這樣簡單的經歷。頂多是牽一頭驢穿過浩浩蕩蕩的馬群，或者坐在牛背上，看騎馬人從身邊飛馳而過，揚起一片塵土。

我沒有太要緊的事，不需要快馬加鞭去辦理。牛和驢的性情剛好適合我——慢悠悠的。那時要緊的事遠未來到我的人生裡，我也不著急。要去的地方永遠不動地待在那裡，不會因為我晚到幾天或幾年而消失。要做的事情早幾天晚幾天去做都一回事，甚至不做也沒什麼。我還處在人生的閒散時期，許多事情還沒迫在眉睫。也許有些活我晚到幾步被別人幹掉了，正好省得我動手。有些東西我遲來一會兒便不屬於我了，我也不在乎。許多年之後你再看，騎快馬飛奔的人和坐在牛背上慢悠悠趕路的人，一樣老態龍鍾回到村莊裡，他們衰老的速度是一樣的。時間才不管誰跑得多快多慢呢。

但馬的身影一直浮游在我身旁，馬蹄聲常年在村裡村外的土路上踏響，我不能迴避牠們。甚至天真地想，馬跑得那麼快，一定先我到達了一些地方。騎馬人一定把我今後的去處早早遊蕩了一遍。因為不騎馬，我一生的路上必定印滿先行的馬蹄印兒，撒滿金黃的馬糞蛋兒。

直到後來，我徒步追上並超過許多匹馬之後，才打消了這種想法——曾經從我身邊飛馳而過揚起一片塵土的那些馬，最終都沒有比我走得更遠。在我還繼續前行的時候，牠們已變成一架架骨頭堆在路邊。只是騎手跑掉了。在馬的骨架旁，除了乾枯得像骨頭一樣的胡楊樹幹，我沒找到騎手的半根骨頭。騎手總會想辦法埋掉自己，無論深埋黃土還是遠埋在草莽和人群中。

在遠離村莊的路上，我時常會遇到一堆一堆的馬骨。馬到底碰到了怎樣沉重的事情，使牠如此強健的軀體承受不了，如此快捷有力的四蹄逃脫不了。這些高大健壯的生命在我們身邊倒下，留下堆堆白骨。我們這些矮小的生命還活著，我們能走多遠。

我相信累死一匹馬的，不是騎手，不是長年的奔波和勞累，對馬的一生來說，這些東西微不足道。

馬肯定有牠自己的事情。

馬來到世上肯定不僅僅是給人拉拉車當當坐騎。

村裡的韓三告訴我，一次他趕著馬車去沙門子，給一個親戚送麥種子。半路上馬陷進泥潭，死活拉不出來，他只好回去找人借牲口幫忙。可是，等他帶著人馬趕來時，馬已經把車拉出來走了，走得沒影了。他追到沙門子，那裡的人說，晌午看見一輛馬車拉著幾麻袋東西，穿過村子向西去了。

韓三又朝西追了幾十公里，到盧士莊，村裡人說半下午時看見一輛馬車繞過村子向北邊去了。

韓三說他再沒有追下去，他因此斷定馬是沒有目標的，只顧自己往前走，好像牠的事比人更重要。竟然可以把人家等著下種的一車麥種拉著漫無邊際地走下去。韓三是有生活目標的人，要到哪就到哪，說幹啥就幹啥。他不會沒完沒了地跟著一輛馬車追下去。

韓三說完就去忙他的事了。以後很多年間，我都替韓三想著這輛跑掉的馬車。牠到底跑到哪去了？我打問過從每一條遠路上走來的人，他們或者搖頭，或者說，要真有一輛沒人要的馬車，他們會趕著回來的，這等便宜事他們不會白白放過。

我想，這匹馬已經離開道路，朝牠自己的方向走了。我還一直想在路上找到牠。

但牠不會擺脫車和套具。套具是用馬皮做的，皮比骨肉更耐久結實。一匹馬不會熬到套具朽去。而車上的麥種早過了播種期。在一場一場的雨中發芽、霉爛。車輪和轅木也會超過期限，一天天地腐爛。只有馬不會停下來。

這是唯一跑掉的一匹馬。我們沒有追上牠，說明牠把骨頭扔在了我們尚未到達的某個遠地。馬既然要逃跑，肯定有什麼東西在追牠。那是我們看不到的、馬命中的死敵。馬逃不過它。

我想起了另一匹馬，拴在一戶人家草棚裡的一匹馬。我看到牠時，牠已奄奄一息，老得不成樣子。顯然牠不是拴在草棚裡老掉的，而是老了以後被人拴在草棚裡的。人總是對自己不放心，明知這匹馬老了，再走不到哪裡，卻還是把牠拴起來，讓牠在最後的關頭束手就擒，放棄跟命運較勁。更殘酷的是，在這匹馬的垂暮之年，牠只能眼睜睜地看著堆在頭頂的大垛乾草，卻一口也吃不上。

我撕了一把草送到馬的嘴邊，馬只看了一眼，又把頭扭過去。我知道牠已經嚼不動這一口草。馬的力氣穿透多少年，終於變得微弱黯然。曾經馱幾百公斤東西，跑幾十里路不出汗不喘口粗氣的一匹馬，現在卻連一口草都嚼不動。

「一麻袋麥子誰都有背不動的時候。誰都有老掉牙啃不動骨頭的時候。」我想起父親告誡我的話。

好像也是在說給一匹馬。

馬老得走不動時，或許才會明白世上的許多事情，才會知道世上許多路該如何去走。馬無法把一生的經驗傳授給另一匹馬。馬老了之後也許跟人一樣。牠一輩子沒幹成什麼大事，只犯了許多錯誤，於是牠把自己的錯誤看得珍貴無比，總希望別的馬能從牠身上吸取點教訓。可是，那些年輕的、活蹦亂跳的兒馬，從來不懂得恭恭敬敬向一匹老馬請教。牠們有的是精力和時間去走錯路，老馬不也是這樣走到老的嗎？

馬和人常常為了同一件事情活一輩子。在長年累月、人馬共操勞的活計中，馬和人同時衰老了。我時常看到一個老人牽一匹馬穿過村莊回到家裡。人大概老得已經上不去馬，馬也老得再馱不動人。人馬一前一後，走在下午的昏黃時光裡。

在這漫長的一生中，人和馬付出了一樣沉重的勞動。人使喚馬拉車、趕路，馬也使喚人給自己飲水、餵草加料、清理圈裡的馬糞。有時還帶著馬找畜醫去看病，像照管自己的父親一樣熱心。堆在人一生中的事情，一樣堆在馬的一生中。人只知道馬幫自己幹了一輩子活，卻不知道人也幫馬操勞了一輩子。只是活到最後，人可以把一匹老馬的肉吃掉，皮子賣掉，馬卻不能對人這樣。

有一個冬天的夜晚，我和村裡的幾個人，在遠離村莊的野地，圍坐在一群馬身旁，煮一匹老馬的骨頭。我們喝著酒，不斷地添著柴火。我們想：馬越老，骨頭裡就越能熬出東西。更多的馬靜靜地站立在四周，用眼睛看著我們。火光映紅了一大片夜空。馬站在暗處，眼睛閃著藍光。馬一定看清了我們，看清了人。而我們一點都不知道馬，不明白馬在想些什麼。

馬從不對人說一句話。

我們對馬的唯一理解方式是：不斷地把馬肉吃到肚子裡，把馬奶喝到肚子裡，把馬皮穿在腳上。久而久之，隱隱就會有一匹馬在身體中跑動。有一種異樣的激情聳動著人，變得像馬一樣不安、騷動。而最終，卻只能用馬肉給我們的體力和激情，幹點人的事情，撒點人的野和牢騷。

我們用心理解不了的東西，就這樣用胃消化掉了。

但我們確實不懂馬啊。

記得那一年在野地，我把乾草垛起來，我站在風中，更遠的風裡一大群馬，石頭一樣靜立著，一動不動。牠們不看我，馬頭朝南，齊望著我看不到的一個遠處。根本沒在意我這個割草人的存在。我停住手中的活，那樣長久羨慕地看著牠們，身體中突然產生一股前所未有的激情。我想嘶，想奔，想把雙手落到地上，撒著歡子跑到馬群中去，昂起頭，看看馬眼中的明天和遠方。我感到我的喉管裡埋著一千匹馬的嘶鳴，四肢湧動著一萬隻馬蹄的奔騰聲。而我，只是低下頭，輕輕嘆息了一聲。

我沒養過一匹馬，也不像村裡有些人，自己不養馬喜歡偷別人的馬騎。晚上趁黑把別人的馬拉出來騎上一夜，到遠處辦完自己的事，天亮前把馬拴回圈裡。第二天主人騎馬去奔一件急事，馬卻死活跑不起來。馬不把昨晚的事告訴主人。馬知道自己能跑多遠的路，不論給誰跑，馬把一生的路跑完便不跑了。人把馬鞭抽得再響也沒用了。

馬從來就不屬於誰。

別以為一匹馬在你胯下奔跑了多少年，這馬就是你的。在馬眼裡，你不過是被牠馱運的一件東西。或許馬早把你當成了自己的一個器官，高高地安置在馬背上，替牠看路、拉韁繩，有時下來給牠餵草、梳毛、修理蹄子。交配時幫牠扶扶馬槌子。馬不像人，手扶著眼睛看著幹那事情。母馬也不如女人那般溫順。馬全靠感覺、憑天性，搗錯地方也是常有的事。人在一旁看得著急，忍不住幫馬一把。馬的東西比人胳膊還長還粗。人把袖管挽起來，托起馬槌子，放到該放的地方，馬正好一用勁，事成了。人在一旁傻傻地替馬笑兩聲。

其實馬壓根不需要人。人的最大毛病，是愛以自己的習好度量其他事物。人扶慣了自己的，便認定馬的也需要用手扶，不扶就進不去。

人只會掃馬的興，多管閒事。

也許，沒有騎快馬奔一段路，真是件遺憾的事。許多年後，有些東西終於從背後漸漸地追上我。那都是些要命的東西，我年輕時不把它們當回事，也不為自己著急。有一天一回頭，發現它們已近在咫尺。這時我才明白了以往年月中那些不停奔跑的馬，以及騎馬奔跑的人。馬並不是被人鞭催著在跑，不是。馬在自己奔逃。馬一生下來便開始了奔逃。人只是在借助馬的速度擺脫人命中的厄運。

而人和馬奔逃的方向是否真的一致呢？也許人的逃生之路正是馬的奔死之途，也許馬生還時人已經死歸。

反正，我沒騎馬奔跑過，我保持著自己的速度。一些年人們一窩蜂朝某個地方飛奔，我遠遠地落在後面，像是被遺棄。另一些年月人們回過頭，朝相反的方向奔跑，我仍舊慢慢悠悠，遠遠地走在他們前頭。我就是這樣一個人。我不騎馬。

作者簡介

——劉亮程（1962-），詳見本書頁三七。

1994

矮門之謎

塔熱．次仁玉珍

過去，在拉薩、日喀則、林芝等地區民房的門都很矮。即便是華麗的樓閣，其底樓的門仍較矮，比標準的門少說也矮三分之一。除非是孩子，一般人都必須低頭彎腰才能出入。而且門口地勢內低外高，向裡呈慢坡形，這樣更顯得房門矮得出奇，給人一種房與門的比例嚴重失調的感覺。

自民主改革以來，大規模拆遷，從前那種老式的矮門已所剩無幾了。但目前在拉薩八廓街仍能看到古式的矮門房屋。這對不知情的人來講，的確是一個謎，或許你會想：「這是不會設計的緣故吧？」事實並非如此。

矮門房物的由來

修建矮門房屋實際上是預防行屍闖入的一種手段。「行屍」是藏語「弱郎」的直譯詞。「弱郎」是指人死後再起來到處亂闖，危害活人。所謂「弱郎」既非復活也不是詐屍。藏族所言「弱郎」，就是指有些邪惡或飢寒之人死去後，其餘孽未盡，心存憾意，故導致死後起屍去完成邪惡人生的餘孽或尋求未得的食物。但必須在其軀體完好無損的狀態中才能實現。如此說來，藏區的葬俗本身給起屍提供了極好機會。

在藏區尤其在城鎮，不管什麼人死，並不馬上送往天葬臺去餵鷹，而是先在其家中安放幾天請僧人誦經祈禱，超度亡靈，送往生等一系列葬禮活動，屍體在家至少停放三至七天後才就葬。若發生起屍，一般都在這期間。

起屍的預兆

許多老者和天葬師都說，他們曾經見過起屍，並且見過多次。但起屍都不是突發性的，而是事先皆有預兆。那些將要起的屍，其面部膨脹，皮色呈紫黑，毛髮上豎，身上起水泡，然後緩緩睜眼坐起，接著起身舉手直直朝前跑去，所有起屍有一個共同的特點：就是不會講話，不會彎腰，也不會轉向，連眼珠子都不會轉動，只能直盯前方，身子也直直往前跑。假如遇上活人，起屍便用僵硬的手「摸頂」，使活人立刻死亡的同時也變成起屍。這種離奇而可怖的作用只限於活人之身，對別的動物則無效。

人們常言起屍具有五種類型：第一膚起，第二肉起，這兩種類型的起屍，是由其皮或肉起的作用。第三種叫作「血起」，此類起屍由其血所為。這三種起屍較易對付。只要用刀、槍、箭等器具戳傷其皮肉，讓血液外出就能使起屍即刻倒地而不再危害人了。第四種叫作「骨起」，即導致這種起屍的主要因素在其骨中，只有擊傷其骨才能對付。第五種則叫「痣起」，就是使他變為起屍的原因在於他身上的某個痣。這是最難對付的一種起屍，尚未擊中其痣之前四處亂闖害人。所以只能誘殲而無法捉拿。

據傳：從前，西藏一個寺廟的主持死了，全寺僧眾將其遺體安放在本寺經堂裡，然後大家排坐殿內晝夜誦經祈禱，連續三天三夜不曾合眼。就在第三天晚上，那些唸得精疲力盡的僧眾忍不住個個倒地睡去，鼾聲如雷。其中一個膽小的小僧因恐怖之心驅走了睡意，目不轉睛地盯著主人的遺體。下半夜，他突然發現那僵屍竟坐起來了。小僧嚇得忘了喊醒眾僧，拔腿衝出門外，反扣廟門只顧自己逃命去了。結果，全寺幾百僧眾一夜之間全變成了起屍。幸虧他們衝不出廟門，只是在廟內橫衝直撞，鬧得天翻地覆。

後來，一位法力無邊的隱士發現了那不可收拾的場面，他身披袈裟，手拿法器，口唸咒語，單身一人來至廟前，打開寺門跳起神舞，邊舞邊朝前緩緩而行，眾起屍也在他後面邊舞邊緊緊跟上。他們漸漸來到一條河邊，隱士將眾起屍領上木橋，然後脫下袈裟拋到河裡，於是，起屍們紛紛跟著袈裟跳入河心再也沒有起來。

無論是現實還是傳奇，這無疑給藏民族的心靈之上鑄成了一種無形的壓力。為了預防可怕的起屍衝入，根據起屍不能彎腰的特點，專門設計和修建了那種矮門的房屋，是給起屍設置的障礙物。

當然，在那些古老的年代，這種防範起屍的措施僅僅在藏南和藏東那些有房子居住的地區使用，而在藏北廣大地區，尤其居住在可可西里邊沿地帶的牧人們，則無法採用這種防範措施，牧人也常常提心吊膽地過日子。

起屍的故鄉

聞名於世的可可西里地區因高寒缺氧而缺乏水草，居住在這一地區的牧人們，由於環境所迫，只能到處遊蕩，逐水草而居，三天兩頭搬一次家，終年處於游牧狀態。那裡的人們生前沒有穩定的居點，死後也無固定的天葬臺。同時，在這些地區無寺也無僧，更談不上搞那些繁雜的葬禮儀式，人們普遍實行野葬和棄葬。野葬就是人死後，將其遺體脫光丟在野外，死在哪方，丟在哪方。棄葬便是指人死以後，活著的家人拔帳搬走了之，將死者棄在舊址上。凡採用這種葬法一般不脫衣，他（她）生前蓋何衣物原封不動地蓋在死者身上，看上去，像一個活人睡覺似的。

這種游牧部落的葬俗更容易造成起屍。雖然他們無法建造矮門來抵擋起屍，但人們也同樣在別無他法的情況下，採取一些相應的措施。比如，將屍體尤其發現有起屍徵兆的屍體丟於野外時，用一根繩索拴在天然的石樁或大石塊上，以此避免起屍跑去害人。儘管如此，也免不了常有起屍發生。也常有人遇上起屍。例一，安多縣司馬鄉文書扎多（此人過去是強盜），有一年他騎馬掛刀前往那曲西北部的那倉部落（今尼瑪縣轄）搶馬。他搶得一匹好馬後，一騎一牽急急踏上返程。連續跑了幾個晝夜後的一天傍晚，在一個空曠無人的地方下馬，用多熱（藏北牧人語，意為拴馬用的長繩）將兩匹馬同拴在一根小樁上，自己盤腿坐在樁邊生火燒茶（這是所有強盜的習慣），本想在夜幕的掩護下讓馬吃草，自己也添填一下餓扁了的肚子，不料兩匹飢腸轆轆的馬竟不吃草，只顧驚恐地朝他背後看著，鼻孔中連發吼聲。扎多不解地向後一看，離他只有幾步遠的地方，站立著一具赤身僵屍，猶如一頭欲撲的野獸盯著自己，左腿上還繫著一根毛繩，究竟拴在哪裡？壓根沒有看到，或許因當時極度緊張的緣故罷了。他一手抓起火上欲沸的茶壺，一手拔起膝下的拴馬樁翻身上馬，拚命逃走，邊跑邊不由自主地朝後看看，這一看嚇得他險些滾落馬背。在朦朧的月光下，他清晰地看到起屍已經追上來了。他不顧一切地朝前跑。大約跑出五公里處，有個小山包，十來戶牧民居住山下。身為強盜的扎多自然不能讓人發現，故他繞山而上，到山頂躲藏起來，他的心還在撲撲亂跳。大概過了一刻鐘後，聽到山下牧村裡人喊犬吠，慘叫聲連成一片，他心裡當然明白是起屍進村了。因此，他騎上馬背飛也似地逃回家鄉去了。那些既無住房也無矮門預防的帳篷牧村遭到起屍襲擊，結局可想而知了！

例二，安多縣色務鄉鄉長巴布去那倉部落盜馬的路上，遇到一個被牧戶廢棄的舊址，帳內四周一米多高的擋風牆完好無損，使人一看就知道該戶剛搬不久。他想進去避風稍歇，剛邁進一步，發現土石圍子的東南角裡有件嶄新的七色花邊羊皮袍，躺在袍內的分明是個婦女。當他定睛一瞅，那女屍的頭已經抬起來了，睜著雙目在看他，不用說她是被棄葬的女起屍，幸虧及時發現才免遭橫禍。

例三，那曲來多部落（今尼瑪縣轄）裡有個叫吾爾巴的牧人，他死了以後，將其屍體送去野葬的當天午後，一隻烏鴉落下啄食，剛啄幾下，僵屍忽然起來，一手捉住烏鴉就跑，於是在部落中留下了「吾爾巴屍捉鳥」的說法。

例四，安多縣轄司瑪鄉裡有個叫麥爾塔的牧主，他家的女奴住在加爾布山包下，因她貧困，連個姓名都不曾有過，人們以她住地的山名稱她為加爾布老太。

一九六七年初春的一天，加爾布老太終於結束了苦難的人生，靜靜地躺在了那頂只能容納她自己一人的破爛小帳內。儘管此地屬縣城的腹心地帶，不同邊遠地區，她可以由清脆的法鈴聲送上通往生命之宿的路，但因她單身一人，所以無法享受那種人生最後應得的待遇。安多瑪寺的一位高僧和本部天葬師——達爾洛出於憐憫前去為她誦經，並送去天葬。

他們來到她身邊，可憐的老太半個臉露在領外，緊閉雙目，半張乾裂的嘴，枯瘦的身軀占滿了帳內所有空間，無奈誦經僧和天葬師只好借用牧主家的一角誦經。高僧一邊唸經一邊不安地讓天葬師過去看看老太遺體。當天葬師過去看時，發現老太的頭全部露在領外，第二次去看時，老太已經睜目斜坐起來了，她膚色發黑，鼻子兩側的血管膨脹成手指粗。他迅速將此情景告訴了高僧。高僧立即吹起人骨號做法，運用密宗法術破血，不一會，見她鼻孔中流出鮮血，接著倒下去，恢復了本來的平靜。可見她屬「血起」類。也不知何故，當他們將老太遺體馱在馬背送去天葬臺時，發現她的屍體比任何屍體都重，簡直重得使強壯的雄馬在路上臥倒了幾次。這是天葬師達爾洛親眼所見，也是他親自給我們講的。

作者簡介

——塔熱·次仁玉珍（1943-2000），筆名塔珍，藏族，出生於西藏昌都區八宿縣。中央民族學院畢業。曾擔任過區長、區委書記、縣委副書記、地委宣傳部長、地區行署副專員等行政職務。一九九三年棄政從文，任西藏文聯副主席、西藏民俗文化學會會長、《西藏民俗》雜誌主編等。曾獲西藏自治區珠穆朗瑪文學藝術獎。著有《藏北民間故事集》、《我和羌塘草原》。

1999 —— 永生羊 —— 葉爾克西・胡爾曼別克

後來我才知道，我出生的那個叫作北塔山的地方儘管不被人知，但對遷徙的牛羊是一件多麼不容易的事情。每年初冬，數以千萬計的牲口從阿爾泰山西邊經北塔山遷徙至阿爾泰山東邊的沙地中去過冬；冬末，又從阿爾泰山東邊的沙地經北塔山遷徙至阿爾泰山西邊廣闊的夏牧場去度夏。牠們一年兩度大舉遷移，讓北塔山一次次天地蒼茫，舊年塵土飛揚。北塔山的記憶也就總是從時空深處溢出來，又流向另一段不可預知的時光。在北塔山上，如果一隻麻雀目睹了一次大遷徙，一生差不多也就結束了。在一支浩大的遷徙隊伍前，牠的旅程不過是飛過了一片飛塵。然而，在這個世界上，時間與生命好像永遠不可預測——在一隻麻雀從天上掉下來的那一刻，遷徙的隊伍中竟也常常伴隨著一個牲口的死亡。生存之路，萬里迢迢，走下去，才是盡頭；如果走不動了，只好躺下，路到此為止。

我的綿羊薩爾巴斯，正是這樣的一個落伍者。

那一年初冬，羊群又到北塔山，薩爾巴斯便走不動了，不得不被牠的主人留在我們家。

那牧人說：「薩爾巴斯天生就是一隻弱生的淘汰羔子，若不是阿勒泰夏牧場的水草好，牠很難活到秋天。瞧牠，弱生畢竟是弱生的！從夏牧場下來沒有多長時間，牠的體力就已經抗不住跋涉的勞頓。看牠現在的模樣，肯定走不到沙地，所以既然到了北塔山，索性留下牠，免得死在路上廢了！不過，好好飼養一冬，或許到明年開春還能上點膘。如果是那樣，來年青黃不接之時，你們一家好日子便不成問題，不愁吃不到葷腥了。」

牧人向我父親說著這番話的時候，左手上的幾根殘指在薩爾巴斯瘦弱的脊梁上輕輕畫著，好像在撫慰一個體弱多病的小孩子。而薩爾巴斯竟也乖乖地站在牧人的膝蓋旁，微閉著眼睛，好像知道自己弱生在世是一件非常無奈的事情。

在那邊的一個山坳裡，與薩爾巴斯同行的羊群中有一隻領頭羊叫了幾聲，牧人的馬聞聲抬起了頭，將兩隻耳朵豎起來，「咴、咴」地打了一個響亮的噴鼻。薩爾巴斯受到感染，略有所動，但牠沒有向那邊張望，反而低下了頭，只作反芻。

牧人說完話，把薩爾巴斯推給了我父親。我父親就彎下腰，很世故地在牠鬆垮垮的胸脯上摸了幾下，看牠究竟弱到了什麼地步。不一會兒，父親又直起身體，拍拍手，然後把牠推給了我。父親把薩爾巴斯推給我的時候，我一眼看見他眼裡有幾分戲謔的神色。他把那股戲謔神色在我的臉上停留了一會兒，又轉向那個牧人笑道：「真是巧死了，你的淘汰羔子是一隻羊薩爾巴斯（黃毛），正好我家也有一個薩爾巴斯（黃毛），雖然算不上淘汰的，但她老實得也跟一隻淘汰羔子差不多。」

於是，那牧人便向我父親附和道：「那就交給你家的黃毛丫頭好了。」「黃黃在一起，錯不了！」

兩個大人說話的時候，我清楚地看見，薩爾巴斯很專注地看了我一眼，好像牠如此這般落魄到北塔山來其實只是為了尋找一個人，而我父親的話恰好提醒了牠要找的那個人是我。奇怪的是，幾乎就是在牠看我的那一剎那，我猛然得到了一個啟示——我和這隻名叫薩爾巴斯的綿羊相識已經有好幾個世紀了。幾個世紀以前，這個薩爾巴斯就是一個羊身，我是一個黃毛丫頭。我們曾一起走過很長的路，上過很多的山；曾喝過同一條山溪的水，呼吸過同一座山的空氣。我們還曾約好要在幾個世紀之後在這北塔山上邂逅相遇，向世人證明，這個世界真正的主題不是愛情，而是生命與時空。

我感到自己有些激動，便輕輕地走過去，向薩爾巴斯伸出了手。牠也把鼻子伸向我，在我的手心裡輕輕地吻了一吻，然後又輕輕地舔了一舔。在牠舔我的手心的時候，我感覺牠的生命熱乎乎地落在我的手心，又傳到我的肌體裡。我意識到，我的這一輩子，能與一個動物彼此相致生命的問候，只有這一次，以後再也不會有了！

我父親和那個牧人根本沒有注意到我們。他們倆坐在一堆木頭上聊天，腳下踩著那年秋天第一場雪留下的殘片。深秋的太陽把一層微弱的紅光塗在他們兩個人的身上，又把我父親的影子落在那幾根木頭截面的年輪上。那些木頭已被風乾，年輪裂了，一幅殘垣斷壁的樣子。父親和那個牧人說起了什麼可笑的事情，「嘿、嘿、嘿」地笑出了聲音。那聲音傳過微弱的秋光，撞在我和薩爾巴斯的耳朵裡。薩爾巴斯看了我一眼，然後佯裝咳嗽，從牠的羊肺裡笑了一下。我知道牠的意思是在說人在一起說說笑笑是一件很好的事！可惜的是，一個人能笑出聲音的時光畢竟太短暫了。

然後，我就帶著薩爾巴斯來到我們家的小羊舍旁。

那羊舍實際上是一個很不錯的小房子，是我和父親夏天蓋的。那時候我們家還有一隻禿頂山羊，後來山羊被我父親宰了，我們吃了牠的肉，把牠的骨頭扔進垃圾堆裡，我母親用山羊皮做了一個墊子，放在炕上。羊舍沒有窗戶，有一個門，門上有一個鐵門把子，我打開門，薩爾巴斯自己走了進去，低下頭，認真呼吸著山羊留下的氣息。我看見了牠的四個尖尖的羊蹄踩在地上，有力地支撐著牠的身體。

那天晚上，我去給牠下料，打開圈門，撲面而來的已不再是山羊的氣息，而完完全全是薩爾巴斯的氣息了。那個時候，天上已經有很多的星星，西天月色慘淡得只剩了半個月牙。在朦朧的暮色中，我和薩爾巴斯隱隱約約聽到一個聲音告訴我們說，上弦月偏西，預示著一個漫長的寒冬。

果然，那年冬天氣候異常寒冷，寒流不斷經過北塔山，撲向南邊的準噶爾盆地。我去給薩爾巴斯下料，手好幾次都在開門的一剎那凍在羊舍的門把上。我父親說薩爾巴斯真是命大得很，這樣的壞天氣，大牲口姑且難以受用，就別提牠這種淘汰羔子了，誰知那些去了沙地過冬的牲口又有幾個可以生還。這話頗令我反感，我知道，薩爾巴斯並沒有為了苟活才來到這個世界，牠來到我們家肯定是要告訴我一個道理，否則牠早就路死野地了。這個道理也許是幾個世紀以前牠就想告訴我的。但是，我這個人總是天生缺乏悟性，多少個世紀過去了，我的每一次降生都以無知開始，又以懊悔告終。而且自我有此生以來，我和牠天各一方，所以，路羊皆知的北塔山是我們必然要相會的地方。在這個寒冬裡，牠只是要在小羊舍裡沉默幾日罷了，因為答案不在冬天。我敢斷定，在薩爾巴斯的眼裡，冬天只會圖解現實，冬天的道理與法則再嚴酷也永遠只是一味地蒼白、寒冷、單調，缺少表現力，沒有什麼道理可講。如果誰想領悟冬天的道理，只需到野地上凍一陣兒自然會樂天知命。

既然這樣，我也應該像薩爾巴斯那樣好好地待在圈裡，等待冬天過去。

經過大半年的等待之後，薩爾巴斯已經完全進入了壯年，牠堅強地熬過了冬天，而並沒有死掉。回阿勒泰夏牧場的羊群又經北塔山時，那個牧人甚至沒有認出牠，也沒有認出我。他向我父親笑道：「好笑，我記得你說你的黃毛丫頭老實得像一隻淘汰羔子，莫非她真的變成一隻淘汰羔子了。牧羊變羊，牧牛變牛，牧馬變馬，真是沒有辦法的事情。」

牧人的話說得我心裡有一些溫暖，那些日子裡，我確實覺得自己有一點像羊。像羊一樣低頭走路，低著頭站在陽光下，不理會旁邊的事。鄰居家的女主人甚至拿我當樣板說給她的女兒們，說我像羊一樣性格乖順，女孩子就應該這樣。其實，他們只是被我做的假像欺騙了，我是一個人，怎麼會變成一隻羊呢。我之所以像羊一樣，是想與薩爾巴斯靠得近一些，以便聆聽牠到底要對我說什麼。

那一天終於到來了。

我一點也沒有記錯，那一天是個星期三，是一九七二年六月二十一日，夏至。那天老師們要參加活動，學校沒有上課，我有充分的理由可以帶著薩爾巴斯去濕地下游轉轉。

我一向喜歡星期三這個日子，在這一天，我的心情總是最好的。那天早晨，我的好心情被映在窗戶上的朝霞喚醒。我睜開眼睛，幾隻麻雀從我們家窗前的電線杆上撲棱棱地飛進了東邊的滿天紅霞。我穿上衣服，喝過早茶，來到羊舍，薩爾巴斯好像已經等我很長時間了，沒等我走近就率先走來，就好像不是我帶牠，而是牠帶我一樣。

我們走到了濕地上，踏過一片開著小黃花的綠地，一座小小的山澗水壩，一條鬆軟的田埂，一所牧人家過冬用的木頭房，和一座高高的斷崖。牧人家已經去了夏牧場，門窗都敞開著，裡面空無一人。在濕地上，我們看見一些白色的蝴蝶和長著翅膀的紅螞蟻上下翻飛；在小水壩上，我們看見有幾個小男孩脫光了衣服在嬉水；在田埂上，我們看見一隻很大的老鼠迅速穿過雜草；在木屋旁，雜草正茁壯成長，一些草甚至長到了木屋頂和牆壁上，一條被主人拋棄的老狗臥在一口破食盆旁守著空房想心事；在那座斷崖下，我們還看見了一頭老牛在崖下的陰影裡安詳地吃草……

薩爾巴斯又向斷崖的下邊走了一段路，在一片不大的開闊地上停下不走了。我有些納悶兒，這片開闊地實際上是一塊鹽鹼地，除了一簇簇芨芨草，幾乎沒有草；平時很少有人畜到這裡來，連老牛到崖下都不往前走了；小山溝上邊濕地上的水到這裡也不往前流了，而是滲進這片開闊地鬆軟的土質中，把白色的鹽鹼留給風，吹到開闊地下邊的大戈壁。

但是薩爾巴斯還是埋頭吃起來，牠大概是在吃芨芨草。我坐在一塊石頭上，有些百無聊賴，也拔了一根芨芨草，放在嘴裡，一邊嗑嚼，一邊看頭頂無邊無際的藍天。我想，薩爾巴斯畢竟是一隻羊，我也畢竟是一個人，一個人又怎能完全猜透一隻羊的心思，這實在是一件沒有辦法的事情。

我就這樣在濕地斷流的地方坐了很長時間，大概是夏至的太陽到達中天的時候，薩爾巴斯來到我的身邊，歪著腦袋看了一會兒我的臉，而我也同時看見在牠的頭頂上方正有一片白雲迅速地凝聚，然後，一陣風「沙、沙、沙」地穿過黑色的曠野，把芨芨草一律壓向一邊。

薩爾巴斯像是預感到了什麼，挺起身子，用牠的那雙憂鬱的羊眼搜索了一遍曠野，然後明明白白地對我說：

「走！我們到山洞裡去躲一躲，山洪就要來了。」

那一刻牠的姿勢美麗得像一頭警惕的鹿。

在我和牠憑藉渾身解數跑進一處淺淺的山洞口的時候，烏雲已經全面壓境，天空完全變成了黑色，大地彷彿燃燒起來，將沖天的火焰送上高空，鹽鹼地變成了白茫茫的一片。我們聽到滾雷在黑雲深處炸響，一根擎天白光從高天攢下，落在斷崖下的那頭老牛身上，那老牛的身體顫抖了一下，笨重地倒在地上。然後，天地大雨滂沱，到處都是水。那是我自打記事以來見過的第一場大雨，第一場山洪，第一場大自然的浩劫——老牛遭雷殛後，山洪泛著白色的泡沫，散發著一股大地的腥氣，洶湧澎湃地經過我的眼前，那份湍急和霸氣令我瞠目結舌，它竟可以隨便捲走它想捲走的任何一樣東西。在山洪裡，我看見了一棵大樹、一根電線杆、一座毯房的天窗、一口鋁鍋，還有我們經過的那所木屋，甚至還有那條老狗。牠在洪流的泥漿中像一片枯萎的葉子、一尊泥塑，忽上忽下地漂著，看不出有任何求生的欲望，而那頭被雷打死的老牛卻被一塊岩石擋著，在激流中翻動，活像在拚命逃生……

山洪持續大約半個小時之後，突然停了下來。天上的雲跑到東邊去，掛出一抹彩虹，西邊一片晴天，太陽明晃晃的。這時我才發現，山洪流到這片鹽鹼地居然也流到了盡頭。在鹽鹼地下邊廣闊的戈壁上沒有了蹤影，甚至連個小水窪都沒有留下——一場大水，看似凶猛，原來什麼也不是。倒是那片鹽鹼地依然平平坦坦地躺在山體與戈壁接壤的地方，留住了山洪從上游帶下來的任何一樣東西，比如淤泥、馬具，比如那幾個孩子的衣服，和一個完全變成泥巴塊的「紅梅」牌半導體收音機之類的東西，唯有那條老狗不知去向……

在山洪經過的時候，薩爾巴斯像一名點將的統帥一直站在洞口。

難道牠讓我等待了一個冬天，想告訴我的就是一場山洪？我希望牠能給我一點啟示，但是，薩爾巴斯不再對我作任何暗示了。

雨過天晴，我們步出山洞，走在回家的路上。

雨後的藍天，空氣被雨水過濾得十分清新，從鹽鹼地上吹過的山風輕輕地撩起我的頭髮，一些小昆蟲不知從哪裡飛出來，在低空中飛舞。我輕鬆地呼吸著空氣，但那頭老牛永遠也不能再看見這一切了。牠躺在那塊岩石邊上，成了一頭泥牛，完全看不出本來面目。可笑的是，一隻老鼠也正面目全非地從一塊岩石下探出頭來，這麼大的水，牠居然還活著。我看了一會兒那頭牛想，應該把牠猝死的事去給場部裡的人說說，因為這實在不是一件小事。但是，我怎麼會料到，有一件更大的事在等待著我。在我們深一腳淺一腳走過斷崖下的泥沼的時候，一塊鬆動的石頭從我們頭頂上掉下來，砸在薩爾巴斯的後膝蓋上。如果再早一步，在老牛之後猝死的第二條命也許是我。但我免了一死，許多天後，那塊墜石竟成了我父親宰掉薩爾巴斯的唯一理由。因為，那塊石頭正好砸斷了薩爾巴斯的後腳筋，牠不能行走了，傷痛的折磨眼看就要使這隻體壯如牛犢的阿勒泰大尾羊重新回到牠到我們家來之前那個落魄的境地中，而我們養壯了牠，只有一個目的——吃掉牠。

那是山洪過去大約一周以後的一天黃昏，我父親當著我和薩爾巴斯的面開始磨刀。父親的刀不大，是一把很普通的哈薩克短刀。但那刀質很硬，從磨石上磨過，磨石都被磨成了灰色的泥漿，父親就把黏在刀上的泥漿在薩爾巴斯身上擦乾淨，又去磨下一輪。

我看得揪心，但薩爾巴斯竟對此無動於衷。

我心裡一次一次演繹著牠被宰殺的情景。哈薩克們每宰殺一隻羊時會說：「你生不為罪過，我生不為挨餓，原諒我們！」看來，一切只能照此邏輯演繹了——我們不能挨餓！

薩爾巴斯對此顯然比我理解得更透澈。牠和牠的同類不是地裡的莊稼，非要人親手種下才能成長。一隻羊被宰殺了，另一些羊又會來臨，牠們的生命在時空中循環往復，永無休止。被人宰殺吃掉，只不過是生命往復的一種方式，沒有更深的意義。就像一場大水，只能是一場大水，說明不了什麼一樣。所以牠是無動於衷的，刀子架到脖子上都不會哼一下。

我父親好像多少知道一點薩爾巴斯對我意味著什麼，他沒有讓我看到牠被殺死的情景。第二天早晨，看見牠已經變成了一堆肉，我傷心無比。父親說：「為一隻羊掉淚不吉利。想想吧，如果你命數長，能在世上待上很長一段時間，你會看到有很多羊為你而死，那麼你的淚該怎麼流呢？羊生不為罪過，人生不為挨餓。世上的事，就是這樣簡單。」

作者簡介

——葉爾克西·胡爾曼別克（1961-），哈薩克族，出生於新疆北塔山牧場。中央民族學院漢語言文學系畢業。曾任《民族作家》、《西部》等雜誌編輯，新疆文聯文藝理論研究室主任；現為新疆社聯、新疆作家協會副主席。曾獲全國少數民族文學駿馬獎優秀翻譯獎、優秀作品獎、天山文藝獎等。《永生羊》曾被改編為電影，擔任編劇及副導演。著有散文集《永生羊》、《草原火母》、《藍光中的狼》；中短篇小說集《黑馬歸去》、《天亮又天黑》、《枸杞》、《額爾齊斯河小調》；詩歌集《春天來了很久了》；譯著詩集《天狼》；譯作《寡婦》、《原野飛雀》、《永不言棄》等。

2000

碗花糕

王充閭

一

小時候，一年到頭，最歡樂的日子要算是舊曆除夕了。

除夕是親人歡聚的日子。行人在外，再遠也要趕回家去過個團圓年。而且，不分窮家富家，到了這個晚上，都要盡其所能痛痛快快地吃上一頓。母親常說：「打一千，罵一萬，丟不下三十晚上這頓飯。」老老少少，任誰都必須熬過夜半，送走了舊年、吃過了年飯之後再去睡覺。

我的大哥在外做瓦工，一年難得回家幾次，但是，舊曆年、中秋節卻絕無例外地必然趕回來。到家後，第一件事是先給水缸滿滿地挑上幾擔水，然後再掄起斧頭，劈上一小垛柴。到了除夕之夜，先幫嫂嫂剁好餃餡，然後就盤腿上炕，陪著祖母和父親、母親玩紙牌。剩下的置辦夜餐的活，就由嫂嫂全包了。

一家人歡歡樂樂地說著、笑著。《笑林廣記》上的故事，本是寥寥數語，雖說是笑話，但「包袱」不多，笑料有限。可是，到了父親嘴裡，敷陳演繹，踵事增華，就說起來有味、聽起來有趣了。原來，自幼他曾跟「說書的」練習過這一招兒。他逗大家笑得前仰後合，自己卻顧自在一旁「叭噠、叭噠」地抽著老旱菸。

我是個「自由民」，屋裡屋外亂跑，片刻也停不下來。但在多數情況下，是聽從嫂嫂的調遣。在我的心目中，她就是戲臺上頭戴花翎、橫刀立馬的大元帥。此刻，她正忙著擀麵皮、包餃子，兩手沾滿了麵粉，便讓我把擺放餃子的蓋簾拿過來。一會兒又喊著：「小弟，遞給我一碗水！」我也樂得跑前跑後，兩手不閒。

到了亥時正點，也就是所謂「一夜連雙歲，五更分二年」的時刻，哥哥領著我到外面去放鞭炮，這邊餃子也包得差不多了。我們回屋一看，嫂嫂正在往鍋裡下餃子。估摸著已經煮熟了，母親便在屋裡大聲地問上一句：「煮掙了沒有？」嫂嫂一定回答：「掙了。」母親聽了，格外高興，她要的就是這一句話。——「掙了」，意味著賺錢，意味著發財。如果說「煮破了」，那就不吉利了。

熱騰騰的一大盤餃子端了上來，全家人一邊吃一邊說笑著。突然，我喊：「我的餃子裡有一個錢。」嫂嫂的眼睛笑成了一道縫，甜甜地說：「恭喜，恭喜！我小弟的命就是好！」舊俗，誰能在大年夜裡吃到銅錢，就會長年有福，一順百順。哥哥笑說，怎麼偏偏小弟就能吃到銅錢，這裡面一定有說道，咱們得檢查一下。說著，就夾起了我的餃子，一看，上面有一溜花邊兒，其他餃子都沒有。原來，銅錢是嫂嫂悄悄放在裡面的，花邊也是她捏的，最後，又由她盛到了我的碗裡。謎底揭開了，逗得滿場哄然騰笑起來。

父母膝下原有一女三男，早幾年，姊姊和二哥相繼去世。大哥、大嫂都長我二十歲，他們成婚時，我才一歲生日多。嫂嫂姓孟，是本屯的姑娘，哥哥常年在外，她就經常把我抱到她的屋裡去睡。她特別喜歡我，再忙再累也忘不了逗我玩，還給我縫製了許多衣裳。其時，母親已經年過四十了，樂得清靜，便聽憑我整天泡在嫂嫂的屋裡胡鬧。後來，嫂嫂自己生了個小女孩，也還是照樣地疼我愛我親我抱我。有時我跑過去，正趕上她給小女兒哺乳，便把我也拉到她的胸前，我們就一左一右地吸吮起來。

但我印象最深刻的，還是嫂嫂蒸的「碗花糕」。她有個舅爺，在京城某王府的膳房裡混過兩年手藝，別的沒學會，但做一種蒸糕卻是出色當行。一次，嫂嫂說她要「露一手」，不過，得準備一個大號的瓷碗，鄉下僻塞，買不著，最後，還是她回家把舅爺傳下來的淺花瓷碗捧了過來。

一個麵團是嫂嫂事先和好的，經過發酵，再加上一些黃豆麵，攪拌兩個雞蛋和一點點白糖，上鍋蒸好。吃起來又甜又香，外暄裡嫩。家中每人分嚐一塊，其餘的全都由我吃了。

蒸糕作法看上去很簡單，可是，母親說，劑量配比、水分、火候都有講究。嫂嫂也不搭言，只在一旁甜甜地淺笑著。除了做蒸糕，平素這個淺花瓷碗總是嫂嫂專用。她喜歡盛上多半碗飯，把菜夾到上面，然後，往地當中一站，一邊端著碗吃飯，一邊和家人談笑著。

二

關於嫂嫂的相貌、模樣，我至今也說不清楚。在孩子的心目中，似乎沒有俊醜的區分，只有「笑面」或者「愁面」的感覺。小時候，我的祖母還在世，她給我的印象，是終朝每日愁眉不展，似乎從來也沒見到過笑容；而我的嫂嫂卻生成了一張笑臉，兩道眉毛彎彎的，一雙水靈靈的大眼睛總帶著甜絲絲的盈盈笑意。

不管我遇到怎樣不快活的事，比如，心愛的小雞雛被大狸貓捕吃了，趕廟會母親拿不出錢來為我買彩塑的小泥人，只要看到嫂嫂那一雙笑眼，便一天雲彩全散了，即使正在哭鬧著，只要嫂嫂把我抱起來，立刻就會破涕為笑。這時，嫂嫂便愛撫地輕輕地捏著我的鼻子，唸叨著：「一會兒哭，一會兒笑，小雞雞，沒人要，娶不上媳婦，瞎胡鬧。」

待我長到四五歲時，嫂嫂就常常引逗我做些惹人發笑的事。記得一個大年三十晚上，嫂嫂叫我到西院去，向堂嫂借枕頭。堂嫂問：「誰讓你來借的？」我說：「我嫂。」結果，在一片哄然笑鬧中被堂嫂「罵」了出來。堂嫂隔著小山牆，對我嫂嫂笑罵道：「你這個閒X，等我給你撕爛了。」我嫂嫂又回罵了一句什麼，於是，兩個院落裡便伴隨著一陣陣爆竹的震響，騰起了嘰嘰嘎嘎的笑聲。原來，舊俗：三十晚上到誰家去借枕頭，等於要和人家的媳婦睡覺。這都是嫂嫂出於喜愛，讓我出洋相，有意地捉弄我，拿我開心。

還有一年除夕，她正在床頭案板上切著菜，忽然一迭連聲地喊叫著：「小弟，小弟！快把葷油罐給我搬過來。」我便趔趔趄趄地從廚房把油罐搬到她的面前。只見嫂嫂拍手打掌地大笑起來，我卻呆望著她，不知是怎麼回事。過後，母親告訴我，鄉間習俗，誰要想早日「動婚」，就在年三十晚上搬動一下葷油罈子。

嫂嫂雖然沒有讀過書，但十分通曉事體，記憶力也非常好。父親講過的故事、唱過的「子弟書」，我小時在家裡「發蒙」讀的《三字經》、《百家姓》，她聽過幾遍後，便能牢牢地記下來。我特別貪玩，家裡靠近一個大沙崗，整天跑到那裡去玩耍。早晨，父親布置下兩頁書，我早就忘記背誦了，她便帶上書跑到沙崗上催我快看，發現我渾身上下滿是泥沙，便讓我就地把衣服脫下，光著身子坐在樹蔭下攻讀，她就跑到沙崗下面的水塘邊，把髒衣服全部洗乾淨，然後晾在青草上。

我小時候又頑皮，又淘氣，一天到晚總是惹是生非。每當闖下禍端父親要懲治時，總是嫂嫂出面為我講情。這年春節的前一天，我們幾個小夥伴隨著大人到土地廟去給「土地爺」進香上供，供桌設在外面，大人有事先回去，留下我們在一旁看守著，防止供果被豬狗扒吃了。挨過兩個時辰之後，再將供品端回家去，分給我們享用。所謂「心到佛知，上供人吃」。

可是，兩個時辰是很難熬的，於是，我們又免不了起歪作禍。家人走了以後，我們便悄悄地從懷裡摸出幾個偷偷帶去的「二踢腳」（一種爆竹），分別插在神龕前的香爐上，然後用香火一點燃，只聽「劈——叭」一陣轟響，小廟裡面便被炸得煙塵四散，一塌糊塗。我們卻若無其事地站在一旁，欣賞著自己的「傑作」。

自以為神不知鬼不覺，哪曉得，早被鄰人發現了，告到了我的父親那裡。我卻一無所知，坦然地溜回家去。看到嫂嫂等在門前，先是一愣，剛要向她炫耀我們的「戰績」，她卻小聲告訴我：一切都「露餡」了，見到父親二話別說，立刻跪下，叩頭認錯。我依計而行，她則爹長爹短地叫個不停，賠著笑臉，又是裝菸，又是遞茶。父親漸漸地消了氣，嘆說了一句：「長大了，你能趕上嫂嫂一半，也就行了。」一算是結案。

我家養了一頭大黃牛，哥哥春節回家度假時，常常領著我逗牠玩耍。他頭上頂著一個花圍巾，在大黃牛面前逗引著，大黃牛便跳起來用犄角去頂，尾巴翹得老高老高，吸引了許多人圍著觀看。這年秋天，我跟著母親、嫂嫂到棉田去摘棉花，順便也把大黃牛趕到地邊去放牧。忽然發現牠跑到地裡來嚼棉桃，我便跑過去揚起雙臂轟趕。當時，我不過三四歲，胸前只繫著一個花兜肚，沒有穿衣服。大黃牛看我跑過來，以為又是在逗引牠，便挺起了雙角去頂我，結果，牛角掛在兜肚上，我被挑起四五尺高，然後拋落在地上，肚皮上劃出了兩道血印子，周圍的人都嚇得目瞪口呆，母親和嫂嫂嗚嗚地哭了起來。

事後，村裡人都說，我撿了一條小命。晚上，嫂嫂給我做了「碗花糕」，然後，叫我睡在她的身邊，夜半悄悄地給我「叫魂」，說是白天嚇得靈魂出竅了。

三

每當我惹事添亂，母親就說：「人作（讀如昨）有禍，天作有雨。」果然，樂極悲生，禍從天降了。

在我五歲這年，中秋節剛過，回家休假的哥哥突然染上了瘧疾，幾天下來也不見好轉。父親從鎮上請來一位安姓的中醫，把過脈之後，說怕是已經轉成了傷寒，於是，開出了一個藥方。父親隨他去取了藥，當天晚上哥哥就服下了，夜半出了一身透汗。

清人沈復在《浮生六記》中，記載其父病瘧返里，寒索火，熱索冰，竟轉傷寒，病勢日重，後來延請名醫診治，幸得康復。而我的哥哥遇到的卻是一個「殺人不用刀」的庸醫，由於錯下了藥，結果，第二天就死去了。人們都說，這種病即使不看醫生，幾天過後也會逐漸痊復的。父親逢人就講：「人間難覓後悔藥，我真是悔青了腸子。」

他根本不相信，那麼健壯的一個小夥子，眼看著生命就完結了。在床上停放了兩整天，他和嫂嫂不合眼地枯守著，希望能看到哥哥長舒一口氣，甦醒過來。最後，由於天氣還熱，實在放不住了，只好入殮，父親卻雙手捶打著棺材，破死命地叫喊，我也呼著號著，不許扣上棺蓋，不讓釘上鉚釘。爾後又連續幾天，父親都在深夜裡到墳頭去轉悠，幻想能聽到哥哥在墳墓裡的呼救聲。由於悲傷過度，母親和嫂嫂雙雙地病倒了，東屋臥著一個，西屋臥著一個，屋子裡死一般地靜寂。原來雍雍樂樂、笑語歡騰的場面再也見不到了。我像是一個團團亂轉的捲地蓬蒿，突然失去了家園，失去了根基。

冬去春來，天氣還沒有完全變暖，嫂嫂便換了一身月白色的衣服，襯著一副瘦弱的身軀和沒有血色的面孔，似乎一下子蒼老了許多。其實，這時她不過二十五六歲。父親正籌劃著送我到私塾裡讀書。嫂嫂一連幾天，起早睡晚，忙著給我縫製新衣，還做了兩次「碗花糕」。不知為什麼，吃起來總覺著味道不及過去了。母親看她一天天瘦削下來，說是太勞累了，勸她停下來歇歇，她說，等小弟再大一點，娶了媳婦，我們家就好了。

一天晚上，坐在豆油燈下，父親問她下步有什麼打算，她明確地表示，守著兩位老人、守著小弟弟、帶著女兒過一輩子，哪裡也不去。

父親說：「我知道你說的是真心話，沒有摻半句假。可是……」

嫂嫂不讓父親說下去，嗚咽著說：「我不想聽這個『可是』。」

父親說：「你的一片心情我們都領了。無奈，你還年輕，總要有個歸宿。如果有個兒子，你的意見也不是不可以考慮；可是，只守著一個女兒，孤苦伶仃的，這怎麼能行呢？」

嫂嫂說：「等小弟長大了，結了婚，生了兒子，我抱過來一個，不也一樣嗎？」

父親聽了長嘆一聲：「咳，真像『楊家將』的下場，七狼八虎，死的死，亡的亡，只剩下一個無拳無勇的楊六郎，誰知將來又能怎樣呢？」

嫂嫂嗚嗚地哭個不停，翻來覆去，重複著一句話：「爹，媽！就把我當作你們的女兒吧。」嫂嫂又反覆親我，問：「小弟放不放嫂嫂走？」我一面搖晃著腦袋，一面號啕大哭。父親、母親也傷心地落下了眼淚。這場沒有結果的談話，暫時就這樣收場了。

但是，嫂嫂的歸宿問題，終竟成了兩位老人的一塊心病。一天夜間，父親又和母親說起了這件事。他們說，論起她的賢惠，可說是百裡挑一，親閨女也做不到這樣。可是，總不能看著二十幾歲的人這樣守著我們。我們不能幹那種傷天害理的事，我們於心難忍啊！

第二天，父親去了嫂嫂的娘家，隨後，又把嫂嫂叫過去了，同她母親一道，軟一陣硬一陣，再次做她的思想工作。終歸是「胳膊擰不過大腿」，嫂嫂勉強地同意改嫁了。兩個月後，嫁到二十里外的郭泡屯。

我們那一帶的風俗，寡婦改嫁，叫「出水」，一般都悄沒聲的，不舉行婚禮，也不坐娶親轎，而是由娘家的姊妹或者嫂嫂陪伴著，送上事先等在村頭的婆家的大車，往往都是由新郎親自趕車來接。那一天，為了怕我傷心，嫂嫂是趁著我上學，悄悄地溜出大門的。

午間回家，發現嫂嫂不在了，我問母親，母親也不吱聲，只是默默地揭開鍋，說是嫂嫂留給我的，原來是一塊碗花糕，盛在淺花瓷碗裡。我知道，這是最後一次吃這種蒸糕了，淚水刷刷地流下，卻無論如何也不能下嚥。

每年，嫂嫂都要回娘家一兩次。一進門，就讓她的侄子跑來送信，叫父親、母親帶我過去。因為舊俗，婦女改嫁後再不能登原來婆家的門，所謂「嫁出的媳婦潑出的水」。見面後，嫂嫂先是上下打量我，說「又長高了」、「比上次瘦了」，坐在炕沿上，把我夾在兩腿中間，親親熱熱地同父母親拉著話，像女兒見到爹媽一樣，說起來就沒完，什麼都想問，什麼都想告訴。送走了父親、母親，還要留我住上兩天，趕上私塾開學，早晨直接把我送到校，晚上再接回家去。

後來，我進縣城、省城讀書，又長期在外工作，再也難以見上嫂嫂一面了。聽說，過門後，她又添了四個孩子，男人大她十幾歲，常年哮喘，幹不了重活，全副擔子落在她的肩上，縫衣、做飯、餵豬、拉扯孩子、蒔弄園子，有時還要到大田裡搭上一把，整天忙得「腳打後腦勺子」。由於生計困難，過分操心、勞累，她身體一直不好，頭髮過早地熬白，腰也直不起來了。可是，在我的夢境中、記憶裡，嫂嫂依舊還是那麼年輕，俊俏的臉龐上，兩道眉毛彎彎的，一雙水靈靈的大眼睛總帶著甜絲絲的盈盈笑意……

又過了兩年，我回鄉探親，母親黯然地說，嫂嫂去世了。我感到萬分的難過，連續幾天睡不好覺，心窩裡堵得慌。覺得從她的身上得到的太多太多，而我所給予她的又實在太少太少，真是對不起這位母親一般地愛我、憐我的高尚女性。引用韓愈〈祭十二郎文〉中的話，正是「汝病吾不知時，汝歿吾不知日，生不能相養以共居，歿不能撫汝以盡哀，殮不憑其棺，窆不臨其穴」，「彼蒼者天，曷其有極！」

一次，我向母親偶然問起嫂嫂留下的淺花瓷碗，母親說：「你走後，我和你父親加倍地感到孤單，越發想念她了，想念過去那段一家團聚的日子。見物如見人，經常把碗端起來看看，可是，你父親手哆嗦了，碗又太重……」

就這樣，我再也見不到我的嫂嫂，再也見不到那個淺花瓷碗了。

作者簡介

——王充閭（1935-），遼寧盤山人。曾任中共遼寧省委常委、宣傳部長、省人大常委會副主任、中國作家協會主席團委員、遼寧省作家協會主席；現為遼寧省作協名譽主席、南開大學中文系兼職教授。散文集《春寬夢窄》獲首屆魯迅文學獎。作品被譯成英文、阿拉伯文等文字出版。著有《滄桑無語》、《清風白水》、《逍遙遊——莊子傳》、《國粹：人文傳承書》、《文脈：我們的心靈史》、《王充閭人物系列》、《向古詩學哲理》、《事是風雲人是月》、《遼廬吟草》等四十餘種，輯有《充閭文集》二十卷。

不可確定的羊

黃毅

一槍打死了二十四隻羊

羊在草原的時候，尤其是和碧綠的草水紅的花相映成趣的情況下，才顯得那樣單純，富有寓言的意味。少年牧人的拋石器，以羊為內容的民間故事，以及狼和小羊，總是喊叫狼來了的說謊的孩子，都為羊的身世和背景鋪墊了一層充滿哀憐的成分。毫無疑問，除了狼愛吃羊還有人還有更多的東西都喜歡羊身上那股濃淡相宜的羶香味兒。那麼羊呢？只有吃草的份兒，羊和羊之間形成的默契和混合，不是我們人所能理解的，那些隨意被排出體外的油黑而渾圓的糞球，往往是不分彼此的，誰的嘴抵著誰的屁股都無所謂，嗅著同一種氣味，自然而然排成雜亂而有序的隊列，從這個山凹漫向另一處山凸，千百年了，羊走著一條現實主義的道路。

那麼羊步入城市就是另一回事了。

是一個離天明還有相當一段時間的清晨。這樣的清晨容易讓人想到非人間的種種場景，羊就是這個時候自城市的邊緣開始向城市進發，猶如駐紮在城邊的部隊，接到命令在天明拿下這座城市。因此，在城市的機動車輛都紛紛沉入夢鄉的時候，羊的部隊肅然而有紀律，談不上大模大樣，也談不上小心翼翼，紛沓的蹄子在牠們非常不熟悉的柏油路面上，叩擊出零亂而有秩序的節奏。

霧滂使街邊的樹影愈加濃洌，並且從樹叢向四周散開，羊的出現有些怪異，像反穿著白色偽裝衣的敵特，在黎明前的更黑的夜汁中，顯出一種扎眼的白來，但這白是影影幢幢的，不確定的，如果你真的看清楚了白，羊的犄角大概已經抵到你的屁股了。

吆羊的人，往往是上了歲數的維吾爾男人。他的喊聲短促而勉強，總有痰音相伴。往往也看不清他的面孔，不套面子的皮大氅，厚厚的領子一直豎到兩耳之上，他把羊皮穿在身上，因而和羊群一樣白也和羊一樣不怕冷。只有莫合菸的星火間或一閃，顯出他濃郁的髭鬚，當然由此可以推想他有一雙陰鷙的眼睛。

羊們現在走的這條路，是牛、馬甚至駱駝們這些大牲畜都走過的路——這是通向城市屠宰場的路。所謂的屠宰場不過是在那條著名的過境公路旁用鐵絲網和柵欄圈定的也是法定的大屠殺的地方。大大小小的鵝卵石，經過無數次血的洗禮，紅得發暗，有些名貴寶石的潤澤勁兒；至於那些直接從腸肚裡傾倒出的糞便中，還沒有完全被消化的草屑，黃的綠的完全是混為一談，可以看出草轉化為血、肉、奶時的悲慘相。

濃郁的血腥和沖天的惡臭並未因為天氣寒冷的凝凍而有所減弱。但是羊們並沒有預先知道這是死亡之旅，也並沒有接到通知去奔赴一個性命攸關的約會，牠們跟隨著頭羊，頭羊在吆羊人的引領下，就像在夏牧場轉場，或者由秋天進入冬窩子，完全是一件再自然不過的事，沒有什麼可擔心也用不著費心地去猜想，只是這次的行動有些沉悶，從吆羊人的背影裡就隱隱透出了一種說不清楚的氣氛，羊們非常懷念在草原上高低不同的吟唱，即使誰唱錯了一句，也不會有人笑話，羊們在城市只唱了一句，便被大街兩旁的高樓依次傳遞來的回聲嚇了一跳，被自己的聲音嚇住這還是第一次。

血腥和糞便的氣味是一種信號，是一種不祥的信息。頭羊站住了，所有的羊都停止了前進。吆羊人從懷裡掏出被他的胸脯焐熱的銅鈴鐺，但並不佩在頭羊的項下，而是自己很有勁地搖動著，讓人發出羊的鈴鐸之聲，讓羊聽懂來自領導者的號令。於是頭羊在望了望吆羊人之後，便默不作聲地向前邁動了腳步，所有的羊們亦步亦趨。鈴鐸的聲音四濺，鏗鏗然亦嗒嗒然，它遮掩了一切不祥的信息。

——但是，羊們堅決地在柵欄外的大門邊立定了，不肯前進一步。那一峰被五花大綁動彈不得的駱駝，橫躺在地上，像要表述什麼而又含混不清，白色的也是大量的唾沫在牠的唇齒間堆積橫溢，怪模怪樣的身體在被放倒之後，更顯醜陋而無奈；還有一頭犍牛，蠻橫地將牠的犄角來回擺動著，充滿了傲氣和挑戰，但在牠粗重肺活量極大的一聲悶吼剛剛從喉管進出的剎那，牠的喉管便被迅速切斷了，繽紛的血是以聲音的形式飛散到半空的，這容易讓人聯想到節日夜晚的焰火。犍牛似乎猶豫了一下，但很堅決地轟然一聲倒地，被牠的身體掀起的塵土帶著牛糞的氣味經久不散，犍牛的眼睛睜得絕大，快要奪眶而出，充血的眼白，像已經露出曙色的天空。

羊們從這一道不滅的眼神裡領悟到了什麼，牠們開始不安，紛紛議論著眼前的一切，但沒有一隻擅自逃離。牠們的首領魁岸而峻拔，略向後去但絕對直指天空的犄角，鋒利而漂亮，就如同指揮官的佩劍一般，具有不可動搖的權威；而首領高高翹起的尾巴上，那一塊被主人特意染紅的地方，像朱紅的大印炫示著牠的部族。

在太陽升起之前，所有的羊都要變成肉。人變得越來越沒有耐心，脾氣暴躁再不跟羊商量什麼，有人開始用鞭子和木棍驅趕羊，痛疼的羊四散而去。還是吆羊人懂得羊，他黧黑而遒勁的手一把便攥定了頭羊的犄角，那個碩大的熟銅鈴鐸被迅速安排在頭羊的項下，頓時鐸聲訇然，光音四濺，四散的羊群戛然收住步子，紛紛調轉了頭，朝向牠們首領佇立的地方靠攏而去。這些羊們，這些年輕的老者——眼睛清澈而靈活——閱盡了世間滄桑，但項下的鬍鬚已顯蒼然之態，這是生命的複雜體，把衰老和青春集於一張臉，這該是最有頭腦經驗也最有熱情活力的一群，但羊卻不是。

在牠們的首領被帶進屠宰場之後，追隨著那頓挫的鈴鐸之聲，羊們整齊地邁入了死亡的門檻。羊的執拗和信仰，來自於對牠們領袖的崇拜，那不絕於耳的鈴鐸，終於喑啞了，它又回到吆羊人的懷中，傾聽人類的心跳。

太陽照常升起，被羊和大牲畜們稱之為午門的地方，肉類在以公斤的計量方式進行出售。檢疫人員標誌合格的藍戳，被照例印蓋在羊的屍體最肥美的地方，那塊紫藍色，盛開在肉的土地上。

女兒曾經給我出過一道腦筋急轉彎的題，她神祕而急切的大眼睛彷彿隱藏著全世界唯有她知道的祕密。急轉彎題曰：一個人只開了一槍，便打死了二十四隻羊，為什麼？

我極盡了我三十多年人生經驗而終於沒能將腦子急轉到正確的答案上來。

女兒終於忍不住了：「告訴你吧，那人一槍打死了站在懸崖邊上的領頭羊，頭羊掉下懸崖，所有的羊不都跟著跳下去了嗎？」

我恍然。我愕然。我在女兒面前慚愧。

羊啊，又總是與頭羊有關的問題。

羊與狼的定律

在新疆，白色總令人陷入遐想。白色，必須是大片的，誠如西風翻攪漫舞的蘆花，一望無際的棉田，朵入蒼空的白雲，抑或繁如星雲的白蝶，彌天彌地的大雪，鋪天蓋地的羊群……這些只有在新疆才能看得到的大白色，構成了我們視覺以外的莽莽蒼蒼。幾許悲愴，幾許空濛，隨便從中抽取其中幾個個體的原素，便能搭配組合成很有意味的場景和頗具象徵性的寓言。比如大雪和羊群。

雪和羊誰更白，是一個無人深究的問題。

是雪染白了羊？還是羊加厚了雪？雪的飛臨，為羊群的生存背景提供了一種含混的深度，而羊群的咩叫，則為雪天雪地的曠野平添了幾分寂寥。

總之雪使清晰的世界變得含混起來。無所謂好惡，無所謂冷暖亦無所謂真假，一切美醜皆施以粉黛，那麼羊群的挨擠便使雪蠕動起來，這些生動起來的雪，才有了一份真實。

但是雪也是致命的。在我們以雪和羊為命題的敘述中，最好加上狼。雪、羊和狼方能構成一個完整的故事單元。

這已經是冬天的第九場雪。從九月底就開始飄飛的雪，到如今仍沒有倦翅，過去只在山裡飛飛落落，從一個山頭掠向另一個山頭，如今它已飛遍整個世界。那麼，那些羊們，忽然就沒有了綠草，雪剝奪了羊的一口鮮嫩，羊因此比雪更耀眼。雪也斷了狼的許多念頭，作為草原食物鏈中最重要的一環，狼又回到了原來的位置，從眾多的食物來源中湧現出來的羊，只能成為狼此刻的衣食父母。

但是雪是致命的。綿綿不斷的雪，增加了羊的絕望。雪的瑩白，再加上自己的白，羊承受著色彩失蹤的巨大恐懼，這不是誰的彌天大謊，白色帶來的虛空，無邊無際，白色帶來的死寂，綿綿不絕。

在雪的集體靜默中，人可能患雪盲，人可能喪失理智，人可能在同類的身上弄出點血來，讓刺目的紅色沖散白色圍困，從白色幻虛中回到真實中來。但羊沒有防雪盲的墨鏡，沒有醫生，也不能也不懂用頭上的角刺破同類的肚子，用鮮血喚醒自己。

雪是致命的。整整一群羊，在冬天第九場雪到來時，牠們都患上了雪癔。這是一種羊的精神病變，牠們不再進食，目光散淡，咩聲剛一出嘴，便被風驅散；更主要的是羊的魂魄彷彿被誰攫去了，羊群顯得六神無主，或站或臥，一種不祥而恐懼的氣息牢牢籠罩著這群羊。

牧人們更是束手無策，請來的獸醫根本搞不懂是怎麼回事，羊的面前堆滿了精飼料，而羊們漠然無視，牧人只有祈禱蒼天，讓安拉保佑他們的羊群。

陷入白色恐怖中的羊們，實際上也陷入了一種無我無物的大境界，原先不知道牠們是否有過思考，總之現在一切都停止了，沒有願望，也沒有欲求，一副隨遇而安、任人宰割的樣子。羊能活到這份兒上，也算大智慧了。

狼就是在這個時候出現的。關於狼和羊的故事，千百年來流傳的只有一種版本：那就是狼如何凶狠，如何狡詐，如何滅絕狼性，而羊又是如何善良，如何柔弱，如何不堪一擊。在狼和羊的所有交往中，羊顯然是以受屠戮的面目出現的，從來沒有聽說過哪一隻羊打敗過一隻狼，羊頭上的兩把犄角，向來沒有嚇退過一隻狼的進攻，只聽說過虎口脫險，誰聽說過狼口逃生？

羊的存在，為狼提供了一次次證明自己的機會，狼的野性，因為羊的存在而愈發生機勃勃。

狼就在這個時候出現。羊們都得了雪癔，羊的內部虛弱之極，羊已不再設防，只有護群的老狗狂吠不止，但這彷彿更加告訴狼，羊就在這裡。

天極黑，伸手莫辨五指，只有狼眼閃爍如寒星，峽谷之風掠過，摹仿狼的高亢的嗥叫，而飛迸的雪霰一片沙沙之聲，猶如狼群寬大的尾巴掃過原野。

羊的柔弱並不能引起狼的憐憫，只能更加激起狼的決心。狼開始大舉進攻，狼撲進羊群，晶白的利齒和森森的綠眼輝映，護群老狗躲得很遠，尾巴夾在兩股間，嗚嗚地低喚；有血的甜味瀰漫開來，有皮肉撕裂的鈍響此起彼伏。

但這僅僅是一瞬間的事。羊群忽然開始騷亂，彷彿大夢猛醒，或者被誰點了的穴道突然解開，羊群左奔右突，狼忽然就被羊撞得跌跌絆絆，羊犄角鋒利無比，在狼的面前忽忽劃著弧線……而這時牧羊人的獵槍也恰到好處地轟響，狼用利齒扼著那些掙扎的肥羊，落荒而逃。

這不過是草原上最常見的狼對羊的突襲，但是令牧人大惑不解的是，經過狼的殺戮，羊的雪癔忽然全部好了。清點羊群，少了五六隻肥羊，但小小的犧牲，卻換來了全部的健康。

這世上有許多事很難講得清，突遇殺伐與鮮血，未必就是壞事，一些根深柢固的病疾，只有靠入侵者的野蠻才能喚醒，只是誰都不會說：我們渴望狼的血盆大口。而特殊的事物，必須由特殊的方式才能解決。

在山地阿勒泰，冷杉與陽光是這個世界的兩個極端——冷杉都高高大大，像身著長披風的劍客，峽谷冷硬的風襲過，長披風的下襬鳥翅般飛揚，冷杉的梢頭節制而有分量地飛揚，而長披風裡包裹的身板，在風聲中凝而不動。最深重的心事，最陰暗的韜晦，最堅定的決心都集於一身，樹幹含蓄並沉穩，從每一株冷杉的背影皆透射出冷冷的殺機。但是陽光就不同了，它健康而明朗，顆粒粗糙而飽滿，類似於小麥或青稞，它在每個事物的頭頂播散，牧人的面頰被熏染成紫絳色，岩石的皮膚深褐中透出暗紅，陽光的氣味有些嗆人，這氣味營造出一種熱烈而平和的景象，在這種景象裡，人最容易陷入無所事事之中，身體倦怠，腦袋遲鈍，純淨的世界有時讓人喪失記憶。在看到第一朵野罌粟，看到第一隻甲蟲，聽到第一聲梟叫或第一聲狼嚎，記憶重新工作，從第一朵野罌粟開始的序號排列，記憶變得單純而屈指可數。

就是在這種景象中，我發現了羊。羊是山地阿勒泰唯一在陽光下不改變膚色的東西。我從草地上抬起頭，看著那些不知從哪兒一下冒出來的羊，像雨後幾分鐘之內在草地的陽坡拱出的蘑菇，新鮮、豐潤，讓人望之動情。

人長著眼皮真好，對不想看或不敢看的東西，只消閉上眼皮子就行了。因此書上更確切地將眼皮子稱作眼簾，這「簾」用得何其貼切，既有布料的質感，又有動感。剛才仰躺在草地上，素面朝天的架式，把眼簾拉上，面對正午的陽光，眼前便製造出一片血紅，且嗡嗡作響，只要眼睛一睜開，血紅和嗡嗡的聲音便消失得無蹤無影。我將眼簾如此開合幾次，竟然屢試不爽。

這會兒我漫不經心地看著近處的羊，也試著將眼簾開開合合，但起初什麼結果也沒有，幾次以後，在眼皮子製造的黑夜裡竟然出現了幾塊白色的斑點，我知道那是羊的影像於我的眼底反覆作用的結果，就如同往事。

我開始注意羊。無論從何種角度來看，羊都是最沒有意思的，尤其是老羊，都有副蒙受了不白之冤的表情。牠們對待草的樣子很認真，像尋找失落於草地的鑰匙，東聞聞西嗅嗅，嘴角還在快速地錯動，唸唸叨叨的；倒是牠們的孩子尚有幾分天真，對幼小的事物，人總是懷有一種天然的憐憫和愛意，對小羊亦不例外，甚至小羊向體外排糞球的動作，都令人覺得那麼拙樸自然。

她長著花白的鬍子，在下頷高高翹起的一綹鬍子，但她是母親。這的確有些讓我感動。就像現在的許多年輕人臉上留著鬍子，腦袋後面卻紮著一把小辮兒，既怪異又令人側目。我之所以強調令我感動，是因為那麼多標新立異的事都是人幹的，羊只幹了這一件。

更讓我吃驚的是，這母親鼓脹脹的乳房上竟然也戴著乳罩，乳罩是黑布或者別的什麼花色的布塊拼湊縫製的，顯然已經用了一段時間，那上面奶漬或者別的什麼形式的特殊顏色，充滿了滄桑感。母羊就戴著這樣的乳罩，目光無邪地從一蓬草走向另一叢草，她沒有絲毫的羞怯和慌亂，更不會對我的無禮目光產生絲毫的憤怒。這和海濱浴場那些皮膚棕黑，著三點式泳裝扭來扭去，尖聲尖氣叫喊的女郎有著根本的區別。那些豐乳肥臀的女人們，用一種遮掩來宣告裸露，用極少的禁錮換來大面積的解放。

羊就戴著人給做的乳罩走來走去，公羊們視而不見，表現出良好的品質和修養，這也是羊和人最大的區別之一。大街上如果走來一個女人，如果她裊裊婷婷，如果她款款娜娜，那一定令無數男兒競回頭，更多的目光可能會飛棲於她的胸前久久不願離去；如果是在夏天，在薄薄的衣裙下，似隱似現地有那麼兩處，絕對讓男人們憧憬萬分，想入非非，與其說那胸前的小衣是為了隱藏什麼，倒不如說是為了提示什麼。是一種誘惑，是一種性的展示，這符合人類欲蓋彌彰的一貫作風。

而羊就不同了，羊用不著為自己的羞體而慚愧，更沒有必要用一種曲折的手段來增強自身的魅力，那麼母羊戴乳罩究竟是羊的想法還是人的想法？

在山地阿勒泰，這個遠荒遐塞的邊遠地區，哈薩克牧民們在氈房裡還是用傳統的冬不拉彈唱愛情，所有關於人類的情愛都是用酒在琴弦上潑灑出的；那麼在阿爾泰山深處，鐫刻於石壁上的關於狩獵、牧耕，甚至生殖崇拜的岩畫，則更有力地證實了過去的一切都沒有更大或者本質的變化。可是羊為什麼要戴乳罩？是這個世界讓羊變得越來越輕佻而追趕時髦？還是羊受了人的影響愛起美來？抑或是人的惡作劇，把自己難以實現的願望，通過羊表現出來？

但是都不像。母羊戴著乳罩走來走去，小羊們在她的周圍盤桓不去，那情形好像兜里揣著糖果的托兒所阿姨，讓孩子們充滿了盼頭，可阿姨就是不把糖果拿出來，孩子們有的就用哭來抗議，而小羊則哀憐地低聲咩咩。

傍晚在哈薩克的氈房裡喝酒。肥美的羊肉常常讓人忘了牧羊人和這羊肉有什麼關係，主人請你吃肉的熱情和他自己大吃大嚼的樣子，更讓你覺得鍋裡的羊肯定不是他親自牧養大的。

有孩子的哭聲傳來，很快又消失了。取代哭聲的是孩子有力而響亮的吮咂聲，顯然孩子在吃奶。我猛然想起了午間戴乳罩的羊，那個始終於我心頭不釋的種種猜測，此刻重又占領了我的胸間。

我請氈房的主人給我解答，但我無論如何不能向他表明何為乳罩，我用手在胸前比劃，從嗓子眼裡擠出羊的叫聲，但終究無濟於事，離答案最接近的一次，是主人幫我添奶茶。

翌日清晨，我被羊的高一聲低一聲的咩叫從酒醉中搖醒，山林裡清洌潮潤的空氣，讓我從肺筒子裡打出一個震天撼地的噴嚏。

女主人在擠羊奶，那白色的乳汁隨著女主人雙手的上下提捏，驟雨般躦射在鐵皮的桶壁發出滋滋的聲響，而那條顏色不明的乳罩骯髒地扔在一旁。我忽然明白了，人讓羊戴乳罩，不是為了保持羊的體形，維持一個不變的常量，而是通過這一手段，控制羊的哺乳。既然人牧養了羊，羊的一切就該為人服務，從草變為奶是所有人都沒有深究過的一個問題。因為乳罩，小羊只有去吃草。

擠完了奶的女主人，麻利地給母羊繫上乳罩，拎著滿滿一桶羊奶從羊群中蹣蹣跚跚穿過。那一刻小羊們都不咩叫了，牠們的目光都轉向了戴乳罩的母親，牠們分明聞到了乳汁那熟稔而甘美的氣味，牠們忍不住齊聲大咩了一聲。

為人戴乳罩的母羊們，在所有赤身裸體的羊群中，顯得那樣無地自容。

決鬥的羊

在喀什噶爾這樣的地方，很容易使入忘卻外面的世界。倒是與歷史和時間相關的一些東西，都用不同方式，或多或少，或明或隱地被存留下來，那不是人為的結果，而實在是這個中亞名城所包容的東西太廣泛，以至於讓人難以從現實中把現代和過去嚴格區分開來。比如小販的叫賣聲，常常夾雜著一丁點兒古老的韻味，如果他的眼神蒼茫，如果他的舉止節制，那麼，你會覺著身處何世呢？再比如在過去的皇宮現在的一個大雜院裡，一個維吾爾的少婦，為她的一盆夾竹桃澆水，她的孩子在屋裡啼哭不止，而她充耳不聞，她的心思已跑到崑崙山的深處，她的男人為採一塊可以打製一副手鐲的羊脂玉而身懸絕壁，這樣的場景，這樣紅如煙霞的夾竹桃，你會恍然置身何時呢？

因此，在喀什噶爾千萬不要仔細去分辨什麼，在保留了古老遺風太多的地方，感覺是什麼就是什麼，所有的考證都應該留給大學考古專業出來的人去幹，你的任務就是走走看看想想，或者像所有無所事事的人一樣，斜著肩膀，目光散漫，對最沒有意義的事情發生濃厚的興趣。但是有一點可以肯定，不管現在是否發生過什麼，在這裡曾經發生過的一切，都在影響或者暗示著今天，為所有投入喀什噶爾懷抱的人提供些許可資緬想追懷的東西。

如果這時候你說喀喇汗王朝根本就沒有存在過，桃花石汗也只是一種假說，那麼相信你這番話的人，恐怕只有你自己，因為在今天還在進行的許多事，不過是在不同的時間段上發生的相同的事，而製造這些事件的人已昔非今比，實質上又有多大差別呢？

這番所想，是我在喀什噶爾看了一次鬥羊所聯想到的。

我對這類事情向來沒有太大的興趣。讓動物和動物爭鬥，不過是讓動物來完成人類想幹而無法去實踐的事；讓人和動物爭鬥，也無非是證明人比動物強。因此，鬥雞、鬥牛、鬥狗、鬥蟋蟀，多少都體現了人類的某種願望，把動物擬人化，把人擬獸化，總之都是我們自己導演的一幕幕戲。

鬥羊，是羊和羊鬥。羊是什麼東西？是除了草可以被其踐踏蹂躪再沒有什麼可以能夠欺負的可憐的東西，讓這種最懦弱的東西去完成最強悍者的壯舉，人類需要多麼大的耐心和智慧。

看看羊吧，是一種多麼奇怪的動物。牠長了一副可以打鬥的頭，顱頂插了兩把分外壯觀的彎刀，不過像是藏在鞘中，隨時準備拔出，完全有劍俠刀客的氣質；而牠的身子卻長成了肥胖臃腫富貴相，穿著鬈毛的皮衣，纖細的腿腳像踮著腳尖走路，一搖三擺的。這是多麼滑稽的組合，這種組合本身就蘊含了悲劇的成分。向手無寸鐵者開刀，多少有點殘忍，缺乏君子氣概，既然你在頭頂舉了兩把大刀，那麼啖其肉，穿其皮，也是應該的，不然被羊所剮殺的就可能是別的什麼。因此，在人宰殺牠們之前，先讓牠們自己鬥鬥，耗盡銳氣，也實在是沒有什麼可指責的。

羊就這樣被領進了賽場。所謂賽場不過是密密匝匝的人用他們的目光圍攏的空地。

羊還是那樣溫順的樣子，不像牛那樣牛氣沖天，也不像雞那樣不亢不卑。牠被主人帶進來的時候，甚至有些羞澀，躲躲閃閃。這是羊裡面的巨人，肩高可達一個漢子的腰腹，但牠們不是羯羊，後腿之間凸出著一大堆渾圓的東西，說明了牠們有著無窮力量的源泉；而尾部是很大一塊鬆軟但充滿了彈性的整體，有些像巨大的拳擊手套吊在屁股後面——這是南疆特有的大尾羊。

這不是群體的械鬥，而是挑單的決鬥。人們期待到來的羊，是一隻白羊和一隻黑羊，容易讓人聯想到一位白人拳師和一位黑人拳手，在繩圈的兩頭遠遠地打量對方。但是羊似乎更冷靜，低著頭，從人腿的縫隙偷窺著對方而不被對方發覺。其實在更早的時候，牠們分別被拴在不同的樹下時，從氣味裡就已經預感了不可避免的遭遇。

可是羊在迴避，努力造成一種被逼無奈的氛圍。這世上沒有無緣無故的愛，也沒有毫無理由的恨，白羊和黑羊的芥蒂是人製造出來的，人有時傻就傻在自以為主宰命令了什麼，可實際上往往被對方利用了還渾然不知。羊這時就是這樣，白羊嫌黑羊髒黑，黑羊嫌白羊刺眼，仇恨在見面的第一眼便已埋下，只是人做了替罪羊，仇恨和打鬥都是人讓幹的，與羊何干？

白羊和黑羊被各自的主人推搡到盡可能近的地方，好讓雙方認清對手的模樣，然後主人們抱著羊的粗脖子，向左右搖晃，羊頭上的大彎刀劃拉著空氣呼呼作響，這表明不信任和不喜歡的信號。而主人又在這個至關重要的節骨眼上，摹仿羊從嗓子眼裡擠出緊湊而尖利的鈍響，這是警告對方不要滋事，威懾對方不要輕舉妄動的聲音。在進行完這一切之後，各自的主人便悄悄地拍一拍拳擊手套似的大肥尾巴，暗示哥們，上吧，是時候了！

但是羊沒有馬上撲向對方，牠們略微遲疑了一下，便迅速向後退卻，這如同想打擊得更凶猛一些，必須得先將拳頭收回來一樣。白羊和黑羊各後退了十幾步，又幾乎是同時奮勇衝向對方，那可是義無反顧的拚刺，讓人不敢相信斯文而慵懶的羊竟能跑躍出馬或者獵豹的步態。幾乎在一眨眼的工夫，白色的閃電和黑色的閃電便堅決交織在一起，晴空平地陡響一聲炸雷，驚得周遭一片啞然。在人們還沒有回過神來的時候，羊又迅速退回到各自的警戒線內，但是不作任何停留，白色的山體與黑色的山體又迅疾地接近，兩山碰撞，星火四濺，大地猛烈撼動。

這時圍觀者才猛透過一口氣來，看黑色的火焰和白色的火焰試圖撲滅對方，而人們吶喊的乾柴，只能使火光的芒焰更加熊熊。人們都伸長了脖子，在一側的青筋搏搏跳動著，睜大的眼睛裡糾滿了血紅，這是一種久違的東西，從內心的深處掙跳出。

據說鬥羊是先祖們在每臨戰事之前與祭天同時進行的一項內容，人的勇敢和鬥志，是可以從羊那裡得到啟示和提示的。

羊的打鬥是非常俠義的，牠們不會繞彎子，使假招，或虛晃一槍，或暗裡藏刀。牠們是完完全全，光明磊落的較量，直撲過去，不由分說，這有點像中世紀的騎士，比如唐·吉訶德，看見飛旋的風車便騎瘦驢舉長矛直直衝刺。

因此，羊的格鬥便充滿了悲壯。這有點古典英雄主義的氣概，且不論打殺的起因，也不管勝敗的榮辱、拚殺的過程，拚殺的過程所帶來的愉悅和激動是誰人所能理解的？

在羊的十數個回合的撞擊中，總有一條閃電被斬斷，總有一道山體被崩毀，總有一蓬野火被熄滅，但是羊們不會因為這樣的結果而中途罷戰。果然，白羊的眉骨開始淌血，像雪地裡的一簇紅火苗，但白羊沒有退卻，而是更加猛烈地衝向黑羊，在貼近對方肉搏的一剎那，奔跑中將前蹄和整個前身猛地托起，以加大從上至下的力度，這是致命的一擊。黑羊搖晃了一下巨大的身體險些跌倒，也是在那一瞬間，黑白兩個世界發生了根本性的變化，白羊占了上風。黑羊不敢再戰，輸也輸得明明白白，贏也贏得磊磊落落，牠折過頭，向牠的主人走去，而白羊也絕不追趕，兀立在勝利的大地。

沒有誰會去深究羊們為什麼要打鬥。羊的勝利或失敗，不是羊的榮辱，白羊的頭上，被紮了一朵比牠的血更亮麗的紅綢大花，像個勞動能手或者學習模範，牠的主人沒有花戴，但卻在兜里揣進了一筆可觀的獎金，人輕易就可以騙過羊，羊下次還得繼續努力。

在過去，在很久很久以前，鬥羊的事總是要比現在簡單和樸素得多，不像現在還要弄個裁判，用紅繩子在脖子上繫一把白銅的哨子，羊也許聽不懂哨聲，但必須尊重裁判。這也是和過去不一樣，並大有進步的事。

作者簡介

——黃毅（1961-），壯族，祖籍廣西，出生於新疆。現供職於新疆文聯，任《新疆藝術》雜誌社社長、《新疆文史》執行主編。曾獲「五個一工程」獎、星星詩歌獎、新疆首屆青年文學獎、西部文學獎、天山文藝獎、全國少數民族文學創作駿馬獎等。著有詩集《傾心花朵》、《黃毅短詩選》、《黃毅世紀詩選》、《等待雪崩》；散文集《骨頭的妙響》、《地皮酒》、《畫境語境》、《亞洲甜蜜之心》、《新疆時間》、《白馬少年》；紀實文學《柏格達死亡大搜尋》等。詩文被海內外多部文集選入。創作拍攝電視連續劇《新疆古麗》、《絲路寶藏》，電影《最後的小站》等，係國家一級作家、中國作家協會會員、中國評論家協會會員、中國電視藝術家協會會員、自治區政府參事室文史館員。

2000

鬧著玩的文人

葉兆言

1

金性堯先生的《土中錄》專談清朝文字獄，其中一篇〈蔡顯因自首而斬首〉給我留下很深印象。大家都知道清朝文字獄的殘酷，隨著年代久遠，殘酷有時候也會變成一種古怪，變成滑稽和荒唐。乾隆三十二年，已經七十一歲的舉人蔡顯，心驚膽顫捧著剛刻成的《閒漁閒閒錄》，到松江府去自首，說自己這本新出版的書「並無不法語句」，只是擔心有人惡意舉報，因此決定走坦白從寬這條路，主動到官府說清楚。七十老叟沽名釣譽，自費出本閒書，在文字獄如火如荼的日子裡，是活著不耐煩，沒事找事，他誠惶誠恐，自信沒什麼大錯，即使有點小毛病，也構不成大獄，然而結局卻很悲慘，坦白認罪了，從寬二字並沒有太多商量。蔡顯被判凌遲，也就是說千刀萬剮，長子殺頭，是斬立決，後來皇帝出面開恩，蔡顯被改判斬首，死個痛快，長子改為斬監候，所謂死緩，其他的兒女和妻妾皆給功臣家為奴，清朝文字獄有很多人遭難，像這種自投羅網自討沒趣，還真不多。

不由得想起晚明，那年頭的文人多麼自在。即使到清初，文人不管殺頭不殺頭，氣節還在，譬如沒掉腦袋的顧炎武，大清朝逼出來做官，他死活不依，不做官就是不做官，還發文人脾氣，說什麼「刀繩俱在，無速我死」。他認定死理，就這麼倔強，就這麼昂著高貴的頭顱做人，而且照樣著述，按後來的文字獄標準，有十個腦袋也不夠砍。又譬如被殺頭的金聖嘆，照樣痛痛快快說幾聲「不亦快哉」，雖然已做了亡國奴，照樣寫文章，照樣「白說邪說，皆成妙筆」。多少年後，民間還流傳著故事，有一副對聯挖苦與父親小妾偷情，據傳就出自金聖嘆之手：

母愛兒嬌，五十歲猶在懷中；
子承父業，三寸地豈容荒蕪。

2

中國的大歷史，容易造成天下是讀書人的錯覺。萬般皆下品，唯有讀書高，讀書人的感覺良好，反過來也感染用不著讀書的人。譬如，武人只要會打仗就行，保家衛國乃軍人大職，偏偏中國的軍人大都不擅此道，民國初年的徐樹錚便是例子，他是段祺瑞的第一心腹，政壇上曾經呼風喚雨。黑暗的北洋軍閥時期是中國文人少有的一個自由時代，軍人混戰，忙著發通電搶地盤，沒時間來收拾文人，即使逮著一兩個來出氣，像林白水和邵飄萍的被殺，像李大釗的上絞刑架，由於殺人者很快完蛋，不僅嚇唬不了文人，反而更激怒了文人，更促進了文人的搗蛋。

徐樹錚戰場上沒什麼業績，卻旁門左道地喜歡桐城派古文，他一本正經撰寫過《徐氏評點古文辭類纂》，並由紅極一時的林紓作序。在序中，林紓把徐狠狠地誇了幾句，說如今天下大亂，徐整日忙於軍務，竟然還能「出其餘力以治此，可云得儒將之風流矣」。馬屁拍得不算輕，林紓性耿直，輕易不肯誇人，他是桐城的領軍人物，能得到他的評價，桐城之學也算修得正果。不過這種話千萬不可當真，文人難免鬧著玩的心理，恰如好嫉妒的婦人，只有女人才是她的天敵，對於徐樹錚這樣的武人，林紓顯然運用了不同標準。當然，還有一個原因也不可忽視，林紓翻譯《茶花女》大出風頭，此時已經失意，此一時，彼一時，一旦進入民國，恰如錢鍾書的父親錢基博老人所言：

> 民國興，章炳麟實為革命先覺；又能識別古書真偽，不如桐城派學者以空文號天下。於是章氏之學興，林紓之說熸。紓、其昶、永概咸去大學；而章氏之徒代之。

飯碗都讓人奪去了，這口鳥氣如何嚥得下去。京師大學堂一度是桐城派的天下，這一派的著名人物吳汝綸當過京師大學堂的總教習，胳膊總是往內拐，有權自然要用，在他的把持下，桐城的私貨都塞到了當時的最高學府。可是不過幾年工夫，大清朝終於到盡頭，吳也死了，京師大學堂改名為北京大學，規矩隨之改變，桐城的威風不再，很快成了落水狗，成了「桐城妖孽」，林紓在〈與姚永概書〉中，大發牢騷，結尾處寫道：

> 非斤斤於此輩爭短長；正以骨鯁在喉，不探取而出之，坐臥皆弗爽也。

林紓視章氏之徒的學問，只是「震眩流俗之耳目」，自信「可計日而見其敗」。對於研究中國現代文學的人來說，林紓的引人注目，不是用桐城筆法翻譯外國小說，而是由他引發的一場白話文言的論戰。這是個老掉牙的議題，實際上，開始時只是地道的門戶之見，因為章太炎本人並不贊成白話文，他的大弟子黃侃一直旗幟鮮明地反對新文學運動，章太炎和黃侃推崇魏晉文章，提倡音韻訓詁之學，和桐城派古文針鋒相對，形同水火。林紓看不順眼，又不甘心自己的失勢，於是病急亂投醫，便和武人徐樹錚搞到一路去了，本來是個鬧劇，軍閥要文人裝點門面，文人靠軍閥造些聲勢，但是他這麼做，給在北大已站住腳跟的章氏之徒抓住了反擊機會。

眾所周知，章氏之徒為了白話古文，自己就鬧得不可開交。林紓看不上章太炎，章太炎看不上林紓，雙方懶得交手，沒什麼戲可看。對於剛鬧起來的新文化運動，林紓並不放在眼裡，他寫了一篇小說〈荊生〉，憑空塑造了一個「偉丈夫」，突然破壁而出，把提倡新文化運動的幾員驍將，狠狠地收拾了一通。這本是文人的小把戲，是精神勝利法，然而章氏之徒中提倡白話文的幾位，故意做出很著急的樣子，說師兄黃侃反對白話文，不過是嘴上說說而已，林紓卻是要玩真格的，想借助槍桿子，鎮壓白話文運動。「偉丈夫」是誰不言而喻，此時正是徐樹錚最得意之際，炙手可熱，林紓顯然希望他大開殺戒，「該出手時就出手」，一舉消滅文壇上的亂黨。

文人相爭，難免言重，依照林紓的頑固脾氣，他未必不這麼想，可是想永遠當不了真，章氏之徒未必是真的怕，審時度勢，稍有些腦子的人，就知道徐樹錚即使有這個心，也沒這個能耐。自從有了租界，文人不僅有了胡說八道的機會，還有了信口罵人的自由，民國建立，制度上的共和，使文人在言論上更開放。文人敢在報紙上罵軍閥，並不是因為膽大，而是因為允許。這一次，書呆子兮兮的林紓真看走眼，徐樹錚在軍閥紛爭中，很快失意，失意的軍人比文人還不如，徐後來被拘留，未經審判就給斃了，死得不明不白。

3

林紓想用槍桿子來解決問題，是開了一個壞頭，因為文人相爭，君子動口不動手，借助外力和強權來幫助，為自己壯膽助威，就算是勝，也勝之不武。文人應該是刀子口、菩薩心，不應該動輒產生殺機。徐樹錚的下場，反過來給林紓的對手一種大獲全勝的感覺，從此，文學史上提到林紓，常把他當作一個笑柄。

其實文人相爭，不一定非要決出勝負。相爭是言論自由的具體表現，文人有話不能說不敢說，這才是一件可悲的事情。魯迅先生喜歡辯論是非，眼睛裡容不得沙子，一生罵人無數，也被無數人責罵。被人責罵或者調侃，自然不會有什麼好話，最極端和最有趣的是葉靈鳳，這位學繪畫的小夥子自從進創造社，文章沒什麼長進，胡鬧的工夫與師兄弟相比，有過之無不及，他寫了篇小說〈窮愁的自傳〉，男主角魏日青是革命者，他的日常生活竟是這樣：

照著老例，起身後我便將十二枚銅元從舊貨攤上買來一冊《吶喊》撕下三頁到露臺上去大便。

這段描述讓魯迅耿耿於懷，創造社同人的罵，通常都是這種腔調，口不擇言，張嘴就來。為什麼不能花十二枚銅元去買一刀好草紙？用鉛印的《吶喊》作為代用品，雖然羞辱了魯迅，難道就不怕委屈了屁眼，引得痔瘡復發。對這種輕薄的鬧著玩，只能生氣，絕對不能當真，魯迅是文弱的江南書生，不是驍勇好戰的北方好漢蕭軍，一生氣，便要約化名狄克的張春橋出來打架。識時務者為俊傑，魯迅知道與文人作戰只能用筆，若上法庭打官司，只和章士釗去打，他是教育總長，是官場上的人，打起官司來有法可依，和無聊文人絕不對簿公堂。陳源曾說魯迅的《中國小說史略》是對日本鹽谷溫教授《支那文學概論講話》「整大本的剽竊」，男盜女娼乃人間最大恥事，魯迅為此恨得咬牙切齒，但是他明白最好的辦法還是讓讀者自己去辨別。此外，打筆仗有時候就如婦人街頭吵架，誰伶牙俐齒誰更占便宜，誰精通罵人藝術誰占上風，是魯迅對手的人還真不多，陳源其實被罵得很夠嗆。

孫中山逝世數年後，在新都南京舉行奉安大典，小報上登出一副對聯，是章太炎的輓詞：

舉國盡蘇俄，赤化不如陳獨秀；
滿朝皆義子，碧雲應繼魏忠賢。

最初看到這副對聯，在補白大王鄭逸梅的一本書上，鄭喜歡文壇掌故，記錄的一些文字很有趣，錯誤也多。後來又在錢基博老先生的《現代中國文學史》上見到，這一回是真相信，因為錢家的人做學問，講究有來歷，道聽途說不會錄用。然而後來經專家考證，證實這副對聯確是假的，是無聊文人的假託。對於這種名譽權的侵犯，章太炎顯然也對打官司沒興趣，不願意和無聊文人上法庭，他只是在報紙上發表一紙聲明，希望此後「大小報紙欲登錄鄙人輓聯詩句者，必須以墨跡攝影，使真偽可辨」。這聲明有些模棱兩可，他列舉了三副假的輓聯，分別為輓宋子文之母，輓譚延闓，輓楊銓，恰恰沒提到這副影響最大的輓孫中山聯。既然輓聯是假，故意不提，便很耐人尋味。蒼蠅不叮無縫的雞蛋，眾所周知，章太炎對孫中山向來有看法，而章氏子弟對自稱國父學生的蔣介石也不恭敬，小報文人有效地利用了這些成見。

作為章氏門人，魯迅首先就不會為章太炎辯誣，雖然和蔣委員長是同鄉，但他對國民黨沒什麼好印象。周作人和他哥哥如出一轍，對南京政府始終不熱情。奉安大典是往剛得天下的南京國民政府臉上貼金，當時一定有很多人知道章太炎的輓聯是假的，但是明知是假，也懶得站出來說話，因為一副假的對聯，有時候非常真實地代表了民間的一種情緒。鬧著玩的文人，常會幹一些歪打正著的勾當，和尚打傘，無法無天，既然言論自由，拿國父孫中山開幾句玩笑，也沒什麼大不了，況且醉翁之意不在酒，矛頭當然針對著活人而去，嘲笑的只是國民黨的新權貴。

百花齊放難免造成泥沙俱下的結果，言論自由讓文人有更多罵人的機會，同時又有更多挨罵的榮幸。對付文人的鬧著玩，最好的辦法就是別當真。當然文人也不都是鬧著玩，文人在鬧著玩之外，還有許多事可以做。不過，並不是所有的讀書人皆有幽默感，魯迅在黃埔軍官學校的演講詞中，曾對文人的處境進行了調侃：

> 我想：文學文學，是最不中用的，沒有力量的人講的；有實力的人並不開口，就殺人，被壓迫的人講幾句話，寫幾個字，就要被殺；即使幸而不被殺，但天天吶喊，叫苦，鳴不平，而有實力的人仍然壓迫，虐待，殺戮，沒有辦法對付他們，這文學於人們又有什麼益處呢？

在自然界裡也一樣，鷹的捕雀，不聲不響的是鷹，吱吱叫喊的是雀；貓的捕鼠，不聲不響的是貓，吱吱叫喊的是老鼠；結果，還是只會開口的被不開口的吃掉。

說話要看對象，魯迅顯然不是當著軍人的面，才說這番討好武力的話。研究魯迅的人，習慣於講他如何利用文學作為武器進行戰鬥，卻有意和無意地忽視了他對這武器的輕視。文學可以是匕首投槍，畢竟不是真的匕首投槍，類似的觀點在魯迅文章中並非罕見，文人能叫能喊，有時就會忘乎所以，自以為登高一呼，一切問題便迎刃而解。由於歷史是文人的筆寫出來的，文化人作用被誇大也就在情理之中，譬如總說五四學生運動如何了得，但是對於這場運動的直接目的最後是否達到，中國代表最後在巴黎究竟簽沒簽字，並沒有多少人去細心琢磨，反正遊行也遊過了，趙家樓也燒了，學生運動必須充分肯定才對，其他的就可以不聞不問，忽略不計。

辛亥革命推翻大清朝，是因為武昌起義，真槍真刀。袁世凱稱帝失敗，是因為蔡鍔在雲南組成護國軍討伐。文人感覺再良好也沒什麼用，「一首詩嚇不走孫傳芳，一炮就把孫傳芳轟走了」，槍桿子裡出政權，武力才能最終解決問題，魯迅似乎是文人中最早明白這道理的人。

4

茅盾評價《倪煥之》，稱之為扛鼎之作，這話被後來人當作讚美之詞反覆引用，成為大學課堂上的流行話語。其實聽話聽聲鑼鼓聽音，「扛鼎」是什麼意思，作為好朋友，茅盾的這番話當然是捧場，同時也是一個讓步句，說明寫這麼一個東西不容易，不妨想一想扛著鼎有多累，因此猶如說戴著鐐銬跳舞，褒貶兩層意思都有了。作家之間的互相吹捧，讀者一定要細心辨別，因為文人的朋黨意識一向很厲害，物以類聚，人以群分，拉幫結派不太好，但是文人都是些有性情的寶貝，有時候還真難免。

很多事情總是想不明白，以沈從文的文風，他似乎不應該特別喜歡徐志摩。徐的文筆花哨，濃得化不開，那股矯情的紳士味道，和鄉土氣息十足的沈從文，怎麼看都不像是一路貨色，然而他們確實是很好的朋友，徐飛機失事，只有沈從文風塵僕僕趕去現場。人和人之間的交情很難解釋，朱東潤先生的《張居正大傳》出版，《文藝復興》上曾發表了祖父的一篇書評，據父親告訴我，這書評是朱先生自己寫的，不過是發表時用了祖父的名字。這種事，如果被對手知道，或許會攻擊一番，在當時人來說，又是很自然的事情。大家志同道合，借個名有什麼關係，魯迅兄弟有段時間寫稿子經常你我不分。

父親還告訴我另外一件事，說胡風曾有稿子投到祖父主編的一個雜誌，是三十年代、是四十年代，弄不清楚，反正祖父不太喜歡那篇稿子，執意不肯發。一起的朋友就勸，說胡風脾氣大，最好不要招惹，於是就有些弄僵，都是書呆子，都倔強，都不能得罪，終於有人想出兩全之策，雜誌出一期增刊，專發胡風的這篇文章，結果雙方皆有面子。新文學時期，這樣的例子大約很多，有時候，一些小糾紛化解了，有時候卻變得很激烈，引發一場論戰。文人之間總有些磕頭碰腦，譬如京派海派，一不小心便打起筆仗，既然開戰，免不了意氣用事。其實究竟誰是地道的京派和海派，還真說不清楚，我剛讀研究生的時候，對現代文學史上文人的吵架頗有興趣，祖父知道以後，專門寫信給我，說別在這種邪門歪道上下工夫，說這些事情很無聊，不值得關注。

徐志摩曾力捧過陳源，說他的英語，比英國人還好，這本是句玩笑話。陳源是英國留學生，回國後成為現代評論派的主筆，和語絲同人吵得一塌糊塗。凡是喜歡看魯迅文章的人，都熟悉這件事，但是我覺得罵陳源最損的是劉半農，他逮住陳的英語程度大做文章，說其水平的確比蕭伯納還好，可惜愚昧的英國人孤陋寡聞，不知道天下還有這麼一位奇人，而且查遍英文字典，竟然見不到陳源的大名。劉半農有一篇文章罵倒王敬軒的功力，以鬥嘴而言，陳源根本不是對手，《語絲》上發表文字的這一幫人，個個都是高手，即使是以儒雅著稱的周作人，寫起吵架文章來，也絲毫不含糊。

才女凌叔華讀大學時，曾給周作人寫了封很熱情的信，說她已打定主意要做一名作家，要為自己中英日三種文字找一位導師，而在她所知道的老師中，除了周作人，別人似乎都沒有這樣的資格。女弟子進一步成為情人，成為後妻，是常有的事情，不能說周作人也有這種非分之想，但是他以對方頗有才華為由，一口答應了下來。接著便是信的來來往往，在周的關照下，凌的一篇小說由《晨報》副刊發表了，以後文名漸漸為世上所知，再以後，凌和陳源成為了夫妻。《語絲》和《現代評論》為女師大風波大打筆墨官司，吵到最後，話越說越難聽，凌叔華於是寫信給周作人，希望不要把她給拉扯在裡面，周作人的回信有些曖昧，更有些酸溜溜：

> 我寫文章一向很注意，決不涉及這些，但是別人的文章我就不好負責，因為我不是全權的編輯，許多《語絲》同人的文字我是不便加以增減的。

周作人說的「這些」是什麼，細心的讀者無疑會動腦筋去亂想。按說《語絲》和《現代評論》都是京派，都是京派也會吵。看文人吵架有時候不失為一種享受，因為只有在吵架的時候，人才最有智慧，同時也最幼稚可笑。創造社一幫人從日本回來，第一件事便是惹是生非，當時國內能直接看外文的人不多，創造社以浪漫派著稱，自己的譯稿浪漫得離譜，讓人不忍卒讀，但是他們回國最初的引人注目，是在翻譯上指責張三李四，到處挑別人的錯。為此茅盾和胡適都很憤怒，茅盾以筆名「損」發表了一篇文章，說創造社同人起碼應該稍微謙虛一點，不能自說自話地就認為他們「可與世界不朽作品比肩」，而胡適也寫了篇〈罵人〉質疑，說「譯書有錯，算不得大罪，而達夫罵人為糞蛆，則未免罰浮於罪」。在文人相爭方面，早年的創造社孩子氣十足，很輕易地出手了，誰有名就和誰過不去，目的很簡單，是想鬧點事，想有點新聞效應，他們的矛頭直指當時在上海風頭正健的文學研究會，直指在北京的以大學為基地的胡適集團。先惹是生非的是創造社，主動求和的也是他們，與茅盾大打筆戰的一個月後，郭沫若和郁達夫藉口《女神》出版一周年，主動找上門去，邀請文學研究會同人參加他們的慶祝活動。這樣的活動有一個堂皇的理由，是為了「消除新文學團體間的隔閡，增強彼此間的團結」，結果茅盾和鄭振鐸等如約到會，地點是一品香旅社，說些什麼不清楚，反正一團和氣，前嫌盡釋，大家攝影留念。差不多同一時期，郭沫若又在美麗川宴請胡適和徐志摩，氣氛更為融洽，「飲者皆醉，適之說誠懇話，沫若遽抱而吻之」。

性情中的文人鬧著玩，回想起來頗有趣。寫《啼笑因緣》的張恨水，曾得到過茅盾一次隨意的誇獎，大約是說文字不錯，他因此十分感激，不止一次文章中提到此事。或許名列舊派小說的緣故，張恨水總是戴著頂通俗言情的破帽子，這一派的小說，雖然獲得了讀者，卻堅決不被新文學陣營看好，不僅不看好，動不動還要遭一頓臭罵。寫舊派小說的人吵架方面永遠是外行，新文學陣營有一致對外的傳統，不像舊派文人，天生了一盤散沙，不求進取自甘沒落，老處於被動挨打的地位。張恨水對茅盾的感激充滿自卑心理，文人有時候就這麼賤，被罵慣了，突然給個好臉，反而終生感激。新文學天生了一種霸氣，差不多每個社團都有位能吵架的理論家，譬如文學研究會的茅盾，譬如創造社的成仿吾，譬如太陽社的阿英，譬如現代評論派的陳源，在文人相爭中，他們彷彿是足球隊的守門員，頑強地鎮守著自家球隊的大門。

在新舊兩派的交手中，新派文人大都占著上風，新文學陣營人多勢眾，一出手就是個群毆場面。新永遠代表未來，代表出路，誰攔著便是找不自在，因此勢單力薄的舊派人物惹不起，只能躲，打不還手罵不還口。因此，現代文學上最精采的一頁不是新舊之爭，而是新派之間自己的爭鬥，文人鬧著玩最大的特點就是自己跟自己吵，不同團體之間相互唇槍舌劍，你死我活，同一團體的成員動不動也翻臉，從此成為路人，像田漢，本來應該成為創造社最得力的一員大將，因為另一員大將成仿吾的一篇批評文章，從此不和創造社來往。前期的創造社，後期的太陽社，再後期以胡風為首的七月派，都是善於戰鬥的文學團體，而其中最容易鬧內訌的是創造社一幫人，早期創造社的幾員大將，相互之間都曾經惡毒攻擊過。

魯迅把創造社稱之為「新才子派」，這一派人物剛出現，其行徑多少有些流氓氣，把出版社的譯書找出來挑錯，罵得狗血噴頭，故意弄出很大動靜，使輿論譁然，結果出版社老闆出於商業上的考慮，因為翻譯圖書總有利可圖，索性出創造社成員的譯書，不僅出書，附帶著連個人的作品集一起出，這樣一來，嘴也就被堵住了。從表面上看，創造社大獲全勝，然而正如魯迅分析的那樣：

「新上海」終究是敵不過「老上海」的，創造社員在凱歌聲中，終於覺到了自己就在做自己的出版者的商品，種種努力，在老闆看來，就等於眼鏡舖大玻璃窗裡紙人的眨眼，不過是「以廣招徠」。待到希圖努力出版的時候，老闆就給吃了一場官司，雖然也終於獨立，說是一切書籍，大加改訂，另行印刷，重新開張了，然而舊老闆卻還是永遠用了舊版子，只是印，賣，而且年年是什麼紀念的大廉價。

把創造社成員傾向革命的原因，說成是因為玩不過「老上海」，未免刻薄了一些，但是真不能說魯迅這話不對。一九二二年，郁達夫回國，與郭沫若同住在上海四馬路泰東圖書局門市部，一天，兩人得知《創造》第一期經過一年多的時間，只賣了一千五百部，覺得「國內的文藝界就和沙漠一樣」，不由「哀感」起來，結果「連吃了三家酒店」，大醉而歸。這是創業時期的艱苦，情調頗浪漫，漸漸情形好轉，終於有了影響，特別是獲得青年讀者的青睞，成為書商的目標，成為報刊上的紅人，但是，一旦這些書呆子真試圖和資本主義較量，和老上海玩，想多獲得一些利潤，便輸得一塌糊塗，血本無歸。

5

一九三五年六月，日本領事抗議《新生》周刊上一篇名為〈閑話皇帝〉的文章，刊物因此被查禁，作者杜重遠被判處徒刑。對於文人來說，這是一件很嚴重的事件，在此之前，有左聯五烈士的遇難，在此之後，有李公樸和聞一多的被刺，然而這些犧牲並不是因為他們的文字。北洋軍閥時期，文人中確有寫文章被殺頭的，譬如林白水和邵飄萍，這種殺戮對文人也沒有太大的威懾。國民黨政權早在一九二七年就已經建立，它的穩定卻是逐步形成，對言論自由的控制，是一個逐漸加深的過程。〈閑話皇帝〉事件的嚴重性在於，它第一次以法律為準繩對付文人，文章再也不僅僅是被查禁，而是弄不好真的要吃官司。官方審查機構的作用逐漸凸顯出來，文人的言論開始受到限制。限制言論自由是國民黨想做而始終沒有做好的事情，蔣介石很羡慕希特勒，手下也確實有些法西斯分子，可惜他的文化官僚大都吃乾飯，這方面並沒有真正做出過什麼成效。

魯迅出文集的時候，總是要把那些被審查機關刪節的文字補上，而且一定加上說明，讓讀者明白文化官員們的無聊。在一開始，這些刪節顯得很可笑，只是在字眼上做文章，有些字不讓用，有些影射必須改正。據說當初要求設立圖書出版審查制度，也是一些文化人和准文化人自己提出來的，出版社老闆考慮到書出版後再查禁，損失太大，不如防患於未然，有些作家是中性的，可是卻成了左翼文學附帶的受害者，對圖書進行查禁時，陳望道的《美術概論》，顧鳳城的《中外文學家辭典》，余慕陶的《世界文學史》，李代桃僵，全都遭遇不白之冤，與其沒有標準瞎折騰，不如人為地讓政府組織一個班子，制訂出一個審查標準。

結果便是一場鬧劇，三十年代的查禁書目名單，頗具遊戲色彩，魯迅、茅盾、巴金、郭沫若都有幸入圍。不清楚審查委員是些什麼人，反正都是亦官亦文人的活寶，吃力不討好，兩邊挨人罵。是否經過審查，一度成為不能省略的重要形式，彷彿現在市場上賣豬肉檢驗藍色印章，圖書也必須印有「中宣會圖書雜誌審委會審查證」字樣才能上市。事實上，這種文化圍剿收效甚微，道高一尺，魔高一丈，魯迅的《二心集》被禁，換個書名，改成《拾零集》照樣放在書店裡賣。審查委員每天要看許多字數，顯然很吃苦，也很賣命，兢兢業業，用魯迅的話說，他們也有對頭，自己在找漏洞，別人在找他們的漏洞，螳螂捕蟬，黃雀在後，誰的日子都不好過。

審查委員會的標準冠冕堂皇，「如非對黨對政府絕對顯明不利之文字，請其刪改外」，其餘的「均一秉大公，無絲毫偏袒」。話是這麼說，實際操作並不簡單。文字要興大獄，雖然遭殃的是文人，沒有文人的幫忙也玩不起來。文人遇上的殺手，往往首先是文化官僚，位於主奴之間的審查委員，既然還有別人在找他們的漏洞，因此最聰明的辦法，便是從嚴發落，有理無理，一概打進冷宮再說。蔣委員長剿共，寧可錯殺三千，絕不放過一個。審查委員們在這方面有過之無不及，在一開始，只是和蘇俄有關要查要刪，和共黨有關的文字為「反動」，發展到後來，沒什麼標準可言，連魯迅與自稱不左不右的「第三種人」吵架，也被認為不宜。

〈閑話皇帝〉讓作者坐牢，也讓審稿的人跟著倒楣，有七位審查官被革職。這個事件標誌著林紓當年反對新文化運動時盼望的「偉丈夫」終於出現，文人的自由時代結束了，從表面上看，這是一場外交事件，實質卻體現了法律的威嚴，是約束言論自由的合法化。在此之前，對文字的審查更多流於形式，現在卻意味著動真格。此後，審查制度由於抗戰爆發一度略有鬆動，但是總的趨勢是越來越嚴，國民黨政府做夢都想控制意識形態，因為文人都以站在政府一邊為恥。在做思想工作方面，共產黨要比國民黨在行得多，這就難怪惱羞成怒的蔣介石去了臺灣，會進一步加緊查禁的力度，而我們所知道的新文學作品，在很長的時間裡差不多全都成了禁書。

6

郭沫若在《創造十年》中曾承認，自己不止一次「橫陳在藤睡椅上想赤化」，這是文人鬧著玩的一幅漫畫。「詛咒黑暗舊世界」這樣激烈的詞彙，在文人的筆下經常出現，作為時代的搗亂分子，說話越衝的文人越引人注目。蘇雪林對郁達夫有過這麼一段批評：

他寫自身受經濟的壓迫，尤其可笑，一面口口聲聲的叫窮，一面又記自己到某酒樓喝酒、某飯館吃飯、某家打麻雀牌、某妓寨過夜、看電影、聽戲，出門一步必坐汽車（上海普通人以人力車代步，汽車唯極富人始乘），常常陪妓女到燕子窠抽鴉片。終日過著花天酒地的生活。一面記收入幾百元的稿費，某書局請他去當編輯；一面怨恨社會壓迫天才；一面刻畫自己種種墮落頹廢，下流荒淫的生活；一面卻憤世嫉邪，以為全世界都沒有一個高尚純潔的人。

蘇雪林是現代文壇上有名的女棍子，什麼人都敢罵，魯迅、沈從文，逮誰說誰。她對郁達夫的批評略嫌尖刻，但是也的確捅到要害。像創造社成員，差不多人人都成了「革命」作家，他們鼓勵讀者提刀殺賊，赴湯蹈火，為人類爭光明，自己卻好像「臉青似鬼，骨瘦如柴的煙客」，躺在那裡抽著鴉片，大喊「革命」，大喊「衝呀，殺呀」。魯迅曾說過，他願意和郁達夫結交，因為郁是創造社中最沒有「創造嘴臉」的人，可見，在魯迅眼裡，空喊革命，郁達夫還不算最不像話。在創造社，最大的棍子是成仿吾，他的文學成就最差，除了能記得他在不停地批判別人之外，沒什麼可圈可點之處。作為個案，解剖郭沫若要有趣得多，因為在現代文學中，要說文人鬧著玩，他的段位最高，遊戲的精神也最足。

作為文壇的標誌性人物，郭沫若和魯迅沒見過面，他曾非常傷心地表示了這種遺憾，在同時代的中國作家裡，的確是一個意外，因為中國文人之間有著太多的飯局，只要一個城市裡待著，即使冤家對頭，同一張桌子上碰面，這種概率也是難免。度經劫波兄弟在，相逢一笑泯恩仇，一起吃頓飯是中國人最好的和解辦法。魯迅和郭沫若之間，相互都說過對方很難聽的話，一個尖刻，一個惡毒，在內心深處，對對方無好感顯然沒有疑問。魯迅逝世後，郭沫若一改昔日作風，對魯迅的評價不斷升級，有時拔高得都有些離譜，以致熟悉其中內幕的人，不能不為郭的吹捧感到肉麻。

文人相輕本屬難免之事，譬如美國文壇上的海明威和福克納，這兩位大師就從未謀面，他們之間也互有微詞，但是都是衝文章而去，因為文人的好壞，最後還是要靠作品來說話。魯迅和郭沫若似乎都不屑於評論對方的作品，在魯迅眼裡，郭是才子加流氓，按照傳統讀書人的觀點，才子並不是什麼好東西，只是民間故事中識幾個字能弄些淫詞豔曲的輕薄文人。郭沫若卻視魯迅為封建餘孽，他的觀點頗有意思，因為資本主義對社會主義是反動，封建社會又是對資本主義的反動，因此魯迅罪大惡極，是雙重的反動，「是一位不得志的Fascist（法西斯蒂）」。時間過得飛快，十年前，《新青年》上大罵桐城餘孽，十年後，當年的鬥士自己也成了激進人士眼裡的反動分子。文章乃小道，中國文人動不動就從大處著眼，林紓視新派人物為「覆孔孟鏟倫常」，所以盼望偉丈夫徐樹錚出來鎮壓，以郭沫若為首的創造社對魯迅的圍剿，重要理由他是個反動老作家，「對於布魯喬亞汜是一個最良的代言人，對於普羅列塔亞是一個最惡的煽動家」，所以《吶喊》之類的小說，只配撕了去揩屁股。

再也找不到比郭沫若更會玩的文人，他能夠理直氣壯地扮演刁民，大喊「革命已經成功，小民無處吃飯」，不僅罵魯迅，而且敢痛斥蔣總司令。左聯時期，郭躲在日本研究甲骨文，發表了一部研究中國古代社會的專著，按照余英時先生的說法，這本書參考了摩爾根的《古代社會》，用「四兩撥千斤的巧勁，把王國維的創獲挪為己有」，結果在學界引起巨大反響。不管怎麼說，這本書仍然值得一讀，郭沫若在中國古代史方面的研究，終於成為一家之言，他的聰明也是一般文人所不能比擬。有趣的是，在世界性的紅色的三十年代，左翼文學運動如火如荼，他竟然游離於這個運動的最邊緣。一九三三年，蔡元培與魯迅等人在上海成立中國民權保障同盟，茅盾的《子夜》和巴金的《家》先後出版，郭沫若卻令人沮喪地因為「一時尋歡，由不潔的行為感染了淋病」，並過渡給了妻子安娜，安娜的性病一度很嚴重，郭不得不涎著臉，寫信向行醫的日本友人求援。

魯迅死後，郭沫若完全改了口徑，他說魯迅比孔子還偉大，理由是孔子沒有「國際間的功動」，盛讚魯迅是「中國民族近代的一個傑作」，是中國近代文藝「真實意義的開山」，「已經成為我們民族的精神」：

嗚呼魯迅，魯迅魯迅，魯迅之前，既無魯迅，魯迅之後，無數魯迅，嗚呼魯迅，魯迅魯迅！

魯迅先生地下有知，會對這種吹捧很生氣，用郭的原話就是「魯迅是會蹙額的」。天知道郭沫若說了多少好話，只要是個日子，一定不放棄這種表揚。他屬於那種勇於信口開河的人，想到什麼說什麼。紀念魯迅成了中國文人一項隆重的政治活動，遇上忌日，必有一番熱鬧。在魯迅逝世四周年紀念大會上，已經回國的郭沫若說：

魯迅生前罵了我一輩子，但可惜他已經死了。再也得不到他那樣深切的關心。死後我卻要恭維他一輩子，但可惜我已經有年紀了，不能夠恭維得盡致。

四十年代是郭沫若大放異彩的年代，流氓加才子沒人提了，大革命失敗後很長時間脫離共產黨也被大家淡忘，他的五十壽辰成為文壇上的大事。周恩來在《新華日報》的頭版上發表文章，稱魯迅為新文化運動的先驅，而郭沫若則是主將，魯是開路先鋒，郭是帶著大家一起前進的嚮導。如此高度評價，是存心想奠定郭在文壇上的領袖地位，魯迅曾對瞿秋白說過「人生得一知己足矣」，郭覺得這話很適合表達「我和恩來同志的關係」。瞿秋白是共黨內的失意人士，這個比較並不恰當，郭沫若顯然很會和中共領導人打交道，重慶談判期間，有一次他看到毛澤東用的是個舊懷錶，立刻把自己的手錶摘下來送給毛，毛珍惜這份友誼，據說生前一直都帶著它。

由於戰時生活單調，郭沫若的戲劇成為當時最重要的娛樂，有一次，他主動爭取扮演《棠棣之花》中的死屍，一動不動地在臺上躺了半個多小時。郭的會玩充分體現在他善於讓自己成為公眾人物，善於和各式各樣明星似的人物來往，他很擅長於扮演名流的角色。一九四八年二月十日，郭沫若突然氣勢洶洶地寫了一篇檄文〈斥反動文藝〉，痛罵沈從文、朱光潛、蕭乾，用詞之激烈，與當年謾罵魯迅相比，更加氣勢洶洶。兩天以後，他又寫了一篇文章，大罵胡適，並預言「勝利必屬人民，今日已成定局，為期當不出兩年」。在同一天的春節聯歡晚會上，他公開號召知識分子要甘心做「牛尾巴」，率領大家痛飲「牛尾酒」。有人把沈從文的自殺，說成是被郭痛罵的結果，這結論過於簡單，然而說造成了巨大恐懼，應該沒什麼問題。這時候，文人之間的鬧著玩已經很不好玩。一年以後，解放軍如郭所預料的那樣進入北平，在回答《新民報》記者的提問時，沈從文結結巴巴地說：

> 我覺得郭先生的話不無感情用事的地方，但我對郭先生的工作認為是對的，是正確的，我的心很欽佩。

這是典型的口服心不服，口是心非，要說挨罵，沈從文並不是第一回，但是這次他真的害怕了。一九四九年的春天，許多文人來到北平，準備為新政府工作，這些人中有許多是沈從文的好友，他們去拜訪沈從文，發現他完全變了一個人，神情恍惚，心不在焉，全無老友相逢的激動。

7

文人之間鬧著玩，奇文共賞，疑義相析。文人不爭就不是文人，但是一定要辨別是非，區分正邪，爭出勝負，希望「偉丈夫」出來解決問題，結果就可能是壞事。有理不在聲高，有話好好說，文人玩政治，玩到臨了，被玩弄的恰恰是自己，魔瓶的木塞往往由文人親手打開。三十年代的蘇聯大清洗，審判一批蘇軍統帥，作家協會迅速做出反應，徵集簽名擁護死刑，作家帕斯捷爾納克拒絕簽名，當時有很多人努力做思想工作，包括作協領導和他的夫人，按照一般理解，這種行為的嚴重性，即使不掉腦袋，起碼也要判個十年八年，但是帕斯捷爾納克卻安然活到了斯大林去世，於是有人因此認為，斯大林對文人的態度，要比對軍人更慎重。

愛倫堡在談到這一奇蹟時，曾說帕斯捷爾納克的倖存，與百依百順的作家科利佐夫被處決一樣，本身並沒有什麼邏輯，換句話說，遊戲規則一旦打亂，當權者怎麼做都行，怎麼做都對。百無一用是書生，文人過分抬高自己不是好事。一九五七年，我的父親和一些朋友響應組織號召，打算辦同人刊物，曾向文壇前輩巴金徵求意見，巴金示意不要弄，父親覺得他膽子太小，已經落伍，不聽勸，結果不明不白就成了右派。父親和方之為此抱頭痛哭，而心中最大的委屈，是不知道自己錯在哪裡。文人鬧著玩最大悲劇莫過於此，只知道是錯了，錯在哪裡，不知道，這裡面竟然沒有邏輯。

一九七六年五月反擊右傾翻案，鄧小平再次下臺，同年十月粉碎「四人幫」，極「左」勢力走到盡頭，郭沫若分別填寫了〈水調歌頭〉，以示熱烈祝賀。我對古典詩詞沒有研究，聽一位熟悉他為人的前輩說，以郭的舊學修養，還可以寫得稍好一些。這是一句很精采的玩笑話，充分體現了老派文人的機智。郭沫若是現代文人中最大的玩主，我忘不了那位前輩的不屑表情，在這個直截了當的表情中，蘊藏著巨大的潛臺詞。

王小波曾說過，知識分子能做兩件事，是創造或者不讓別人創造精神財富。文人相爭，鬧著玩玩，本來是為了更有利於精神財富出現，結果卻走向它的反面。

作者簡介

——葉兆言（1957-），籍貫江蘇蘇州，生長於南京，南京大學中文系碩士。目前專事寫作。一九八〇年開始發表作品，著有長篇小說《死水》、《綠色陷阱》、《今夜星光燦爛》、《花影》、《花煞》、《一九三七年的愛情》、《別人的愛情》、《我們的心如此頑固》；中篇小說集《愛情規則》、《最後一班難民車》、《懸掛的綠蘋果》、《夜泊秦淮》、《豔歌》、《棗樹的故事》、《殤逝的英雄》、《紅房子酒店》；散文集《文學少年》等。

2001

嘉木莫爾多：現實與傳說

阿來

1東方天際的神山

關於過去的嘉絨，我們要從一座神山說起。

這座山，從我到達丹巴縣城那一天起，就已經望見。當我的目光越過大渡河，就能從北岸一簇簇山峰間望見她最高的頂峰銀光閃爍。

這座神山叫作嘉木莫爾多。

嘉木莫爾多，在藏族本土宗教苯教中，是著名的東方神山。應該是藏族龐大繁雜的神山系統中，處於東方盡頭的一座神山。一般來說，這些山神都是戰神，人們祈願或崇奉山神，在部落戰爭頻仍的年代裡，都希望著從山神那裡，獲得超人的戰鬥能力。

而莫爾多山神往往也會顯示神跡，滿足人們的願望。

我們已經難以追溯到嘉木莫爾多山被尊崇為東方神山的最早時間。

但當吐蕃大軍進入大渡河中上游時，苯教在這一地區已經相當盛行。

苯教在嘉絨民間，在不同的歷史階段曾經呈現過兩種不同的形態。一種是未曾遭到佛教挑戰的原始苯教。在民間被稱為黑苯。執掌教權的苯教大師更多的時候，扮演的是一種近乎於巫師的角色。那時的苯教也沒有大規模的寺院與系統的成文經典。

佛教傳入以後，苯教的地位受到了嚴重的挑戰。

前文曾經敘述到一位傳奇性的人物毗盧遮那，他曾對嘉絨地區的藏族文化傳播做出了傑出的貢獻。毗盧遮那作為藏傳佛教史上最早出家的七位僧人中的一位，在嘉絨是一個流犯的身分，但卻從來沒有忘記過傳播西天佛音的使命。他們自己認為，佛音可以把當時處於相當蒙昧狀態下的人民喚醒，給他們帶來智慧的光明。包括毗盧遮那這個法名，中間也有這種使命的意味。現在，人們只是很平常地談起，毗盧遮那大師到過莫爾多山，並在雲遮霧繞的半山腰的山洞裡顯示過功法，在岩洞石壁上留下了清晰的掌印。

天剛矇矇亮，我就出丹巴縣城，穿過丹巴雲母礦區，從大渡河橋上過大渡河，沿小金川北上。兩個多小時後，一個美麗寧靜的村子泊在一個翠綠的山灣裡，這就是莫爾多主峰腳下的約扎村。

一群山羊正從村裡出來，我攔住了那個牧羊人，向她打聽莫爾多山的有關情況。她的神情卻有些茫然。然後，我提到了毗盧遮那的名字。這位婦人臉上露出了笑容，遙遙地把手指向已經見到有林木覆蓋的山腰。羊們咩咩叫著上山去了，在潮濕的黃泥路上留下了許多細密清晰的蹄印。村子周圍立著巨大的核桃樹，河岸邊的臺地上，是翠綠的麥田。果樹上，麥苗上，都掛滿了露水，在早晨明淨的陽光下閃閃發光。然後，我聽到了布穀鳥悠長的叫聲。而這裡的房屋也不似一路看到的那些蒙塵的土屋，開始出現典型嘉絨風格的兩層三層的石頭建築。門楣與窗沿上，開始出現辟邪的白色石英，以及色彩鮮明的彩繪與浮雕。石樓的山牆上還用白色描畫出碩大的雍忠和金剛橛圖案。

金剛橛是佛教密宗中一個非常重要的法器。如果我的推斷無誤，金剛橛應該是蓮花生大師到雪域之地傳播佛法時開始流傳於藏族地區的。而在嘉絨地區，帶來這樣一個圖案的應該是毗盧遮那大師。

這樣的村莊，就是真正的嘉絨人的村莊了。

但是，穿過這個村莊時，我沒有遇到多少能流利使用嘉絨語的年輕人。當然，他們都還聽得懂本族的母語，只是講起來就有些勉為其難的樣子了。所以，計畫中的尋訪也就無法進行下去。

而在毗盧遮那生活的吐蕃時代，大軍的征討在前，文化與宗教的同化也隨之而至。佛教隨著來自吐蕃本部的軍人、貴族和僧侶的到達，一天天傳播開來。這對於還相信萬物有靈論，處於原始薩滿教的苯教來說，無疑是一種巨大的挑戰。苯教為了適應時代的變化，開始自身的改造，仿照佛教的方式創立自己的經典，創立自己的神靈系統，把眾多的原始祭壇改造成寺院。

我們今天看到的，都是這種改良後的苯教，百姓們稱為白苯。

傳說苯教仿照佛教經典的方式，撰寫出了《十萬龍經》等大規模的經典後，如何讓其面世又成了一個棘手的問題。如果突然宣稱自己一下就擁有了經典，肯定會引起佛教徒的譏笑，譏笑苯教的高僧們是一些模仿高手。

終於有人想出了一種很好的、特別具有神祕主義色彩的方法。

他們把新創的經典埋藏在塔內，埋藏在那些風水形勝之地。然後，由苯教師在降神時突然宣稱，在某一處埋藏著湮滅了千百年的經典，經典裡是天啟般的智慧聲音。尋找並開啟了這種聲音的人，將因為給蒙昧的人類帶來大的光明而在人間永垂史冊，在天國獲得永生。這種埋藏起來等待發現的經典有一個專門的名稱，叫作伏藏。

這個時期的很多苯教僧人窮其一生的精力，四處尋找，只為了發現一部、兩部的伏藏。從而出現了一種專門的職業僧侶，叫作掘藏師。

傳說，莫爾多山上有一百零八個或隱或顯的山洞，裡面都可能埋有偉大的伏藏。一時間，由大金川與小金川兩條大河環繞的莫爾多山上掘藏師雲集。

也許，正是從這個時期開始，莫爾多山的名聲才開始響亮起來，贏得了人們的崇奉與膜拜。在莫爾多山尋訪時，一個喇嘛正正經經地告訴我，莫爾多山神出生於距今一千二百多年前的藏曆馬年七月初十。我走訪過不止一處的藏地神山，但有人如此具體地說出一個山神生日的還是第一次聽見。

也許是因為我臉上露出了吃驚的神情，那個喇嘛停下來，給我續上一碗茶，清清嗓子，然後再往下講。

我問他莫爾多山神為什麼會有一個生日。

他反問我，釋迦牟尼不是最大的神嗎？為什麼他也有一個生日？

這我回答不上來。

照理說，山神都是一些被收伏的神靈，譬如西藏最為馳名的山神念青唐拉，就是被蓮花生大師收伏，做了佛教的護法。但莫爾多山似乎沒有進入這樣一個護法系統。而我在山路上遇到的這位喇嘛也不是一位精通教理與地方掌故的學問高深之輩，他只是在山坡上收集煨桑的柏枝。

日午時分，他停止勞作，在潺潺流淌的小溪邊的草地上燒一壺清茶來犒勞自己。而在我們身後，靠近山梁的路口上，就有一個瑪尼堆，上面插著許多經幡。

2山神的戰馬與弓箭

那些高擎起獵獵的五彩經幡的杉木杆又細又長，頂部削成了尖利的箭鋒的形狀。而這些木杆正是一年一度朝山的節日裡，獻給山神的箭。山神雖然已經很老，很老了，老到比一千年歲月更為遙遠神祕的程度，但雪山腳下的黑頭藏民依然相信，它仍能威風凜凜地駕馭著風馬在天空與大地之間巡行。山神非常勤勉，所以，除了一年一度地在朝山節裡向他供應弓箭，人們還須經常為他輸送戰馬。

山神的戰馬比弓箭還要具有象徵意義。

用一張張的紙，從木雕版上拓印下來。一匹山神的戰馬就是拓印在一張比香菸盒還小的四方的紙上。紙的四周是藏文字母組成的咒語的花邊，或者，是吉祥八寶圖案的花邊。所謂吉祥八寶，在藏區所有富於宗教意味或民間生活當中都可以見到，也無非就是海螺、珊瑚、硨磲和如意之類，但這麼幾種簡單的東西，在不同場合，不同的器物上那種生動而又絕不重複的組合，卻叫人歎為觀止，叫人感歎人類的心智在某種僵硬規範中近乎絕對的自由。規範中的自由往往是禁錮中的一點輕鬆的呼吸，但這種自由卻會像沒有任何疆界一樣，表現得酣暢淋漓，彷彿就是騎手們在山中迎風撒播風馬時那種山鳴谷應的長嘯。讓我們把長嘯收回到那方或者白色，或者是紅色、綠色、黃色，或隨便什麼顏色的小方紙上。

山神的馬就在這方紙的中央，這種印製風馬的梨木雕版已經年復一年地用過很多次了，所以，馬身上輪廓已經不太鮮明清晰，是像漢畫像磚拓片那樣，有種很滄桑的味道了。

這種紙片就叫風馬。

我們無論是乘車、騎馬，還是徒步穿過山口時，都會從胸腔深處，找到那種最原始的力量，並用這種力量發出長嘯，一疊一疊地向風中揚播風馬。風馬紛紛揚揚，躍上天空，隨風四散開去，融入青蒼的山色中間。只要紙片不是馬上落到腳前，只要紙片被風輕輕揚起，人們就說，山神得到新戰馬了。

這些年來，那種木刻版拓印的風馬日漸減少，更多是印刷廠印刷的畫面清晰的印刷品。因為顏料的豐富，風馬的畫面，也從單純黑色，變到了紅色和更多的顏色。我在阿壩州首府馬爾康做了十多年的文化幹部，常常在印刷廠出入，印刷些經過整理的民間文化材料。我就看到即將被淘汰的舊式平版機，連夜開動，印刷風馬。

一整個印刷頁就完成了數百匹的風馬。

如果這個時代山神們都還在與各種妖魔奮力搏鬥的話，是再不用擔心沒有成批的戰馬供應了。也是因了印刷業的發達，在嘉絨藏區，很多藏族人開的小店裡，都有一小捆一小捆的風馬出售，出門將經過某處山口的人，花一兩元錢就可以買到方方正正的很大一疊。風馬是如此容易得到，於是便演變成在很多群眾性的集會上，為了烘托氣氛的需要，人們也向空中揚撒成千上萬的風馬。

當然，這時的風馬，已經沒有風馬本身的那種意義了。我不知道山神俯瞰到這種情景時，會不會因為心中的失落感油然而生，而感到特別的氣惱。在民間傳說中，許多山神都功力高強，同時又小氣而促狹。他們生氣的時候，會對所護佑的子民降下災難，來提醒人們注意他的存在。

這些年，在一些神山附近的村落裡周遊時，我特別希望搜羅到一塊有年頭的風馬雕版，厚實的梨木上留下無名畫師高超的技藝，但我這個願望至今沒有得到過滿足。

我從來不搜集古董，卻對這種古舊的雕版感到特別的興趣，當然不是為了滿足一種收藏的願望。我只是想在某個春暖花開的日子，在某一座雪山腳下找到一個蔚藍的海子。海子邊上有一些巨大的冰川磧石，磧石之間是地毯般柔軟的青青草地。就在那樣一個環境中，我坐在那裡，從那塊雕版上拓印風馬，並隨風播撒。

但那只是一種想像。

一種在這個世界上顯得過分美麗的想像。

當我接近莫爾多神山時，又引起了我對風馬的這些想像。

我願意自己心靈中多存留一些這樣不一定非去實現不可的美麗的想像。

只要你熱愛這片土地，就會自然而然地生發出這種想像。

這種美好的想像還包括在月下與傳說中的野人遭遇一次。我要帶上酒，帶上一個善於歌舞的美麗女子，與一個蒙昧的、渴望學習的野人在月光下遭逢。在想像中，我不會帶上那種用作圈套的竹筒，和鋒利冰涼的刀。

當然，這就更是一種僅僅是想像的想像。

在走向莫爾多神山的過程中，我也沒法不被這種想像所籠罩。我還想說，正是這種想像，使我在大群山之中的漫遊顯出了更加浪漫的詩意。

太陽升高了一些，高處的雲霧便很快散盡了。我只是仰望參差在藍天下的山峰，而沒有攀登的打算。雖然這樣一座重要的神山，肯定有很多東西值得去打探。

3 清晨的海螺聲

一陣海螺聲引起了我的注意。

一個紅衣的僧人站在一座規模不大的寺廟的平坦泥頂上，手裡捧著的，正是一隻體積很大的左旋海螺。

我走向這座寺廟，繞過一些核桃樹，走上廟前的小石橋，寺院的大門出現在我眼前時，那個紅衣喇嘛已經站在寺院門口了。他說，昨天晚上，火塘裡的火笑得厲害，早上，他扯了一個索卦，便知道今天有貴客上門。於是，他彎下腰，雙手平攤，作了一個往裡請的手勢。他把我引到旁邊一個廂房裡。

在外邊強烈的太陽光線下走動久了，剛進到屋裡，眼前一片黑暗。我摸黑坐下，聽到喇嘛鼓起腮幫吹氣的聲音。然後，一團暗紅的火從屋子中央慢慢亮起來，先是照亮了火塘本身，然後，照亮了煨在火邊的茶壺，茶壺裡傳出滋滋的水聲。喇嘛把一碗熱茶捧到我面前。這時，我的眼睛已經適應了屋裡的光線，什麼都可以看見了。

喇嘛又說：「喇嘛窮，廟子小，客人請多擔待。」

我說：「你的廟是有來歷的，又在這神山下面，可我不是什麼貴客。」

他端詳我一陣，說：「你的眼睛，是能看穿好多事情的，如今世道不一樣了，如果是在早先，肯定也是出家人，肯定做出大的學問來，你是貴客，是貴客！」

想想也是，要是沒有五〇年代以後藏族社會所經歷的巨大變遷，我這種喜歡與文字為伍的人，如果不是進入僧侶階層，又如何與書面文化發生聯繫呢。但是，歷史沒有假設。所以，當那個巨大變化來臨後，我，和我這一代人，都大面積地進入了國家舉辦的各種教授漢文的學校。

我終於成了一個靠操弄漢字為生的藏族人，細想起來，也真是一件非常有意思的事情。喝了兩碗茶水後，我終於向喇嘛提出了野人的問題。

喇嘛笑了，他說：「你怎麼不問我寺廟的事情呢？人人都要問這個問題的。」

我看看這簡陋的寺院，搖了搖頭。其實，這個寺廟除了簡陋，還特別複雜，住在廟裡的人，怕是沒有一個人能說得清楚，這一點，在後面我們還要討論到。所以，我依然向他提出那個野人的問題。

他站起身來，說：「這種事情，我還多少知道一點。」

我說：「這些山裡有過野人嗎？」

他點點頭說：「有過，有過。」於是，他的臉上浮現出誇張的神祕，「你等一等，我給你看樣東西。」

於是，他拿起一串鑰匙，走開了。我在這間隙裡打量這間屋子。屋子是一些新舊不一的木板裝成的。板壁上貼著一些印刷出來的佛像與佛經故事畫。這些故事畫都取材自《百喻經》，講的無非是佛祖釋迦牟尼成佛前所經歷的許多次輪回的故事。

但這裡，最初卻是與佛教鬥得你死我活的苯教的一個中心地區。正是從莫爾多山上一百零八個山洞裡發掘出來的伏藏，加上不斷興建的苯教寺院，改變了苯教在佛教的進逼面前步步退讓的局面，而使青藏高原東北邊緣的這個地帶，成為苯教的中心地帶。而有了書面經典的苯教的廣泛傳播，又進一步刺激了這一地區的文化發展。

就在我的思緒這麼信馬由韁的時候，喇嘛回來了。

他臉上的表情依然顯得異常詭祕。我不是一個著急的人，就那麼靜靜地望著他。

他從懷裡掏出一塊黃緞包裹著的東西放在我手上。

夻眼一看，這塊黃綢似乎是剛才包裹上去的。黃綢是一塊上好黃綢，厚實而又光滑如水。除了在寺院裡，世面上是很難見到了。黃綢一層層揭開，裡面露出了一個溜圓的石頭。

石頭本身只比雞蛋稍大一些，但卻顯出加倍的重量。

與這簇新的黃綢不同，石頭是很有些年頭的樣子了，說明這絕不是一顆尋常的石頭。石頭通身顯出一種油浸浸的黑，而且拿在手裡，又有一種非同一般的光滑。

喇嘛說：「這可是我們寺院的鎮寺之寶。」

我笑了，為了這喇嘛的故弄玄虛。這是一座佛寺，而不是伊斯蘭教的寺院。只有麥加的一所清真寺，才有一塊黑色的石頭被當成鎮寺之寶。一是因為那石頭來自天外某星體，也因為，伊斯蘭教是沒有偶像供崇拜的教派。而佛教，尤其是藏傳佛教，那麼複雜龐大，差不多每一個神佛都有具體的偶像，被供奉在不同的地方。而每一個寺院，要表示其地位與來歷，都至少會有一兩件鎮寺之寶。那些鎮寺之寶，要麼是一尊有來歷的佛像，要麼是一些集中了最多金銀珠寶的某一世活佛的靈塔。

我從來沒有聽說過，有某一座寺廟裡會把一塊石頭當成鎮寺之寶。雖然，這塊石頭看起來有些不大尋常。它比別的石頭更重、更黑、更圓潤。

喇嘛等我好奇夠了，才有些得意地一笑，說：「這是野人的石頭。」

「野人的石頭？」

喇嘛點點頭，告訴我，這是野人的武器。打野牛，打豹子，打野豬，一打一個准，而且，每一石頭只打獵物的額心，所以，石石斃命。喇嘛還給我講了一個傳說中一家窮人發財致富的故事。

這個故事與藏族人喜歡使用的豹皮有關。

當年，吐蕃大軍剛剛征服嘉絨時，軍隊裡的軍官都是以胸前斜襟上的獸皮來識別軍階。但凡斜襟上佩有豹皮者，都是孔武的軍官或武士。於是，豹皮成了男人們十分喜歡的珍貴之物。豹子這類猛獸，即或在過去的時代，也不會有很多數量。冷兵器時代，要獵獲這種猛獸並不是一件特別容易的事情。豹皮成了一種很珍貴值錢的東西。流風所至，直到今天，豹皮也還是一種非常珍貴的東西；而且，比過去任何時代都顯得更加珍貴了。

這個故事說，野人喜歡上了山下村子裡一個被休回娘家的女人。被休的女人總是顯得非常憤懣。但是，故事裡沒有講是不是因為這種憤懣，使山上的野人愛上了她。一個沒有月光的夜晚，野人下山來擄走了這個女人。

沒有人看見這個野人下山，只是第二天發現，那個女人音信全無。但是人們在她的床前發現了兩張豹皮。豹皮上，沒有被火槍打過，沒有被箭射過，也沒有被刀砍過的傷痕。那是兩張最完整的豹皮。

人們抬頭看看山，知道那是野人所為。

女人被野人擄上山去，做了野人的洞中主婦的故事，已經不是發生一回兩回了。

只是這一回，這家人遇上了一個好野人。每隔一段時間，家裡的某個地方，就會出現一兩張豹皮。於是，這家便靠著出售豹皮慢慢地富裕起來。好多年過去以後，這家人屋頂上一次性地出現了兩捆豹皮。其中一捆中間，包裹了一個剛剛出生不久的小男孩。

這個小男孩長大以後，成為一個身材高大、性情溫和，但卻異常勇敢的武士。

史稱豹子武士。

我不能肯定這個故事的發生地就在莫爾多山區，也不能肯定這些河谷平疇中的山村的某一處，有這個豹子武士的後裔。我只相信，所謂野人絕不是一個好事者杜撰出來的虛妄的存在。至少，在過去，在這些荒涼的地帶還被無邊的森林所覆蓋的時代，野人應該是一種實實在在曾經的存在。

文章寫到這裡，我接到現在居住在成都的蕭蒂岩先生的電話，說他在商業上很成功的夫人陳女士要在西郊的鴕鳥園請我吃飯。

蕭先生寫過前述關於西藏野人，或者國際上通稱的喜馬拉雅雪人的書，還出任過中國野人研究會副會長，正是這個原因，促使我關了電腦欣然應約。

鴕鳥園中果然飼養著一些比犛牛還要高大的鴕鳥。我們在旁邊的樓裡喝茶神聊。其間，我不經意中提到了那塊野人的石頭。

蕭先生細小而有神的眼睛陡然放出更多的光亮：「你真的見過那種石頭？」

「那石頭真是野人的武器。」

蕭先生說：「我搞野人研究多年，沒有見過這種東西，但我知道有這個東西。」
他說，這種石頭應該是一種堅硬的燧石。野人常常將其夾在腋下，遇到獵物，扔出去，百發百中，而且都是直取額心命門。沒有哪一種野獸在這猛力一擲之下再得生還的道理。石頭扔出去了，野人還要將其撿回來，夾在腋下，日久天長，油汗浸潤，就成了我見過的那種樣子。

這些故事，那個喇嘛並沒有告訴我。

在嘉絨地區，尋求某種風習的沿革、某一狹小地區的歷史淵源，往往需要做這種拼圖遊戲。你不能期望在一時一地，就獲取到所有的碎片，並一絲不爽地再完成必需的整合。從來藏族地區，特別是嘉絨地區地方文化史研究的人，必須永遠做這種拼圖遊戲。

這當然不只是指單獨的一個野人的傳說。

即或是嘉絨這個部族名稱，也是一個頗費周章，而又難以一時給以定論的事情。

4 一座山之於一個地區

前面我說過，嘉絨的意思，是靠近漢區的農業區。還有一種意見認為是大河的谷地。再一種說法，這些年來，隨著研究工作的深入，正在得到更多人認同。

這種說法與嘉木莫爾多神山有關。

而我所以特地數次前往尋訪，也絕不僅僅因為野人神祕美麗的傳說。大小金川在丹巴匯合後，才在地理書上，或地圖上被標注為大渡河。就在大小金川及其眾多支流逐漸匯聚的這一地區的叢山之中，聳立著一座富含雲母與金砂大岩石的大山，當地人稱嘉木莫爾多。

嘉木莫爾多，藏語意為地王母，或土地神。而據當地僧人介紹，這個詞在藏語書面文字中，又有禿頂光亮的含義。所以有這樣一層字面下的意思，只要站在山腳下一看就知道了。這座山峰在超出四周群峰的高度後，便光禿禿地直插天空，沒有一草一木的遮蔽。更因為岩石中富含錫箔狀的雲母，在陽光照射下，總是閃閃發光。因了這種光芒，高大的莫爾多神山是氣象萬千地超拔在大渡河中游地帶的萬山之上。

有一個當地流傳頗廣的傳說使人們相信，在很久遠的古代，神靈們還經常顯身在大地上自由來往，不大隱藏行跡的時候，雪域高原的各大神山，曾召開過一次有萬座山峰的萬個山神參加的群神大會，目的是排列座次，明確隸屬關係，並進一步規定了各自的朝向。

那時，以青藏高原最高處的喜馬拉雅山為中心，向東南西北四方輻射，每個方向上都有九萬九千座大神山。每個方向上的眾神山都推選出自己的代表去參加這次萬山聚會。會議最後議定，通過文比講經說法，武比功夫與力氣的方法，以最後勝出者為群山的首領。會議開始時，每一個出席的山神都有一個指定的座位，只有會場上首一把龍頭扶手的玉石雕花寶座是空的。與會者心裡都清楚，那將是通過比賽產生的眾山法王永恆的寶座。

作為會議發起人與主持者的喜馬拉雅山神見會場中已經座無虛席，以為眾山神已經聚齊，便用宏亮的聲音唱一段贊詞，隨即宣布會議開始。

突然，天空一暗，眾神抬頭看時，卻見東方又駕雲飛來一位山神，他按落雲頭，腰束雲豹皮，器宇軒昂地走進會場，見場中除了上方那唯一的寶座外，並沒有留下別的空位。

他便弓腰打聽哪裡還有空著的座位，但已經獲得座位的眾神並沒有人想要理睬這位不速之客。於是，他乾脆轉身走出眾神的座席，徑直登上了那個玉石雕花寶座。

場中不禁一片譁然。

但這位山神欠欠身子，不慌不忙地開口道：「我知道講經說法靠辯才排座位，比武以身手高下分優劣。但既然下面沒有我的一席之地，想必是大家推我來坐此位，我怎麼能違拂了眾神的好意。」並離開寶座向大家躬身致謝。

眾神不服，提出要與他辯經說法，誰知這位東方山神於佛法的造詣卻是十分高深，加上無礙辯才，終於在七七四十九天後，最後一個對手敗下陣去。

眾神依然不服，提出比武。於是，又經過九九八十一天的搏鬥，這位山神顯示出種種神力與功夫，比如，他能站在一面鼓上，隨意飛行，並徒手斬取光線，使其變為手中的刀劍。就這樣，一個個有著非凡功力的對手被他全部打敗了。

於是，眾山神心悅誠服地讓他再次登上寶座。

當他登上寶座向眾山神脫帽致謝時，大家才發現他原來是個禿頂，而且這禿頂還特別地閃閃發光。眾神不由都脫口而出：「莫爾多！莫爾多！」

原來，早在佛教還未傳入藏地之前，釋迦牟尼從天界俯察廣闊雄渾的雪域高原，發現東北方某一處金光四射，再定睛細看，卻見那裡山河秀麗，氣候和美，人民勇敢忠厚，便預言了將來佛音會在那一處地方傳播廣大。也是因為這個原因，莫爾多在古代藏文中，還有禿頂閃光這一層字面意義。所以，看到這位奪魁的山神脫帽時露出光禿的頭頂，眾山神不由得想到了佛的預言，才脫口驚呼。

想來這個故事，正是當地人民的一種美好想像。莫爾多山以及周圍地區，與內地唐宋王朝相當的這樣一個大致時期，都是嘉絨文化的中心。處於這樣一個中心的人們難免會產生出更宏大的想像，希望能成為一個更大的世界的關注的中心。

當然，這也僅僅是一種美好的希望而已。

因為，到清王朝統治的乾隆年間，經過數十年殘酷戰爭的破壞，莫爾多及其大小金川作為嘉絨文化中心的地位就日益式微了。

我們現在要做的是，講述完有關莫爾多山神的故事。

話說莫爾多山神從喜馬拉雅山區奪魁歸來，一位赴會遲到的西方山神內心不服，跟蹤追至大渡河邊，要與莫爾多比試功力。想來這位西方山神也是功夫了得，不然不敢叫作達爾基。在藏語裡，是金剛不壞之身之意。

莫爾多同意與達爾基比武，並請挑戰者先出招。

達爾基也不客氣，拔出寶劍，便劍劍生風帶電，向莫爾多連連劈去。每一劍挾著電光火石迎面劈來，莫爾多都只是輕輕騰挪一下身子，每一劍都劈在他腳下的山體上，在莫爾多山陡峭堅硬的岩壁上砍出一道臺階。

達爾基山神並不跟著往山上爬，每砍一劍，身子就長高一次，站在原地，一口氣便砍出了一百零八劍。這樣，就在莫爾多山腳到莫爾多山頂的陡峭山體上留下了一百零八道梯級，以供朝拜山神的人們去攀登。

這一百零八劍砍過，莫爾多已躍到山頂，身後是深淵一樣的藍天，他再也無路可退了。於是，便微笑著說：「讓了你一百零八劍，現在也該輪到我出手了吧？」

話音剛落，他已經張弓在手，撕金裂帛的一聲響亮過後，達爾基山神頭上的纓冠已被射落在地。這位來自西方的挑戰者頓時驚出一身冷汗，立即跪地認輸。在莫爾多山西北面有一座山峰，正好側向莫爾多山，可以意會到一點躬身順從的意思，於是，人們就用失敗山神的名字命名了這座山峰。從莫爾多山半腰，目光越過達爾基神山，再往北望，有一渾圓的小山，自然就是達爾基山神被射落的纓冠了。

莫爾多眾山之主的地位，曲折地表達出了當地部族一種渴望自己成為某種中心的願望。因為我們知道，在藏傳佛教的護法山神中，地位崇高的名冊序列中，並沒有莫爾多山神的名字。但當地的嘉絨百姓還是圍繞著這座東方山，創造出一系列的神話。在圍繞莫爾多山大渡河流域冊封了一系列為這個眾山之神護駕的叫作「念青」與「夠拉」一類的護駕山神。

而圍繞著莫爾多山四周山區的大渡河中上游及其豐沛的支流，都被泛稱為「嘉爾莫俄其」，而河流兩岸的谷地又稱之為「絨」，所以，嘉絨這一部族名稱，也是一個地理概念，專指莫爾多山四周的河谷農耕區。

當我真正走在莫爾多山崎嶇的山道上時，就深刻地感受到，這已經只是一種過去的神山。這個地方，對我這個想通過漫遊有所發現的嘉絨人來說，是一次傷心的失望之旅。在更加向西的地方，攀上任意一座沒被封過神的雪山，都會感到一種深刻的震撼。但眼前失去了生機後滿披創痕的山體，卻叫人口裡泛起岩縫中灰白的硝鹽的苦澀味道。

山羊們在多刺的灌木叢中尋找青草，就像我們在頭腦中尋找詩行一樣的困難。

那種文化上的衰落感，只要看一看莫爾多山下的莫爾多廟就夠了。

在嘉絨藏區，很少能看到在別的藏區常見的那種大規模的寺院。但寺院無論大小，都有一個明確的歸屬。第一，它是屬於苯教還是佛教。如果屬於藏傳佛教，還要看它是屬於寧瑪、薩迦、噶舉、覺囊和格魯等教派中的哪一個教派。每一種宗教，每一種教派，都有自己鮮明的特點與教義。

但在莫爾多神廟，我卻看到了一種不可思議的景象。

這座廟從外觀上看，那兩樓一底的亭閣式的建築，更像是一座漢式的道觀，而鮮少藏式建築的特點。

走進道觀，不，我還是應該說走進神廟，就進入了底層大殿，正中供養著莫爾多山神像。原來，莫爾多山神的坐騎不是戰馬，而是一頭黑色的健騾。山神就披一件黑毛氈大氅騎在騾子背上。更令人吃驚的是，騾子的韁繩不是控在山神自己手裡，而在前邊一個侍從的手裡。騾子屁股後面，還跟著另一個手持大刀的戰將。不論如何，這都與我想像中的山神形象相去甚遠。這也是我第一次看到人們為一座山神所造的神像。

同一層的大殿中面南方向，還供有千手觀音像一座。

第二層，是漢人崇信的鎮水的龍王。

第三層，更是漢藏合璧。計有漢族道教尊崇的玉皇大帝一座，和藏族人普遍崇奉的蓮花生大像和宗喀巴像和毗盧遮那像各一座。

在這樣的寺院裡，你當然也不會指望看到常見的藏族寺院裡那種無論從歷史文化還是藝術價值的角度著眼，都有著非常價值的那種壁畫。

離開這座寺廟的時候，我的心裡有種失落了什麼的淒楚的感覺。我從來不是一個主張復古或者是文化上頑固的守成論者，但在這樣一個地方，你只看到了文化的損毀，而沒有看到文化的發展；你只看到了一種文化上拙劣的雜糅，而沒有文化的真正的交融與建構。

莫爾多山周圍地區，是藏族文化區中別具特色的嘉絨文化區的中心地帶，但現在你卻在看到自然界的滿目瘡痍的同時，看到了文化萬劫難復的淪落。

任何一座神山，都會有一條崇拜它的子民的轉山之路。苯教與藏傳佛教的信徒都相信，繞著這座山轉一個或大或小的圈子，會積累一定的功德。但現在，這條轉山路卻漸漸荒蕪了。不，在這樣一個地方說荒蕪是不準確的。荒蕪是指一條道路慢慢被青草、被藤蔓、被樹木的蒼翠漸漸掩沒。這裡人跡稀落的轉山道上不可能再出現這種景象。這裡的樹林已經消失，頑強生長的青草已然沒扎根的地方。猛烈的山風和雨水一層層剝去山體表面的泥土，青草的根鬚再也抓不住一點什麼，於是就一年年地稀疏、枯萎了，等待著山羊們沾滿砂石的舌頭最後席捲。

這條朝山之路本是從青草、從樹林、從森林的腐殖土中踏出來的，現在，隨著泥土的流失日漸淡去了。我沒有繞任何一條轉山道朝拜過任何一座神山，但看到一條古老神聖的轉山道以如此的方式消失，心中不由得泛起陣陣苦澀。

我在一首詩裡寫過，那種苦澀就像是岩石縫裡滲出的多鹼的鹽霜。這種鹽霜可以製造芒硝，芒硝可以用作一種低質炸藥的原料。

我在山下一個人家借宿一夜，準備第二天返回丹巴。

5 山神的子民們

在這個藏漢混血很多代，且基本不通藏語的人家裡，我聽了更多不得要領的傳說。這些傳說在文化上更靠近的不是藏族，而是漢族民間的那種東西了。

好客的主人取來一大塊豬膘，把一把刀插在上面時，我從背包裡取出從丹巴縣城帶來的兩瓶白酒，倒了一大碗。碗在圍著火塘的幾個男人手裡傳了起來。豬膘與刀子傳到我手裡，我切下一大塊，用刀尖挑著，在火上烤得滋滋冒油，油滴到火裡，火苗躥起來，把這一圈人的臉都照成銅色的了。火塘裡的火，要比頭頂吊著的那盞被煙熏黃的電燈更加明亮。

酒過三巡，好幾塊豬膘已經下到了我的肚裡。

主人說：「真沒有看出來，哥哥還真是我們這個地方的人。」

這時，屋外一陣拖拉機響，不一會兒，一個穿著牛仔服的青年人走了進來。

這是主人家上過高中，卻沒考上大學的兒子回來了。

主人問今天找到貨拉沒有。年輕人翻了翻眼睛，說，跑了一趟，但路塌方，中途空車回來，一分錢沒掙到。他端起酒碗灌了一大口酒，卻再沒有往下傳，酒碗就放在了他的面前。現在，這種文化敗落的鄉村裡，正在批量出現這種鄉村惡少。我也是因了酒的緣故，從他面前端過酒碗，大喝了一口，再遞到他父親手上。

這個青年人就發作了。

他像剛發現我一樣，一雙瞪大的眼睛狠狠地盯過來。我的眼睛沒有退讓，也不能退讓。

他的眼睛讓開了，又喝了一口酒，說：「你要去什麼地方？」

我說：「贊拉。」

「贊拉？」

他父親說：「就是小金。」

他說：「小金有什麼了不起，那天幾個小金收藥的人過來，叫我們狠狠打了一頓。」然後，他又說了許多威脅的話。他看看我的背包和相機，說：「聽說北京和成都有人鬧事，現在到處都設了卡子。」

他把我當成從大城市來的人了。他父親無法制止住這個撒野的、仇恨城市人的小子，只是對我說：「他喝醉了，不要理他。」

我收拾了背包準備離開這戶人家，他又提出了另一個問題：「公路塌方了，班車都不通了，怎麼樣，明天我用拖拉機送你去小金，給兩百塊錢就行了。」

我當然不會接受這種訛詐。最後，是他父親將他從屋裡趕了出去，而把我留在了他的家裡。第二天醒來已經晚了，這家人除了一個從昨天晚上到現在只是微笑、一言不發的老人，都已經出去做事了。他給我端來一碗茶，用藏話說：「上路的時候，躲著我家那野小子一點。」

我說：「我不怕他。」

老人指指自己的耳朵，說：「我早就聽不見了。」

我只好笑笑，和他告別，上路了。兩個小時後，我回到丹巴。在招待所裡鋪開紙寫我那篇叫作〈野人〉的小說。寫得悶了，就下了招待所前曲折的石階，到車站轉轉。那裡依然很安靜，樹蔭靜靜的，時間就消消停停地團身在裡面，一點也不想延展的樣子。

於是，又回到招待所寫我的〈野人〉。

那些年裡，我特別喜歡在路上的旅館裡寫短篇小說。在若爾蓋，在理縣，在隔丹巴縣城不到五十公里遠的小金縣城。寫完這篇小說，雖然路還沒通，但我應該上路了。

漫遊中的寫作，在我二十五歲之後，與三十歲之前那段時間，是我生活的方式。那時，我甚至覺得這將成為我一生唯一的方式了。

我又上路了，目的地就是五十多公里外的縣城小金。

臨行前，我給曾是同事和領導也是朋友的小金縣委書記侯光打了一個電話。他告訴我說，等我出發走到一半路程叫新橋的一個鄉，那裡就沒有塌方了。他還特別叮囑，叫我到鄉政府打電話給他，在那裡吃頓飯，接我的車就到了。

當夜，聽著吹過整個縣城上空的風聲，我很快就睡著了。

睡著之前，我口裡唸出的卻是小金縣城以前的名字：贊拉。

作者簡介

——阿來（1959-），藏族，生於四川阿壩藏區的馬爾康縣。畢業於馬爾康師範學院，曾任《科幻世界》雜誌主編、總編輯及社長，現任四川省作協主席。一九八二年開始詩歌創作，八〇年代中後期轉向小說創作。二〇〇〇年，第一部長篇小說《塵埃落定》獲第五屆茅盾文學獎，為該獎項有史以來最年輕得獎者及首位得獎藏族作家。著有詩集《棱磨河》；小說集《舊年的血跡》、《月光下的銀匠》、《蘑菇圈》；長篇小說《塵埃落定》、《空山》、《格薩爾王》、《瞻對》、《柏上河影》；散文集《大地的階梯》等。

魯迅路口

張承志

一

今年又一次去了紹興。該看的上一次早已看過，若有所思的心裡有些寂寞。城市正在粉刷裝修；拆掉剛蓋好的大樓，改成黑白的紹興色。可能是由於天氣的原因吧，這一回頭頂著萬里晴空，總覺景色不合書裡的氣氛。在魯迅故居門口，車水馬龍根本不理睬遠路的遊客；滔滔河水般的群眾之流，擦著製作的假烏篷船一湧而過。我猶豫著，最後決定不再買票進去。

與其說是來再一次瞻仰遺跡，不如說是來複習上一次的功課。那一次在冬雨中，我們走過了一條條街道，處處辨認著遺跡和背景。那幾年我潛心南方的遊學，事先讀足了記載，到實地再加上草圖筆記。我辨認著，小街拐角座落的秋瑾的家，青苔沾濕的青藤書屋，還有山陰道、會稽山、古史傳說的夏禹陵。濛濛冷雨中的修學令人愉快，追想著那些日子，盼著再重複它一次。

雖然我明白這是一處危機潛伏之地。漸漸地我們終於明白了，這個民族不會容忍異類。哪怕再等上三十年、五十年，對魯迅的大毀大謗勢必到來。魯迅自己是預感到了這前景的，為了規避，他早就明言寧願速朽。但是，畢竟在小時代也發生了尖銳的對峙，人們都被迫迎對眾多問題。當人們四顧先哲，發現他們大都曖昧時，就紛紛轉回魯迅尋求解釋。我也一樣，為著私人的需要，尋覓到了這裡。

反省著對他的失言與敗筆，我常自戒不該妄談魯迅。無奈乏於參照，於是又令人生厭地轉回這裡。我已經難改習癖，別人更百無忌憚。那麼多的人都在議論魯迅，那麼多的人都以魯迅為飯碗，那麼多的人都自稱魯迅的知音——這種現象，一定使他本人覺得晦氣透了。

不知到了毀謗的時代，一切會怎麼樣。

同伴是本地人，對是否進去參觀無所謂。我也覺得要看的都看過了，門票要四十元呢，或者就不進去了吧。路口上，車聲轟轟人聲鼎沸，不由你過分地斟酌徘徊。於是胡亂決定離開，心裡一陣滋味索然。

就這樣，這一次在紹興過魯門而未進。雖然腳又踩過這塊潮濕土地，端詳過秋瑾的遺墨、進入了徐錫麟的臥室，我沒有邁過那個路口。我想保護初訪的印象。冬雨的那一次我夾在一群小學生裡，一擁進了三味書屋，後來就親身站到了百草園。那時的感覺非常新鮮，自己的小學生時代、以及自己孩子的小學生時代，一剎間都復活了。那不是來瞻仰偉人的故居，而是回到自己的孩提時代。一股那麼親近的衝動，曾在人流擁擠中幼稚地浮現。

從魯迅家的大門口邁步，左右轉兩個彎，隔一兩條小街，原來三百步之內，就是秋瑾的家。初次意識到這一點時，我心中不由一驚。他們住得這麼近！……果然還是要到現地，才能獲得感受。我不住地遐想。彼此全然不相識是不可能的，即便沒有借鹽討火做過親密鄰里，也會由於留學一國彼此熟識。若再是朋友，就簡直是攜手東渡了。

後來去了徐錫麟的東埔鎮。冬月來時，以為東埔路遠不易到達，這一回才知東埔鎮就在眼前，公路水路都不消一陣工夫。這麼說，我尋思著，烈士徐錫麟的家鄉就在咫尺——這幾個人，不但是同鄉，而且是同期的留日同學。

站在路口上，我抑制著心裡的吃驚，捉摸著這裡的線索。一切的起源，或許就在這裡？

二

一九〇五年是秋瑾留學日本的次年，其時魯迅作為她的先輩，已在日本滯留了兩年。不知他們是否做好了思想準備，國家興亡與個人榮辱的大幕就在這一年猝然揭開，並與他們的每一個人遭遇。

一件大事是日本政府與清朝勾結，為限制留學生反清政治活動頒布了「清國留學生取締規則」（應該注意，取締一語在日語中主要意為「管束、管理」）。此事引起軒然大波，秋瑾的表現最為激烈。

諸多論著都沒有涉及當時留學生的反應詳情；但參照（比如八〇年代末以來）留洋國人的多彩面孔，我想當時的諸多精英一定也是形形色色。冷眼看著中國留學生的樣相，日本報紙《朝日新聞》發表社論，嘲笑中國人「放縱卑劣，團結薄弱」。湖南籍留學生陳天華不能忍受，他以性命反駁蔑視，投海自殺。

與他們氣質最近的日本作家高橋和巳，對此事的敘述如下：陳天華的抗議自殺，最富象徵地表現了投影於政治中眾多之死的、文化傳統與傳統心情的方式。

一九〇九年，日本的文部省公布了「清國留學生取締規則」。不用說，這是應清朝的要請，限制留學生革命活動的東西。當時，《朝日新聞》侮蔑地批評那些反對「取締規則」、進行同盟罷課的中國留學生，說他們「出於清國人特有的放縱卑劣的意志，其團結也頗為薄弱」。陳天華痛憤於此，寫下了絕命書，在大森海岸投海自殺。

他在絕命書中說，中國受列強之侮，因為中國自身有滅亡之理。某者之滅，乃自己欲滅。只是中國之滅亡若最少需時十年的話，則與其死於十年之後，不如死於今日。若如此能促諸君有所警動，去絕非行，共講愛國，更臥薪嚐膽，刻苦求學以養實力，則國家興隆亦未可知，中國不滅亦未可知。

他區別了緣於功名心和責任感的革命運動，要求提高發自責任感的革命家道德。（〈暗殺者的哲學〉，《孤立無援的思想》所收，頁一九三至一九四）

每讀這一段故事我總覺得驚心動魄，也許是由於自己也有過日本經歷。陳天華感受過的歧視和選擇，儘管程度遠不相同——後來不知被多少留日中國學生重複地體驗過。只是一個世紀過去到了這個時代，陳天華式的烈性無影可尋了。在一種透明的、巨大的擠壓之下，海外中國人的感情、公論、更不用說行動，日復一日地讓位給了一種難言的曖昧。陳天華的孤魂不能想像：男性在逢迎和辯白之間狡猾觀察，女人在順從和自欺之間半推半就。

陳天華已經死了，活著的還在爭論。在侃侃而談中學人們照例分裂；有的是學成救國派，有的是歸國革命派，我想更多的一定是察顏觀色派。身為女性言行卻最為「極端」的秋瑾那時簡直如一個「恐怖主義者」，面對糾纏不休的同學，她居然拔刀擊案，怒喝滿座的先輩道：「誰敢投降滿虜，欺壓漢人，吃我一刀！」

　　而在場者中間就有魯迅。

　　顯然秋瑾不曾以魯迅為同志。或許她覺得這位離群索居的同鄉太少血性，或者他們之間已經有過齟齬。大概魯迅不至於落得使秋瑾蔑視的地步？在秋瑾的資料裡，找不到她對這位鄰居的一語一字。

　　我更想弄清當時魯迅的態度和言論。但是諸書語焉不詳，本人更欲言又止。漸漸地我開始猜測，雖然不一定有過爭吵和對壘，大約魯迅與同鄉的秋瑾、徐錫麟有過取道的分歧。或許魯迅曾經對這位男裝女子不以為然；她太狂烈，熱衷政治，出言失度。魯迅大概覺得她不能成事，也不是同道。魯迅大概更嗅到了一種革命的不祥，企圖暗自掙扎出來，獨立於這一片革命的喧囂。

　　留學日本是一件使人心情複雜的事。留日體驗給於人的心理烙印，有時會終一生而不癒。

敏感的魯迅未必沒有感受到陳天華的受辱和憤怒，但是他沒有如陳天華的行動。或許正是陳天華事件促使魯迅加快選定了迴避政治、文學療眾的道路。

　　他的意識裡，說不定藏著一絲與鼓譟革命派一比高低的念頭。但是時不人待，誰知鄰居女兒居然演出了那樣淒烈的慘劇，而他自己，卻只扮演了一個「看殺」的角色！

　　逐漸地，我心裡浮現出了一個影子。

　　它潛隨著先生的一生，暗注著先生的文字。我想諸多的研究，沒有足夠考慮魯迅留日十年釀就的苦澀心理。稱作差別的歧視，看殺同鄉的自責，從此在心底開始了浸蝕和嚙咬。拒絕侮辱的陳天華、演出荊軻的徐錫麟、命斷家門的秋瑾——如同期的櫻花滿開然後凋零的同學，從此在魯迅的心中化作了一個影子。這影子變作了他的標準，使他與名流文人不能一致；這影子提醒著他的看殺，使他不得安寧。

也許就是這場留學，造就了文學的魯迅。

三

隔開了百年之後，尋覓魯迅如同盲人摸象。

但仍然還有思路可循，這思路是被作品中的處處伏筆多次提示了的。研究魯迅的事不能用顧頡剛的方法，但是一樣需要考據。

它不像考據山陰大禹陵；那種事缺乏基本的根據，誰也很難真能弄得清楚。魯迅的事情與我們干係重大，它不是一家之說壺中學術。流血的同學和魯迅幾位一體，身繫著民族的精神。從一九〇三年魯迅留學日本開始計算，整整一個世紀過去了；一九〇七年徐錫麟和秋瑾死難的世紀忌日，也正在步步臨近。應該梳理脈絡，更應該依據履歷。這履歷中，有刻意而為的——他的作法，他的伏筆。

站在紹興的路口，眺望著魯迅紀念館和魯迅故居，還有出沒著正人君子的「咸亨酒店」，我感到了作品的明示，和刻意的作偽。

在經歷了陳天華、徐錫麟、秋瑾的刺激以後，或者說在使自己的心塗染了哀傷自責的底色以後，後日直至他辭世的所謂魯迅的一生，就像恐怖分子眉間尺的頭和怨敵在沸水裡追逐一樣——他與這個日本糾纏撕咬，不能分離。

那以後的歷史可能是簡單的：三一八，九一八。三一八在北京的執政府門前再現了紹興的軒亭口，他絕不能再一次看殺學生的流血。九一八使那個日俄戰爭的幻燈片變成了身邊的炮火，使他再也不能走「純粹的文學」道路。

不是每一天都值得如陳天華那樣一死，但是每一天都可以如陳天華那樣去表現人格。回顧他歸國後的生涯，特別是三一八和九一八之後，顯然他竭盡了全力。他不能自娛於風騷筆墨中日掌故，如今日大受賞味的周作人。他不知道——苟活者的奮鬥，是否能回報殉死者的呼喚。想著陳天華和徐錫麟以及秋瑾，我感到，他無法掙脫一種類近羞愧的心情。

在中國，凡標榜中庸宣言閑趣的，大都是取媚強權助紂為虐的人。同樣，凡標榜「純粹文學」的，盡是氣質粗俗的人。

魯迅與他們不同；他做不到狡猾其藝術、中庸其姿態——而無視青年的鮮血，迴避民族的大義。但正是他曾嚴肅地拒絕激進，選擇了一介知識分子的文學療眾道路。但是江山不幸，文學是彷徨之路，魯迅一直掙扎在政治與文學之間。三一八，九一八，他不能不糾纏於這兩個結；他的交友立論橫眉悅目，都圍繞著這兩件事。而這兩件事，掙不斷地繫在一根留日的線上。

時間如一個不義的在場者，它洗刷真實催人遺忘。鄰居的女兒居然那麼淒烈地死了，他反芻著秋瑾逆耳的高聲，一生未釋重負。魯迅不能容忍自己在場之後的苟活，所以他也無法容忍那些明明在場、卻充當偽證的君子。

陳西瀅不知自己的輕薄為文，觸動了魯迅的哪一根神經。他不懂學生的流血意味著什麼；他也不懂面對學生流血的題目，一個知識分子應有的言行禁忌。

徐懋庸之流也一樣，他們不懂在忍受了同學少年的鮮血以後、仍然被魯迅執拗選擇了的——文學的含義。他們不知自己冒犯了魯迅最痛苦的、作為生者的選擇。

後來讀到魯迅先生在當年的女子師範大學風潮之後，其實表示過對這種形式的反對：「請願的事，我一向就不以為然」，他說官府「他們麻木，沒有良心，不足與言，而況是請願，而況是徒手。」（〈空談〉）「我卻懇切地希望，『請願』的事，從此可以停止了。」（〈「死地」〉）

這正與陳天華無獨有偶。陳天華雖激烈殉命，但正是陳天華對那份管理規則不持過激態度。他在絕命書中寫道：「取締規則問題可了則了，切勿固執。只是希望大家能振作起來，不要被日本報紙言中了。」

激烈並不一定就是過激。雖然在這個侏儒主義國家，我們習慣了媒體和精英用過激一語四處抹煞他人價值，但是歷史多次提示著：胸懷大激烈的人，恰恰並不過激。

四

不知道我是否過多強調了魯迅文學中日本刺激的因素。但確實就在他留學日本之後的五四時期，在《新青年》的頁面上，他突然展示了一種超人的水準和標準。他的最初也是最偉大的作品，都與家鄉的這兩位犧牲者、與留日的一幕有關。

徐錫麟事敗後，被清兵剖心食肉一事，甚至是他文思的直接引子亦未可知。所以就在他最早構思的時候，吃人行為就成了〈狂人日記〉最基礎的結構間架。魯迅在這個開山之作裡宣洩和清算，借著它的摩登形式。他不僅表達了所受過的刺激，也忍不住代徐錫麟進行控訴：「從盤古開闢天地以後，一直吃到……吃到徐錫麟！」

接著在短篇小說〈藥〉裡，秋瑾被寫作了墳墓中的主人公。作為短篇小說這一篇是完美的；故事、敘述、蘊意、人血饅頭和藥的形象，甚至秋瑾和夏瑜，這工整的對仗。高橋和巳聯繫他在日本棄醫從文的經歷，指出「買人血饅頭吃的民眾，是圍觀同胞被當成間諜處死的民眾的延長」。

這樣寫的真實動機，埋在他思想最深的暗處。拋開徐、秋二同鄉的影子，很難談論魯迅文學的開端。套用日本式的說法，他們三人是同期的花；只不過，兩人犧牲於革命，一人苟活為作家。我想他是在小說裡悄悄地獨祭，或隱藏或吐露一絲懺悔的心思。

散文〈范愛農〉是更直接的透露。

這個特殊的作品如一篇細緻的日本檔案。當然，也如一幀辛亥革命前後的白描。除此之外，魯迅還未曾找到任何一個機會來傾訴私藏的心事。

范愛農是徐錫麟創辦的熱誠學校弟子，與魯迅同期的留日學生，一個革命大潮中的失意者和犧牲者。魯迅借范愛農的嘴和事，不露聲色地披露了如下重要細節：

徐錫麟一黨與他疏遠的事實。「你還不知道？我一向就討厭你的——不但我，我們。」雖然關於疏遠的原因已無需深究，但魯迅依然半加詼諧帶過了這麼一筆。

其次，徐錫麟剖心殉難後，他在東京留學生聚會上主張向北京抗議的細節（這個細節，正與秋瑾在針對取締規則聚會上的拔刀相應），「我是主張發電的。」

最後，散文敘述的他與范愛農的交往，表白了他對死國難者的同學們的一種責任感和某種——補救。范愛農給了魯迅補救的機會，他們的相熟同醉，都使魯迅獲得了內心的安寧。窮窘潦倒的革命軍後來依靠著魯迅，這件事情是重要的。所以，散文記錄的瀕死前范愛農的一句話，對魯迅非同小可：「也許明天就收到一個電報，拆開來一看，是魯迅來叫我的。」

范愛農死後，魯迅寫了幾首舊詩悼念。十幾年後寫作散文〈范愛農〉時他回憶了幾句，忘掉的一聯恰恰總結了這個情結：「此別成終古，從茲絕諸言。」

一九二六年這篇散文的發表，是魯迅與日本留學生糾葛的落幕。〈范愛農〉是魯迅對留日舊事的清理。他對一切最要緊的事情，都做了必要的辯解、披露，以及批評。這是那種作家不寫了它不能安寧的篇什。我想，當魯迅終於寫完了它以後，鬱塞太久的一團陰霾散盡了。一個私人的儀式，也在暗中結束了。

終於魯迅有了表白自己基本觀點的機會。他借王金髮異化為王都督的例子，證明了革命之後必然出現的腐化。他更委婉而堅決地表明了自己拒絕激進、拒絕暴力的文學取道。在先行者的血光映襯下，這道路呈著險惡的本色。

五

陳天華死後已是百年。魯迅死去也早過了半個世紀。若是為著喚起中國的知識分子，也許他們真的白白死了。

——誰能相信，使陳天華投海的侮辱，其實連一句也沒有說錯。「特有的卑劣，薄弱的團結」，簡直可以掛在國門上。居然一個世紀裡都重複著同一張嘴臉，如今已經是他們以特有的卑劣，逐個地玷汙科學和專業領域的時代了。

一百年來，中國的侏儒哲學從來沒有接受陳天華的觀點，更不用說對十足的恐怖分子徐錫麟和秋瑾。他們站在無往不勝的低姿態上，向一切清潔的舉動冷笑。在那種深刻的嘲笑面前每個人都又羞又窘，何況嶢嶢易折的魯迅！

或者，一部近代中國的歷史，就是這種侏儒的思想，不斷戰勝古代精神的歷史。

但是，作為一種宣布尊嚴的人格（陳天華）和表達異議的知識分子（魯迅），他們的死貴重於無數的苟活。由他們象徵的、抵抗和異議的歷史，也同樣一經開幕便沒有窮期。過長的失敗史，並不意味著投降放棄。比起那幾枝壯烈的櫻花，魯迅的道路，越來越被證明是可能的。

他不是志士，不過為苟活於志士之後而恥。由於這種日本式的恥感，他不得解脫，落筆哀晦。人譽他是志士不妥，人非他偏狹也不公。他心中懷著一個陰沉的影子，希望能如陳天華，能如秋瑾和徐錫麟一樣，使傲慢者低頭行禮，使蔑視者脫帽致敬。

後來參觀魯迅的上海故居，見廳堂掛著日本畫家的贈畫，不遠便是日本的書店，我為他保持著那麼多的日本交際而震驚。最後的治療託付給日本醫生，最後的摯友該是內山完造——上海的日子，使人感覺他已習慣並很難離開那個文化，使人幾乎懷疑是否存在過——恥辱和啟蒙般的日本刺激。

留學日本，宛如握著一柄雙刃的刀鋒。大義的挫折，文化的沉醉。人每時都在感受著，但說不清奧妙細微。這種經歷最終會變成一筆無頭債，古怪地左右人的道路。無論各有怎樣的不同，誰都必須了結這筆孽債。陳天華的了結是一種，他獲得了日本人的尊敬；周作人的了結也是一種，他獲得了日本人的重用。

魯迅的了結，無法做得輕易。

其實即便沒有那些街談巷議，他與周作人的分道揚鑣也只在早晚。雖然後來人們都把陳天華、秋瑾、徐錫麟掛在嘴上，而唯有他深知他們的心境。從陳西瀅到徐懋庸，他的敵手並沒有這種心理。那些人內心粗糙，睡得酣熟，不曾有什麼靈魂的角力。而他卻常常與朋輩鬼類同行，他不敢忘卻，幾倍負重，用筆追逐著他們。

站在路口的汽車站牌下，我突然想像一個畫面：那是冬雨迷濛的季節，魯迅站在這裡，獨自眺望著秋瑾的家。不是不可能的，他苟活著，而那個言語過激的女子卻死得悽慘。他只能快快提起筆來，以求區別於那些吃人血饅頭的觀眾。

他用高人一等的作品，以一支投槍的姿態，回答了那個既侵略殺戮又禮義忠孝；既野蠻傲慢又飽含美感的文化。他成功了；他以自己的一生，解脫了那個深深刺激過他的情結。

他的了結恰似一位文豪所為——他沒有終結於作家的異化。向著罪惡的體制，他走出了一條抗爭與質疑的路。他探究了知識分子的意義，對著滋生中國的偽士，開了一個漫長的較量的頭。

六

據說紹興市要斥資多少個億，重造晚清的舊貌。

那邊的故居門口今年弄來了幾隻烏篷船擺設，彎腰鑽進去划到大禹陵要四十五元。魯迅的天上盧罕（靈魂）一定正苦笑著自嘲，他雖然不能速朽，卻可以獻一具皮囊，任紹興人宰割賺錢。

既然不打算再進去參觀，我們就到了公共汽車站。

這一站，叫作「魯迅路口」。

對先生的追思，寫了這篇就該結束了；也許不該待那些吃魯迅飯的人太尖銳，像我一樣，人都是以一己的經歷猜度別人。人循著自己的思路猜想，寫成文字當然未必一定準確。

或許魯迅的文學，本來就不該是什麼大部頭多卷本長篇小說，也不是什麼魔幻怪誕摩登藝術。雖然他的文學包羅了眾多……尤其包羅了偽士的命題，包羅了與卑汙的智識階級的攻戰。但是如果允許我小處著眼隨感發言——或者可以說，他的文學不過是日本體驗的結果和清算，是對幾個留日同學的悼念和代言。

公共汽車流水一般駛來這個路口，又紛紛駛離。天氣晴朗，可以看見秋瑾家對面的那座孤山。大潮早已退了，幕落已有幾回。逝者和過去的歷史都一樣不能再生，人們都只是活在今日隨波逐流。無論蕭條端莊的秋瑾家，或者郊外水鄉的徐錫麟家，來往的都是旅遊的過客。他們看過了，吁噓一番或無動於衷，然後搭上不同的車，各奔各人的前程。

這個站的車牌很有意思。好像整個紹興的公共汽車都到這兒來了。每路車都在這個路口碰頭，再各自東西。一個站，排排的牌子上漆著的站名，都是「魯迅路口」。這簡直是中國知識界的象徵，雖然風馬牛不相及，卻都擁擠在這兒。

我注視著月臺，這一次的南方之旅又要結束了。

一輛公共汽車來了，人們使勁地擠著。都是外地人，都是來參觀魯迅故居的。在分道揚鑣之前，居然還有這麼一個碰頭的地方。我不知該感動還是該懷疑，心裡只覺得不可思議。

寫於二〇〇二年八月，祁連——北京

作者簡介

——張承志（1948-），穆斯林，回族，出生於北京。畢業於北京大學歷史系考古專業，中國社會科學院研究生院民族歷史語言系碩士。曾任職於中國歷史博物館考古部、中國社會科學院民族所、海軍文藝創作室等，現為自由作家。曾獲全國短篇小說獎、全國優秀中篇小說獎、全國少數民族文學創作獎、華語文學傳媒大獎年度散文家獎等。已出版各種著作上百種（含單行本、日文著作和各種編選本），著有長篇小說《心靈史》、《金牧場》；小說集《黑駿馬》、《北方的河》、《黃泥小屋》；散文集《牧人筆記》、《鮮花的廢墟》、《敬重與惜別：致日本》、《相約來世：心的新疆》等。

裸身而眠

王兆勝

從結婚之日起，我才發現自己的與眾不同：別人裹衣入睡，我卻是裸身而眠。為此我還問過幾位好友，他們竟然都是「裹衣族」，而獨有我是另類。由此，我也解開了長久困惑我的問題：「為什麼電視電影中人們都和衣入眠？」我原認為那只是虛假的藝術表現而已，現在才明白這才是生活本身，才是真正的人生。

在別人看來或許我是不可理解的，甚而至於認為我不是「文明人」也未可知！但我總是我行我素，除了在賓館裹衣入睡以防「汙染」外，在家中我總是不改舊習。因為我覺得，裸身而眠實在太美妙了，簡直不足以為外人道！何況數十年如一日，我都是一絲不掛地睡覺呢？

或許有人會提出這樣的疑問：「不從別的方面論，只從舒服不舒服的角度講，你裸身而眠，被硬身冷有什麼好？」我會告訴他，那主要是習慣所致。一旦你裸身而眠，剛開始會感到有點涼，但越睡你就會越感溫暖，而且被體溫薰陶滋潤的被褥有說不出來的美好：它柔軟、溫暖、平和、仁慈，而且還透出剛洗滌後被太陽曝曬過的芳香。尤其在你勞頓一日，回到家中，吃過好消化的晚餐，用淋浴將身心沖洗乾淨，在床上伴音樂讀上一小時的閒書，此時再裸身入眠，你會感到這個世界非常的美好，那真是一寸光陰百寸金啊！當你小心翼翼用被將自己包裹起來，腳下被子折得密不透風，兩肩的被角壓在身子底下，四肢肋骨盡量伸展延長，氣息綿綿，思不逸飛，心神恬淡自然，我與被褥間真正是融為一體了：我的心跳被褥知道，它的心懷我能領悟。這無聲的呢喃是歌是曲，這一夜的安眠其快若何!?

還有比這更動人的裸身而眠，那不是現今在都市有暖氣的床上，而是青少年時代在鄉村無暖氣的大炕上。試想，當山裡的莊稼和地瓜乾都收拾回家，也曬乾入庫；當農人吃完晚飯，坐在用玉米秸和麥糠燒熱的大炕上閒聊長天，講完故事，裸身而睡時，我就是他們其中的一個。張煒曾寫過一篇〈北國的安逸〉，曾提到這樣溫暖動人的大炕，我覺得最恰切地傳達了我往日的感受，它像火焰將我的胸腔燒得溫暖如同春日，只是文中沒有提到在這樣的大火炕上的「裸身而眠」。不知道是張煒的家鄉沒有這種風俗，還是由於別的原因？據說，東北人有裸身而眠的習慣，男女都是如此；而山東的膠東半島許多地方亦然，至少我的家鄉蓬萊恐怕是這樣；再至少我的家裡是這樣。

童年的我最早感受到大炕的溫暖：當大雪將道路和村莊覆蓋，當北風呼號如野獸般嗥叫，當夜深人靜又累又困又乏，我就裸身而眠，大炕給我的舒服就由皮膚而漸入骨髓。還有，爸爸媽媽裸身的體溫使我的心裡十分的受用，覺得活得非常安全和幸福！當媽媽摟著我時，我能深切地體會她的溫柔多情，心善仁慈，一如天空和大地。還有，媽媽的氣息，讓我入睡的催眠曲，都如在昨日。因為我無事常用手指將窗紙弄破，媽媽卻總是補了又補，從沒有對我發脾氣，但有一天夜裡，媽媽裸身摟著我這樣說：「孩子，你聽外面的風多冷，那些窮人家的孩子肚子餓，衣裳單，炕又涼，可怎麼度過這樣的嚴冬啊！」媽媽最後補充了一句：「針大的窟窿瓮大的風啊！以後可別再將窗紙戳碎了。」媽媽去世至今已二十六年，這個夜晚和這些話卻還留在耳朵裡。

有時一不小心還能碰到爸爸和媽媽的陰部，那時不僅沒有羞恥之心，不僅沒有時下所謂的文化及其文明的「道德羞恥感」，反而對他們深懷敬意、摯愛和佩服，也感謝爸爸媽媽對我天然的敞開。去年夏天，年近八十歲的爸爸第一次來北京看我和孫子，聽姊姊說來前他非常認真地用大盆洗了澡，因為身在農村洗澡不便，人老了又不願意動彈，恐怕有一年時間沒有洗澡了。為了給爸爸洗去一路的風塵和勞頓，也為了盡兒子的一份孝心，我親自給他洗澡。當我搓著爸爸的身體時，我發現他的皮膚沒有以往的活力，而呈老人樣的鬆馳了，這讓我感到生命在爸爸身上的流逝；我還發現爸爸有意迴避著我，好像害羞似的，此時我感到爸爸和我之間的距離，童年那種毫不避諱的東西現在找不回來了。

林語堂曾在〈談勞倫斯〉中說：「裸體是不淫的，但是待要脫衣又不脫衣的姿態是淫的。」當年的楊萬里在家中裸體讀經是自然而不淫的，美國作家惠特曼曾寫過〈日光浴——赤身裸體〉一文，描述了自己在大自然中赤身裸體所感受的自然、純潔、健康、恬靜、放鬆、自由和超脫，並感歎：「啊！城市裡可憐的、病態的、淫穢的人類啊，如果能再一次真正認識你該有多好啊！」看來，身體的赤裸與心靈的純潔是相關聯的。有時，我在洗手間小便，八歲的兒子來小便，我也不避諱，這樣我們父子相視一笑，各行其便，也倒自由輕鬆。

現代社會生活的加速和人際關係的複雜化使人們越來越感到沉重，可以說，身與心處於結實的包裹和束縛之中。因此，回到家中，洗去厚厚的脂粉，脫去西裝革履，讓自己放鬆下來，這既有益於健康，又是一種真正文明的標誌。尤其是夜來無恙，裸身而眠，一夜無夢，葆有一顆赤子之心，那才是值得一過的人生。一個人赤條條地來到這個世界，就要好好消受裸身而眠的福氣，到了生命的盡頭再赤心裸體離開，化身為泥。

作者簡介

——王兆勝（1963-），山東蓬萊人，文學博士、中國作協會員。現任中國社會科學雜誌社副總編輯、《中國文學批評》副主編。博士生導師，享有國務院特殊津貼。兼任魯迅文學獎評委、中國文學批評研究會常務理事、文藝評論家協會理事。曾獲首屆冰心散文理論獎、《當代作家評論》獎、第四屆全國報人散文獎等。出版《林語堂的文化情懷》、《二十世紀中國散文精神》、《林語堂大傳》、《林語堂與中國文化》、《新時期散文發展向度》等學術專著十六部。在《中國社會科學》、《文學評論》等刊物發表論文近三百篇，被《新華文摘》等轉摘四十多篇。編著《百年中國性靈散文》、《精美散文詩讀本》及散文年選二十多部。散文隨筆集有《天地人心》、《逍遙的境界》、《負道抱器》等，作品多入選中學教材、中高考試題和散文選本。

2004

一九九三年的馬蹄

李傻傻

北方的夏天和南方的酷熱截然不同，但是無論身處何地，我對回家同樣懷有莫名的恐懼，它像一陣雷陣雨，讓我爽快的同時，帶來了迅疾猛烈的衝擊力量。

可能在我出生不久，河灘上還沒有馬匹嘶叫的時候，我們村就接上了電燈，所以我記憶裡沒有摸黑的紀錄。後來竟然有兩三戶人買來十四吋黑白電視機，好像是金星牌的。它們無情地占據了少年和兒童的大部分夜間時光。月光被隨意拋棄在收割後的稻田裡，清澈的眼睛裡跳動著一個個雪花一樣的屏幕。萬一停電的晚上，我們也許會待在家裡，一邊聽剁豬草的聲音，一邊做作業，一邊想《封神榜》下一集的情節。偶爾，會聽到有趣的故事。有的是純粹有趣，有的教育著人，勵志、尚儉、勸善、行俠仗義、懲惡鋤奸、知識的力量是無窮的……讓我以為世界有說不出的美好，就算暫時不那麼美好的，也會被改造、剪除、扼殺，變得比美好更加美好。

一九九三年，上初中之後，為數不多的幾則故事，變得跟我的家族密切相關。話題主要集中在如何做一匹千里馬，勤奮刻苦，光宗耀祖。我是長孫，我不光宗耀祖，誰光宗耀祖。我爺爺總是說：你爸爸他們不能讀書，是怪那個社會，你們現在可以讀書了，就要攢勁，不要整天吊兒郎當。具體為什麼社會不讓我爸爸他們讀書了，我一直不甚了了；我想，那時不照樣有人考上了大學嗎？社會還是讓人上學的呀。

直到有一次，我爺爺像一隻老黃牛一樣用目光上上下下地撫摩著我青春期的身體，說，力子，你不知道，那時你爸爸讀書成績很好，但是別人不讓他讀書啊。那時讀高中是靠推薦，公社都喊了廣播了，讓你爸爸去，但是寅升那時是黨委書記，他把你爸爸的名額給了他兒子，還對你爸爸說公社讓他到茶場裡去。我聽了沒吭聲。爺爺繼續說，寅升說的那些話，你不知道有多撐人，我還記得那時是走到現在鍋毛屋前，我砍柴回來，遇見他了，他說：要是你們家裡以後能讀到書，我就舔乾淨你的屌！我爺爺說這些話的意思是：現在暫時沒人阻擋你讀書，趕快讀吧。人活著為了什麼？就為了爭一口氣。當然他的話還包含一些別的意思，但是當時，我相信他認為爭氣是一個很重要的目的。可惜我一點也不理解他的苦心。初中三年很快被我混了過去，我成績平平，背了一個處分，勉強考上高中。高一有了點起色，馬上又跌落谷底。高三才弄到我爺爺夢寐以求的第一名。那時，我回去，真的看到他眉宇間透露出一股喜氣洋洋的英武之氣，再說起那個古老的家仇事件，歡喜也更多地代替了憤恨。

在初中的後半部和高中的前半部，我的青春期在我不知道的情況下就過去了。不用說，我很煩。看到什麼煩什麼。我不願意回家。有一次，一個老師迎面撲來，質問我：你為什麼放假不回家？我如果知道就好了，其實沒有什麼高深的答案，一切只是因為我處在萬惡的青春期。

我變成一個怕回家的人，那是哪一天？我無法回憶起這一切。在我比青春更小的時候，家確實是一個不錯的地方。八歲那年，我爸爸打工去了，我媽媽帶著我和妹妹在家裡。那年夏天冰棒賣五分錢一根，綠豆冰棒一毛，雪糕兩毛。我唆使我妹妹嚷嚷要吃，沒想到被老辣的老媽一眼識破，她撇開妹妹直接對準我高聲呼喊：要吃冰棍，自己去擔煤炭。

好像我們小學時代學過一篇類似的課文，說的也是挑煤掙錢的事兒。一九八九年馬路還沒有修到深山的小煤礦，馬還只能在遙遠的河岸低頭吃草，打著響亮的響鼻。把一百斤煤炭從煤炭山裡挑到大路上，行程約三公里，可獲銀六角整。我那天一共得到一塊四毛五分的報酬，但是當天只領到五毛錢工資，老闆說財政緊。那幾天我妹妹把我奉若神明，但是當時我收工的時候，就像在地獄的邊緣歡天喜地地行走。我記得我那天挑得最重的一回也只有六十三斤，中途還把繩子弄斷了一回。那是一截電線。我沒有想到電線中看不中用。我於是跑到我奶奶家，拿了一根足夠結實的尼龍繩子。那真的是一根結實的繩子，一直到天黑收工，它還沒出現斷裂的痕跡，倒是我出現了。我手心裡攥著黑乎乎的人民幣，在我奶奶的溫情裡洄游。那天我太累了，尤其是我的肩膀紅彤彤的，煞是好看。我很快栽倒在奶奶床上。那時的風是涼快的，還是熱的？我忘記了，它吹拂在我沾著濕髮的前額上。天黑時奶奶試圖叫醒我，讓我回到我媽那裡去。我真的被她弄醒了，但是我不想動，我哪一塊肉、哪一根毛都不想動。於是我繼續裝睡。最後奶奶動用了屢試不爽的那一招：揑鼻子！揑了一陣，我再裝就不像話了。但是我最終賴在了那裡，奶奶給我脫鞋、洗腳，給我洗完了她把自己的腳也洗了。整個過程她罵罵咧咧，但在此刻我的回憶中它們好像天堂的光輝。奶奶於二〇〇三年去世。我記得一九八九年在整個炎夏的夢裡我依然有喜形於色的興奮，手舞足蹈，意欲把自己的小收穫馬上告訴我奶奶，再告訴我媽媽。這比起後來我偶爾拿個什麼獎卻再也不願意向家人透露半點風聲一比，不能不讓人懷疑我對那些一同享受過歡樂的人是否產生了無微不至的防備。

後來，我考上了大學，大家都眉開眼笑的。畢竟，在一個農民家庭，出一個大學生不容易。而且，在這個農業人口遍布神州大地的國度，要逃脫歷史賦予我的命運，不再漁樵耕，唯一辦法就是讀，讀書、考大學，等待鯉魚跳龍門那終極的一躍。因此，我的地位明顯地上升了。大家的希望和愛一旦在我身上得到了實現，就繼續加大他們的投資。誰也知道這並不一定就是無償的付出，因為誰也不知道以後自己家中的人就不會因此而受益。我的家族親戚們像我國所有農業人口那樣對權力懷有崇拜、敬畏、渴望等多種錯綜複雜的感情。我相信很多和我一樣出身農家的大學生，他們同樣被家族的責任所累。高行健說：「我主張一種冷的文學。」我也想說：「我主張一種涼的關係。」大家都別太熱乎了。但是現在，顯然已經不行了，顯然是無法實現的夙願了，因為不但有一層濃於水的血緣關係黏糊了所有人，更有一種耀眼的金錢之光籠罩著大千世界。

好像考大學一直以來就不是我一個人的事情。雖然我爺爺、我爸爸、我老師……一干人等都對我說，好好讀書，別以為是為人家讀的。讀書是為自己，讀了書放在肚子裡，別人搶不走、偷不走……但是我知道，我讀書是為了很多東西。比如為了爭一口氣。甚至還有一個古怪的作用：打破我們家的人不能上考場的傳說。

這個傳說是這樣的：我爺爺的爺爺也是一個讀書人，和一個姓卿的、一個我不知道他姓什麼的，三人結成兄弟，共讀聖賢書，齊赴八股試。據說三人之中以我爺爺的爺爺蒲維新學問最高，文章最好，放到今天次次考試都能拿作文大獎，但是考場之上，心神慌亂，文無章法。結果三人之中只有卿氏中舉，後來做到道臺一類的鳥官。於是從此以後，方圓幾十里，竟然都來傳說我們家這個故事。說別看平時那鳥樣，上了考場就喝了迷魂湯。後來這個神話被我堂姊首先打破，她成功地考取了一所本科大學。家人嫌不夠，又趕我上陣，結果我不負眾望，成功地考取了一個二流大學。但是他們還不滿意，說，平時第一，考試也應該第一才對。說到底，我讀書，連這樣一個小小的事情都無法幹得完美，還談什麼為自己……

我讀書不是我一個人的事，也不只是我一家人的事情。作為一個農民子弟，學費哪是那麼容易湊齊的，加之我又有點亂花錢，大手大腳，不把爸媽的血汗當回事，光靠我爸、我媽，根本解決不了什麼問題。所以我搭上了我爺爺、奶奶的晚年，搭上了我叔叔的壯年，還得到其他若干好心人的資助。大學第一年，開學我一共拿了八千塊錢左右，那裡面可不止八家的錢。第二年也是。第三年也是。就因為這幾個錢的問題，把我爸爸的脾氣搞得很壞，竟然壞到揚言要殺人的地步。那是大一暑假。我天天在家裡切豬草，在我奶奶回來之前做好飯菜。有時突然哭了。不是感歎身世悲苦，而是心裡難受。

親戚們的資助，讓我在享受中承受著不能承受的道德之重。本來只是錢的問題，現在抽象到了道德的高度。每次回家，我必須以晚輩的身分、感恩的身分去看望他們。如果我沒有去，那就是我沒有良心，是「黃眼珠（知恩不圖報的人）」。看見自己不想看見的人，並且還要陪笑臉，等於見到鍋裡有一隻蒼蠅，卻要歡天喜地地撈起來吃掉。還有那些無窮無盡的愛和希望，它們一遍遍地強姦著我，使我懷孕，使我不得開心顏。當我看到殷切的目光，我已經無法驚恐地大叫，就像被無數遍強姦的女人，我只能痛苦地閉上雙眼。這些本來可以帶給我快感的東西，我卻無法享受，只能無聲地容納。每年暑假，我都以「鍛鍊能力」為由遠離我愛的親人（我永遠愛的），隻身躲避在乾涸的渭水之濱。當我生病，臥床不起，我懷念那些罵罵咧咧的瞬間，我渴望拖著病體倒在老床上。微涼的晚風吹過我滾燙的額頭。濕毛巾。我的上衣解開。媽媽端來一小碗的白粥。

……

我相信很多農家孩子變為大學生之後，就由整個家族合作供養著。就像一個大工廠的無數股東，他們在設想著工廠的未來。他們給馬釘上了鐵蹄，套上了馬鞍，下一步，就是騎上你高聳的脊背，驅趕著你在通往煤礦的山路上奔跑……如果要我吐露我的心聲，比起接受無數人的資助，我更願意貸款上學，更願意支付利息，因為那只是經濟上的利害關係，我背負它依然能夠健步如飛，所有阻撓終將破碎。

作者簡介

——李傻傻（1981-），原名蒲荔子，湖南隆回人。畢業於西北大學，二〇〇四年起陸續出版長篇小說《紅×》、散文短篇集《被當作鬼的人》、作品集《李傻傻三年》等。二〇一六年出版散文集《你是我的虛榮》，即將出版長篇小說《虛榮廣場》。

2006

黑暗中的閱讀與默誦

夏榆

我可能是礦井裡僅有的閱讀者。

我把要讀的書籍用過期的報紙包好封皮，外罩塑膠袋，揣到懷裡，帶到礦井。

從外表看，我和別的礦工沒有什麼區別，臉和手都是黑的，工裝落滿煤塵已經失去原有的顏色，因為日久，凝結著煤塵的工裝被磨蝕得閃閃發亮。我頭戴安全帽，蹲在礦車裡在隆隆的轟鳴聲中開往工作面的時候，我和別的礦工沒有區別。我用粗話罵人，對另外一些礦工動手動腳，連打帶踢找開心。但是到了工作的峒室就不一樣。

峒室是石砌的，在採空區礦工們用地面運下來的岩石壘成弧形的工作間。在地腹中有很多這樣的石峒，它們連接著幽深曲折的巷道，成為勞累的礦工休憩之地。

我到峒室，忙完開班的工作以後，我就開始自己的閱讀。我先把手洗淨，然後開始讀書。

洗手的地方在峒室之外。有兩處水流可供我洗滌，一處是從煤層岩頂滲下來的，水質潔淨清澈，水聲悅耳。因為經年累月，滴落的岩水把地上的一塊石板滴出一個凹槽，凹槽裡注滿清水。那是我喜歡的水。還有一種水是泄水，水流湍急，水流喧譁，在人工修築的水槽裡洶湧奔流，但這裡的水渾濁，有各種化合物質，沒等靠近就聞得到一股刺鼻的惡臭的氣息。我用岩頂的滲水洗手，我高興看那些晶瑩的水珠的滴落，看那些清澈潔淨的水流在自己的掌中流過，這些水使我即使身在黑暗的礦井也能夠有乾淨的面孔和清潔的手掌。

洗淨面孔和手之後，我坐到屬於自己的位置，那是用坑木搭起的坐床，坐床上除了紙板還有我的羊皮襖，在上邊或坐或臥都很舒服。坐定了我就取出懷裡的書籍用礦燈照著閱讀。

在最初的閱讀中，我帶到礦井裡的幾本書裡有一本《卡夫卡寓言和格言》。裡邊有很多卡夫卡自己作的畫，那些畫是卡夫卡畫在素描簿上的。卡夫卡的畫並不示人，他的畫比他的文字更屬於私人性質的東西。卡夫卡談到他這些畫時曾說：這些畫是古老而根深柢固的情感殘餘，這情感不在紙上，而是在我心裡。卡夫卡的朋友問他畫的人是什麼時，卡夫卡說：他們從黑暗中來，也將遁失於黑暗之中。因為身處無際的黑暗，我記住了這句話，我把它看成是我在成長中所接受的最初的真理。我借助卡夫卡的寓言和格言來幫助自己認清命運和處境。

現在，我凝視著那段時光的時候，我想是閱讀的生活幫助了我，能夠閱讀使我在礦井裡的時光變得相對安寧，使漫長而艱苦的勞役變得可以忍受。

我並不是一個熱愛書籍的人。荒疏學業、倦於功課有很長一段時間使我對自己深懷恐懼。如果我不能通過學業改變自己的道路，我可能永遠就要生活在礦區裡。母親不願意我生活在礦區裡，她認為那是暗無天日的生活。

有一次母親終於忍不住憤怒給我一個耳光，因為那一次我逃學三天不去高中的課堂讀書。母親打了我但還是忍不住去找我的班主任，她問我的老師：這個孩子不愛學習以後怎麼辦呢？我的老師也沒有辦法。她和母親一樣，愛莫能助地看著我在自己的命運之途滑翔。那時我經常逃課，一個人獨自在山上漫遊。學校裡還有一些經常逃課的孩子，他們被稱為不良少年，經常躲在學校廢棄的校辦工廠，吸菸、打牌，和同樣行為不良的女生鬼混。但我覺得我和他們並不一樣。我覺得我是初中英語課本裡講述的那隻蝙蝠。我在黑暗中飛翔，沒有同類。

高中學業進行到一半的時候我就輟學，頂替退休的父親到礦井做工。下礦井以前我就很害怕下礦井。因為生長在礦區，對礦井的情形已經瞭如指掌。不讀書的時候，我會經常跑到井口去，我站在井口的邊沿，心懷畏懼地看著幽深黑暗的井筒，陰涼的地氣從那個黑暗的洞穴中升出來。一些面目黢黑的人扛著鍬鎬上來或者下去。

雖然對那個洞穴充滿好奇，但是我從來沒有嘗試過下去，我只敢在井口邊玩。那些棄在野地的礦車就是我少年時代的玩具·幾個孩子推著空礦車在上行的軌道走，推至高處停下來。我們蹬在礦車的後鉤上，讓礦車野馬似的狂奔，礦車隆隆而行，轟鳴的聲音使我們內心和身體一起震顫。我緊張而快樂地體驗著那種轟鳴和滑行，有很長時間這是讓我迷醉的遊戲。

我們不顧大人的警告，只要有空就會跑到井口玩。我和鄰家的兄弟，山藥蛋和二小，我們反覆進行著這個遊戲，不斷挑戰著遊戲的極限。開始是在低處，漸漸地我們就將礦車往山上推。礦車的軌道鋪在一座山上，由低向上升起，在礦工作業的時候要在礦車後鉤掛纜繩，纜繩通往一個車房由運輸工操作。我們認為不需要纜繩，沒有纜繩的約束礦車的奔馳更快疾，我們就一次次把礦車推向高處，推移礦車的難度和我們的力量成正比，力量越大，推移的位置越高，位置越高，滑行的速度越猛越快。我們迷戀著那種極限的速度的遊戲，使出渾身的力氣往山頂推礦車。二小比我們大四歲·他更早就不上學，每天給家裡放羊。在當時的我們看來，二小的力氣很大，他臂上的腱子肉鼓而脹，他能把街上的磨盤搬起來，舉到頭頂，在我們看來他是大力士。那一次我們把二小請來，向我們的極限挑戰。

礦車被推至高高的地方，我們停下來。站在高處往下望，我真的感覺到脊背發涼。我沒敢登上礦車，我想我受不住那種風馳電掣的速度。我看著二小上去，他一隻腳蹬在車鉤之間，另一隻腳踩地加力。他的雙腳離地落在礦車車鉤之間的時候，我們看著礦車順著軌道沿山下一路奔去。轟鳴的聲音由弱到強，我們看著礦車沿山體飛馳而下。礦車脫離軌道向山下墜落的時候我們都呆住了。二小被礦車帶向山底，他的身體被礦車捲起來和礦車一起翻滾，那一瞬間使我們心驚膽寒。等我們驚魂失魄地趕到山下，在一堆白色的亂石中看到翻倒的礦車和血肉模糊的二小，我的尿就順著腿根流下來，我的腿間濕涼一片。

我是害怕礦井的。除了它深不可測的黑暗，還有神祕的死亡。

我經常會被婦人的哀哭從睡夢中驚醒。有時候是在午夜，被突然驚醒以後婦人的哭泣就湧進耳際，側耳細聽時感覺嘹亮凶猛強勁的哭泣充滿午夜的天空，哭泣會飄浮遊蕩在街道之間和屋宇之上。那時候就是死亡的時刻。可能的事情就是某個家庭失去了丈夫或兒子。這是礦區日常的景觀。日常的景觀還包括，我們在路上行走，突然就會遇見對面身穿黑衣的一群人，他們中間的一位背上背著一位，神色張惶地奔走。背上背著的人是軟的，頭和手腳都軟搭在背他的人身上。在他們的左右和前後還有一些黑衣人跟著，同樣是張惶的神情。他們在往保健站奔。

那時候不知為什麼沒有救護車，也沒有醫院。只有一個簡陋的保健站建在礦區的河邊。保健站的外科大夫據說是一群心狠手辣的人，他們對待那些傷殘的肢體如同對待需要砍伐的樹木，在我的家鄉有很多傷殘的礦工成為保健站外科大夫的實驗品。在俱樂部的空地經常聚集著一些坐著輪椅的人，那些人在盛夏酷暑的時候穿著厚厚的棉衣，他們的身體已經失去了對氣候和溫度的感覺。一根塑膠管從他們身體中延伸出來，落在輪椅的腳踏板上，在某些時刻，他們身體的液體就會在不知不覺中流出來。這是傷殘的大軍，在他們中間有被奪去雙腿的，有被砸壞腰肢的，還有失去手臂的。這是採礦留給他們的紀念。這些人經常搖著輪椅出現在大街上。他們殘缺疾患的身影是投在採礦業的一道陰影。

還有一種景觀是特異的。那就是瓦斯爆炸。那時候連空氣都是緊張的，天空陰霾，氣候寒涼，林木肅殺，落葉狂舞。街上救護車鳴笛疾行，到處是悲傷欲絕的人。在我的成長中，這些日常的或者特異的景觀就是命運之手鐫刻在我內心和精神的印跡。

我害怕礦井還因為我當時的單薄和瘦弱。

我的伙伴陳繼賢先我而從高中輟學，到了外地下礦井。陳繼賢一個星期會回家一次。每次回到家我們見面，我都會聽他講礦井下邊的事情。聽他在掌子面放炮，用大鐵鍬鏟煤，跟工頭打架，這些事情我聽得多了會更加害怕。因為我知道陳繼賢即便是下礦井也會是暫時的，他的父親是採煤區的區長，他下井之後他的父親可以想辦法活動把他調動上來。下井只是為了日後出來的一個權宜之計，用不了多久他就會離開。而我，如果下去，可能就永無出頭之日。

我知道礦井裡鏟煤用的那種鍬，在內心惶恐的時候，把我找到的那種鍬豎起來，我絕望地發現鍬比我高，鍬柄比我的手臂粗壯，而鍬頭則闊大如箕。那是我無法戰勝的一種工具。無法戰勝工具，我就無法戰勝勞役；無法戰勝勞役，我肯定也無法戰勝我的命運和處境。

但是，雖然我深懷恐懼，我還是頂替父親做了礦工。那是我唯一的出路。

閱讀和健身訓練是和我的礦工生涯同時開始的。

閱讀對我而言已經不是學習和掌握知識，它是我消解在地腹中的孤寂的方式。

每天在下礦井的時候，我都會在懷裡揣著自己選擇的書籍，我在黑暗的礦井裡閱讀，我用礦燈照著手中的書籍，一個字一個字地看。我的這個樣子使我在礦工的眼裡顯得古怪而離奇。我知道我被人議論，我不管，每次到礦井後，只要有時間照看不誤。

閱讀是我在黑暗中的一個通道。

在人的塵世生活的場景之下，在土地、河流、山脈、森林、草木之下是沉厚的漫無際涯的黑暗。我就是黑暗中的一粒塵埃。如果我關閉手中的礦燈，在光消失以後，我就消失在黑暗之中。那時候我的肉體是沒有意義的。我的肉體和黑暗之中的岩石、煤炭、木頭一樣成為純粹的物質。我亮起燈的時候，我就是黑暗中異質的事物。而我在黑暗中，在一盞礦燈的映照之下閱讀，我的姿態和形影就成為整個世界的一個稀有的標本。我想是這樣。我在閱讀的時候為閱讀本身心生感動。而閱讀的行為我覺得是我意識延伸的一個通道。我的意識穿行在兩個世界。

閱讀停止的時候，我會在巷道尋找那些從煤頂撤下來被遺棄的渾圓的枕木。那些枕木是用來支撐煤頂的，有的兩米長，壇口粗，它們被從煤頂撤下來，棄在古塘。我把它們從這邊搬到那邊，從這邊到那邊的距離不過一百米。我利用搬運之間的過程鍛鍊自己手臂、腿腳和肩部的力量。我覺得我可以敏感但是不能軟弱，我知道莫斯科不相信眼淚，礦區也不相信眼淚。我必須成為一個堅強的人才能夠適應礦井的勞役。為了鍛鍊出結實的身體，我費盡心機。我找到廢棄的風袋，灌滿用來防火的沙子，懸吊在峒室的頂部。我用它練習拳擊，練習踢腿。我還跑步。我把訓練的計畫排滿我的工作時間，直到交班的時間。我要求自己必須如此。我必須用力量和意志來反抗我的命運和境遇。就是說在命運面前我不能軟弱，不能失敗。這樣的訓練很見成效，交班的時候，我泡在浴室裡，在清澈的熱水裡，在蒸騰的水汽中，我看見自己日益結實的雙腿、胸脯，看見自己鼓脹起來的肌肉。重要的是我還看見自己堅強起來的性格。那時候我對自己懷有信心。我想我不會被礦井的勞役壓垮。

張明亮是我在礦井中遇見的另外一個閱讀者。

在見到張明亮以前，我以為自己是唯一的。見到之後才知道張明亮在礦井中的閱讀時間更為長久。

張明亮帶到礦井的是《金剛經》和《般若波羅蜜多心經》。他是個身材壯實的人，光頭，環眼，看人的時候目光如炬。我們可以說是相互發現。有一天他走進我工作的峒室，看見我閱讀的情形，他沒有出聲。找了一個角落，脫掉自己穿的皮襖鋪在地上，然後盤腿坐上去。我看見他從懷裡取出書，掌著礦燈看。他的樣子讓我很驚訝，我看見竟然還有人跟我一樣在這八百米地下深處閱讀。張明亮經常會誦出他帶到礦井裡的《金剛經》，誦出《般若波羅蜜多心經》。那是我們閱讀停止休息的時刻，我們關閉了礦燈，礦燈不能老開，因為要節省電量。我們都在黑暗中，我是躺著，他坐著，我們都閉著眼睛。我就聽到他在黑暗中誦讀《金剛經》和《般若波羅蜜多心經》。我並不能聽清楚他誦讀的內容，只能聽見他誦讀的節奏、輕重和緩疾。最初聽到那些誦讀的聲音的時候我很害怕。它們響在黑暗中，由一個人的胸腔裡發出，時而緩慢，時而急驟，等到由輕語變成大聲的時候，我的恐懼加深，頭皮發涼。

我們的閱讀是有差異的。我是安靜的，我的閱讀是沉潛的。我帶到礦井的書籍除了《卡夫卡的寓言和格言》，還有海明威的《喪鐘為誰而鳴》、茨威格的《人類的群星閃耀》、羅曼．羅蘭的《約翰．克利斯朵夫》。還有一部是勞倫斯的《兒子與情人》。我熱愛這些作家，熱愛他們向我描述的那個世界。我覺得在我身處困苦的黑暗的時刻，閱讀為我修築了一條道路。而那些我閱讀的書籍為我打開一個世界。我感覺到自己的充實。為防止閱讀的疲憊感生出來，幾部書輪流著看。每次的閱讀量不超過兩個小時。再加上我跑步的時間，練習拳擊的時間，我的一個班很緊湊地就過去。這讓我快樂。我工作就如在學堂，只是我的學堂不同凡響。

張明亮的閱讀是一種搏鬥。我看見他內心的掙扎和搏殺。

他在誦讀《金剛經》和《般若波羅蜜多心經》的時候是沉痛的，我注視過他的表情，他的緊鎖的雙眉、緊閉的雙眼和因為念誦而翕動的嘴唇，以及從他的嘴唇間急驟吞吐出的詞語，我看見他被一種痛楚和想要擺脫痛楚的掙扎籠罩著。那時我已經知道他內心的危機和精神的磨難，他的女人扔下他的三個孩子跟一個油漆匠跑了。我知道他住在山上，那座山梁是依山而築的礦工的居所，那些居所是岩石所建。礦工們自己在山上採石，用採到的石頭為自己建造居所。那座臨河的山就是礦工聚居的群落。在那樣的群落中礦工們生息、繁衍，過著他們世俗的生活。張明亮蓋起了那座石屋，他採石花了三個月的時間，蓋屋花了三個月的時間。他在雨季開始時候採石，雨季結束之際蓋屋，全是在他的工餘時間。他希望自己和女人孩子能住在一個寬敞的、和他名字一樣明亮的房屋。房屋蓋起來，粉刷完畢，他請來了一個油漆匠。他指示油漆匠給自己新造的房屋彩畫牆圍。他喜歡那些圖案，他知道那些圖案畫在白牆上會被讀初中二年級的女兒瞧不起，他不管，他就是喜歡。那個油漆匠把他房屋的牆壁當成調色板，畫上了飛舞的鳳凰和盤旋的蛟龍。房屋的牆畫改變了他房屋的氣質，在接近完工的時候，張明亮站在他屋的中央就像王者站在自己華麗的宮殿。那時候他感覺到強烈的成就感。但是在他的房間的彩繪工作結束的時候，他的婚姻也同時結束，他的女人跟著那個油漆匠跑了。他的女人不僅拋棄了張明亮，還拋棄了他的三個孩子。

有人告訴張明亮，念經是脫苦和改善命運的方法。張明亮滿世界尋找自己的女人，他幾乎瘋了一樣，他的懷裡揣著被他磨得飛快的菜刀。他因為勞累因為失眠也因為痛楚和憤怒眼睛血紅，他最多的念頭是，只要找見他的女人和那個勾引他女人的油漆匠，他會毫不猶豫揮刀劈了那個人。但是他奔走了半個月毫無消息，在絕望的時候，他走到了位於市中心的華嚴寺。寺裡的住持看見了張明亮臉上因絕望而起的殺機。住持把張明亮引到大殿裡的佛像前，讓他跪下來。跪在那個傾斜的蒲團上時，張明亮淚水橫流。

女兒被強姦的消息是張明亮回到家以後聽到的。很多人都知道這個消息，那段時間這個消息傳遍了礦區。但是張明亮不知道。他回到家以後看到女兒的神情大異，女兒如同一隻膽怯的幼鼠躲在黑暗之中。他沒往心裡去。那時候他還未能從自己的痛苦中走出來。張明亮是在去廁所解手的時候獲悉女兒災難的。他聽到隔牆的女人在議論，他蹲在茅坑裡，聽到隔牆的女人製造出來的屎尿的聲音，聽到她們的說話，她們在議論一個女孩子被強姦的事實。聽到她們說出是誰的女兒的時候，張明亮提起了褲子，他倉促慌亂地走出廁所，他還沒來得及繫好褲子，就看見幾個女人從廁所出來，那幾個女人看見他表情立即不自然了。張明亮揪住一個胖的中年婦女，他問：「你說是誰家的閨女讓強姦了？」

那個女人沒有回答他，扭身就跑。那個女人看見了張明亮的眼睛，他的眼睛裡那時候是血色一片。

張明亮回到家，推開家門看見在黑處坐著的女兒。張明亮到山下女兒的學校去找校長，校長看見張明亮很熱情地接待。張明亮沒有理睬校長臉上堆積的謙遜和熱情，他揪住校長的衣領說：「你叫女女以後咋活人呢？」女女是張明亮女兒的名字。在距離校長辦公室一百米的地方，是學校的公廁，公廁的後邊是一道堤壩，堤壩的背後是一條乾涸的河道，河道兩岸有生長的莊稼，有一排一排的楊樹，還有趕著羊群放牧的農人。張明亮的女兒課間的時候去廁所，她去得比較晚，等她解完手提起褲子的時候，她身旁的茅坑已經沒有孩子了。在她往出走的時候，她的嘴巴被一雙土腥味的大手捂住，一個黑暗的影子迅速覆蓋了她。張明亮的女兒能記住的就是這些，能跟人講述的就是這些，她講不出來的是身體的創傷和內心的恐懼。

張明亮換上窯衣下井的時候，內心冰涼如水。他坐在我工作的峒室，他的神情枯槁。他對我說：

「哥不能再下井了，哥想回村去，帶女女一起回。女女不能在這地勢活，總在這裡怕會瘋呢。」

在黑暗的礦井裡，張明亮閉著眼睛在念誦《大悲咒》，我聽著他的聲音由低沉緩慢到急驟，我看見張明亮被悲傷凶猛地淹沒。

作者簡介

——夏榆（1964-），出生並成長於大同礦區，現居北京。二〇〇二年至二〇一二年供職於《南方周末》駐京新聞中心，任資深文化記者十年，多次訪問海內外思想、文化、政治精英。曾獲《人民文學》散文獎、新浪潮獎、中國報人散文獎、烏金獎長篇小說獎。著有長篇小說《隱忍的心》、《黑暗紀》、《我的神明長眠不醒》、《我的獨立消失在霧中》；隨筆集《白天遇見黑暗》、《黑暗的聲音》；訪談集《打開一個封閉的世界》、《在時代的痛點，沉默》、《在異鄉的視窗，守望》等。

山南水北（節選）

韓少功

一、撲進畫框

我一眼就看上了這片湖水。

汽車爬高已經力不從心的時候，車頭大喘一聲，突然一落。一片巨大的藍色冷不防冒出來，使乘客們的心境頓時空闊和清涼。前面還在修路，汽車停在大壩上，不能再往前走了。乘客如果還要前行，投訪藍色水面那一邊的迷濛之處，就只能收拾自己的行李，疲憊地去水邊找船。這使我想起了古典小說裡的場面：好漢們窮途末路來到水邊，幸有酒保前來接頭，一支響箭向湖中，蘆葦泊裡便有造反者的快船閃出……

這支從古代射來的響箭，射穿了宋代元代明代清代民國新中國，疾風嗖嗖又餘音裊裊——我今天也在這裡落草？

我從沒見過這個水庫——它建於上個世紀七〇年代中期，是我離開了這裡之後。據說它與另外兩個大水庫相鄰和相接，構成梯級的品字形，是紅色時代留下的一大批水利工程之一，至今讓山外數十萬畝農田受益，也給老山裡的人帶來了駕船與打魚一類新的生計。這讓我多少有些好奇。我熟悉水庫出現以前的老山。作為那時的知青，我常常帶著一袋米和一根扁擔，步行數十公里，來這裡尋購竹木，一路上被長蛇、野豬糞以及豹子的叫聲嚇得心驚膽顫。為了對付國家的禁伐，躲避當地林木站的攔阻，當時的我們賊一樣晝息夜行，十多個漢子結成一夥，隨時準備闖關甚至打架。有時候誰掉了隊，找不到路了，在月光裡恐慌地呼叫，就會叫出遠村裡此起彼伏的狗吠。

當時這裡也有知青點，其中大部分是我中學的同學，曾給我提供過紅薯和糍粑，用竹筒一次次為我吹燃火塘裡的火苗。他們落戶的地點，如今已被大水淹沒，一片碧波浩渺中無處可尋。當機動木船突突突犁開碧浪，我沒有參與本地船客們的說笑，只是默默地觀察和測量著水面。我知道，就在此刻，就在腳下，在船下暗無天日的水深之處，有我熟悉的石階和牆垣正在飄移，有我熟悉的灶臺和門檻已經殘腐，正在被魚蝦探訪。某一塊石板上可能還留有我當年的刻痕：一個不成形的棋盤。

米狗子，骨架子，虱婆子，小豬，高麗……這些讀者所陌生的綽號不用我記憶就能脫口而出。他們是我知青時代的朋友，是深深水底的一個個故事，足以讓我思緒暗湧。三十年前飛鳥各投林，彈指之間已不覺老之將至——他們此刻的睡夢裡是否正有一線突突突的聲音飄過？

巴童渾不寢，夜半有行舟。這是杜甫的詩。獨行潭底影，數息身邊樹。這是賈長江的詩。雲間迷樹影，霧裡失峰形。這是王勃的詩。野曠天低樹，江清月近人。這是孟浩然的詩。蘆荻荒寒野水平，四周唧唧夜蟲聲。這是《閱微草堂筆記》中俞君祺的詩。……機船剪破一匹匹水中的山林倒影，繞過一個個湖心荒島，進入了老山一道越來越窄的皺折，沉落在兩山間一道越來越窄的天空之下。我感覺到這船不光是在空間裡航行，而是在中國歷史文化的畫廊裡巡遊，駛入古人幽深的詩境。

我用手機接到一個朋友的電話，在柴油機的轟鬧中聽不太清楚，只聽到他一句驚訝：「你在哪裡？你真地去了八溪？」——他是說這個鄉的名字。

為什麼不？

「你就打算住在那裡？」

不行嗎？

我覺得他的停頓有些奇怪。

融入山水的生活，經常流汗勞動的生活，難道不是一種最自由和最清潔的生活？接近土地和五穀的生活，難道不是一種最可靠和最本真的生活？我被城市接納和滋養了二十年，如果不故作矯情，當心懷感激和長存思念。我的很多親人和朋友都在城市。我的工作也離不開轟轟城市。但城市不知從什麼時候開始已越來越陌生，在我的急匆匆上下班的線路兩旁與我越來越沒有關係，很難被我細看一眼；在媒體的罪案新聞和八卦新聞中與我也格格不入，哪怕看一眼也會心生厭倦。我一直不願被城市的高樓所擠壓，不願被城市的噪聲所燒灼，不願被城市的電梯和沙發一次次拘押。大街上汽車交織如梭的鋼鐵鼠流，還有樓牆上布滿空調機盒子的鋼鐵肉斑，如同現代的鼠疫和痲瘋，更讓我一次次驚悚，差點以為古代災疫又一次入城。侏儸紀也出現了，水泥的巨蜥和水泥的恐龍已經以立交橋的名義，張牙舞爪撲向了我的窗口。

「生活有什麼意義呢？」

酒吧裡的男女們疲憊地追問，大多找不出答案。就像一臺老式留聲機出了故障，唱針永遠停留在不斷反覆的這一句，無法再讀取後續的聲音。這些男女通常會在自己的牆頭掛一些帶框的風光照片或風光繪畫，算是他們記憶童年和記憶大自然的三兩存根，或者是對自己許諾美好未來的幾張期票。未來遲遲無法兌現，也許永遠無法兌現——他們是被什麼力量久久困鎖在畫框之外？對於都市人來說，畫框裡的山山水水真是那樣遙不可及？

我不相信，於是撲通一聲撲進畫框裡來了。

二、地圖上的微點

幾年前我回到了故鄉湖南，遷入鄉下一個山村。這裡是兩縣交界之地，地處東經約一百十三點五度，北緯約二十九度。洞庭湖平原綿延到這裡，突然遇到了高山的阻截。幕阜山、連雲山、霧峰山等群山拔地而起，形成了湘東山地的北端門戶。它們在航拍下如雲海霧浪前的一道道陡岸，升起一片鋼藍色蒼茫。

山脈從這裡躍起，一直向南起伏和翻騰，拉抬出武功山脈和羅宵山脈，最終平息於遙不可及的粵北。我曾找來一本比一本比例尺更大的地圖，像空降兵快速降低高度，呼呼呼把大地看得越來越清楚，但最終還是看不見我的村莊。我這才知道，村莊太小了，人更是沒有位置和痕跡。那些平時看起來巨大無比的幸福或痛苦，記憶或者忘卻，功業或者遺憾，一旦進入經度與緯度的座標，一旦置於高空俯瞰的目光之下，就會在寂靜的山河之間毫無蹤跡——似乎從來沒有發生過，也永遠不會發生。

浩闊的地貌總是使人平靜。

三、回到從前

我在地圖的一個微點裡存在過，當過六年的插隊知青，至「文化革命」結束才進入另一些微點，比如大學和都市。我在更微點的大樓和更更微點的公寓和更更更微點的房間裡突然兩鬢生霜。

有人把我的村莊叫作「馬橋」。其實「馬橋」是我在某篇小說中一個虛構的地名，也是中國農村常見的地名，與我的去向沒有特別關係。還有記者說過，我移居鄉下是出於對文壇的失望——這是指我捲入了九〇年代一場思想衝突，不料招怨於一些論敵，受到媒體上謠言浪潮的狠狠報復。（註❶）其實，這位記者並不知道，早在風波發生之前，我已在山裡號下了宅地，蓋起了房子，與報復毫無關係。甚至早在八〇年代我進入城市不久，我妻子就在一篇文章裡就透露：「我們有一個小小的祕密現在不說。」——那個祕密其實就是將來返鄉的打算。

實在是蓄謀已久。

我生性好人少而不是人多，好靜而不是好鬧。即便是當知青的時候，除了貧困讓人深深焦慮，大自然的廣闊和清潔從不讓我煩惱，並且在後來很多文學作品中一直是我心中的興奮。進入城市以來，我夢得較多的場景之一就是火車站，是我一次次遲到誤車，是我追著車尾的好一番焦急和狼狽——卻不知道我為何要上這一趟車。我猜想這無非是一種提醒，是命運召喚我去一個未知之地。

我居住長沙或海口的時候，也總是選址在郊區，好像城市是巨大的漩渦，一次次把我甩到了邊緣，只要高樓聳立的城市旋轉得更快一點，只要我捏住鑰匙串的手稍稍一鬆，我就會飛離一張張不再屬於我的房門，在呼啦啦的風暴中騰空而去，被離心力扔向遙遠的地方。

一九七一年的農曆除夕，我決心逃離農村。深夜的爐火奄奄一息，幾位從各地回城探親的知青圍爐聚首，久久地沉默無言，只有長吁短嘆。一個膽大妄為的地下圈子，曾投入詩歌、哲學以及有關毛澤東的辯論，眼下已經情緒降溫。不知是誰，仍以革命家的口吻發出宏論：去他媽的農村！我們都應該進城，應該成為知識分子！只有知識分子而不是農民才是革命的火車頭！

我們幾個乳臭未乾的中學生，羞於抱怨農村的艱苦和青春的苦悶，卻樂於誇張自己的歷史責任。既然餵豬不好玩了，農民夜校不好玩了，小提琴與演出隊也不好玩了，那麼，「知識分子」四個字真是令人神往。我們不自量力地迅速決議：誰進入哲學，誰進入史學，誰進入外語，誰進入經濟學……至於我，年齡最小，什麼也不大懂，就撿了文學這個象徵性和簡易性的差事，如同在總攻擊開始時跟著扔扔石頭。

三十年過去了，回想起當年那個浪漫的除夕，回想起當時大家很搞笑的緊緊握手和暗語接頭：「消滅法西斯！」「自由屬於人民！」——朋友們早已從一部想像的激情政治電影中回到了平庸的現實生活。一語居然成讖：那一次除夕的聚會者，其大多數後來果然成了教授、畫家或者作家，完成了地下團夥派定的任務。不過，時代已經大變，市場化潮流只是把知識速轉換成利益，轉換成好收入、大房子、日本汽車、美國綠卡，還有大家相忘於江湖後的日漸疏遠，包括見面時的言不及義。

如果不是餐宴，有些人哈欠連連，甚至找不到見面的借口。「革命」在哪裡？「消滅法西斯」和「自由屬於人民」是否從來只是一句戲言？

又有一名老知青去世了，是失業以後無錢治病而夭折的。加上以前的兩位，已有三名同伴離我而去。這是成功人士圈子以外的事情。更多的工人在失業，更多的農民在失地，更多的垃圾村和賣血村在高樓的影子裡繁殖，這也是成功人士圈子以外的事情，而且從來不會中斷圈子裡的戲謔，甚至不能在宴會上造成哪怕一秒鐘的面色沉重。但沉重又怎麼樣？臉色沉重以後就不再炒賣樓宅、不再收羅古玩、不再出國度假、不再對利益關係網絡中所有重要人物小心逢迎了嗎？不，生活還是這樣，歷史還是這樣。及時的道德表情有利於心理護膚，但不會給世界增加或減少一點什麼。

我感到心跳急促，突然有一種再次逃離的衝動——雖然這一次不再有人相約。我也許該走遠一點，重新走到上一次逃離的起點，去看看我以前匆忙告別的地方，看看記憶中一個亮著燈光的窗口，或是烈日下挑擔歇腳時一片樹蔭——是不是事情從那裡開始錯起？人生已經過了中場，留下大堆無可刪改的履歷，但我是不是還異想天開地要操著橡皮擦子從頭再來？

一個葡萄園裡的法國老太婆曾向我嘟噥：「接近自然就是接近上帝。」問題是：我相信上帝嗎？相信那個從來只會轉移苦難但從來不會消除苦難的上帝嗎？相信那個從來只會變換不公但從來不會取消不公的上帝嗎？相信那數十個世紀以來一直推動我們逃離但從不讓我們知道理由所在和方向所在的上帝嗎？

我喜愛遠方，喜歡天空和土地，只是一些個人的偏好。我討厭太多所謂上等人的沒心沒肺或多愁善感，受不了頻繁交往中越來越常見的無話可說，也只是一些個人的怪癖。我是一個不討人喜歡的人，連自己有時也不喜歡。我還知道，如果我斗膽說出心中的一切，我更會被你們討厭甚至仇視——我願意心疼、尊敬以及熱愛的你們。這樣，我現在只能閉嘴，只能去一個人們都已經走光了的地方，在一個演員已經散盡的空空劇場，當一個布景和道具的守護人。

我願意在那裡行走如一個影子，把一個石塊踢出空落落的聲音。

這與上帝沒有關係。

在葬別父母和帶大孩子以後，也許是時候了。我與妻子帶著一條狗，走上了多年以前多年以前多年以前走過的路。

四、殘碑

八溪鄉座落在霧峰山下，原是霧峰鄉的一部分，直到大水庫建成以後，才與大水對岸分隔開來，單獨建制為鄉。這是個地廣人稀的小鄉，與鄰縣的山脈相接。二十世紀前期共產黨領導的農民革命，一場改變了很多人命運的大亂，就是從山那邊輕易地呼嘯而來。

這裡至今還留有一塊青石碑，上面一些不無漫漶殘損的刻字，記錄著兩百多位死者的姓名，記錄著那一段動盪。

當時來了兩三個陌生人，大家以為不過是油販子或者鹽販子，沒當回事。後來才知道那些人是來「接頭」的，據說誰不與之「接頭」，誰的門口就可能貼上白紙條，就可能招來大禍。終於有一天，刺耳的鑼聲在山溝裡響成一線，有人提著一個血淋淋的腦袋到處跑。大家一看，那是有名大豪紳吳四老爺的腦袋。人們這才知道革命已經發生，窮人都可以到吳四老爺家去分糧食、燒地契、搬花床、抬醃罈了，老光棍甚至可以到那裡去分老婆了。

乾坤倒轉，茶峒立刻拉起了紅軍的隊伍，連一個十三歲的小篾匠，轉眼就掛上紅袖章，成了一個什麼連長（國華爹說的）。他膽子天大，出手最狠，但個頭太矮小，殺人的時候，要站到板凳上，要雙腳往上跳，刀片才夠得著對方的腦袋。在一些人的喝采之下，他抱著剛剛倒下的屍體，嘴巴對準無頭的頸口，呼呼呼大飲其血（吳煥明說的）。

他的勇敢聲名大震，後來成為紅匪中的一名將軍也不足為奇。在一個皇權崩潰以後的大國，新政府雖說是有了，但四分五裂，幾乎沒有稅源，靠借錢派款養下一些不成樣子的槍兵，連防守幾個城市都力所不支，對廣大農村的零星「匪情」只可能放任不管。這種狀況也許只持續了短暫的一段。北方戰事結束後，官軍騰出手來，緩過氣來，買來了德國槍炮，於是帶著「鏟共隊」和「挨戶團」一類民團殺回頭，揚言搖籃裡也要過三刀，棺材板子也要刮九遍，定要把姓「蘇」的斬盡殺絕。

他們果然是一路殺紅了眼。有時一刀下去，把某位紅軍家屬砍死在飯桌前，死者喉管裡還擠牙膏式地冒出飯菜，冒出糊糊塗塗的紅薯絲或者南瓜葉。

有些分過地主財物的農民，嚇得殺雞宰羊，辦賠罪酒，甚至還參加民團一起清鄉。不管願不願意，他們也得奉令朝大鍋裡伸筷子，把「暴腦殼」的人心人肺人肝人腸吃上一份，不然自己就得準備讓別人來吃。

將軍的大哥全家就是死於這一次清鄉。二哥膽小，辦了賠罪酒，保下一條小命。將軍這時是紅軍的一個團長，遠走江西，找到報仇的機會是幾年後的事情。他沒有找到大哥全家的墳前，因為大哥已被吃得骨頭都不剩一根，沒什麼可入墳。他只能抱著大哥常坐的一件木凳大哭一場。就在這天，一桌吃酒席的鄉紳來不及逃跑，躲在包谷裡，終於被紅軍士兵發現，嚇得都舉起了雙手。將軍抽出大刀就朝那裡趕。他娘知道他要做什麼，瘋了似地跑過來，撲通一聲跪下，抱住了將軍的腿：兒呵，兒呵，你這一殺不要緊。你要是走了，茶峒一百多號人就活不成了呵。

將軍哭著喊：我要把他們剜出來！

老娘知道，他是要剜出大哥一家，嚇得地上砸得額頭咚咚響：你要剜，先把你娘剜了！

二哥也趕來跪下：三弟呵，三弟，我也吃了大哥的肉，我也吃了秋嫂的肉。我畜牲不如，你也在我這裡剜吧……

將軍拔不動腿，發出一聲長嚎。母子三人互相撕著，揪著，扯著，最後擁哭成一團。村裡很多人也陪著他們大哭不已。

茶峒就這樣保存了下來。

我看到茶峒的時候，它支著錯錯落落的幾十片屋頂，有牛在田邊吃草，有女人在門前做鞋墊。將軍十幾年前已經去世，死在北方一個副司令員的職位上。據說噩耗電報傳來的時候，他家門前一棵老樟樹剛剛轟然折斷和枯亡，引起了很多人偷偷議論。他家的老房子眼下還沒有毀掉，只是十分破敗，一個革命紀念室的什麼招牌油漆剝落，模糊不清。從窗子裡望進去，那裡堆放著幾件塵封的農具，是禾桶和水車什麼的，掛著厚實的蛛網。

聽一個放牛的村民說，將軍在職的時候很少回家鄉。鄉親們原以為雞犬升天，近水得月，但將軍沒讓任何鄉親在城裡謀得差事。他很多年前回過一次家鄉，也只是請全村人吃了一頓飯，說是蘿蔔燉豬肉，實際上蘿蔔多，肉少——說到這事的時候，村民的口氣裡似乎還有一些不滿。

將軍的二哥也已去世。他生前不時接到北方來的匯款，也去城裡享過幾天福。不過他不喜歡城裡，在北方那個城市下了火車以後，一鑽進轎車，落座時大驚失色，說是什麼鬼椅子呵，嚇得他心差點跳到了口裡。他更聞不得汽油味，要死要活地下車，說什麼也要走路。將軍沒有辦法，只好陪著老哥一路步行，讓汽車在後面慢慢地跟著。

將軍的娘當然也去世了。那個保住了村莊的女人，葬在老屋的後山上。有兩隻黑山羊常常在那裡發出咩咩咩的叫聲，聽上去像縈繞不去的嗚咽。聽村民們說，那兩隻黑山羊不知是從哪裡來的，因為不明底細，大家都不敢去抓，任它們自由出沒。

五、耳醒之地

八溪鄉只有四千多人，卻一把撒向了極目望斷的廣闊山地，於是很多地方見山不見人，任雀噪和蟬鳴填滿空空山谷。

近些年，青壯年又大多外出打工，去了廣東、浙江、福建等以前很少聽說的地方，過年也不一定回家，留下的人影便日漸稀少。山裡更顯得寂靜和冷落了。很多屋場只剩下幾個閒坐的老人，還有在學校裡周末才回家的孩子。更有些屋場家家閉戶，野草封掩了道路，野籐爬上了木柱，忙碌的老鼠和兔子見人也不躲避。

外來人看到路邊有一堆牛糞，或者是一個田邊的稻草人，會有一種發現珍稀物品時的驚喜：這裡有人！

寂靜使任何聲音都突然膨脹了好多倍。外來人低語一聲，或咳嗽一聲，也許會被自己的聲音所驚嚇。他們不知是誰的大嗓門在替自己說話，不知是何種聲音竟敢冒天下之大不韙，闖下這一驚天大禍。

很多蟲聲和草聲也都從寂靜中升浮出來。一雙從城市喧囂中抽出來的耳朵，是一雙甦醒的耳朵，再生的耳朵，失而復得的耳朵，突然發現了耳穴裡的巨大空洞與遼闊，還有各種天籟之聲的纖細、脆弱、精微以及豐富。只要停止說話，只要壓下呼吸，遙遠之處牆根下的一聲蟲鳴也可宏亮如雷，急切如鼓，延綿如潮，其音頭和音尾所組成的漫長弧線，其清音聲部和濁音聲部的兩相呼應，都朝著我的耳膜全線展開撲打而來。

我得趕快捣住雙耳。

六、拍眼珠及其他

山裡並不像外人想像的那麼閉塞。自從電視和衛星大線降價，山民們的房前屋後出現鋁皮鍋，吞吸著亞太上空無形的衛星信號，於是武俠劇、歌手賽、外國總統、超短裙、男女接吻、英超球賽和日本卡通，還有豐乳霜和潤滑油的廣告等等，城裡人熟悉的東西，也都變戲法式地無中生有，日夜空降遍入民宅，衝擊著山民們的眼球。

不過，他們對這些似懂非懂，要看不看，把電視權當一張可以變幻多端的年畫，徒增一點家裡的熱鬧而已。有一家的電視，從一大早就叫嚷出了最大音量，播出某阿拉伯語的新聞——大概那語言同中國普通話一樣難懂，或者主人從未打算從中聽懂什麼，也不曾聽懂過什麼，只是要用最大音量來掃除寂靜。他不覺得有更換頻道的必要。三個娃崽守在屏幕前，咬著指頭，抹著鼻涕，看得津津有味。這比起他們以前看滿屏雪花裡幾個鬼影當然要有意思多了——鋁皮鍋的功勞令人振奮。

我擔心他們聽不懂，告訴他們這不是中國的節目，意思是他們得學會選臺。但主人並不在意，反而說這個頻道好看，滿好看，你不看麼？

不知他們對阿拉伯為何情有獨鍾。

老人們年邁體弱，不大出山了，卻胸懷著五洲四海，經常與阿拉伯或印度的音畫為伴。他們談起世道大多從電視機談起。一般來說，他們高興科學的進步，毫無中世紀教庭那種對科學的恐懼。電視不就是「千里眼」麼？手機不就是「順風耳」麼？飛機不就是「神行法」麼？火車不就是明朝高人劉伯溫的「鐵牛肚子藏萬人」麼？……在他們看來，這一切早在中國人的預謀之中。他們連聲嘖嘖，一個勁地搖頭，驚歎古人的超前預見，也驚歎現代化無所不能，並且把所有奇跡都歸功於國家領袖，比如毛澤東或鄧小平這樣的人物。

他們對現實也不很滿意，尤其痛恨世風日下，人心不古，倫常喪盡。眼下偷茄子的有了，偷杉樹的也有了。就算上了公堂，直的可以說彎，死的可以說活，惡人說不定還可以使錢買官司。照這樣下去，天下焉得不亂？政府不猛下毒手，何談治國安邦？特別是電視裡男的抱著女的啃啃啃，女的抱著男的啃啃啃，抱住別人的婆娘或老公也還是啃啃啃，成何體統？下流不下流？他們一到這個時候就恨恨地質問：怎麼沒人來拍眼珠？

「拍眼珠」是以前的私刑。一位法國史學家曾談到地中海周邊山區，說稅收和法律無法延伸到高山，山民們總是生活在歷史之外。但中國的山民們以前疏於國法，卻不乏家法。直到上一個世紀，官權管制網絡覆蓋到最底層，國法興而家法亡，現代國家體制才逐漸成形。但這在老人們看來利弊兼有，是說不大清楚的。他們巨大的困惑是：以前誰敢偷盜？誰敢淫邪？誰敢不孝父母？偷了一塊熏肉，就須殺豬一頭，請大家喝「洗臉酒」。要是罪行大了，祠堂門一開，就得把賊人綁在樹上，用小竹筒套住他的眼睛，再在竹筒尾端猛力一拍，滋溜一下，賊人的眼珠就被擠壓出來，帶血帶水地落在竹筒裡——八溪鄉老一輩中至今還有幾個獨眼人，臉上留有酷刑殘跡。

「燒油扇」也是私刑之一。抓到偷人養漢的淫婦，至少也是要罰她幾桌「洗臉酒」。要是她的罪大，就得把她全身剮光，讓她坐進一個沒有板子的椅框，下身一折，陰戶朝外暴露。然後有一把油紙扇插入陰戶，一經點火，陰戶就燒得火冒油滴，毛焦肉臭，以後永不可再淫。

老人們說，男子犯家法也得論罪。山那邊有個厲瓦匠，是個好色多騷的郎豬，即書上說的配種公豬。他臉皮也太厚了，睡人家的女兒不算，還睡人家的媳婦，最後還睡上自己的親嬸子。族老們對此氣昏了頭，說女兒麼也就算了，反正是要嫁出去的，亂倫和亂種則萬萬不可，不沉塘滅逆，實在天理不容。

他們只是沒有料到，那郎豬不但雞巴騷，而且水性太好，被眾人綁在樓梯上，沉到水塘裡三番五次，一出水還在眼眨眉毛動，打噴嚏，甩腦袋，讓眾人十分無奈。

眼看日落西山，郎豬覺得鄉親們太累了，太沒面子了，才主動給眾人找了個臺階：「你們是真要我死呵？不是開玩笑呵？怎麼不早說呢？快快快，削個塞子來，塞住我的屁眼。」

他的意思是，那樣才能淹死他。

大家半信半疑，照他說的去削了個木塞子，堵住他的肛門。這樣，當人們再次綁在樓梯上沉塘時，水裡冒出一串氣泡，然後不再有動靜。

我不知這種傳說是否有幾分誇張。

七、智蛙

我們一家進了村，發現房子還沒蓋好，根本沒法住。施工隊的包工頭老潘滿臉歉意，說不是他有意謊報軍情，耽誤工期確有客觀原因：下雨、停電、機器壞了，有人要回家插秧等等。但我看他成天與婦女們打牌，輸錢無數，是最受婦女們歡迎的「扶貧幹部」——這才是誤工的最大原因吧？

我這樣一說，潘師傅紅著臉，但堅決不承認。

我們只好暫時借居在附近的慶爹家，耐心等待工程掃尾，順便也開始荒土的初墾。

慶爹家門前有一口荷塘，其實是水庫的一部分，碰到水位上漲，水就通過涵管注滿這一片窪地，形成一口季節性水塘。每天晚上，塘裡的青蛙呱呱叫喚，開始時七零八落，不一會就此起彼伏，再一會就相約同聲編列成陣，發出節拍整齊和震耳欲聾的青蛙號子，一聲聲鍥而不捨地夯擊著滿天星斗。星斗顫慄著和閃爍著，一寸寸向西天傾滑，直到天明前的寒星寥落。

有時候，青蛙們突然噤聲，像全鑽到地底下去了。

仔細一聽，是水塘那邊的小路上有人的腳步聲。奇怪的是，不久前也有腳步聲從那裡經過，甚至有一群群娃崽打鬧著跑過，青蛙如何沒有停止叫喚？

慶爹說，老五來了。

我後來才知道，老五是個抓蛤蟆的。

我後來還知道，老五這一次儘管不是來抓蛤蟆，既沒有帶手電筒，又沒有帶小鐵叉，但蛤蟆還是認出了他。

這真是怪事。如果不是我親眼所見，我還真不能相信青蛙有這種奇能。牠們居然從腳步聲中辨出了宿敵的所在，居然迅速互通信息然後作出了緊急反應，各自潛伏一聲不吭。牠們不就是幾隻蛤蟆麼？現代人用雷達、電腦、手機、激光、群發裝置也勉為其難的事情，幾隻蛤蟆憑什麼可以做到？

老五的腳步聲過去以後，青蛙聲又升起來了。不管我在塘邊怎麼走來走去，牠們都不理睬我的疑惑，哪怕我重重跺腳，牠們也一聲聲叫得更歡。我在黑夜裡看不到牠們，但我能想像牠們臉上那種對低智能人類的一絲譏笑。

八、笑臉

下鄉的一大收穫，是看到很多特別的笑臉，天然而且多樣。每一朵笑幾乎都是爆出來的，爆在小店裡、村路上、渡船上以及馬幫裡。描述這些笑較為困難。我在常用詞彙裡找不出合適的詞，只能想像一隻老虎的笑，一隻青蛙的笑，一隻山羊的笑，一隻鰱魚的笑，一頭騾子的笑……對了，很多山民的笑就是這樣亂相迭出，乍看讓人有點驚愕，但一種野生的恣意妄為，一種原生的桀驁不馴，很快就讓我由衷地歡喜。

相比之下，都市裡的笑容已經平均化了，具有某種近似性和趨同性。尤其是在流行文化規馴之下，電視、校園、街道、雜誌封面、社交場所等都成了表情製造模具。哪怕是在一些中小城鎮，女生們的飛波流盼都可能有好萊塢的尺寸和風格，總是讓人覺得似曾相識。男生們可能咧咧嘴，把拇指和食指往下巴一卡，模擬某個港臺明星的代笑動作——我在有一段時間就好幾次見到這種流行把戲。公園裡的一個小孩不幸衝著照相機大笑了，旁邊的母親竟急得跺腳：「怎麼搞的？五號微笑！五號！」

嚇得小孩趕快收嘴巴縮鼻子，整頓自己的表情。

山裡人遠離著「五號」或者「三號」，不常面對照相機的整頓要求，而且平日裡聚少散多，缺少笑容的互相感染和互相模仿。各行其是的表情出自寂寞山谷，大多是對動物、植物以及土地、天空的面部反應，而不是交際同類時的肌肉表達，在某種程度上還處於無政府和無權威的狀態，尚未被現代社會的「理性化」統一收編，缺乏大眾傳媒的號令和指導。他們也許沒有遠行和暴富的自由，但從不缺少表情的自由。一條條奔放無拘的笑紋隨時綻開，足以豐富我們對笑容的記憶。

我懷疑，在這裡住過一段時間以後，我在鏡中是否也會笑出南瓜或者石碾的味道，讓自己大感陌生？

九、准制服

同我一起下鄉的有妻子，還有姊姊和姊夫——他們從四川省一個大企業退休，這次一起來轉業務農。他們雖然沒有當過知青，但在大學時代參加過下鄉「社教」和支農，對農村並不完全陌生。

村民們對我們的開荒有些好奇，挑剔我們的動作卻讚許我們的工效，懷疑我們的理由卻參與我們的規劃。有的還給我們挑來豬糞和草灰。看到我們腳上的黃鞋子，他們臉上多有驚訝之色。我這才注意到，他們腳下已見不到這種鞋子。哪怕是一位老農，出門也經常踏一雙皮鞋——儘管皮鞋可能蒙有塵灰甚至豬糞，破舊得像一隻隻鹹魚。年輕女子們當然更多一些講究，腳下如果不是高跟鞋，就一定是鬆糕鞋——那種鞋底厚若磚塊的日本樣式。可能要不了多久，她們還會緊緊盯上吊帶裙、露背裝、指甲油、眼睫膏一類，一個個身體全方位裝修升級，隨時準備踏上ＶＩＰ晚宴的紅地毯。

西裝成衣眼下太便宜了，已經普及到絕大多數青壯年男人，成了一種鄉村准制服。不過，穿准制服挑糞或者打柴，撒網或者餵豬，衣型與體型總是彆扭，裁線與動作總是衝突。肩墊和袖扣的無用自不用說，以挺刮取代輕便也毫無道理。如果頻頻用袖口來擦汗，用衣角來擦拭菸筒，再在西裝下加一束腰的圍兜，或者在西裝上加一遮陽的斗笠，事情就更加有點無厘頭式了。好在這是一個怎樣都行的年頭。既然城裡人可以把京劇唱成搖滾，可以把死嬰和馬桶搬進畫展，山裡人為什麼不能讓西裝兼容圍兜和斗笠？難道只准小資放火，不准農夫點燈？

老五就總是穿上這麼一件。一定是好些天沒有換洗，一定是穿得過於多功能，他的西裝已像硬硬的鎧甲，而且是成人鎧甲套在娃娃身上，甲片長得幾可護膝。我問他為什麼買得這麼大。他興沖沖地說：「大號小號都是一個價。我揀大號的買，合算！」

他不過是買衣時想多謀幾寸布。

端午節，我應邀去縣城，參加祭祀屈原的大典。到了那裡我才知道，身為陪祭的主賓之一，我必須穿上我家沒有的西裝。主人倒是很熱情，馬上從某照相館給我借來一套，讓我臨時換上。可惜這一套太小，箍在我的身上，不僅把我捆成了一個粽子，而且熱得我滿頭大汗，似乎我一面對屈原就有不可明言的緊張和羞愧。

身旁的臺灣詩人余光中先生，湖南作家譚談先生，都對我的滿頭大汗都投來同情目光。不知是誰遞給我擦汗的紙巾。

我只能苦笑：「屈原是一老外吧？不然為什麼大家都穿西裝來見他？」

他們付之一笑。

十、特務

慶爹在地坪裡歇涼，覺得我遷居山鄉很奇怪，便想起了一個故事。

他年輕的時候當過民兵隊長，曾奉上級命令，每天晚上到山頂上放哨，提防臺灣方面派飛機來空投特務。當時颳著春夏之季的東南風，臺灣方面曾放出大氣球，空投過來一些傳單、餅乾、美女畫片什麼的，並宣稱「第三次世界大戰」和「反攻大陸」即將開始。

老慶很想接到餅乾、白糖什麼的，但什麼也沒接到過，倒是有一天在樹叢中發現了一個人，推了一把，發現對方面色鐵青全身冰涼，這才魂飛魄散抱頭鼠竄。死者是個女人，四十來歲，左耳根有個痦子，身上沒有搏鬥或強姦的痕跡。她沒有背筐或挑擔，看上去不像農民；也沒戴手錶或者插鋼筆，不像是幹部。衣袋裡只有幾塊錢和一張廢汽車票，從票面上也看不出汽車的起止地點——這是事後才知道的。

老慶沒命地跑下山。後來縣裡人武部和公安局的都來了，沒查出個結果。老慶帶著民兵負責保護現場，輪流守著這個女屍，一直守到屍體漸漸發臭和生蛆，才獲准將一堆腐肉草草葬在山上。那幾天真不是人過的日子呵。老慶是隊長，不能不帶頭勇敢，不能不在天高月黑的夜晚上山去，哆哆嗦嗦地捏住一桿梭標，守住一堆正在生蛆和發臭的肉，聽著大山上各種野物的叫聲，還有枝葉在風中刷刷刷的狂嘯。有一天夜裡，大雨瓢潑，他全身水洗一樣，淚水、尿水、雨水以及禁不住的冷汗一起流淌。

不知是不是出於幻覺，電光一閃之際，他發現死者已經坐了起來，嚇得當即一聲大叫就暈了過去。他說死說活再也不當民兵隊長了——這是後話。

死者的來歷一直沒有個說法。據說附近沒有失蹤者，公安局通報了全縣、全省乃至全國，但各都也沒有發現左耳根有個痦子的失蹤者。即便在臺灣海峽十分緊張的時候，對所有可疑人員排查最為嚴密的時候，事情還是成了一樁奇怪懸案。

我後來聽說，這個世界的懸案其實很多。我一位朋友的妻子，並無精神性的病，有一天去工廠看望女兒以後，就再也沒有回過家，不知去了哪裡。我一位朋友的老師，在受到政治迫害最厲害的時候還活得很正常，倒是在平反復職以後的一天，騎著一輛自行車出門，從此人間蒸發，十多年裡生不見人死不見屍，親人們反覆尋找也不知下落。有專家告訴我：這樣的失蹤者不在少數，幾乎每天都有發生。

這些人到哪裡去了？他們毫無理由捨棄自己的家，卻事實上捨棄了。他們也許像山上那位神祕來客一樣，被一座遠方的大山召喚而去，在罕見人跡的密林裡選定了歸宿？

她的名字永不可知。我只能說，她也許是命定的漫遊者，是上帝派來的特務，對大地進行某種隱祕的調查，對自己神聖的使命守口如瓶。

十一、懷舊的成本

房子已建好了，有兩層樓，七八間房，一個大涼臺，地處一個三面環水的半島上。由於我鞭長莫及無法經常到場監工，停停打打的施工便耗了一年多時間。房子蓋成了一個紅磚房，也成了我莫大遺憾。

在我的記憶中，以前這裡的民宅大都是吊腳樓，依山勢半坐半懸，有節地、省工、避潮等諸多好處。牆體多是石塊或青磚組成，十分清潤和幽涼。青磚在這裡又名「煙磚」，是在柴窯裡用煙「嗆」出來的，永遠保留青煙的顏色。可以推想，中國古代以木柴為燒磚的主要燃料，青磚便成了秦代的顏色、漢代的顏色、唐宋的顏色、明清的顏色。這種顏色甚至鎖定了後人的意趣，預制了我們對中國文化的理解：似乎只有青磚的背景之下，竹桌竹椅才是協調的，瓷壺瓷盅才是合適的，一冊詩詞或一部經傳才有著有落，有根有底，與牆體得以神投氣合。

青磚是一種建築象形文字，是一張張古代的水墨郵票，能把七零八落的記憶不斷送達今天。

大概兩年多以前，老李在長途電話裡告知：青磚已經燒好了，買來了，你要不要來看看？這位老李是我插隊時的一個農友，受託操辦我的建房事宜。我接到電話以後抓住一個春節假，興沖沖飛馳湖南，前往工地看貨，一看竟大失所望。他說的青磚倒是青的磚，但沒有幾塊算得上方正，一經運輸途中的碰撞，不是缺邊，就是損角，成了圓乎乎的渣團。看來窯溫也不到位，很多磚一捏就出粉，就算是拿來蓋豬圈恐怕也不牢靠。而且磚色深淺駁雜，是雜交母豬生出了一窩五花仔——莫不是要給炮兵們蓋迷彩工事？

老李看出了我的失望，慚愧自己的大意，很不好意思地說，燒製青磚的老窯都廢了，熟悉老一套的窯匠死的死了，老的老了，工藝已經失傳。他買的這窩五花仔，還是在鄰縣費盡了口舌才請窯匠特地燒出來的。

老工藝就無人傳承麼？

他說，現在蓋房子都用機製紅磚，圖的是價格便宜，質量穩定，生產速度快。紅磚已經占據了全部市場，憑老工藝自然賺不到飯錢。

我說，那就退貨吧。

他更急了，說退貨肯定不行，因為發貨時已經交了錢，人家吃到肚裡的錢還肯吐出來？建房一開局就這樣砸了鍋，幾萬塊磚錢在冒牌窯匠那裡打了水漂。我只得吞下這口苦水，只得權宜變通，吩咐工匠們拿這些磚去建圍牆，或者鋪路，或者墊溝。偽劣青磚既然成了半廢物，附近有些村民也就聞風而來，偷偷搬了些去修補豬圈或者砌階基——後來我在那裡看得眼熟，只是不好說什麼。

我記得城裡有些人蓋房倒是在採用青磚，打電話去問，才知道那已經不是什麼建築用料，而是裝飾用料，撇下運輸費用不說，光是磚價本身已經讓人倒抽一口冷氣。我這才知道，懷舊是需要成本的，一旦成本高漲，傳統就成了富人的專利，比如窮人愛上了富人的紅磚之時，富人倒愛上了窮人的青磚；窮人吃上富人的魚肉之時，富人倒是點上了野菜；窮人穿上了富人的皮鞋之時，富人倒是興沖沖盯上了布鞋……市場正在重新分配趣味與習俗，讓窮人與富人在美學上交換場地。

我曾經在一個座談會上說過：所謂人性，既包含情感也包含欲望。情感多與過去的事物相連，欲望多與未來的事物相連，因此情感大多是守舊，欲望大多是求新。比如一個人好色貪歡，很可能在無限春色裡見異思遷——這就是欲望。但一個人思念母親，絕不會希望母親頻繁整容千變萬化。即使母親到手術檯上變成個大美人，也純屬不可思議，因為那還是母親嗎？還能引起我們心中的記憶和心疼嗎？——這就是情感，或者說，是人們對情感符號的恆定要求。

這個時代變化太快，無法減速和剎車的經濟狂潮正鏟除一切舊物，包括舊的禮儀、舊的風氣、舊的衣著、舊的飲食以及舊的表情。從某種意義上來說，這使我們欲望太多而情感太少，嚮往太多而記憶太少，一個個都成了失去母親的文化孤兒。

然而，人終究是人。人的情感總是要頑強復活，不知什麼時候就會有冬眠的情感種子破土生長。也許，眼下都市人的某種文化懷舊之風，不過是商家敏感到了情感的商業價值，迅速接管了情感，迅速開發著情感，推動了情感的欲望化、商品化、消費化。他們不光是製造出了昂貴的青磚，而且正在推銷昂貴的字畫、牌匾、古玩、茶樓、四合院、明式家具等等，把文化母親變成高價碼下的古裝貴婦或古裝皇后，逼迫有心歸家的浪子們一一買單。

對於市場中的失敗者來說，這當然是雙重打擊：

他們不但沒有實現欲望的權利，而且失去了感情記憶的權利，只能站在價格隔離線之外，無法靠近昂貴的母親。

十二、開荒第一天

手掌皮膚撕裂的那一刻，過去的一切都在裂痛中轟的一下閃回。我想起了三十多年前的墾荒，把鈀頭齒和鋤頭口磨鈍了，磨短了，於是不但鐵匠們叮叮噹噹忙個不停，大家也都抓住入睡前的一時半刻，在石階上磨利各自的工具。嚓嚓嚓的磨鐵之聲在整個工區此起彼伏響徹夜天。

那是連鋼鐵都在迅速消融的一段歲月，但皮肉比鋼鐵更經久耐用。鈀頭挖傷的，鋤頭扎傷的，茅草割傷的，石片劃傷的，毒蟲咬傷的……每個人的腿上都有各種血痂，老傷疊上新傷。但衣著襤褸的青年早已習慣。朝傷口吐一口唾沫，或者抹一把泥土，就算是止血處理。我們甚至不會在意傷口，因為流血已經不能造成痛感，麻木粗糙的肌膚早就在神經反應之外。我們的心身還可一分為二：夜色中挑擔回家的時候，一邊是大腦已經呼呼入睡，一邊是身子還在自動前行，靠著腳趾碰觸路邊的青草，雙腳能自動找回青草之間的路面，如同一具無魂的遊屍。只有一不小心踩到水溝裡去的時候，一聲大叫，意識才會在水溝裡猛醒，發覺眼前的草叢和淤泥。

有一天我早上起床，發現自己兩腿全是泥巴，不知道前一個晚上自己是怎麼入睡的，不知道蚊帳忘了放下的情況之下，蚊群怎麼就沒有把自己咬醒。還有一天，我吃著吃著飯，突然發現面前的飯缽已經空了四個，這就是說，半斤一缽的米飯，我已經往肚子一共塞下了兩斤，可褲帶以下的那個位置還是空空，兩斤米不知填塞了哪個角落……眼下，我差不多忘記了這樣的日子，一種身體各個器官各行其是的日子。

我也差點忘記了自己對勞動的恐懼：從那以後，我不論到了哪裡，不論離開農村有多久，最大的惡夢還是聽到一聲尖銳的哨響，然後聽到走道上的腳步聲和低啞的吆喝：「一分隊！鈀頭！箢箕！」

這是哈佬的聲音——他是我以前的隊長，說話總是有很多省略。

三十多年過去了，哈佬應該已經年邁，甚至已經不在人世，但他的吆喝再一次在我手心裂痛的那一刻閃回，聲音宏亮震耳。不知為什麼，我現在聽到這種聲音不再有恐懼。就像太強的光亮曾經令人目盲，但只要有一段足夠的黑暗，光明會重新讓人懷念。當知青時代的強制與絕望逐漸消解，當我身邊的幸福正在追蹤腐敗，對不起，勞動就成了一個火熱的詞，重新放射出的光芒，喚醒我沉睡的肌肉。

坦白地說：我懷念勞動。

坦白地說：我看不起不勞動的人，那些在工地上剛幹上三分鐘就鼻斜嘴歪屎尿橫流的小白臉。我對白領和金領不存偏見，對天才的大腦更是滿心崇拜，但一個脫離了體力勞動的人，會不會有一種被連根拔起沒著沒落的心慌？會不會在物產供養鏈條的最末端一不小心就枯萎？會不會成為生命實踐的局外人和游離者？連海德格爾也承認：「靜觀」只能產生較為可疑的知識，「操勞」才是了解事物最恰當的方式，才能進入存在之謎——這幾乎是一種勞動者的哲學。我在《暗示》一書裡還提到過「體會」、「體驗」、「體察」、「體認」等中國詞語。它們都意指認知，但無一不強調「體」的重要，無一不暗示四「體」之勞在求知過程中的核心地位——這幾乎是一套勞動者的詞彙。然而古往今來的流行理論，總是把勞力者權當失敗者和卑賤者的別號，一再翻版勞心者們的自誇。

一位科學院院士肥頭大耳，帶著兩個博士生，在投影機前曾以一隻光盤為例，說光盤本身的成本不足一元，錄上信息以後就可能是一百元。女士們先生們，這就是一般勞動和知識勞動的價值區別，就是知識經濟的意義呵。

我聽出了他的言下之義：他的身價應比一個臭勞工昂貴上百倍乃至千萬倍。

可在一斤糧食裡，如何計算他說的知識？

在一尺棉布裡，如何計算他說的知識？

把書寫工具（光盤、紙、竹簡等）等同一切物質財富，這個概念偷換也太過分了。他為什麼不說說，書寫工具也可能記錄錯誤的知識？也可能記錄不太錯誤但過於重複和平庸的知識？問題不在於知識是否重要，而在於一：九九的比價之說是出於何種心機。我差一點要衝著掌聲質問：女士們先生們，你們準備吃光盤和穿光盤嗎？你們把院士先生這個愚蠢的舉例寫進光盤，光盤就一定增值麼？

我當時沒有提問，是被熱烈的掌聲驚呆了：我沒想到鼓掌者都是自以為能賺來百分之九十九的時代中堅。

一個科學幻想作品曾經預言：將來的人類都形如章魚，一個過分發達的大腦以外，無用的肢體將退化成一些細弱的游鬚，只要能按按鍵盤就行。我暫不懷疑鍵盤能否直接生產出糧食和衣服，也暫不懷疑一個鍵盤在七十二行的實踐之外能輸寫出多麼高深的學問，但章魚的形象至少讓我鄙薄。一臺形似章魚的多管吸血機器更讓我厭惡。這種念頭使我立即買來了鋤頭和鈀頭，買來了草帽和膠鞋，選定了一塊寂靜荒坡，向想像中的滿地莊稼走過去。陽光如此溫暖，土地如此潔淨，一口潮濕清冽的空氣足以洗淨我體內的每一顆細胞。從這一天起，我要勞動在從地圖上看不見的這一個山谷裡，要直接生產土豆、玉米、向日葵、冬瓜、南瓜、蘿蔔、白菜……我們要恢復手足的強壯和靈巧，恢復手心中的繭皮和面頰上的鹽粉，恢復自己大口喘氣渾身痠痛以及在陽光下目光迷離的能力。我們要親手創造出植物、動物以及微生物，在生命之鏈最原初的地方接管我們的生活，收回自己這一輩子該出力時就出力的權利。

這絕不意味著我蔑視智能，恰恰相反——這正是我充分運用智能後的開心一刻。

註❶：一九九七至一九九八年，筆者因批評文壇的某些現象而招怨，於是某小說被幾位論爭中的對手指為「剽竊」、「抄襲」、「完全照搬」，成為上百家媒體上熱炒的新聞。

作者簡介

——韓少功（1953-），生於湖南長沙，畢業於湖南師範大學中文系。曾任雜誌主編、社長，後曾任海南省作家協會主席、海南省文聯主席等。代表作長篇小說《馬橋詞典》獲上海市第四屆中長篇小說優秀大獎長篇小說一等獎、《亞洲周刊》評選二十世紀中文小說一百強、第二屆紐曼華語文學獎。曾獲法國文學藝術騎士勛章、華語文學傳媒大獎年度小說家、第四屆魯迅文學獎、《人民文學》年度優秀作品獎、第十四屆百花獎、首屆蕭紅文學獎、第三屆蒲松齡短篇小說獎等。著有長篇小說《日夜書》、《暗示》，小說集《北門口預言》、《空城》、《誘惑》等，散文集《山南水北——八溪峒筆記》、《靈魂的聲音》等。

記比鄰雙鵲

楊絳

我住的樓是六號樓，臥室窗前有一棵病柏，因旁邊一棵大柳樹霸占了天上的陽光、地下的土壤。幸虧柳樹及時砍去，才沒枯死，但是萎弱得失去了柏樹的挺拔，也不像健旺的柏樹枝繁葉茂，鑽不進一隻喜鵲。病柏枝葉稀疏，讓喜鵲找到了一個築巢的好地方。二〇〇三年，一雙喜鵲就銜枝在病柏枝頭築巢。我喜示歡迎，偷空在大院裡拾了大量樹枝，放在陽臺上，供牠們採用。不知道喜鵲築巢選用的建材頗有講究。我外行，揀的樹枝沒一枝可用。過了好幾天我知道不見採納，只好抱了大把樹枝下樓扔掉。

鵲巢剛造得像個盆兒，一夜狂風大雨，病柏上幹隨風橫掃，把鵲巢掃落地下。幸好還沒下蛋。不久後，這對喜鵲就在對面七號樓下小道邊的胡桃樹頂上重做了一個。我在三樓窗裡看得分明，下樓到樹下抬頭找，卻找不到，因為胡桃樹枝葉扶疏，鵲巢深藏不露。但這個巢很簡陋，因為是倉卒建成的。胡桃樹不是常青樹，冬天葉落，鵲巢就赤裸裸地掛在光禿禿的樹上，老遠都看得見。

二〇〇四年的早春二月間，胡桃樹的葉子還沒發芽呢。這年的二月二十日，我看見這雙喜鵲又在病柏的高枝上築巢了。這回有了經驗，搭第一枝，左放右放，好半天才搭上第一枝，然後飛到胡桃樹上又拆舊巢。原來喜鵲也拆遷呢！牠們一老早就上工了。我沒想到十天後，三月三日，舊巢已拆得無影無蹤了。兩隻喜鵲每天一老早就在我窗外建築。一次又風雨大作，鵲巢沒有掉落。牠們兩個每天勤奮工作，又過兩星期，鵲巢已搭得比鳥籠還大一圈了，上面又蓋上個巢頂，上層牢牢地拴在柏樹高一層的樹枝上。我看見鵲兒銜著一根樹枝，兩腳使勁蹬，樹枝蹬不下，才滿意。

鵲巢有兩個洞，一向東，一向西。喜鵲尾巴長，一門進，一門出，進巢就不必轉身。朝我窗口的一面，交織的樹枝比較疏，大概因為有我家屋子擋著，不必太緊密，或許也為了透氣吧？因為這對喜鵲在這個新巢裡同居了。阿姨說，不久就下蛋了。牠們白天還不停地修補這巢；銜的都是軟草羽毛之類。我貢獻了舊掃把上的幾枝軟草，都給銜去鋪墊了。

四月三日，鵲巢完工。以後就看見身軀較小的母鵲經常臥在巢內。據阿姨說，雞孵蛋要三個月，喜鵲比雞小，也許不用三個月之久。父鵲每日進巢讓母鵲出來舒散一下，平時在巢外守望，想必也為母鵲覓食。牠們兩個整天守著牠們這巢。巢裡肯定有蛋了。這時已是四月十九日了。下雨天，母鵲羽毛濕了，顯得很瘦。我發現後面五號樓的屋檐下有四五隻喜鵲避雨。從一號到五號樓的建築和六號以上的樓結構不同，有可供喜鵲避雨的地方，只是很窄。喜鵲尾巴長，只能橫著身子。避雨的，大概都是鄰近的父鵲，母鵲大概都在巢內。我窗前巢裡的父鵲，經常和母鵲一出一入，肯定是在抱蛋了。

五月十二日，我看見五六隻喜鵲（包括我窗外巢裡的父鵲）圍著柏樹打轉，又一同停在鵲巢旁邊，喳喳喳喳叫。我以為是吵架，卻又不像吵架。喳喳叫了一陣，又圍著柏樹轉一圈，又一同落在樹上，不知是怎麼回事。

十三日，阿姨在我臥室窗前，連聲叫我「快來看！」我忙趕去看，只見鵲巢裡好像在鬧鬼似的。對我窗口的一面，鵲巢編織稀疏。隙縫裡，能看到裡面有幾點閃亮的光，和幾個紅點兒。仔細看，原來巢裡小喜鵲已破殼而出，伸著小腦袋在搖晃呢。閃亮的是眼睛。嘴巴張得很大，嘴裡是黃色，紅點兒該是舌頭。看不清共有三隻或四隻，都是嗷嗷待哺的黃口。

我也為喜鵲高興。抱蛋夠辛苦的，蛋裡的雛兒居然都出來了！昨天那群喜鵲繞樹飛一轉，又落在巢邊喳喳叫，又繞樹一圈，又一齊落在樹上喳喳叫，該是為了這對喜鵲喜生貴子，特來慶賀的。賀客都是身軀較大的父鵲，母鵲不能雙雙同來，想必還在抱蛋，不能脫身。

阿姨說，小鵲兒至少得七到十天，身上羽毛豐滿之後才開始學飛。我不急於看小鵲學飛，只想看小鵲兒聚在巢口，一個個張著黃口，嗷嗷待哺。自從小鵲出生，父鵲母鵲不復進巢，想是怕壓傷了小雛。

阿姨忽然想起，不久前榆樹上剛噴了殺蟲藥。想來全市都噴藥了。父母鵲往哪兒覓食呢？十四日我還聽見父母鵲說話呢，母鵲叫了好多聲才雙雙飛走。但搖晃的腦袋只有兩個了。天氣轉冷，預報晚上中雨。小鵲兒已經三朝了，沒吃到東西，又凍又餓，還能活命嗎？

晚飯前就下雨了，下了一晚。鵲巢上面雖然有頂，卻是漏雨的。我不能為鵲巢撐把傘，因為搆不著，也不能找些棉絮為小雛墊蓋。出了殼的小鳥不能再縮回殼裡，我愁也沒有用。一夜雨，是不小的中雨。早上起來，鵲巢裡寂無聲音，幾條小生命，都完了。這天飯後，才看見父母鵲回來；父鵲只向巢裡看了一眼，就飛走了。母鵲跳上樹枝，又跳近巢邊，對巢裡再看一眼，於是隨父鵲雙雙飛走。

五月十六日，早上八點半，我聽見兩隻喜鵲在說話，急看窗口，只見母鵲站在柏樹枝上，跳上一枝，又一跳逼近巢口，低頭細看巢裡，於是像啼哭似的悲啼，喳喳七聲，共四次。隨後就飛走了。未見父鵲，想是在一起。柏樹旁邊胡桃樹上濕淋淋的樹葉上，還滴著昨宵的雨，好像替牠們流淚。這天晚飯後，父母鵲又飛來，但沒有上樹，只站在對面七號樓頂上守望。

又過了兩天，五月十八日上午，六天前曾來慶賀小鵲生日的四五隻大喜鵲，又飛集柏樹枝上，喳喳叫了一陣。有兩隻最大的，對著鵲巢喳喳叫，好像對殤兒致辭，然後都飛走了。父母鵲不知是否在我們屋頂上招待，沒看見牠們。午後四時，母鵲在巢邊前前後後叫，父鵲大約在近旁陪著，叫得我也傷心不已。下一天，五月十九日，是我女兒生忌。下午三時多，又來站在柏樹枝上，向巢悲啼三四分鐘。下一天，也是下午三時多，老時候。母鵲又來向巢叫，又跳上一枝，低頭向巢叫，又抬頭叫，然後和陪同前來的父鵲一同飛走。

五月二十七日，清早六時起，看見母鵲默默站在柏樹旁邊的胡桃樹上，父鵲在近旁守望。看見了我都飛走了。五月二十八日，小鵲已死了半個月了。小鵲是五月十二日生，十三、十四日死的。父母鵲又同來看望牠們的舊巢。母鵲站上巢頂悲啼。然後父母同飛去。從此以後，牠們再也不站上這棵柏樹，只在鄰近守望了。晚飯後，我經常看到牠們站在對樓屋頂上守望。一次來了一隻老鴉，踞坐巢上。父母鵲呼朋喚友，小院裡亂了一陣，老鴉趕走才安定下來。我們這一帶是喜鵲的領域，灰鵲和老鴉都不准入侵的。我懷疑，小雛的遺體，經雨淋日曬，是不是發臭了，老鴉聞到氣息，心懷不善吧？

這個空巢——不空，裡面還有小雛遺體，掛在我窗前。我每天看到父鵲母鵲在七號樓屋脊守望，我也陪著牠們傷心。冬天大雪中，整棵病柏，連帶鵲巢都壓在雪裡，父鵲母鵲也冒寒來看望。

轉眼又是一年了。二〇〇五年的二月二十七日，鵲巢動工約莫一年之後，父鵲母鵲忽又飛上柏樹，貼近鵲巢，向裡觀望。小鵲遺體經過雨淋雪壓、日曬風吹，大概已化為塵土，散失無遺。父母鵲登上舊巢，用嘴扭開糾結松枝的舊巢。牠們又想拆遷吧？牠們扭開糾結松枝的舊樹枝，銜住一頭，雙腳使勁蹬。去年費了好大工夫牢牢拴在樹巔的舊巢，拆下不易，每拆一枝，都要銜住一頭，雙腳使勁蹬。出主力拆的是父鵲，母鵲有時旁觀，有時叫幾聲。漸漸最難拆的部分已經鬆動。這個堅固的大巢，拆得很慢，我卻不耐煩多管牠們的閒事了。直到五月五日，舊巢拆盡。一夕風雨，舊巢洗得無影無蹤。五月六日，窗前鵲巢已了無痕跡。過去的悲歡、希望、憂傷，恍如一夢，都成過去了。

作者簡介

——楊絳（1911-2016），本名楊季康，祖籍江蘇無錫，生於北京。一九三二年畢業於蘇州東吳大學。一九三五年與錢鍾書結婚，同年兩人至英國留學，一九三七年轉赴法國。一九三八年回國，先後任振華女校上海分校校長、上海震旦女子文理學院教授。一九四九年後，任清華大學教授、中國社會科學院外國文學所研究員等。著有長篇小說《洗澡》、《洗澡之後》；短篇小說集《倒影集》；散文集《幹校六記》、《我們仨》、《走到人生邊上》；劇本《稱心如意》、《弄假成真》；論文集《春泥集》、《關於小說》等。譯有《堂吉訶德》、《小癩子》、《吉爾．布拉斯》等。

2008

想像胡同

鐵凝

少年時，由於父母去遙遠的「五七」幹校勞動，我被送至外婆家寄居，做了幾年北京胡同裡的孩子。

外婆家的胡同地處北京西城，胡同不長，有幾個死彎。外婆的四合院是一所坐北朝南的兩進院子，院落不算寬敞，院門的構造卻規矩齊全，大約屬屋宇式院門裡的中型如意門。門框上方雕著「福」、「壽」的門簪，垂吊在門扇上用作敲門之用的黃銅門鈸，以及迎門的青磚影壁和大門兩側各占一邊的石頭「抱鼓」，都有。或者，厚重的黑漆門扇上還鐫刻著「總集福蔭，備致嘉祥」之類的對聯吧。只是當我作為寄居者走進這兩扇黑漆大門時，門上的對聯已換作了紅紙黑字的「四海翻騰雲水怒，五洲震盪風雷激」。

這樣的對聯，為當時的胡同增添著激盪的氣氛。而在從前，在我更小的時候來外婆家做客，胡同裡是安詳的。那時所有的院門都關閉著，人們在自家的院子裡，在自家的樹下過著自家的生活。外婆的院裡就有四棵大樹。兩棵矮的是丁香，兩棵高的是棗樹。

五月裡，丁香會噴出一院子雪白的芬芳；到了秋日，在寂靜的中午我常常聽見樹上沉實的棗子落在青磚地上濺起的「噗噗」聲。那時我便箭一般地躥出屋門，去尋找那些落地的大棗。

偶爾，有院門開了，那多半是哪家的女主人出門買菜或者買菜回來。她們把用一小塊木紙包著的一小堆肉餡兒托在手中，或者是一小塊報紙裹著的一小綹韭菜，於是胡同裡就有了謙和熱情、囉嗦而又不失俐落的對話。說她們囉嗦，是因為那對話中總有無數個「您慢走」、「您有工夫過來」、「瞧您還惦記著」、「您吶……」等等等等。外婆隔壁院裡有位旗人大媽，說話時禮兒就更多。說她們俐落，是因為她們在對話中又很善於把句子簡化，比如：「春生來雪裡蕻啦」、「筆管兒有貓魚」。「春生」是指胡同北口的春生副食店，「筆管兒」是指挨著胡同西口的筆管胡同副食店。貓魚是商店專為養貓人家準備的小雜魚，一毛錢一堆，夠兩隻貓吃兩天。為了「春生」的雪裡蕻和「筆管兒」的貓魚，這一陣小小的歡騰不時為胡同增加著難以置信的快樂與祥和。她們心領神會著這簡約的詞彙再道些「您吶、您吶」，或分手，或一起去北口的「春生」、西口的「筆管兒」。

當我成為外婆家長住的小客人之後，也曾無數次地去「春生」買雪裡蕻，去「筆管兒」買貓魚，剩下的零錢還可以買果丹皮和棕子糖。我也學會了說「春生」和「筆管兒」，才覺得自己真正被這條胡同所接納。

後來，胡同更加激盪起來，這種囉嗦而俐落的對話不見了。不久，又有規定讓各家院門必須敞開，說若不敞開院中必有陰謀，晚上只有規定時間門方可關上。外婆的黑漆大門衝著胡同也敞開了，使人覺得這院子終日在眾目睽睽之下。

那時，外婆院子的西屋住著一對沒有子女的中年夫婦——崔先生和崔太太。崔先生是一個傲慢的孤僻男人，早年曾經留學日本，現任某自動化研究的高級工程師。夫婦二人過得平和，都直接呼著對方的名字，相敬如賓。有一天忽然有人從敞開的院門衝入院子抓走了崔先生，從此十年無消息。而崔太太就在那天夜裡瘋了，可能屬於幻聽症。她說她聽到的所有聲音都在罵她，於是她開始逃離這個四合院和這條胡同，胳膊上常挎著一隻印花小包袱，鬼使神差似的。聽人說那包袱裡還有黃金。她一次次地逃跑，一次次地被街道的幹部大媽抓回。

街道幹部們傳遞著情況說：「您是在哪兒瞧見她的？」「在春生，她正掏錢買菸呢，讓我一把就攥住了她的手腕兒……」或者，「她剛出筆管兒，讓我發現了。」

拎著醬油瓶子的我，就在春生見過這樣的場面——崔太太被人抓住了手腕兒。

對於崔太太，按輩分我應該稱她為崔姥姥，這本是一個個子偏高、鼻頭有些發紅的善淨女人。我看著她們用胳膊把她押回院子鎖進西屋，還派專人看守。我曾經站在院裡的棗樹下希望崔太太逃跑成功，她是那麼不該在離胡同那麼近的春生掏錢買菸啊。不久崔太太因患病死在了西屋，死時，偏高的身子縮得很短。

這一切，我總覺著和院門的敞開有關。

十幾年之後胡同又恢復了平靜，那些院門又關閉起來，人們在自己的院子裡做著自己的事情。當長大成人的我再次走進外婆的四合院時，我得知崔先生已回到院中。但回家之後砸開西屋的鏽鎖他也瘋了；他常常頭戴白色法國盔，穿一身筆挺的黑呢中山裝，手持一根楠木拐杖在胡同裡遊走、演說。他並且在兩邊的太陽穴上各貼一枚圖釘（當然是無尖的），以增強臉上的恐怖。我沒有聽過他的演說，目擊者都說，那是他模擬出的「施政演說」。除了演說，他還特別喜歡在貌似悠然的行走中猛地回轉身，將走在他身後的人嚇那麼一跳。之後，又沒事人似的轉過身去，繼續他悠然的行走。

我曾經在夏日裡一個安靜的中午，穿過胡同向大街走，恰巧走在頭戴法國盔的崔先生之後，便想著崔先生是否要猛然回身了。在幽深狹窄、街門緊閉的胡同裡，這種猛然回身確能給後面的人以驚嚇的。

果然，就在我走近「筆管兒」，離我近兩米之遙的崔先生來了一個猛然回身，於是我看見了一張黃白的略帶浮腫的臉。可他並不看我，眼光繞過我，卻使勁朝我的身後望去。那時我身後並無他人，只有我們的胡同和我們共同居住的那個院子，崔先生望了片刻便又返回身繼續往前走了。

以後我再也沒有見過崔先生，只不斷聽到關於他的一些花絮。比如，由於他的「施政演說」，他再次失蹤又再次出現；比如，他曾得過一筆數額不小的補發工資，卻又被一個京郊侄子騙去……出人預料的是，我沒有受到崔先生的驚嚇，只覺得那時崔先生的眼神是剎那的欣喜和欣喜之後的疑惑。他旁若無人地欣喜著自己只是向後看，然後便又疑惑著自己再轉身朝前。

許多年過後，我仍能清楚地回憶起崔先生那疾走乍停、猛向後看的神態，我也終於猜到了他駐步的緣由，那是他聽見了崔太太對他那直呼其名的呼喚了吧？院門開了，崔太太站在門口告訴他，若去「筆管兒」，就順便買些貓魚回來。然後，崔先生很快又否定了自己，帶著要演說的抱負朝前走去。

作者簡介

——鐵凝（1957-），籍貫河北趙縣，出生於北京。曾任河北省文聯副主席、河北省作協主席，現任中國文聯主席、中國作家協會主席。曾獲全國中短篇小說獎、魯迅文學獎、老舍文學獎、冰心散文獎、百花文學獎等。作品譯成英、法、德、俄、日、韓、挪威、丹麥、越南、土耳其等多國文字出版。根據小說改編的電影《哦，香雪》獲第四十一屆柏林國際電影節青春片最高獎；《紅衣少女》獲一九八五年金雞獎、百花獎優秀故事片獎。二〇一五年被授予法國藝術與文學騎士勳章。著有長篇小說《玫瑰門》、《無雨之城》、《大浴女》、《笨花》；中短篇小說集《哦，香雪》、《沒有紐扣的紅襯衫》、《麥秸垛》、《永遠有多遠》；散文集《女人的白夜》、《遙遠的完美》等；輯有《鐵凝文集》五卷、《中國當代作家·鐵凝系列》九卷。

2009

金魚熱

蘇童

一個東南亞的國王到我們那個城市去遊覽了三天，走的時候帶走了一缸金魚中的極品，這是七〇年代的事。我在街頭聽人議論這個國王，還有那些金魚。我沒有記住那些金魚的名稱，但是我記得很清楚的是，贈送金魚給國王的是一個普通的市民，有人認識他，說他人很笨，就是養魚養出了名堂。大家議論的不僅是國王和金魚，還有那個市民的光榮。

金魚熱隨後悄悄地在我們城市興起。

我突然發現城市裡有那麼多人養金魚，我卻一條也沒有，這使我悶悶不樂。那是一個容易失去卻難以擁有的年代，沒有地方出售金魚，就像沒有地方出售鮮花一樣。我總是在一個鄰居家的魚池邊用攫取的目光親近那些美麗的魚類，無法擁有渴望的東西是孩子們最大的心事，連我的家人也漸漸知道了我的心事。我姊姊一定不止一次地告訴別人：我弟弟一直想要幾條金魚！我母親則告訴她在工廠的同事：我兒子想要金魚想瘋了！

我頭一次得到金魚的狂喜只持續了短短的五天。是我姊姊帶回了那四條品相優美的五彩珍珠。我記得那四條金魚紅脊背上撒滿白色的斑點，有鄰居孩子告訴我，五彩珍珠是很好的品種。我記得那四條紅色的脊背上撒滿銀色斑點的金魚，記得這些金魚帶給我的五天的喜悅。那五天裡我出沒在養魚人出沒的水塘和護城河邊，我拚命打撈魚蟲，為金魚囤積食糧，我不知道我的金魚飽食過度瀕臨死亡的邊緣。

我一直記得我擁有「五彩珍珠」的準確時間，是短短的五天。第五天下午我放學回家，看見的是四條翻了肚子的金魚。我至今羞於提及我當時的表現，在一場驚天動地的痛哭聲中，我忘了追尋金魚的死因。我從未見過死去的金魚，死去的金魚是如此醜陋，從美麗到醜陋，彷彿是一個狡詐的騙局。我覺得自己受到了嘲弄，不僅失去，同時也受到了傷害。我的痛苦一定使我父母感到震驚了，我記得我母親一反平時不許諾的習慣，告訴我一定幫我找到新的金魚。

後來我母親就把那條歪尾巴的小金魚帶回了家，牠當時混在幾條稍大的被人們稱為「丹玉」的金魚中，顯得那麼卑瑣而低賤。所有的金魚都還沒有變色，而「歪尾巴」只有半指大小，黑呼呼的，甚至看不出牠是什麼品種。牠太特殊了，尤其是那條歪尾巴，牠與金魚之美背道而馳，我以一種嫌厭的心情給牠取了這個名字：歪尾巴。

我的養魚生涯到了後來是三心二意的，不是因為金魚不再可愛，而是因為隨著青春期的到來，我有了其他更大的心事。金魚熱在城市裡漸漸退潮，我的那批「丹玉」在幾個月中紛紛離我而去。可是我注意到「歪尾巴」的生命力，牠在我的魚缸裡越來越顯示出一種主人翁的姿態，在孤獨和飢餓中成長著，身子悄然泛出了紅色，而牠額頭上方越長越大的眼睛正用矜持的態度告訴我，我不是歪尾巴，我是一條「朝天龍」！

我要說的就是這條歪尾巴的「朝天龍」。在所有美麗的金魚逃離我的魚缸後，在我對金魚漸漸地失去興趣之後，牠一直伴隨了我四年時光。四年之後我已經遠離家鄉，在北京的學府裡寒窗苦讀，那些日子裡我從來沒有想起過我的歪尾巴金魚。有一天我收到我姊姊的來信，信中提到了我的最後一條金魚，說歪尾巴死了。她總結的歪尾巴的死因是一把梳子，她梳頭時不小心將梳子掉進了魚缸，梳子與金魚一起待了一會兒，梳子沒事，金魚卻死了。

我承認是歪尾巴金魚的死讓我重新回顧了我短暫的養魚生涯。我最終對這些小生命充滿了歉意，一切都是命定的，就像我對金魚的飼養注定不能修得正果，我不能將極品金魚奉獻給任何國王，我的歪尾巴金魚甚至不能奉獻給我自己。這是一條世界上最倔強的金魚，牠最終背叛了應該背叛的人，將自己奉獻給了一把梳子。

作者簡介

——蘇童（1963-），本名童忠貴，生於蘇州，畢業於北京師範大學中文系。曾任教師、編輯，現專事寫作。長篇小說《河岸》獲曼氏亞洲文學獎，《黃雀記》獲第五屆紅樓夢獎決審團獎、第九屆茅盾文學獎，中篇小說〈妻妾成群〉曾改編成電影《大紅燈籠高高掛》。著有短篇小說集《傷心的舞蹈》、《南方的墮落》、《一個朋友在路上》、《十一擊》、《把你的腳綑起來》；中篇小說集《妻妾成群》、《紅粉》、《離婚指南》、《刺青時代》；長篇小說《米》、《我的帝王生涯》、《武則天》、《城北地帶》；散文集《童言童語》等。

南方是什麼

蘇童

好多年前的一個下午，我在一座火柴盒似的工房的三層樓上眺望著視線中一條狹窄的破舊的小街，這是我最熟悉的窮街陋巷之一，也是多少年來被市政建設所遺忘的一條小街——是一條沒有建設必要的小街，它的一頭通往一座清代同治年間修建的石拱橋，另一頭通往近郊的某某大隊的農田和曬穀場（六、七〇年代），或者通往新的環城公路和一片新興的混雜著國營企業村辦企業的工廠區（八〇年代）。我在午後的陽光中眺望那條小街時忽然記起來我小時候是怎麼走過那裡去我母親所在的工廠食堂吃午飯的，我記得橋下的公共廁所，小街從這頭到那頭的大多數人家的家庭主婦和與我同齡的孩子，我記得他們在路人的視線裡匍在餐桌前吃午飯的情景。令我感歎的是好多年過去了，公共廁所還在那裡，石子路鋪上了水泥，但路面還是那麼狹窄而濕漉漉的，人們還是享受著狹窄帶來的方便，非常輕易地就可以把晾衣服的竹竿架在對鄰的房頂上，走路和騎自行車的人仍然在被單、毛線、西裝、褲子甚至內衣下面穿行，這是我最熟悉的小街的街景，紊亂不潔的視覺印象中透出鮮活的生命的氣息。一些老人一定已經死了，大多數人還活著，大多數人在小街上養育著兒女甚至兒女的兒女。小街的日常生活一切依舊，就像一隻老式的掛鐘，它就那麼消化一個轟轟烈烈的時代，消化著日曆上的時間和新聞報導中的事件，它的鐘擺走動得很慢，卻鎮定自若，這鐘擺老氣橫秋地糾正著我腦子裡的某種追求速度和變化的偏見：慢，並不代表著走時不準，不變，並不代表著死亡。

那天下午我突然聽到了一條南方小街的生存告白，這告白因為簡潔而生動，因為世俗而深刻，我被它的莫名其妙的力量所打動：

> 我從來沒有如此深情地描摹我出生的香椿樹街，歌頌一條蒼白的缺乏人情味的石子路面，歌頌兩排無始無終的破舊醜陋的舊式民房，歌頌街上蒼蠅飛來飛去帶有黴菌味的空氣，歌頌出沒在黑洞洞的窗口裡的那些體形瘦小面容猥瑣的街坊鄰居。我生長在南方，這就像一顆被飛雁銜著的草籽一樣，不由自己把握，但我厭惡南方的生活由來已久，這是香椿樹街留給我的永恆的印記。

這是我在那年夏天寫的一部中篇小說《南方的墮落》中的開頭部分。現在我應該解釋它，可我發現我讓自己陷入了困境，我在自己的寫作中發現了一種敵意，這種敵意針對著一個虛構的或現實中的處所：南方。南方是什麼？南方代表著什麼？而我所流露的對南方的敵意又意味著什麼呢？

也許首先來自對回憶本身的敵意。人們在回憶之前通常會給自己的回憶規定一種情感立場，粉飾性的美好的戚傷的，或者冷靜的客觀的力求再現歷史的，而我恰好選擇了一種冷酷得幾乎像復仇者一樣的回憶姿態。這是一種偏執的難以解釋的敵意。我的所謂南方生活僅僅來自於我個人的生活與某個地點的關係的機械的劃定，我的南方是一條橫亙在記憶中的六〇年代、七〇年代的街道，而我當時是個孩子。一個孩子對周圍世界的認識是模糊的，同時也是不確定的，如果說人們對事物的敵意來自此事物對你潛在的或者明顯的傷害，我現在卻不能準確地描寫這種傷害的細節，因此我懷疑這份敵意可能是沒有理由的。

所有借助於回憶的描述並不可靠，因此不值得信任，就像我在某篇文章中提及我的一個小學老師，我一直認為我對她的記憶非常深刻，我以為我在還原一個過去的人物，可是甚至她的籍貫和家庭背景後來都被我的其他小學老師證明是謬誤的，唯一準確的是我對她外形面貌的描述。一個事實有時讓你恐慌，可靠的東西存在於現實之中，卻不存在於回憶之中，如此我不得不懷疑我的敵意了，這敵意其實也不可靠。我也不得不懷疑我的南方，它到底在哪裡，我有過一個南方的故鄉嗎？

大家所崇敬的阿根廷作家波赫士恰好有一個美妙無比的短篇小說，名字就叫〈南方〉。「誰都知道里瓦達維亞的那一側就是南方的開始。」在這篇小說裡，南方是從一個地名開始延伸其意義的，而病病歪歪的主人公達爾曼與他手中的《一千零一夜》以及「南方」形成一個孔武有力的三角關係，支撐著作家所欲表達的所有思想空間。達爾曼來到南方，《一千零一夜》始終無法掩蓋殘暴的冰冷的現實，在雜貨鋪裡，有人向病中的達爾曼扔麵包心搓成的小球，於是一個世界上最不適合決鬥的人不得不接受一把冰冷的匕首。

南方的意義在這裡也許是一種處境的符號化的表達。

我的南方在哪裡呢？我對南方知道多少呢？

在我從小生長的那條街道的北端有一家茶館，茶館一面枕河，一面傍橋，一面朝向大街，是一座老舊的二層木樓，很長一段時間裡，我像一個善於取景的電影導演一樣把它設置為所謂南方的標誌物。我努力回憶那裡的人們，燒老虎灶的起初是一個老婦人，後來老婦人年歲大了，幹不動了，來了一個新的經營者，也是女的，年輕了好多，兩代女人手持鐵鍬往灶膛裡添加礱糠時的表情驚人地相似，她們皺著眉頭，嘴裡永遠嘀咕著發著什麼牢騷，似乎埋怨著生活，似乎享受著生活，她們勞動的表情是我後來描寫的南方女性的表情的依據。更重要的參照物是一些坐著說話的人，坐在油膩的八仙桌前用廉價的宜興陶具喝茶的那些人，曾經被我規定為最典型的南方的居民，他們悠閒、瑣碎、饒舌、扎堆，他們對政治和國家大事很感興趣，可是談論起來言不及義鼠目寸光，他們不經意地談論飲食和菜餚，卻顯示出獨特的個人品味和淵博的知識，他們坐在那裡，在離家一公里以內的地方冒險、放縱自己，他們嗡嗡地喧鬧著，以一種奇特的音色綿軟的語言與時間抗爭，沒有目的，沒有對手，自我遊戲帶來自我滿足，這種無所企望的茶館腔調後來也被我挪用為小說行進中的敘述節奏。

可是比虛構更具戲劇性的是事物本身，就是前面所說的這家茶館，就好像是一些不負責任的小說和電影處理一個重要場景一樣，茶館最後付之一炬。一九九〇年春天，也就是在我寫《南方的墮落》前的幾個月前，那家茶館非常突然而無法補救地失火倒塌了。我回到家鄉的時候看見的是一片廢墟。我在茶館的廢墟上停留的時候感覺到某種失落，可是我的失落不是針對一座茶館的消亡，而是源自一個寫作藍本的突然死亡，我的哀悼與其說是一人對一物的哀悼，不如說是一個寫作者對一個象徵一個意象的哀悼。

如果說那座茶館是南方，這個南方無疑是一個易燃品，它如此脆弱，它的消失比我的生命還要消失得匆忙，讓人無法信賴。我懷疑我的南方到底是什麼？南方到底在什麼地方？

我對我經常描述的一條南方小街的了解到底有多深呢？我對它的固執的回憶是否能夠隨著時間的流逝觸及南方的真實部分呢？

我的頭腦中現在一一閃現的仍然是前面那條小街的景物。很抱歉我要說小街上的另一個公共廁所。這個廁所的歷史非常短促，我記得小時候它不存在，它所在的位置原先應該是一塊空地，空地後面的人家長年地在那裡種一些小蔥和雞冠花之類的東西。有一年廁所出現了。一個簡陋的南方常見的街頭公共廁所，但是修建得十分匆忙，裡面的水泥地面甚至都沒有抹平便投入使用了，這個廁所對附近的居民充滿了善意，只是無人管理，因此很髒也很臭。這是一個特殊的有著某種危險的廁所，因為它面對著附近的一個居民小區，從小區的高樓上可以清晰地看見如廁人的面貌甚至如廁的姿勢，所以對於使用廁所的人和小區高樓陽臺上的居民來說，廁所造成了雙重的尷尬。而我作為一個寫作者，當我在住所的陽臺上眺望小街風景時，我怎麼也無法忽略廁所的存在，我的目光注定是不平靜的，一種曖昧不潔的觀察導致了一種更加難以表述的厭惡感和敵意。這厭惡感和敵意不僅僅是生理上的，也因為那間廁所造成了我忠實記錄小街風情的一大障礙。所幸的是這廁所也一樣不能逃脫它滅亡的命運，不同於茶館的焚毀，這間不必要存在的廁所後來被人填平了，填平以後又在原址上蓋了一間房子，後來我發現有一對年輕的夫婦住在那房子裡，有時候我從那裡經過的時候，從窗戶看見那對夫婦坐在裡面看電視。我感到很高興，這幾乎是小街多少年來最大的一次改變了，這改變的意義對於我來說是特殊的，我走過那裡的時候回想這塊空地多少年來的變化，突然發現了類似波赫士的〈南方〉中的三角支撐：小蔥雞冠花、公共廁所、年輕夫婦的家，這是一個關於小街回憶的三角支撐，由此我依稀發現了我所需要的南方的故事。

可是這是南方嗎？我同樣地表示懷疑。我所尋求的南方也許是一個空洞而幽暗的所在，也許它只是一個文學的主題，多少年來南方屹立在南方，南方的居民安居在南方，唯有南方的主題在時間之中漂浮不定，書寫南方的努力有時酷似求證虛無，因此一個神祕的傳奇的南方更多地是存在於文字之中，它也許不在南方。

我現在仍然無數次地走過那條小街，好多年過去以後我對這條小街充滿了敬畏之情，這是一隻飛雁對樹林的敬畏，飛雁不是樹林的主人，就像大家所說的南方，誰是南方的主人？當我穿越過這條小街的時候我覺得疲憊，我留戀回憶，我忍不住地以回憶觸摸南方，但我看見的是一個破舊而牢固的世界，這很像《追憶逝水年華》中蓋爾芒特最後一次在貢布雷地區的漫步，「在明亮的燈光下世界是多麼廣闊，可是在回憶的眼光中世界又是多麼的狹小！」而一個作者迷失在南方的經驗又多麼像普魯斯特迷失在永恆與時間的主題中。

瓦爾特・班雅明說得好：「我們沒有一個人有時間去經歷命中注定要經歷的真正的生活戲劇。正是這一緣故使我們衰老。我們臉上的皺紋就是激情、惡習和召喚我們的洞察力留下的痕跡。但是我們，這些主人，卻無家可歸。」

是的，我和我的寫作皆以南方為家，但我常常覺得我無家可歸。

作者簡介

——蘇童（1963-），詳見本書頁二〇三。

2010

長眉駝

王族

駱駝中的美人

在哈薩克族牧駝人葉賽爾家，我耐心等待著他家的長眉駝從沙漠中歸來。

我來看長眉駝，是因為幾張照片引出的一次驚喜——妻子為她所供職的報社去木壘縣採訪，見到了長眉駝，拍了幾張照片帶了回來。我第一眼看見的時候，便驚訝不已——這些長眉駝真是太美了，眉毛又細又長，自眉角向兩頰垂下，將臉龐圍攏得如同一輪圓月。長眉駝的眼睛更是與普通駱駝的眼睛不一樣——普通駱駝的眼簾有兩層，可很好地防風沙，而長眉駝的眼簾有三層，使一雙眼睛顯得又大又圓，頗含傳情之態。牠們身上的毛也很長，自上而下在渾身細細密密垂落得像流蘇。因為眉毛長，人們乾脆不叫牠們駱駝，而是稱牠們為「長眉駝」。人們說著「長眉駝」這三個字的時候，語氣間充滿了讚賞之意。

妻子還帶回了消息，長眉駝在中國也就三百多峰，比國寶大熊貓還少，而牧駝人葉賽爾家就有近二百峰。她說，木壘的人只要提起牠們，就特別強調牠們叫長眉駝，不能籠統地把牠們稱為駱駝。我想，在平時，駱駝給人們留下了持重、沉穩、執著、堅強、沉默、冷峻等印象，關於駱駝的形象大多是硬朗的，似乎更趨向於雄性化。而這些長眉駝卻顯得陰柔，一副亭亭玉立、溫柔可愛的模樣。尤其是分外細長濃密的眉毛，更是顯出了幾分嬌柔的姿態。

我決定去看長眉駝。本來高貴得超群絕倫的長眉駝就已經讓人內心激動，現在又有了比普通駱駝多一層眼簾的話題，一下子便讓人內心猶如沸騰的水一般不能安靜了。如此情形，豈有不去看之理。

去木壘的路上仍看見了駱駝。仔細看過幾眼後，發現牠們是普通的駱駝，而不是長眉駝。沙漠，駱駝，初顯綠意的春天，在車窗外慢慢被拋在了身後。這是一些沒有超出想像的景象，只要有沙漠的地方就有駱駝，因為牠們從不跟別的牲畜爭草場，習慣於在乾旱的荒漠地區生活，這便讓牠們長期享有「沙漠之舟」的美譽。這一美譽背後似乎隱藏著一些沉重，比如駱駝能夠忍受乾渴、飢餓和炎熱，負苦重等等。牧人們常年在這裡放牧，有水了吃清燉羊肉，沒水了吃乾饢，那一群群駱駝被他們趕到沙漠中去覓食，他們漸漸地形成了所獨有的生活方式：牧駝。

我們的車子從木壘縣行進了兩個多小時，到了托拜闊拉沙漠草場。托拜闊拉猶如一塊被時間澆鑄的琥珀，沒有人知道它的確切歷史。夏天，這裡是黃綠相間、亦沙亦草的沙漠草場；冬天，這裡會被積上厚雪，雪地上只有一條人畜踩出的路。在這樣一種地理環境中，一切都沒有了，只有一樣東西占據著人心裡殘存的意識，那就是路。路可以主宰人內心所有的時間和空間。

下了車，感到一股乾燥的冷氣摻在空氣中，風起時，便猛地抖出一聲聲響，粗硬得如刀子一般割著臉頰。舉目四望，只見鐵青黑硬的礫石成攤成片地鋪向遠處。遠處，便是沉寂模糊的山巒。乾旱、赤裸、蠻荒、貧瘠——該怎樣形容這個地方呢？

下午，我在葉賽爾家聽見外面傳來了牧人低低的吆喝聲，我出門跑到他家屋子後面的沙包上，看見龐大的駱駝群朝這邊走來了，一群群高大的身軀在沙地中緩緩走動，掀起的沙塵把茫茫荒灘和灌木叢都裹了進去，駝群身邊升起一道黃色塵霧。

我吃驚地看著，很快，一大群駱駝走到了我面前。怎麼說呢？最吸引人的仍是牠們長長的眉毛，又濃又密，遠遠地便吸引了人的眼球。有風颳過，牠們身上下垂的毛便隨風飄起，像有無數細絲在飛揚。風停後，一根一根長眉緩緩落下，像柔軟的手臂一般圍護在了雙眸周圍。也許是這些毛太細太長的緣故，被遮掩在裡面的雙眸顯得更幽深更大了。

我走過去，本來想看牠們的長眉，但我卻從一峰長眉駝大大的眼睛裡看到了我的影子。這一刻，我和牠都盯著對方一動不動地在看，我覺得牠的眼睛像一面鏡子，一下子似乎照透了我，讓我有一種赤裸感，加之牠的眼睛是這麼美，頓時又讓我有了幾分羞怯感。我因為緊張，不自然地動了一下，我看見我的影子在牠眼睛裡倏然不見了。

誰可以在駱駝的眼睛裡長存？有一句諺語說：「有的人，可以在駱駝的眼睛裡看到自己的影子；有的人，卻什麼也看不到。」如此說來，只有好人的影子才可以在駱駝的眼睛裡出現。我今天在長眉駝的眼睛裡看到了我的影子，我是一個好人。

細看，牠們確實有三層眼簾，比普通駱駝多了一層。來之前就聽人說了，這三層眼簾除了好看之外，抗風沙的能力要比普通的駱駝強得多。美而且實用，我喜歡這樣的東西。當然，牠們身上的毛也頗為引人注目，當牠們彎下脖頸的時候，身上純白或金色的毛像一匹光滑的綢緞一樣流瀉下來。真像一位位雍容華貴的美人啊！以前，當地人稱牠們為「獅子頭駱駝」，長眉駝則是牠們後來的名字。因為牠們血統珍稀，加之外表又奇美，所以當地的牧駝人便順理成章地叫牠們「長眉駝」。這個名字在哈薩克族語中稱為「烏宗克爾莆克提玉月」，意思是「長睫毛駱駝」，因為牠是木壘縣所獨有的，後來在名稱中加了地名，叫「木壘長眉駝」。

天已黃昏，牠們一一歸圈。一走動，這些很有美人氣質的長眉駝變得有幾分陽剛，牠們的身軀是龐大的，在荒野中隨時可以踏過草叢，而這會兒地上的積水則在牠們蹄下被踩成泥濘。牠們行路時昂首的神俊與騎士的精神氣質是多麼相似。我突然覺得，看牠們站立不動的美人之姿和走動時的陽剛氣度都是一種享受。這就是牠們在蠻荒之地生存的一種姿勢，一種力量，也是生命的一種例證。

長眉駝，靜若處子，動若勇士。

發情

我原以為長眉駝的夜晚是安靜的，不料，天還沒有黑，有一峰長眉駝卻不安靜了。牠用力撞開圈門，在院子裡跑來跑去，一副急不可耐的樣子。牠的身軀本來就高大，現在一急，四蹄把院子踩得咣咣響，好像要把院子踩翻似的。

少頃，牠開始嘶叫，臉上出現了不可思議的古怪樣子，嘴裡往外冒出一層厚厚的白沫子。牠臉上的白沫子很多，但卻不掉下，糊滿了整張臉，把眼睛都蒙住了。牠用力甩去眼睛上的白沫子，急切地向四周張望，在尋找著牠急於想尋找的東西。

我以為牠病了，一問葉賽爾才知道，這是一峰公駝，正在發情期呢。噢，牠們發情的時候會口吐白沫，這一點與別的動物都不同。動物的情欲和人一樣，都是肉體深處湧起的熱流，無論多麼強烈，都在體內鼓脹。有的動物在交配時從不讓外者看見，比如狼，牠們在交配前會經過一番長途奔跑，直到找到一個牠們認為安全的地方才交配。如果牠們交配時被外者看見，牠們就會拚命去撕咬對方，直至把對方咬死。因為只有把對方咬死了，牠們才會覺得不會留下恥辱。所以說，動物們的性和人的性一樣，都是祕不示人的。但長眉駝的情欲卻有外在表現，一有性衝動便口吐白沫。這種性反應也許太直觀了，即使一隻母駝看見了，也不會過去把牠臉上的白沫子舔乾淨，然後用身體蹭牠，讓牠爬到自己身上完成一次激烈的進入和噴射。長眉駝在發情時野性很大，常常將白沫子噴向路人。要是在發情期間一直找不到性伴侶的話，牠們的脾氣會變得很暴躁，身體像是完全失去了控制，在戈壁灘上拚了全力奔跑，以釋放出在強健的四肢中束縛潛藏的野性和欲望。聽說有些眼睛被厚厚一層白沫子蒙住的公駝，在奔跑的時候會一頭撞在草場的圍欄上，樣子很慘。

我問葉賽爾：「牠發情了，有沒有讓牠解決的辦法。」

他說：「沒辦法，今天不巧，這裡沒有母駝。」

沒有母駝就真的沒辦法了。牠仍在一刻不停地奔跑著，牠體內的激烈一定已經像火一樣燃燒起來，如果沒有宣洩的辦法，牠無論如何是不能安靜下來了。不知道牠體內有多少白沫子，反正牠的嘴角不停地往外冒著，讓牠的臉變得像一個蛋糕。牠幾次想衝出院子去，但無奈鐵大門已被鎖上，牠便只能在院子裡打轉。幾圈過後，我看見牠明顯地加快了速度，龐大的身軀在院子裡一起一落便躥出很遠。牠似乎只有這樣才能消耗掉體內的激烈，除此別無辦法。

這時，從外面進來了一對情侶，他們也是從烏魯木齊來這裡看長眉駝的。小夥子對滿臉白沫子的長眉駝很好奇，想湊近看個仔細，但長眉駝亂踢亂晃的四蹄卻逼得他不得不後退。他女朋友一把拉住他，生怕他出意外。他女朋友很漂亮，緊身T恤和牛仔褲使她高挑豐腴的身材顯得凸凹有致，把少女的軀體美淋漓盡致地展現了出來。當她從葉賽爾的介紹中得知這隻長眉駝正在發情時，臉上有了幾分羞答答的神情。我還注意到，她把身體挨在了男友身上，緊緊抓住了他的手。

過了一會兒，長眉駝慢慢安靜下來了，但牠卻把頭一揚，把嘴角的白沫子噴了出去。小夥子由於離牠很近，被噴在了臉上。他的臉一下子便變得像長眉駝的臉一樣，白花花的一片。葉賽爾看看他，又看看他女朋友，開玩笑說，你也發情了。他窘得不知說什麼好，愣愣地用手把臉上的白沫子抹了下來。

我對他說：「你去洗洗臉吧，比起長眉駝，你幸福多了，你今天晚上有女朋友嘛！」他一聽我這麼一說，有些不好意思，拉著女朋友的手往屋裡走去。他女朋友跟在他身後，臉上泛起了一層羞澀的紅暈。

述說和傾聽

第二天，我才見到了阿吉坎．木合塔森老人。他瘦削而蠟黃的臉上，細密的皺紋無所不在。尤其是一雙渾濁得有些暗黃的眼睛，微微瞇成了一條縫，讓人疑惑已經看不清東西了。我想，他的眼睛是被一年一年的風吹老的。細看他，我突然覺得，似乎在哪裡見過這位老人，而且好像還很熟悉。也許，因為哈薩克族的牧民都長著這樣一張面孔，而我近二十年在新疆遊蕩，便對這些極為相似的面孔有了熟知感，所以便覺得在哪裡見過他。我甚至熟悉他的背影，他上炕的姿勢，他咳嗽的聲音——中國人素有「面熟」這一說，想來還是有一些道理的。

他是哈薩克族，講哈語和漢語。他講的哈語我很難聽懂，需要他三十多歲的兒子翻譯一遍。從他的神情中可以看出，他的兒子只能翻譯其中的一小部分，大部分只能翻譯出大概的意思，無法準確轉述。他的幾個孫子雖然能聽懂哈語，但聽不懂他在說什麼事，爺爺說的那些事情，課本裡都沒有，他們很難接受。他於是有些著急，便用不太流利的漢語開始和我們交談。應該說，這位老人是語言天才，他知道用漢語無法向我們表達清楚，便使用了一些形象語言。比如說到母駝下崽，便說是完成公駝交代的任務；說駱駝耐力強，便說牠身體裡有十個駱駝的力氣；說駱駝的速度快，便說牠把藏在身體裡的翅膀拿出來用了一下；說駱駝因為累而變得很瘦，便說牠把身上的肉交給了腳下的路……慢慢地，他放鬆了，也興奮了，言語間妙語聯珠，多出現引人捧腹之語。

傾聽是一件幸福的事情，尤其是聽一位哈薩克族老人講述駱駝。從他的講述中，我知道了人們之所以喜歡駱駝，是因為駱駝綜合了十二生肖的特徵：兔子嘴、豬尾巴、虎耳朵、蛇脖子等等，是許多動物的集合圖騰。正是這種真實的存在，讓人們建立起種種對應關係的文化想像。

人們相信駱駝與其他動物一樣，與人的心性是相通的。那些牧駝人說起駱駝時，語氣中都有幾分特殊的親暱。阿吉坎．木合塔森老人說駱駝像牛和羊一樣，是從不睡覺的，一輩子沒閉上過眼睛。聽他這麼一說，我覺得牠們正因為不睡覺，看到的世界一定比需要睡覺的動物多得多。

牧駝人把駱駝看成是上天的禮物，一種神聖的動物。他們吃駱駝肉，喝駱陀奶，駱駝的毛細軟，可做各種耐用的織物，而在西域古典時代的占卜術和詩歌中，腳力迅速而又安全可靠的駱駝是作為慈善和高貴的牲畜出現的。駱駝沿著古代絲綢之路走到了今天，曾掀起過歷史的波瀾，把我們帶到了時間深處，牠無疑是文明生活的使者。

阿吉坎．木合塔森說，他的爺爺艾吾巴克爾十五歲就給別人家放牧，因為放牧精心，膘抓得好（將駱駝牧養得健壯），人們都願意把自己的牲畜交給他代牧，十八年後，艾吾巴克爾有了自己龐大的駝群了。按照多年養駝的經驗，他相信，只要駱駝的品種好，毛肉都可以賣錢。就這樣，他一有機會就與他人交換種公駝，從不近親繁殖，以保護牠們血脈的絕對純淨。艾吾巴克爾的這種作法，現在的新名詞叫雜交和改良。艾吾巴克爾沒讀過一天的書，可這個選育方法他早就懂了。

訴說和傾聽，時間似乎總是過得很快。不知不覺夜已深了，阿吉坎．木合塔森的兒子和孫子都打起了呵欠。他示意一下，他們便獲得了解放，一一去睡覺了。老人意猶未盡，拿出了珍藏的一塊保留了長眉的骨頭讓我看，可以肯定這塊骨頭是長眉駝長眉毛的那個部位。骨頭顯得很白，摸上去像玉一樣有幾分細潤之感。至於駝毛，明亮而又筆直，用手一摸頓時便有幾分柔軟細膩之感。

從阿吉坎．木合塔森對這件東西愛不釋手的情形可以猜出，這是他的寶貝。我們倆躺在炕上，他說起了這件寶貝的故事。他曾養過一峰漂亮的長眉駝，牠很聰明，能聽懂他的話，他一呼喚，牠便馬上跑到他身邊。有一段時間，他外出牧駝時總是和牠在一起，大家開玩笑說那峰長眉駝是他的老婆，他聽了嘿嘿一笑，並不生氣。一天，他的這峰長眉駝走失了，被一群狼圍住，咬傷了身上的很多地方，不光腿已無法站穩，就連脖子也血流如注。牠掙扎著跑到了一棵胡楊樹前，把自己的頭顱伸上去架在一個樹杈上，然後便不動了。狼群一擁而上，撕咬牠的身體，甚至咬斷了牠的脖子，牠龐大的身軀轟然倒地，狼群瘋狂地進行了一場饕餮。之後，狼群離去，阿吉坎．木合塔森找到出事點後，看見牠的頭顱仍架在那個樹杈上，那副漂亮的長眉和頭上長長的駝毛完好無損，正隨風飄拂。他爬上樹將牠的頭顱取下，一路抱著默默回家。他知道，牠在生命的最後時刻已無惜自己的軀體乃至生命，但卻一定要保護住長眉。牠知道自己的長眉很美，人們很喜歡，所以牠選擇了那樣的死亡方式。牠死了，但牠的靈魂沒有死，因為牠把美留下了，牠的靈魂會因美而永生。

阿吉坎·木合塔森講完這個故事，便睡著了。作為一個牧駝人，有這樣的經歷，可謂是精神上的巨大財富。而當他講述一次後，他的心靈其實也隨之進行了一次歷練，隨後，便可酣然入夢。

我作為一個傾聽者，似乎也隨之領取了巨大的精神財富。恍然入睡之際，我仍在想，有多少昔日發生在荒灘上的長眉駝故事，都已悄無聲息地沉入了時間深處。

被太陽帶走

一大早，長眉駝們要外出覓食了。葉賽爾背著足夠一天食用的饢和水，神情黯然地準備出門。長眉駝在沙漠草場上吃少得可憐的草，牧駝人長年累月吃簡單的饢、喝冰涼的水，古老的游牧方式就這樣一直被維持了下來。長眉駝們從圈中走出時的步伐顯得很緩慢，牠們似乎在一夜間並沒有養足精神，一峰峰看上去無精打采。從圈門走到院子裡居然走了十幾步。我清楚地記得，昨天黃昏牠們歸圈時僅用四五步就入圈了。我不知道這是為何。然而更讓我吃驚的是，牠們走到院子中間卻停了下來，一峰峰像是畏懼什麼似的，顯得很焦慮。

比長眉駝更焦慮的是葉賽爾，他既不趕長眉駝，也不吆喝，只是陰沉著臉在牠們身邊走來走去。這就怪了，早晨外出放牧，應該說是人和長眉駝高興的時候，但人和長眉駝卻為什麼都不高興呢？不知是哪般心事在共同困擾著人和長眉駝。

院子裡的氣氛變得沉悶起來，似乎有一種鬱悶而又沉重的東西從長眉駝的身體裡瀰漫出來，把一切都遮裹了進去。葉賽爾的咳嗽聲在這時不合時宜地響起，使氣氛一下子顯得更沉重了。來這兒僅僅一天一夜，我便發現葉賽爾在不停地咳嗽，從聲音上聽好像並沒有什麼病，但他就是在不停地咳嗽，似乎已經養成了一種習慣。他的這一習慣讓人覺得牧駝這一職業的沉重，他也許在艱難地忍受著什麼。

我正這樣胡思亂想著，長眉駝們卻有了變化。牠們像是突然聽到了召喚似的，齊刷刷地抬起了頭，然後向院外快速走去。短短的時間裡，從神情到步伐，牠們儼然變成了另一種駱駝。出了門，牠們再次停下，抬著頭向沙漠盡頭望去。沙漠盡頭，初升的太陽像一個火爐中的圓球，沾滿了猩紅的火星，正一點一點在上升。

我明白了，牠們剛才在等待著太陽出來，等待的過程讓牠們充滿焦慮和不安。我想起曾有人對我說過，駱駝在一天之中只有早晨的太陽升起時，會抬頭眺望太陽，其餘時間都會低著頭。怪不得我們平時所見到的駱駝都是低著頭的。在後來離開長眉駝之後，我又知道了駱駝在早晨眺望太陽之後，就會認準方向，在一天之中從不會迷路。從牧民講述的種種關於駱駝的故事中，我們知道駱駝不論遇上怎樣的風沙都不會迷路，其原因就在於牠們在早晨就已確定了方向。一天之中，太陽從東到西，方向一直裝在駱駝的內心。

太陽一點一點脫落了猩紅的火星，升上了天空。駱駝們變得急躁起來，大聲呼吸，打著響鼻，邁開步子上路了。葉賽爾不再咳嗽了，大聲吆喝著，聲音頗為響亮。
慢慢地，駱駝們走遠了，沙漠中濃厚的地氣使牠們變成了模糊的一團。再遠一點，牠們便幾乎和地平線融為一體，讓人疑惑牠們是山巒，是樹木，是石頭，是一條悄無聲息流淌的河流……駱駝們被太陽帶走了。

作者簡介

——王族（1972-），生於甘肅省天水市，現居新疆省烏魯木齊市，任職於出版社。歷任新疆美術出版社編輯、編輯部主任。曾獲大紅鷹文學獎、新疆首屆青年創作獎、在場主義文學獎新銳獎等。著有散文集《獸部落》、《游牧者的歸途》、《逆美人》、《上帝之鞭》、《馬背上的西域》、《藏北的事情》、《第一頁》；長篇散文《懸崖樂園》、《圖瓦之書》；非虛構三部曲《狼》、《鷹》、《駱駝》、《馬背上的王國》等三十餘部作品。

我真想抽自己良心幾耳光

彭學明

我是一九九二年十一月，離開保靖，調到張家界的。到張家界後，我還是湖南省政協委員，並很快當選為全國人大代表。社會行政事務多如牛毛。加上張家界是世界著名的旅遊區，全中國和全世界的人都跑來張家界旅遊。相識的、不相識的，都得去做陪和應酬。來的都是客，都得陪好、應酬好。這是工作。有時候，一天得陪著幾批客人爬幾次張家界的山，得一個晚上陪幾批不同的客人吃飯。真個是累！不陪，人家講你架子大，擺譜，不好客。陪，實在是受不了。客變主不變，我跟張家界所有的領導一樣，幾乎每天都是半夜才能歸家。回到家時，就散了架，想睡覺，一句話都不想講了。

而娘卻每天再晚都開著電視和燈等著我。常常是電視講著話，娘在沙發上睡著了。鎖一響動，娘就會站起來給我開門。熱天一杯涼茶等著，冬天一盆炭火等著。

娘每天都會不厭其煩地問我吃飯了沒有。這麼晚了，哪有不吃之理？我就很不耐煩地責怪娘假客套。有時候很不耐煩地搭理一句，有時候就懶得搭理。

看我一身的酒氣，娘一方面埋怨我又喝酒了，一方面給我泡茶、端洗臉水。而我總是不耐煩地拒絕。我講：娘，我這麼大了，你不要老把我當三歲小孩，我各人有腳有手，我各人會來。我天天半夜回來！你天天等到半夜，有什麼必要？

娘如果想問問我陪什麼人，我更是一口拒絕：你問這些搞什麼？你又認不到！真是多管閒事！娘只好不放心地、惴惴不安地睡去了。

現在想來後悔的是，娘跟我南征北戰地住了十來年，我居然沒有好好地和娘聊過一次天！我現在真想邊打字邊抽自己良心幾耳光！是的，人在江湖，我們常常怕忽略和怠慢這個那個，怕得罪和輕慢這個那個，我們很少想過怕忽略和怠慢爹娘，怕得罪和輕慢爹娘。在我們生活的天平裡，我們的爹娘往往不如同事和朋友，更不要講子女和領導了！有幾個敢講子女的要求不去全心全意滿足的、領導的任務不去堅定不移完成的？

我調到張家界時，張家界已經建市多年，初具規模。一個新鮮得像初生嬰兒和旭日初升的城市。一個生動得像大幕將啟、人生闊步的城市。在這樣一個充滿活力的城市裡，我以為娘會過得很新奇、充實和快樂，卻忽略了娘不是城市的磁磚，而是鄉間的泥瓦。她不習慣牢籠一樣的生活。娘講：你們那哪是樓房，那麼高，像住到懸崖陡坎上，哪個時候倒了掉下去都不曉得。娘還講：你們那街道的路不是人走的，是車跑的，走到街上，就像走到蛇窩窩裡，時時刻刻提心吊膽，怕被車咬了。城裡有什麼好？去米有地方去，玩米有地方玩，港個話的人都米有，又什麼都貴，米有意思。

的確，在張家界這座陌生的城市裡，娘還不如一隻遠方飛來的麻雀。麻雀熟悉張家界的一切，麻雀也可以在張家界的任何一個地方安家落戶。而娘呢？滿城燈火闌珊，沒有一盞能照亮娘回家；滿城高樓大廈，沒有一棟娘可以自由出入；滿城人來人往，沒有一張是娘熟悉的面孔；而那些滿城縱橫的街道，也沒有一條通向娘的生活。娘是這個城市的盲人和外人。娘永遠沒有心靈的家園。

早上，娘每天都站在陽臺上看著我上班遠去，那是娘對兒的不捨與牽掛，也是娘的孤獨和孤淒。

晚上，娘每天都站在陽臺上等著我回家，那是娘對兒的期盼與等待，也是娘的空虛和恐懼。牽掛和等待，成了娘唯一的精神寄託和支柱。而娘在陽臺上目送和等待的身影，成了這個風景城市的最好風景。奇峰競秀的張家界，娘是最美的那一峰。

而我總是一臉的不高興，我總是站在樓下對著娘吼：你看什麼看？我又不是死了，不轉來了！

娘便怯怯悻悻地把頭縮了回去。

等我轉身離去時，娘又把頭悄悄伸出來。

對一個農村人來講，任何城市都是一副有色眼鏡。在不知道娘是我母親時，這個城市是不會正眼瞧一下這個鄉下來的老太婆的。在這副有色眼鏡裡，這個農村來的老太婆渾身上下都是與這個城市不協調的土氣。固然乾乾淨淨，滄海和風雨的顏色卻固執地堆在了娘的臉上；縱使體體面面，鄉土和歲月的習性固執地刻進了娘的生活。娘就是鄉村來的一棵野草，沒有任何人會在意一棵野草的生死與存在。或者，娘是農村濺來的一星泥點子，所有城市的光鮮，都會本能地躲避。

娘最初的交往圈，是跟娘一樣從鄉下來的老太婆。我在張家界最初的單位是張家界日報社。分的房子也在報社。報社彭華偉的母親和覃興華的母親，都是一樣從鄉下飛落城市的候鳥。娘跟兩位老人自然成了朋友。彭華偉和覃興華的母親樸實善良、身體很好，對我年邁多病的娘頗為關照。彭華偉的母親做得一手醋蘿蔔，每天在街頭賣醋蘿蔔能夠賣不少錢。勤勞慣了的娘坐不住，也想做醋蘿蔔。城市消費高，我又天生好客大方，加之娘每年都要大病住院，使得娘天天擔心我攢不到錢、娶不了媳婦。所以，就想著做點什麼，以便減輕我的經濟負擔。可醋蘿蔔要的是冷水洗蘿蔔，娘一動冷水肯定又肺心病、哮喘病和類風濕同時發作，我當然不允許。娘便又想跟覃興華的母親一道去收廢舊報刊。那更辛苦。我更加不允許。其實，除了心疼娘，是我自己的虛榮心在作怪。我骨子裡是擔心人家笑話：你看，那是彭學明的娘，彭學明的娘在賣醋蘿蔔、收廢舊。我臉沒地方擱。娘如果賣醋蘿蔔和收廢舊，人家罵的是我的名、打的是我的臉。

娘便跟我打起了游擊戰。我一上班去，娘就悄悄地背著背簍和秤桿去農貿市場，批發水果，不多，十來斤。多了，娘背不動，更怕賣不完被我發現。批發完，就到我們家旁邊的一個小巷子賣。娘擔心我發現，每天都做賊似的進貨、販賣，等我快下班時提前到家，把沒有賣完的水果和秤都收起來，以防我發現。一連一個多月，我都沒有發現。

雖然一天就得那麼兩三塊錢，娘很快樂、高興和滿足，因為，我跟娘一天的小菜錢有了。娘在城裡終於有了可以自食其力、替兒分憂的事做，心情和日子也變得充實和滋味起來。可這樣的好心情、好滋味，還是被我一把怒火燒成廢墟。

那天，我下班回家拿東西出差，突然看到了在街邊跟彭華偉母親一起擺攤的娘，心裡的怒火啊，一下子就從喉嚨裡噴了出來。

我就那麼鐵青著臉，一言不發，怒視著娘，目光裡噴出的全是尖銳的針和錐子。正在給人稱柑的娘，嚇得慌了神，秤砣掉了下來，咚地砸在腳上，娘疼得齜牙咧嘴癱坐在地上，捏腳呻吟。我扔了一句「活該」，就忿忿地揚長而去。

出差回來，我沒問一句娘的腳傷重不重、好沒好，反而餘恨未消地對娘又是一堆怒吼：大冷的天，你這麼大年紀還擺攤做生意，是不是要讓全城人都曉得彭學明不孝順？

就此，娘再也不敢賣水果，或做其他小生意。娘只是奇怪，憑勞動吃飯賺錢，有什麼丟人的？

慢慢地，娘跟周圍人開始熟悉起來，人們也慢慢知道了娘的兒子是張家界最有名的作家、記者和全國人大代表。因為那個時候，張家界市電視臺、永定區電視臺及湖南電視臺、中央電視臺經常有我的專訪或發言。張家界無人不曉。於是，娘看到的是整個城市的笑臉，聽到的是整個城市的恭維和誇獎。

城裡的退休幹部職工和跟娘差不多大的居民，開始親熱地跟娘打招呼，與娘聊天，還邀請娘一起打麻將。娘六十多歲前，麻將像什麼樣都不認識。娘也痛恨那些打麻將的人。娘講打麻將的人都是心術不正的人，心術正的話，就不會一心想著贏人家的錢。可是，娘經不住人們勸，人們講，一塊兩塊錢的輸贏不是賭博，更不是心術不正，是娛樂、散心。一家人不也打麻將嗎？一家人打麻將，您講一家人都心術不正？娘一聽也是，就開始學。學得還挺快。都講娘的麻將打得不錯，比我好。娘打麻將，從不賴帳賒帳，也從不跟人討帳要帳。就是講，你輸了，可以欠著不給娘開錢，等你賺了再開。娘輸了，一分不欠，輸完為止。娘的大度、大氣和善良很得大家敬重。那些麻友們就都很喜歡跟娘打麻將。跟老年人打打麻將不要緊，水準和動作都差不多。老年人跟年輕人打，就難免吃虧。在麻將館裡，一些年輕人經常偷子欺騙老年人。見娘如此大度大氣，他們就專瞄準了娘。常常是幾個年輕人跟娘一桌，娘就常常輸得很慘。儘管娘打的只是一塊兩塊錢一次的麻將，我聽後非常生氣，對著娘又是一頓劈頭蓋臉大發雷霆：你跟老年人打我不管你，你天天跟那些年輕人打，你是他們的對手？他們天天騙你，哪來那麼多錢讓他們騙？

可悲的是，不管講什麼、做什麼，我都非常武斷地不讓娘解釋，娘一解釋，我火氣更大，聲音更高。娘無處申辯和解釋，只有無聲地抹淚。

醫生講娘心臟不好，最好不要打麻將。打麻將易激動、興奮，誘發心臟病。這樣，我就更不允許娘去麻將館跟那些社會上的閒雜人打麻將了。娘在這個城市唯一排遣孤獨的通道，被我生生堵死。

娘只能關在家裡，天天看電視。有時候實在孤獨難受了，娘也會偶爾又去一次麻將館，看人家打麻將，而我知道後，根本不信娘是看人家打麻將，而是固執地認為娘在打麻將，就又會對娘一頓凶，而且幾天都不給娘好臉色。

娘依舊只有無聲地抹淚。

我是真擔心娘的病。娘依然冷不得、熱不得，見風就感冒。一感冒就誘發哮喘和肺心病，一病不起，需要住院。幾乎是小病一月一兩次，大病一年三四次。住院勤得整個醫院的醫生、護士都認得娘。輸液輸得護士都找不到血管下針了，就是講，整個血管都扎碎了。看到娘手上、腳上密密麻麻的針眼，真是心疼啊！比扎在自己身上還疼！娘每次大病住院，都是心力衰竭到最嚴重的一級，都下了病危通知！

你說，我怎麼還會讓娘去打麻將？怎麼不因娘不愛惜自己的身體和生命而大發雷霆？

還令我頭疼的是，娘自己身上沒什麼錢，還總給人錢。看到乞討的小孩或婦人，娘總要給錢。有段時間，那些乞討的婦人和小孩，像羊城暗哨一樣，到處都是。你給了一個乞討者錢，立刻就冒出十來個乞討者拽著你不放，像地下冒出來似的。也許這就是所謂的丐幫和職業乞討者。識破了這些裝可憐的職業乞討者後，人們就都側目而過，不再施捨了。娘卻只要看見就給，一給就把讓她買菜的錢、買藥的錢全給完了！

我講：娘，真正斷腳斷手和瞎眼有病的，你可以給，我不反對，那些看起來好好的，你就不要給，都是騙人的。

娘講：斷腳斷手也好，腳手好好的也好，出來討，肯定有難處，不到萬不得已，哪個肯不要臉出來討？娘是這麼過來的，娘比你懂。

我講：你懂什麼？那些人就是好吃懶做的騙子，你真是被人賣了還幫人數錢！

娘講：人在亮處要想到暗處時，娘看到他們就想起我各人和你們小的時候，就忍不住要可憐他們，送他們錢。

恐怖的是，娘有一次看到兩個乞討的小孩餓得奄奄一息、不成人樣，就把兩個小孩帶到家裡做飯吃。一頓好飯好菜，一頓熱水淋浴，兩個該死的小毛賊居然把我一塊嶄新的手錶順手牽羊偷跑了！

看著被兩個小毛賊弄得髒兮兮的毛巾、地板，我氣得欲哭無淚，搬起板凳就往地板上砸，甚至，還有了把娘一腳趕出家門的罪惡念頭。

我多災多難的娘啊，您怎麼就盡做這樣的傻事？怎麼一點都不體諒體諒兒子、一點都不為兒子著想呢？

可是，作為兒子的，又什麼時候體諒過娘呢？

娘在這裡舉目無親，做兒子的從不陪娘聊天講話，娘想跟兒子聊天講話時，兒子總是一塊冷冰冰的石頭扔過去。娘好不容易認識了幾個人，找到了一種排遣孤獨的方式，我又是扯閃電又是打炸雷，把娘嚇得像老鼠一樣東躲西藏。我講娘不體諒我，其實娘最體諒我了。娘要做小生意，不就是體諒我、想給我減輕負擔嗎？我認為做小生意丟臉，娘便不做了。我認為打麻將傷身體，娘便不打了。我認為娘多嘴，娘便沉默了。娘怎麼就不體諒兒子了呢？

完全是兒子的自私和自以為是！

作者簡介

——彭學明（1964-），土家族，湖南湘西人，著名作家和文學評論家。湖南吉首大學外語系畢業。現任中國作家協會創作聯絡部主任等職。多篇作品入選教育部中學、大學語文教材，並被譯成英、法、日、哈薩克、尼泊爾、阿拉伯等文字在國外出版發行。曾獲中國政府出版獎、中國圖書獎、全國少數民族文學駿馬獎、全國廣播電視星光獎等國家政府獎。著有長篇紀實文學《娘》；散文集《祖先歌舞》、《我的湘西》、《一個人的湘西辭典》、《文藝湘軍百家文庫·彭學明卷》；長篇報告文學《人間正是豔陽天》等。

2012

狗間

蒼耳

1

人間社會的倒影是什麼呢？我以為，除了鬼間或陰間，還應該包括狗間，它與人間構成一個有意味的夾角。蕭伯納說過，「我見過的人越多，我就越喜歡狗。」而胡適的一句口頭禪是：「獅子與虎永遠是獨來獨往，只有狐狸與狗才成群結隊。」他們對狗的理解如此相反，只能表明狗間和人間的互動與糾纏有多麼深。據說德國人一般情況下不喜歡與人交談，但是，只要兩個狗主人相見，他們首先談論狗，然後才談別的事情。在「六畜」之中，狗是最早被馴化的，約有兩萬年的歷史。丹麥曾在一萬五千年前的古人類生活的遺址中，出土了犬化石，被定名為「泥炭層時代犬」。中國浙江餘姚河姆渡遺址，出土的狗化石也有七千年歷史。狗作為與人距離最近的動物（換一句說法就是「最親密的夥伴」），不得不接受人的文明，居同樣的環境，喝同樣的水，吃同樣的食物，甚至穿衣、穿鞋、美髮、美容等等。這種與人共存的方式對狗的影響也是巨大的，以致狗也患上了與人相同的病症，諸如癌症、癲癇、夜盲症、青光眼等疾患也流行在狗間。

馬克思有一句名言：「搬運夫和哲學家的原始差別要比家犬和野犬之間的差別小得多。」不過，一百年後，一個搬運夫要想成為哲學家恐怕就沒那麼容易了，至少他思考的範圍必須包括狗間的社會學命題。例如，狗的戶口已成為一個嚴重問題。沒有戶口就意味著「盲流」。你每天都可以在街上目擊到處亂竄的流浪狗。於是乎出現了打狗隊。他們戴著白手套，牽著狼犬，成為人間和狗間之秩序的維穩者。與此同時，洋狗群日益壯大，雜交狗越來越多，全球化速度比人間更甚。在狗年中，繼「超女風」後，「超狗風」也越颳越猛。各種各樣的「狗美」比賽屢見不鮮。「狗狗ＰＫ」也成為人們津津樂道的話題，有人放言「當選狗」可得十萬年薪。於是乎出現了狗仔隊。他們拿著長槍短炮，像蚊子一樣無孔不入，專門幹那種追嗅「寶貝」屁股的事。不過，狗間全球化有一個方便的條件：狗語是真正的世界語，沒有語種分別，因而像美元一樣全球流通。在中國，生肖狗之所以被稱為戌狗，按老祖宗說法，戌時指晚上七點到九點，這時狗正處在亢奮期，任何一點響動都會引動牠們吠叫。只是如今失去夜吠習慣的戌狗越來越多了。看起來狗語不存在話語權問題，但這只是表面現象。在另一種話語暴力下，牠們同樣會變成啞巴。

喜劇大師卓別林深諳其妙，他在《狗的生涯》中表現的是流浪漢查理窮困潦倒的生涯，卻將流浪小狗斯凱普的命運與之紐結在一起，這樣一來，「流浪漢和流浪小狗的差別要比家犬和野犬之間的差別小得多。」對狗和狗性研究最深入的，要數卡夫卡。他將對狗的觀察記錄在一個筆記本上，後來他竟以狗視角寫了一隻老狗的精神履歷，充斥著恍惚、質疑、分辨、自否、拷問、憧憬相混合的意識流，將人間的世象和心象曲折地映射在裡面。卡夫卡死後，該筆記被冠以「一隻狗的研究」而公諸於世。作者借老狗的口吻感歎道：「不過那時的狗不像今天這樣奴性十足。」由此看來，卡夫卡小說中的主人公堪稱狗間哲學家，牠探究的是世界、萬物和狗自己的存在。不過，在卡夫卡之前並沒有人知道狗間也有哲學家，否則馬克思不會說出那一句名言。這是卡夫卡的過人處。

2

然而，家犬變成狂犬這個問題有點特別，有點複雜。牠的瘋狂是來源於人，還是牠自己？據科學家研究，月亮和動物行為之間存有聯繫。動物在月圓時更容易咬人。悉尼大學的研究者發現，在月圓前後，全澳大利亞狗咬人的事件比其他時候略少。奇怪的是，在年底的假期，動物咬人的情況會出現一個高峰。比如耶誕節和新年期間對狗要多加小心——不管月亮圓不圓。有趣的是，遠在古羅馬時期，每當炎夏天狼星與太陽一同升起時，古羅馬人會將酷暑歸咎於天上這隻瘋狗的出現，因此會脫口大罵：dog days。只是古羅馬人沒注意過，這一天地上究竟有多少家犬變成狂犬。

狗咬人與月圓的關係不是筆者能研究的。只是我奇怪，為什麼豬、羊、牛們很少瘋狂，而唯獨狗會像人一樣瘋狂？當狂犬咬人並使人變成「狂犬」而咬自己的同類時，人間幾乎反過來成了狗間的倒影了。學者們在研究魯迅《狂人日記》時，大都忽略了「趙家的狗」的獨特作用。這是很大的疏漏。比如開頭：「今天晚上，很好的月光。我不見他，已是三十多年；今天見了，精神分外爽快。才知道以前的三十多年，全是發昏；然而須十分小心。不然，那趙家的狗，何以看我兩眼呢？」其時，趙莊上空的月亮確乎圓了，而且「趙家的狗」也確乎有些特別。反過來，狂人待在黑屋想知道月亮圓沒圓，只須看看「趙家的狗」的「眼睛」，或者聽聽牠發出怎樣的叫聲就行了。比如，「黑漆漆的，不知是日是夜。趙家的狗又叫起來了。獅子似的凶心，兔子的怯弱，狐狸的狡猾……」

魯迅顯然研究了「趙家的狗」與月圓之間的社會學關係，並且還研究了牠與洋名叫「海乙那」

（英語hyena）的鬣狗之間的差別和血緣：「記得什麼書上說，有一種東西，叫『海乙那』的，眼光和樣子都很難看；時常吃死肉，連極大的骨頭，都細細嚼爛，嚥下肚子去，想起來也教人害怕。『海乙那』是狼的親眷，狼是狗的本家。前天趙家的狗，看我幾眼，可見他也同謀，早已接洽。老頭子眼看著地，豈能瞞得我過。」

魯迅的結論恰恰與馬克思相反：「趙家的狗」與野性的鬣狗之間的差別微乎其微。更可怕的是，趙莊的「搬運夫」與狗的差別也越來越小了：「大門外立著一夥人，趙貴翁和他的狗，也在裡面，都探頭探腦的挨進來。有的是看不出面貌，似乎用布蒙著；有的是仍舊青面獠牙，抿著嘴笑。我認識他們是一夥，都是吃人的人。」

由此看來，在宗法制和獨權制的社會土壤裡，不僅難以冒出耐高壓的哲學家，即便從康德和馬克思的故鄉空運來幾個哲學家，也會被「逆淘汰」掉，即哲學家被搬運夫淘汰，搬運夫又被趙貴翁們淘汰，最終趙貴翁們會被「趙家的狗」淘汰。如果不研究「趙家的狗」的狗性結構和繁衍方式，便談不上讀懂《狂人日記》，以及何以要「痛打落水狗」了。

3

在中國，家狗大都是有姓氏的，常稱之為「趙家的狗」、「李家的狗」或「朱家的狗」等等。「愛屋及烏」這個成語，翻成英語便是「love me, love my dog」。問題是，中國人從來都不愛烏鴉，烏鴉歷來被視為凶兆。當然，「愛屋及狗」是可能的，但這要看狗主人是誰。狗與主子一榮俱榮，一毀俱毀，狗身上自然打上了階級的標籤。由此可見，純粹的野狗是很少的，大部分野狗原本是「趙家」、「李家」或「朱家」的「看門狗」，後來被主人拋棄了，因此才成為「喪家狗」。牠們流浪在外面，乞求舊主人回心轉意，同時也期待新主人早點收留牠。因此，這些野狗從來不具有野性，也暫時失去了「家性」，因而更加暴戾也更加孱弱。

記得父親下放青陽農村那年，一次被村莊裡的一隻狗咬傷。父親說那隻狗蜷曲在門口，一聲不吠，待他走過去後，猛衝上來就是一口。堂兄要找狗主人討個說法。父親搖搖頭說，算了吧，那是老貧農家的狗。自此我才注意到狗與狗是不同的，開始留意哪隻狗是老貧農家的，哪隻狗是地主富農家的。後來讀王小波小說《黃金時代》，發現王二也有類似遭遇：

春天裡，隊長說我打瞎了他家母狗的左眼，使牠老是偏過頭來看人，好像在跳芭蕾舞，從此後他總給我小鞋穿。我想證明我自己的清白無辜，只有以下三個途徑：

1、隊長家不存在一隻母狗；2、該母狗天生沒有左眼；3、我是無手之人，不能持槍射擊。結果是三條一條也不成立。隊長家確有一棕色母狗，該母狗的左眼確是後天打瞎，而我不但能持槍射擊，而且槍法極精。

在流氓型時代，一隻羊想證明自己清白無辜是不可能的。而越是想證明便越顯現出種種荒誕來。這是小說的深刻處。有人認為流氓型社會裡只有狼和羊。其實不然。狼實施專制（或名曰專政），對羊擁有生殺予奪之無上權威，羊只有等死的份，下跪乞求的份，被吃的份。但如果沒有狗，狼的專制就不那麼順遂、牢靠了。瞿秋白在〈狗道主義〉一文中這樣形容牠：「只有那狗似的英勇，見著叫化子拚命的咬，見著財神老爺忠順的搖尾巴——彷彿還可以叫主人稱讚一句：好狗子！至於羊的奴才主義，那就是說：對著主人，以及主人的主人要馴服得像小綿羊一樣。」秋白先生似乎忘了，狗遇見羊便成了狼，遇見狼便成了羊。羊要進階到狼的佇列中去，第一步必須設法成為狗仔。流氓型社會得以維持的祕密，不在於那幾隻狼擁有無上權威，而在於為數龐大的「趙家的狗」、「李家的狗」或「朱家的狗」，在於將羊轉化為狗的「進化」機制。狗群的存在不僅讓羊的反抗（如果有的話）遭到瓦解，而且使羊們朝著成為狗的方向變異。當流氓型社會達到狗群即羊群的程度，它的穩定性往往最好，延續的時間也最長。

陳獨秀在〈新文化運動是什麼？〉一文中指出，「新文化運動是人的運動；我們只應該拿人的運動來轟散那狗的運動，不應該拋棄我們人的運動去加入他們狗的運動。」可謂一針見血。所謂狗的運動，專指民國後各派政客擁著各派的軍人爭權奪利，好像狗爭骨頭一般。陳獨秀追問道：「民國十二年中，傷亡的下級軍官及兵士到底有多少？究竟他們為什麼而戰？為什麼而死傷？不用說是為少數軍閥私人的利益與地位而戰、而死傷。」（〈北京政變與軍人〉）這些兵是由軍閥雇傭的土匪及各種無業遊民構成，他們甘心充當狗群供主子驅遣以換取一點殘羹冷炙。然而，像群狗爭骨頭的豈止是軍閥們手下的兵士們，更有一大群幫閒文人。他們的結局似乎比那些兵士要好，但卻更可悲更齷齪。

4

問題是，「人的運動」非但沒有「轟散」那些「狗的運動」，而且「狗的運動」遠比「人的運動」要浩大得多。究其因在於：其一，有許多幫閒文人從旁協助「狗的運動」。他們在一邊幫腔、喝采、放冷箭、攪渾水。在流氓型的文化傳統裡，一直深植著怎樣做知識的狗，進而憑知識謀取「看門」之狗位的結構功能。知識和真理本來是打狗棍，但現在卻成了「看門狗」進攻的吠液和利齒。知識者（區別於「知識分子」這一神聖稱呼）所依附的狗主可以是權勢、派系或金錢，他們一聽見吆喝、怒斥或者狗鏈抖動，就知道該朝什麼方向狂吠、搖尾或齜牙咧嘴。其二，犬儒主義盛行使「人的運動」式微，並帶有一股「儒犬」氣息，於是「狗的運動」更加狗勢浩大。其三，「人的運動」越來越成為招牌，成為掛羊頭賣狗肉的「運動」，其實質是將人奴化為狗的運動。陳獨秀後來也被這種「人的運動」所淹沒——最早是共產國際讓他做聽話的狗，後來他不服從了，於是就把他搞臭，直至用打狗棍驅逐之。出獄後各方勢力紛紛用高官、利誘、設套、威逼讓他做「狗」，均遭到他嚴辭拒絕。

在布滿凶險漩渦的急流裡，一個革命者，一個知識分子，想做一個獨立的人是很難的。權力一旦與知識、主義合謀，自立和自由就難有立錐之地。陳獨秀晚年看到畢生發動的「人的運動」近乎虛妄，而「狗的運動」仍喧囂不已，於是陷入痛苦的思考：「無產政黨若因反對資產階級及資本主義，遂並民主主義而亦反對之，即令各國所謂『無產階級革命』出現了，而沒有民主制做官僚制之消毒素，也只是世界上出現了一些史達林式的官僚政權，殘暴、貪汙、虛偽、欺騙、腐化、墮落，絕不能創造什麼社會主義，所謂『無產階級獨裁』，根本沒有這樣東西，即黨的獨裁，結果也只能是領袖獨裁。任何獨裁都和殘暴、蒙蔽、欺騙、貪汙、腐化的官僚政治是不能分離的。」（〈我的根本意見〉，一九四〇）蘇俄所謂的「人的運動」，其實也只是「狗的運動」的變種而已。他從蘇俄的現狀悲哀地看到了中國可能的未來。事實上，在他死後的數十年裡，所謂「人的運動」比任何時代都更狗急，也更狗化，誰要是反對這種運動，誰就是「崖崖狂犬吠紅日」。至此，「人的運動」與「狗的運動」變得如膠似漆了，竟合二為一地成為「狗人運動」了。

5

狗間與人間的交錯、互映，無疑使人狗之間的界限慢慢模糊了，以人喻狗，以狗指人，這類文化隱喻幾乎俯拾即是，譬如狗盜雞鳴、狗吠非主、狗吠狼心、狗苟蠅營、狗急跳牆、狗尾續貂、狗血淋頭、狗血噴頭、藏弓烹狗、狗仗人勢、狗彘不若、狗眼看人低、一人升官雞犬升天、狐朋狗黨等等。劉邦滅掉項羽後，將手下幾位功臣稱作「功狗」，理由很簡單，他們如同獵狗一樣在「獵人」指令下包抄獵物。成吉思汗也如法炮製，稱手下最勇猛善戰的四名將領——忽必烈、哲別、折裡麥、速不台——為「四狗」。

到了現代社會，將狗稱作「功人」的，齊奧塞斯庫算是登峰造極。齊奧塞斯庫有一愛犬名「考布」，周圍的高官皆尊稱為「考布同志」，齊奧塞斯庫嫌此稱呼太平民化了，於是鄭重其事地給愛犬授銜，「考布同志」搖身一變成了「考布上校」，前無古「狗」地開創了「狗官」的歷史。「考布上校」配有豪華別墅和專車，有祕密員警充當保鏢，保健醫生更是日夜照料，據「考布上校」的女助手回憶：「祕密員警告訴我們永遠不要餵狗。有專門醫生檢查狗食（一種從英國進口的肉）。只有醫生嚐過後，肉才能餵狗。」羅國駐倫敦大使肩負的重任之一，便是每星期去一趟聖伯利公司採購精美的「上校食品」，然後空運回國……而此時，羅國人民正在凌晨的寒風中排著長隊購物——不過，這些食品「考布上校」是不屑一顧的。

這就是羅國的狗權與人權的關係。當然，這不能怪「考布同志」，甚至還得表揚牠。畢竟在現代政治版圖上，牠人模狗樣地溝通了人間與狗間的關係。有一個插曲耐人尋味。有一次，「考布上校」陪同羅國總統視察布蘭科溫斯克醫院時，與幾隻捍衛「貓權」的貓發生了衝突。貓們根本不認識什麼「考布上校」，因此上來便一陣亂咬。「考布上校」且戰且退，但鼻子還是被咬傷。總統大怒，憤然離去。這家醫院處於新建「社會主義勝利大街」的拆遷範圍，儘管羅國百姓強烈希望保留這家醫院，但結果可想而知。院長非常後悔，竟疏忽對貓們洗腦了，老鼠不認識不要緊，「考布上校」能不認識嗎？

查一查「考布」的出身，就知道牠來自大西洋上的紐芬蘭島，是一種用於拉漁網和作搬運工的拉布拉多獵犬。果然有來歷！馬克思太小瞧「搬運夫」了，竟忘記「搬運夫與獵狗的差別」。巧合的是，這條黑色帶白斑的拉布拉多獵犬，是十九世紀傳入英國的，其時馬克思正流亡英國，他想必見過這種狗。儘管未引起他的重視，但一百年後英國自由黨領袖大衛．斯蒂爾，將牠作為禮物送給馬克思在東歐的「傳人」，倒是頗有意味的。他的名言應該改為：「搬運夫和考布上校的原始差別要比家犬和野犬之間的差別小得多。」

若干年後，齊奧塞斯庫未經任何法律程式，竟「像野狗一樣被處死」（羅國百姓語）。這同樣是粗暴的獸性行為。在顛覆者與被顛覆者之間，他們的人性和人權的水準從來沒有高於「考布上校」。

6

狗間與人間的糾纏，往往呈現於不起眼的隱裂與對峙，諸如「狗的運動」與「人的運動」，又比如「狗食文化」和「食狗文化」。國人一方面與狗親暱，視狗為親密夥伴，一方面又棄狗虐犬，狂嚼狗肉。在全球化時代，這種「食狗文化」遭遇倫理的困境，以此凸現的雙重人格終究是「紙包不住火」了。

不過，「食狗文化」的歷史恐怕要遠遠古老於「狗食文化」。但也不盡然。孟子在〈寡人之於國也〉指責梁惠王：「狗彘食人食而不知檢，塗有餓莩而不知發。」一般而言，「狗彘食人食」的「狗食文化」是統治者造成的。而「食狗文化」或起因於「人食狗彘食」，以致「塗有餓莩」而吃狗，甚至吃人。《晏子春秋》中有「景公走狗死，公令外共之棺，內給之祭。」當時一般百姓不可能享有這等待遇，因此晏子警告道：「且夫孤老凍餒，而死狗有祭；鰥寡不恤，而死狗有棺。」人與狗的強烈對比折射了當時社會的不公與兩極分化。

這種人不如狗的現象，在所有貧富兩極分化的社會都會出現。富家一年狗糧遠超貧困地區一家人的口糧。至於人給狗當保姆，也比比皆是。孟京輝執導的當代喜劇《兩條狗的生活意見》，表現的是兩條鄉村的狗，因吃了狗罐頭而喚醒了入城的夢想，於是成了大都市裡背井離鄉的異鄉狗，流浪在燈紅酒綠、遍布歧視的城市，他們努力過，拚搏過，痛苦過，彷徨過，遍嘗戀愛、失戀、發達、沒落、名利、財富、墮落的滋味。因此，這兩隻狗對生活有很多很多的意見，諸如對真虎假虎有意見，對三鹿牛奶有意見，對金融危機有意見，對布希和奧巴馬有意見，對山寨生活和俯臥撐有意見，對索馬里海盜有意見，對女祕書和男老闆有意見，對貧窮有意見，對暴發有意見，對飢餓和減肥有意見。但牠們的意見不可能有人傾聽，於是牠們決定告別地球，出走太空。前蘇聯有這樣一則笑話：一位聽眾打電話到基輔電臺問主持人：「共產主義到底是藝術還是科學？」主持人說：「我也不清楚，但可以肯定不是科學。」這位聽眾追問為什麼。主持人說：「如果是科學的話，他們應該拿狗做試驗。」

幾年前，一批中國偷渡客（二五四名福建人）湧進加拿大後令當地人憤怒不堪，他們罵偷渡客「根本不值得同情」，《維多利亞殖民者時報》直接用了這樣侮辱性的小標題：「回家去！」「搭飛機、乘船都可以，只要滾就好。」極富諷刺意味的是，一隻隨偷渡而來的母狗卻受到加拿大人的同情與愛憐，並在媒體上掀起一陣認養風，無數居民表示要收養牠，動物之家還為牠取名「微風」，意謂從海上「乘風」而來。如此看來，這幫人權主義者也是「狗眼看人低」了。

7

有關狗的喻譬構成了不同的文化鏡像，它是另一種狗間。在古希臘，哲學家狄奧根尼是一個激烈的社會批評家，他堅持內心的道德準則，揭穿世間的一切偽善，摒棄奢侈、習俗和快感的追求，寧願住在一個桶裡，或者提著一個燈籠遊走，以討飯為生，聲稱「要找一個真正誠實的人」。有人譏笑他活得像條狗，他報以微笑。有一天，亞歷山大御駕親臨，問他想要什麼恩賜。住在桶裡的狄奧根尼回答說：「只要你別擋住我的太陽。」

無獨有偶。在中國，孔子當年曾被鄭國人視為「累累若喪家之狗」。窮困至極的孔子面對鄙視和貶稱坦然處之，說道：「形狀，末也。而謂似喪家之狗，然哉！然哉！」後人據此認為孔子認同這種貶稱，有人甚至以《喪家狗》為書名，概括孔子浪跡列國的一生，這顯然是一大誤判。其時孔子正處「耳順之年」，這種貶損與他周遊列國幾次被困幾度命危相比，顯然是小巫見大巫。孔子屬狗，是性情中人，他好激動，愛抱打不平。但他的答語中不難讀出一種無奈、反嘲的意味。孔子內心必定是酸楚和悲涼的。孔子原本有國有家，更有精神家園，促使他「喪家」而浪跡列國的，正是一種宣道、濟民、救世之精神。倘若孔子勃然大怒，痛加駁斥，恐怕他早就「嶢嶢者易折」了。列國拒絕孔子表明，他的獨立思想和治國理念不合統治者的胃口。在他們眼裡，這條「喪家狗」是不能留作「看門」的。

不過，鄭國人此種斥責堪稱「國罵」，頗具普遍性：所有高呼緊跟時代腳步的人，都對過去、傳統、舊事物抱有天然的敵意。你一個孔老二，思想跟不上新時代、新事物，還妄想修補禮樂崩壞之舊天，不是「累累若喪家之狗」是什麼呢？那些竭力挽救沒落的舊事物，明知不可為而為之的「落伍者」，不是「累累若喪家之狗」又是什麼呢？

在「十月革命」的大裂變中，勃洛克在歌謠體長詩〈十二個〉中，反覆將「舊世紀」、「舊世界」比作「餓狗」是不奇怪的。對狂熱的革命而言，與過去的一切決裂，被視作天經地義。「一個資本家站在十字路口，／把鼻子藏進衣領。／一條癩皮狗蜷縮在他旁邊，／翹起尾巴，渾身僵硬。／資本家無聲地站著，／像一個問號，一條餓狗。／舊世界彷彿喪家犬，／翹著尾巴，站在他身後。」（第九節）又如：「——別跟著我，癩皮狗，／不然我要用刺刀把你刺穿！／舊世界啊，你這喪家犬，／毀滅吧——我要把你推翻！」（第十二節）為表達仇恨、鄙視與貶斥，作者幾乎將有關「狗」的喻體一網打盡了。

問題是，我們腳下的根性之物大都是「舊的」，基本的人文理念也大都是「陳的」。「舊世紀」、「舊社會」或「舊事物」，在許多時候並非如別人描繪的那麼糟糕，甚至在不少方面為「新世紀」、「新社會」或「新事物」所不及。例如法國大革命後雅各賓專政五百零二天，共處決兩千六百三十二人，平均每天處決人數超過五人，遠遠超過路易十六統治時期；在俄國，僅一九三〇年至一九五三年史達林處決的人數，竟是沙皇三十年的一千六百倍，平均每月處決人數是帝俄最殘忍年代的六十倍。進化論時間模式是專制權力最喜歡的意識形態詭計，它以「新」為標籤，以不斷翻新製造「革命」成果，從而確立和維持自身的統治地位。

勃洛克目擊革命後的慘象感到困惑不已，「街上颳著風……人們挨著餓，絞刑架上吊著人；全國到處是『反動』；活在俄國實在難，忍凍挨餓，啼飢號寒」，於是他說出了他的預言：「……他們在追求火，想赤手空拳抓住它，因而自己化為灰燼。」「所有這些都預兆著一場毀滅——只有上帝之火才能毀掉這一切。」

結果，罵狄奧根尼是「犬儒」的人，大都是利欲薰心之「儒犬」；即便是他的後學，也把「犬儒」這個詞，巧妙地整容成人模狗樣的。而罵孔子是「喪家狗」的鄭人，大都是「看門狗」，或者希望做穩「看門狗」。因此中西歷史有了一個共振點，即如何把「犬儒」變成「儒犬」，如何使「喪家狗」成為「看門狗」。這不僅是一種閹割技術，而且是文化醬坊裡的一種特殊機制。

作者簡介

——蒼耳（1959-），本名李凱霆，生於合肥，祖籍安徽無為。曾就讀池州師範專科學校。著有大量散文、隨筆、小說、詩歌和理論批評文字。作品入選中國大陸各類文學選本、年選一百餘種，曾獲首屆世界華文詩歌臨工獎論文二等獎（一九九三年）、《詩歌報》月刊「中國當代詩壇跨世紀實力詩人集結」銀獎（一九九四年）、張恨水文學獎評論獎（一九九六年）、二〇〇七—二〇〇八年度安徽文學獎、第三屆在場主義散文獎新銳獎（二〇一二年）等。著有散文隨筆集《紙人筆記》、《內心的斑馬》；文學理論專著《陌生化理論新探》；長篇小說《舟城》等。

早逝的兩個同學

閻連科

衰老是從懷舊開始的。最致命的懷舊是對早逝之人的追憶和想念，這其實是一種對死亡的追趕，是對生命的遺棄和歲月的拋離。可是，許多年來，我總是不斷想起我的早逝在同一年代裡的兩個同學。

今天，女性的美是一種價值和價格，然在二十幾年前，美則是一種禍源和寂寞。李松枝是我的同學中最早離開這個世界的先去者之一，她的漂亮在那時我們以廟為校的同學中被大家默認共許。在與整個中國一樣，充滿著革命熱烈氣息的鄉村特殊年代裡，我們不懂得什麼是愛，不懂得愛其實是人類所必需的大美。因此，我們對她的漂亮惡意攻擊，把她的苗條說成是「蛇腰」，把她的秀髮說成是「馬鬃」，把她光潔動人的鵝蛋形臉說成是「膠皮」，把她整日潔淨合身的衣服說成是「窮燒」，把她在少女時代已經挺拔起來的胸脯說成是「雞胸」，把她從小學說到中學，把她從暑假說到寒假，直到在那個零下十幾度的酷寒裡，她把她的美和生命斷然沉入冰封的河裡，我們的一切毫無善意的說道才啞然，才愕然，才斷止，也才明白她的漂亮是那樣的姣美，是那樣的打動我們，是那樣的讓我們不敢對她有半點好感。

她家住在鎮上的正街中心，一個不到二分土地的小院，幾間枯瘦的草房，父母、哥哥，似乎她還有一個妹妹，這麼四五口人，艱辛的生活在鎮上婦孺皆知，因為她家那個隨時要塌卻永遠立在那兒的低矮門樓和破破裂裂的柳木單扇大門，每天、每時都在告訴著每個從門前走過的行人：日子在這個院落裡是一種煎熬。

然而，這樣窮苦的人家，這樣破敗的院落，這樣低狹的房裡，怎麼能生長出那麼動人的少女呢？你動人、你漂亮，你怎麼能穿得乾乾淨淨、合身合體呢？你穿得合身合體你怎麼又能學習不比別人差呢？你學習不比別人差你怎麼還能在同學們面前裝出一副謙虛謹慎的姿態呢？你怎麼能不亢不卑地說話，我行我素地走路，堂堂正正地做人呢？難道你不知道你家是全鎮上最窮困的人家嗎？窮困到母親十幾年前的衣服翻新以後給你穿，你穿幾年之後又改針補線傳給妹妹穿，最後還捨不得把衣服扔掉、毀掉嗎？難道你不知道你們家在那個古老的鎮上沒有一點社會地位，連左右鄰舍比你們家人長得高點胖點、有個親戚也許是生產隊長、記工員、電工之類的人就可以隨意臆造你們家的流言，敗壞你們家的門風，而你的父母都不敢站到門外更正和爭吵一句半句嗎？你這樣怎麼能不讓都已十六、十七，甚或十七、十八歲的同學們說三道四、指桑罵槐呢？怎麼能阻止住男同學從背後把石塊扔到你的身上呢？怎麼能遏住悲劇和陷阱不在你人生的途中焦急地等你呢？怎麼能不成為大家共同的敵人呢？

終於，在初中剛剛畢業的那個冬日裡，在少男少女相見時，大家從學校的回憶中還拔不出慣性的腿腳時，傳來了她投河自殺的消息，說她從河裡被人打撈出來時，穿了一套過年才穿的新衣服，說她人雖被河水凍得發紫，但她死前精心梳理過的頭髮卻被河水梳理得更加整齊光潔，連一根一絲都沒有凌亂。她投河最直接的原因是因為父母要把她提早遠嫁他鄉，換回一個姑娘做哥哥的媳婦。這樣的「換婚」、「轉親」在我的家鄉至今都還存在，可發生在我的同學中她卻是首例。

據說，她被當成「物品」對換時，曾經非常想找個同學傾訴一番自己的內心，卻沒有找到一個能讓她訴說一場的人；據說，她在投河之前，曾經在大街上的靜夜中走來走去，許多熟人碰見了她，其中也有同學和她相向而行，迎面相遇，彼此卻僅僅看了一眼，沒有說一句話，就又各奔了南北。無論如何，她是在少女時代往青年邁去的路上，把自己沉入了河底。同學們說起她的死時，都是那句「真的嗎」之後，想想她的容貌和家境，便都覺得那是她的必然去處，沒什麼值得大驚小怪，不可思議。她不往那裡走去她能往哪裡？合理的，必然的，於是，就再也不用提及她了，完全可以把她忘記了……

可是，這些年來，我總是不期而至地想起她來，想起她清純的美貌，想起她走路的姿勢，想起她笑時微翹的嘴角和說話時的手勢，還有她家的房屋、院落、門板及門前街上的凌亂，想起我們初中畢業時，有一次在大街上相遇，她在馬路那邊，我在馬路這邊，我們的目光一下撞在一起，彼此呆在路邊片刻，誰也沒說話就又分手去了。

是我先離開她的。我是在她看著我的純淨的目光中先自走去的，走去後我連扭身再看她一眼都沒有。那時候她正淹沒在「換親」的陷阱中，後來不久，她便從陷阱中拔出雙腿走進了酷寒的河水裡。

人生是一個積量成質的過程，正如一個人從東向西行，一步一步地走著，經歷著無數風雨，最後風雨夠了，你便老了，死了，到了人生的終點。這幾乎是所有人必須遵守的一個人生規律，但事情也有例外，有不少的例外，那就是在他的人生中幾乎讓我們看不到積量成質的過程。或者說，他的人生不是如眾人一樣從東往西行，而是從西走往東，不是如積勞成疾、積疾而亡的一個由量至質的變化過程，而是一開始就是死亡，就是結束。換一種近情合理的說法是，他呈現給我們的先是死亡，其次才是人生。因為死亡引起的驚懼，我們才漸次地看到了他的人生一些所謂量的東西。可那些「量」，又分明就是一種「質」。

比起早去的少女李松枝的陌生和動人，我的另一個同學楊老代與我的熟悉已經到了讓我麻木的地步。讀高中時我們每天同行，課堂上我們一同作亂，放學的路上我們一同扒車，周末或假期我們會隨便到哪個同學家裡同吃同住。正因為這樣的熟悉，卻描摹不出他日常笑時是什麼模樣，走路有什麼特異，直到我當兵不久，家裡寫信說他晚上好好睡著，來日天亮之後，家人發現他已經死在了屋裡，我才想起他其實有著和大家完全不一樣的人生習慣與過程——在通往學校的路上，他總是喜愛倒著行走，我們面向東時，他就面向著西，我們面向南時，他就面向著北，這樣和我們面對著面，一步一步地倒行，或快或慢，他就總是在我們面前，以求彼此相互望著便利，說話時能看見對方的表情和動作。有時為了考考他倒行的本領，我們便小跑起來，而他卻能神奇地和我們一同倒跑，既不被我們拉下，又不被路上的石頭、坑凹所絆倒。

因為從鎮上到學校有十里的路程，後來大家相約著要脅父母，給每人買了一輛破舊的自行車。騎自行車上學，當然不能再面對面地到達同一方向，於是我們就經常在馬路上你追我趕，繞龍打鬧，摔倒壞車是經常有的。然而，有一天，老代卻突然可以倒騎著車子與我們一道同行了，他面向車座的方向，屁股擱在前梁上，用後腦勺望（猜）著前面的道路，雙目的餘光瞟著路邊，竟能快慢自如，和我們並肩騎車，甚至從背後或迎面來了汽車，他都面不改色，只憑著感覺把車子騎到路邊，讓汽車從路中央風馳而過。他的這種本領，引來了我們瘋狂的模仿，可無論我們大家如何練習，都達不到他倒騎如正的境界，我們摔倒，我們流血，我們修車，這些因倒騎車子帶來的麻煩在他幾乎是沒有過的。

也許，他天生就有一種倒行的本領，倘若有一天他開汽車、飛機熟練之後，也會倒開也都不是沒有可能。可是，他卻在高中畢業不久，便猝然地告別了我們，走盡了人生，用終結呈現出了許多含有結束意味的開始。

還有一些什麼呢？真的是因為熟悉反而都記不起來了？對了，他從少年開始，就承擔起大人承擔著的「養家糊口」的命運負擔，每天放學之後，把爆好的米粒用熬就的紅薯糖漿攪拌均勻，再用兩個對等的碗形木模，把米粒製成一個個雪球似的圓團，在陰涼處自然風乾後，裝入用床單、被面縫好的大袋子裡，在每個星期六的夜深人靜時，沿著一條峽谷，走六十里的山路，挑到鄰縣的一個集鎮上。乒乓球樣米團兒一分錢兩個，小碗似的米團兒，二分錢一個，這樣一天下來，兩袋米團兒也就出手大半，至尾把剩下的兩毛錢一籃，賣給當地婚嫁喪葬送禮的人，也就在周日的晚上，懷揣著幾元進項，連夜又趕回了家裡，不誤來日白天的上學讀書，也不誤一家人的日常人生。

再有，他把別人寫到最後一頁的作業本翻過來重新裝訂，將人家的最後一頁當作自己的第一頁重新開始使用。又有，我們一塊吃飯時，他用碗底兒當碗，在碗底兒裡放上鹹菜吃飯。再有，大家都是右手拿筷子，右手拿筆，右手拿羊鞭馬鞭，而他卻是左手拿筷子，左手拿筆，左手拿鞭、荷鋤……

這一些倒騎、倒行、童年負擔，以反為正，以尾為始與他的人生到底是什麼關係呢？我也知道生就是始，死就是尾的道理，但畢竟在芸芸眾生的人世間，還有著許多生就是死，死就是生的倒末事例，那麼，我的這個同學，以他十九歲就自然而亡的年齡，他算不算一個倒行人生的個例呢？

作者簡介

——閻連科（1958-），出生於河南省嵩縣。現任中國人民大學文學院教授、香港科技大學中國文化客座教授。作品被譯為近三十種語言，在海外出版外文作品近百本。曾獲魯迅文學獎、老舍文學獎、馬來西亞花踪世界華文文學獎、捷克卡夫卡文學獎、日本推特文學獎、香港紅樓夢獎首獎等；另曾入圍法國費米娜文學獎，以及三度入圍英國國際布克獎。著有長篇小說《日光流年》、《堅硬如水》、《受活》、《為人民服務》、《丁莊夢》、《風雅頌》、《四書》、《炸裂志》、《日熄》、《速求共眠》等十餘部；中短篇小說集《年月日》、《黃金洞》、《耙耬天歌》、《朝著東南走》等十餘部；散文、言論集十二部；輯有《閻連科文集》十七卷。

2013

甦醒的第六根手指

帕蒂古麗

認同是一種心理過程。而我從新疆來到南方後對自己的認同過程，一開始更像是一場對自我的逃離。

在一個文化習俗、生活方式全然陌生的環境中，過一種隱匿部分自我身分的生活，必須對自己的一部分假裝不認識。逃離的過程中，我的生活越來越背離原樣。異地的生活，把真正的我趕得遠遠的，越來越切近客我，本我就越離越遠，由於身分的不確定性，只有把自己懸在兩種生活之間，無法完全切入。

人的行為不得不落在一個個點上，比如文字、語言、飲食、交流方式，逃離自我有時會使人精神殘缺。在南方無法定位的尷尬身分，使我成了新疆生活的局外人和江南生活的觀望者，矛盾、碰撞和分裂，在任何一種文化中，我都顯得格格不入，只有不斷地在兩種文化間平衡自己。

一

小時候，新疆家門口的棉花地裡，村裡一個叼著旱菸的山東女人，當著村裡一大群河南、寧夏、甘肅、陝西人和一幫維吾爾、哈薩克、回族孩子的面，讓我伸出舌頭。她要確認一下，維吾爾語、哈薩克語、漢語都會說的孩子，舌頭是不是跟別人長得不一樣。為了證實自己的語言能力，我把舌頭夠到了鼻尖上。她對我的父親說：「二轉子」就是聰明，你這個丫頭啥話都會說，以後準是個好翻譯。

從那時候起我意識到，自己或許是比別人多了一樣東西。

一個沒有切身體會的人無法體會到，身上比常人多了一樣東西和少了一樣東西，同樣是一件不自然的事情，甚至在別人眼裡會顯示為一種殘疾。身上一旦多出了一樣東西，連稱呼和身分都會相應地改變。

我小時候的同桌張校長的女兒右手上長了六根手指，她就因此失去了自己真實的名字。我至今不知道她到底叫什麼，大人小孩都叫她「六指」，就像叫一聲「二轉子」，全校都知道是在叫我。

我的父親（維吾爾族）和母親（回族）不是同一個民族，我是村裡唯一的「二轉子」。這個稱呼在新疆很普遍，漢族孩子們和老師都叫，稱呼是從混血的概念出發，並無惡意。

但小時候「二轉子」這個身分，激發了我內心最大的抗拒，誰叫都不吱聲，或裝作聽不見，以此提醒別人我不高興。一個陌生的與眾不同的身分，從正面去理解和主動接受它，是需要時間和勇氣的。就好比猝不及防，當眾被扣上一頂不了解其性質的帽子，人本能的反應就是反抗。

我憤怒地瞪眼睛或者悲傷地哭喪著臉，根本於事無補，反而調動和激發了稱呼發明者和傳播者的興致與勝利感，致使這一稱呼在人群中更快地傳遞。當形勢不由我把握，我只有以改變自身的姿態出現，最簡單直接的辦法就是改造自己，變得跟周圍的人一樣，以此向周圍的人妥協。

首先是改造外部特徵，把一頭黃髮染成純黑色。奇怪，全校的學生都很氣憤，好像被我的行為激怒了，我居然將他們可以合理地稱呼我為「二轉子」最顯著的特徵破壞了，這使他們的稱呼某種程度上成了一種虛設。

或許他們的憤怒還因為，我將頭髮染得跟漢族人一樣，這種妥協方式更像是在與他們對抗，我的作為是對他們優越感的一種削弱，因為建立優越感的對應物被抽離了。我覺得自己在人群裡摻了假，他們看到我的樣子，也像一不小心咬到了大米飯裡的碎石子一樣不舒服。

對著鏡子檢查自己，我發現淡黃的眉毛和金色的睫毛，跟漆黑的頭髮形成的反差太大，使我對自己的改造顯得不徹底，有些失真。為了讓我的所有毛髮保持高度一致，我冒著失明的危險，用黑色染髮劑將眉毛、睫毛一根根地刷成了黑色。我褐色的眼眸和金黃的瞳孔還是出賣了我，讓我的偽裝露了餡兒。這次我獲得的評價似乎更形象：明明是黃鼠狼，非要打扮成夜貓子來嚇人，四不像。

我吃驚於漢語這門語言的形象性和準確性，它鏡子般反照出我的本來面目，讓試圖改變和隱藏的那個我原形畢露。對一種語言最深刻的認識，莫過於成為這些話語的目標和比喻中的主人公，它們選擇了我，我成為無可推卸的對象，那些戲劇性的話語活生生地依附在我身上，成為我身分的隱形標籤和滑稽的註解。

我的改造宣告失敗。偽裝適得其反，周圍的人對我的所作所為更加警覺。我徹底暴露了在他們中間一個異類的身分，並被他們用語言標記。

二

在別人的形容裡，我橫豎都成了另一個物種。我開始不斷地比較，我身上究竟比別人多出了什麼東西。由於過度的緊張和擔憂，我經常夢到自己長出了類似尾巴一樣的東西。醒來，總是下意識地摸摸屁股後面，然後莫名地悲傷，好像真的有根尾巴尾隨著我。這是一根無形的尾巴，我拚命想隱藏它，別人卻能從人群裡一眼發現它。我擔心自己跟故事裡那隻禿尾巴的狼一樣，在嫁接了一條美麗的狐狸尾巴後，別人從此不再叫它狼，而改叫「狼狐」。

我開始注意觀察我的同桌，恐怕是有著當校長的爹，人們除了叫她「六指」，對她似乎沒有更多的歧視。起先我覺得不公，認為同學將他們對「六指」的不滿加起來，發洩到了我一個人身上。仔細對比後我發現，「六指」除了右手上長了六根指頭，其他方面都跟周圍的人一樣。她跟他們一樣，講一口混合著甘肅味和河南口音的漢話，都吃豬肉炒菜，不像我每天啃饢、喝奶茶、吃羊肉。最讓我忿忿不平的是，就連「六指」都可以隨便埋怨我「身上一股奶腥味和羊羶味」。我不敢回擊她身上有豬肉的土腥味，怕校長發怒，更怕觸犯眾怒。

張校長說話也不忌諱「六指」這個詞，他管女兒叫「我的小六子」，他說蒙著臉，全校學生裡他也能摸出自家的「小六子」。似乎長了六個指頭並不是一件很不幸的事情。作為「小六子」的「六指」，完全沒有我擁有的那份悲哀。似乎她的悲哀全部轉嫁到了我一個人身上，由我一個人承受了。

我每天注意她的右手，她的第六根指頭萎縮在大拇指下面，幾乎不參與那隻手的任何動作，它只是被其他手指連帶著被動地上上下下。它隱藏自己是因為知道自己弱小，不具備與其他手指抗衡的能力嗎？甚至在她玩得高興忘記它的時候，我也替她惦記著那根孤獨的指頭。別人提醒我，長久地盯著一個紅眼睛的人，或臉上長了疤的人，那些病症就會出現在你自己身上。果真是這樣，鄰居家的古麗手上長了個瘊子，我經常看那個瘊子，結果我右手的中、食指間，也長出一個和她的一模一樣的瘊子。我上了漢族學校後，不再跟古麗作伴，但那個瘊子留下的淺淺的疤痕時常發癢。

我擔心跟「六指」同桌，天長日久，我的手上也會長出「六指」那樣的第六根指頭。坐在她旁邊，我忍不住要去注意，當她專心地聽課、看書、寫字的時候，她的第六根指頭到底在幹什麼、想什麼。

有段時間，我右手上的那個長過瘊子的地方不斷發癢，慢慢地長出了一個肉瘤，我不住地去撓它、抓它，它變成了一個不會結痂的傷口。我撕扯它，希望把它根除掉，結果適得其反，它越長越長，最後快要跟一根小小的指頭差不多。我懷疑自己已經被「六指」傳染了。這個外來的醜陋的指頭，在我手上安營紮寨，使我不得不隱藏我的右手，舉手時我把右手的中指和食指並住，也藏不住它，它從兩個指頭的夾縫裡探出頭來，窺探我眼裡看到的一切。我在右手上纏上紗布，上課不得不用左手舉手，我的右手看起來像是受傷了。

三

在南方這座居住多年的小城，我經常會遇見一位朋友，帶著她六指的兒子來赴宴，每次那個孩子的六指都像磁石一樣吸住我的目光。我內心非常清楚，我的目光會使對方尷尬，但我還是止不住去關注那個多出來的指頭，我的好奇心和無法制止的窺視欲變得格外膨脹。我看到那根多出來的指頭，就像看到了被隱藏多年的自己，每次遇見那孩子，都像是對自己內心某種隱祕的再訪。

在用餐時，孩子那根寄生的指頭毫無用處地耷拉在他大拇指旁，它似乎時時刻刻意識到自己卑賤而醜陋的模樣，在別人的目光裡躲躲閃閃，讓我覺得看到了內心最羞恥的一處。席間，我對孩子加倍友好，來補償偷窺帶來的愧疚感。我越是想克制自己的窺視欲，這種欲望就越是強烈。我發現那個孩子目光裡的陰鬱和個性中的執拗，這些使他顯得臉色青黃，眼圈灰暗，我能感受到他內心的壓力。他為這根毫無用處的手指，要承受別人異樣的眼光，我了解那種壓抑感，我知道為此而做的所有反抗，都會使他的處境變得更壞。

孩子的父母會不忍心幫他切除這根多餘的指頭嗎？或者他們會找到一種理由，鼓勵孩子接受它？他會厭棄這根指頭嗎？這個小小的自己，一旦沒有了它，孩子會想念它嗎？人生從此會不會少了什麼本該具有的東西？他為何無法逃離這個手指，這個手指是他的宿命嗎？作為他與生俱來的一部分，六個指頭的他，是不是比五根指頭的他更完整？孩子長大以後，會因此比別人多一個方式認識這個世界嗎？一個人身上多了一根指頭，他的生命裡會不會也多出一個精神指向？

我希望這些答案都是肯定的。有的時候，安靜的第六根手指，似乎就是為了默默地觀察其他五根手指而生，它或許看到了被高大的五根手指忽視遮蔽無法看到的東西。

我對那個孩子加倍友好的背後，何嘗不是對內心隱藏的、幼年時代不被眾人接納的自我的庇護？那個下課後常常蜷縮在教室一隅，無法加入別人的遊戲，自卑地做著旁觀者的我，就像眼前這個孩子的第六根指頭，活在別人驚異、不解、排斥、鄙棄的目光裡。在內心，他一定渴望這根軟弱的第六根指頭，跟其他五根指頭一樣被人接納。

我很想無懼地告訴那個孩子的父母，異於常人而獨有的一切，都不應該遭遇歧視和砍伐的命運，應該讓獨有得以保留。第六根指頭是孩子不可或缺、他之所以為他的一部分，我可以看見那裡面隱含著一個孩子小小的靈魂。

向父母伸出手，孩子希望的是完全的接納，在握住他的五根指頭的同時，握住他的第六根指頭，任何看似多餘的東西，一旦和其他肢體連接為一個整體，它就不再是多餘的，而成為一個整體不可分割的組成部分。它們參與整隻手所有的儀式，舉手、鼓掌、接杜瓦爾（穆斯林禮拜儀式上掬起雙手合十手心朝著面部的動作），上天並不會因為它是第六根指頭，就拒絕它做神聖的事情，這根手指跟其他所有手指一樣，潔淨、虔誠。

一旦我認識了這樣一根在我身上潛藏多年的手指，就是從內心接納了自己不為人知或不被人接納的那一部分。它不再是不能示人的隱祕，而是神明在我們身上的特殊記號和不可拒絕的神聖美意，用來告訴我們五根指頭或者十根指頭以外那些生命的意義。

這根謙卑的第六根指頭，在我身上默默隱藏了那麼久，它在固有的環境中無法全然顯現，一旦離開自己生長的土地，為了確認自己的存在，它顯現的欲望和需求更加強烈。也許是陌生的文化和背井離鄉的極端感受，刺激了這根指頭的甦醒。這根指頭睜開眼睛，便用其他手指無法盜用的目光，打量它所處的世界。它盡力使五根指頭見證它的獨有性。

第六根指頭與其他五根一樣，一起參與重要的儀式和交流活動，來確立自己的身分，並且渴望變得強大，取得認同。因為它知道隱藏自己，不參與其他指頭的運動，就會被割裂，變得弱小、衰退，直至失去存在的意義。

主動地了解其他手指和被其他手指了解，是有足夠自信和智慧的表現。我開始坦然地承認我身上第六根手指的存在，它在我身上不再是尷尬的異物，而是多了一種自覺和意識，多了一根感觸世界的神經和接收人類隱祕信息的天線，多了一種內視的眼光和精神指向。

就像認同和接受第六根手指的過程一樣，在別人的生活和喧鬧的文化裡蟄居多年，或許正是認識一種文化和接受另一種文化的必然過程。這種意識的甦醒，不是讓固有的文化轉向，而是意味著多了一種被認可的文化空間。

四

認同似乎是雙向的。一個人對另一種地域文化的認同裡，恰恰伴隨的是他人對自己身分的認同。

前一段時間，兒子從學校回來向我申訴，他的同學給他取了外號叫「切糕王子」。我驚奇於這種身分標籤，居然會落在生長於江南、看似民族身分極其隱蔽和弱化的兒子身上。在一些公眾場合，「切糕」這個符號也隱形地被標記在了我身上。我真想給自己一記耳光，我知道一記虛擬的耳光，打不掉我固有的身分烙印，也無法讓我從源頭洗刷這個外號給兒子帶來的陰影，外號本身恰恰讓我看到了兒子隱蔽的第六根指頭。某種身分在這樣的時候，反而容易得到認同和加強。就像我往往在遭受到性別打擊時，才會加倍體會到自己的性別疼痛；就像早年支邊寧夏的公公去世後，我在他的葬禮上哭得死去活來，他客死他鄉的境遇，很容易讓我聯想到自己異鄉人的身分。而在平時，這種差異並不會被我特別關注。

一個在南方念了五年大學的維吾爾族詩人告訴我，他無法準確地表達出那種異鄉失魂落魄的感受。在我看來，不是像他說的那樣，語言在表達之前分裂得無跡可尋，而是第六根指頭一旦沉睡或被自我遮蔽，就已理所當然地被他排除在應表達的對象之外，從他的表達視野中遁跡，只作為可感受之物而被文字忽略，無法上升為被表達的主體。我看到他所有的文字，都是其他五根手指與世界的對話，而忽視了被隱藏的第六根手指那種難以描述的感受。他在生活快速轉換的疲累中，無力審視或來不及辨認自己，無法抵禦非自我生活強大的衝擊力，使真正的自我無法著陸，從而導致了他與現代人共有的那種精神漂泊感。

我與一位南方的女友，曾在一家中餐館裡，爭論人的身分意識和精神的多指向性這個問題。還記得當時，旁邊桌子的一個中國人和他的外國朋友不時地把頭探向這邊，對我們激動的爭執表現出滿臉的不解和好奇。

我攤開手掌，向女友伸展五個指頭，扳著指頭數我比她多出幾種精神指向，宗教的、種族的、異鄉的、文化的，我吃驚地發現，我伸出的手指多了一根。而她看不見在一些特定的場合，突然會冒出來的這根指頭，如果我告訴她我有六根指頭，這聽起來像一個謊言。我把手收回來，我本來想用那隻手拍案而起，拂袖而去，我同時發現了「拍案而起」和「拂袖而去」這兩個成語所指涉的動作裡，應該不包含我的第六根指頭。由此我想到了語言這個指向，我本來跟這個對面的爭論者所使用的，應該是兩種不同的語種，而我在和她激烈的爭論中，完全忽視了我與之爭論的最基礎的工具，我們能達成這場爭論的條件就是語言。我用她的語言跟她爭論，而不是自己的母語。如果用我的母語，不可能完成與她如此透徹的交流，連我都忽視了這一點，她更不可能意識到。在這場爭論中，我用漢語清晰而深刻地表述了複雜的想法。我是該為暫時犧牲了自己的語言而遺憾呢，還是該感謝自己熟練掌握了漢語這個工具？我有點遲疑。也許在另一場以母語為交流工具的很隨意的談話裡，我可以像五根指頭的人那樣與我的同族輕鬆地交談。在這場吃力的談話裡，我的第六根手指頑固地醒著。整場談話，我毫無遷就的感覺，心甘情願地使用了迴異於母語的另一種語言，用她能聽懂的交談方式與若無其事地與她交談，好像自己從來就沒有另一種語言思維一樣，而寧肯友好地妥協和讓步，讓我的第六根手指沉睡著。同樣在南方的所有場合，我都毫無自覺意識地使用了這種語言。因為我知道換過來，所有交談將無法持續。

坐在鄰桌的中國男人和那位高大的外國男人，在吃麵的間隙頻頻地探頭往這邊看。從外國男人吃力地使用筷子的手上，我看到了他在中國朋友面前竭力想隱藏的第六根指頭。而那個正熟練地用筷子專心地對付一大碗麵條的中國男人，一定沒有看到眼前這個外國人刻意隱藏的另一個指頭。

「凡一民族文化的發展與衰退，在多數場合下，要視其與其他民族有無接觸，這已成為一般原則。」也許是為了寬慰自己，我眼前居然閃過日本漢學家羽田亨《西域文明史概論》裡的這樣一句話。

五

我在〈嫁到江南〉一文中寫過：「其實選擇一個人，選擇一塊地域，就等於選擇了一種文化，選擇了一種完全不同的生活方式。」在外人看來，我在南方的生活似乎「很有意思」。起初我毫不領會這句話的含義，後來我漸漸明白，他們是指一種特別的文化感受和心理體驗。也許正是這句話在我生活中回響了好多年，慢慢喚醒了我沉睡的某種意識。好多時候，我覺得「有意思」，如果僅僅是好玩和有趣，這個表達對於我多少顯得有些不嚴肅，這種表達忽略和簡化了我內心的一種疼痛感，還多少有點割斷和犧牲我原本的生活，就是為著體驗這種「有意思」的意味。或許在別人看來，我完全可以選擇以一種忽略疼痛的方式生活。這恰恰要忽略真實的存在感，就是忽略第六根指頭的感受，或者讓它沉睡不醒，人不是為了活得「有意思」才活著的嗎？拋卻真實自我的生活，倒真的不大「有意思」。

我可以對一些人放聲唱維吾爾族和哈薩克族的歌，也可以同時唱唱越劇、姚劇和江南小調，講講寧波人待人接物中種種有趣的笑話。我能挑選「粗放」、「委婉」、「內斂」這樣的詞，去準確地對應各個民族的性格和內在情感，這些都基於我與他們幾十年的共同生活以及對他們的了解。我大肆宣揚如何與人分享人類的祕密，並以分享祕密的名義，解讀一些民族最隱祕的文化心理，我不希望把無法傾訴的孤獨和祕密只說給牆或者羊聽。

很多時候，我的祕密和心願也會通過祈禱和傾訴來完成。在每次接杜瓦爾時，我的第六根指頭會禁不住顫抖，我用十一根手指遮住自己羞愧的面孔，也許我懼怕多出來的第六根指頭找我清算。

當我把所有的注意力都集中在這根指頭上，自我就被催眠，對於一個被催眠的人，它就有了無限的號召力。多向度的生活容易使人產生迷失，在世界的繁複中，選擇簡化是一種智慧，也是最快捷地達到認同自我的方式之一。

人們總是對不了解和不確定的東西，抱有過分的好奇和恐懼，這根看不見的手指，有時指向的是一種陌生的文化和習俗，有時轉化為一種語言和思維方式。它所代表的東西在應對不同的人和事物時，就像布萊希特戲劇中製造的間離效果，或者像一根魔術手指一樣快速地轉換，甚至連擁有它的主體也難以察覺它迅疾的變化。

對一根看不見的手指的雕刻過程，成了我感受它的神經和脈絡的過程，成為我賦予它一種無法表達的寓意的過程。一根蜷曲和隱藏了幾十年的指頭，成了整隻手存在的全部理由，當把這樣意義上的一隻完整的手，用語言呈現給別人時，那就是一種無法言及的幸福。

六

以一種文化身分介入和體驗另一種不同的文化時，兩種思維方式的分裂，有時會產生出奇幻的比較效果。

我在紙上用漢文字雕刻這隻甦醒的第六根指頭的時候，夜晚的睡夢中我不住地吐血。黏稠而豔紅的血，紅雲一樣布滿一頁頁白紙，沾滿了我的手掌，像是少女時代我用海娜包住指甲和手掌，讓海娜汁液中的豔紅滲透到指甲裡、手掌間。很顯然，在這個夢裡我的手上還沒有長出第六根手指。

然而當我醒來，第一個意識，就是以我的夢境去對應漢語中「嘔心瀝血」這個成語，我用一個夢那麼準確地闡釋它，以致我現在提到這個詞時，紙上紅雲密布的那個畫面就同時出現。你可以換掉一個詞，但不可能換掉我作過的那個夢和與這個成語對應的意境。我用一個後天學到的另一種語言裡的詞，精確地翻譯了我的生活。也就是說，從夢中睜開眼睛的那一刻，語言先於我的意識分裂了。

連「鳳仙花」這個海娜的植物學名稱，在那個夢裡都根本沒有出現，夢裡的我，是那個用維吾爾語思維的、離開新疆之前的我。「嘔心瀝血」和「鳳仙花」一樣，是另一種語言灌輸給我的，在這個夢裡它似乎還沒有生長出來。假如我只知道海娜，而沒有進入過有「鳳仙花」這個名稱存在的另一種文化，我醒來後，絕不會將那個夢的寓意定位在「嘔心瀝血」這個詞上，這些完全是學習和比較另一種文化產生的結果。可見一種文化對人的思維影響可以深入到夢境，進入到人的整個生命狀態。

我清晰地記得幼年時，在漢語學校裡學到「亡羊補牢」這個成語，熟悉畜牧生活的我，不難理解它的意思，這個詞中最讓我感動的是一個古代的漢人對畜牧人群的體恤，從而讓我產生了類似擁有共同經歷般的親切感。以致從學校回到家裡，我做的第一件事就是提醒父親檢查羊圈。人一旦從一種文化中獲得認同和收益，就會隨之對這種文化產生心理認同。

我不認識幾個漢字的維吾爾族父親，卻牢牢記住了寫在搪瓷盆底的「大眾」兩個字，尤其是對「眾」字情有獨鍾。他饒有興致地注視著這個由三個人疊加而成的象形文字，給我打了個比方：「眾」裡面有三個人，就是有我、有你，還有你媽；有回族，有哈薩克族，也有維吾爾族。父親的話語暗含了漢字的「眾」，對自己的身分認同的一種深刻的感激。或許正是「眾」，這個漢字中透露的人本意義，還有這個漢字中隱含的那種人文情懷，深深地打動了我的父親。有時候我猜測，父親是不是通過對不多幾個漢字的辨認和領悟，還有與周圍代表這種文化的人的接觸，認同了漢文化中某些打動他的東西，才把我們家六個孩子全部送進了漢語學校？就像我，會不由白主地將「亡羊補牢」這個簡單的寓言，與自己的生活聯繫起來，將它與另一種文化對游牧民族的關照聯繫起來，從而引發出對另一個民族的好感和文化認同。

真正理解一種文化，為這種文化找到一種合適的表達方式，並不是輕而易舉的事情。就像我，為了不讓一種熟悉的植物因為換了一個陌生的稱呼，而在我的心裡走樣，對「奧斯曼」這種維吾爾族女子用來染眉毛的植物，直到現在，我也沒有追究它在漢語裡的植物學名字，一直把它看成專屬於維吾爾族的詞彙和民族文化符號，讓它一直保留著在我心中最原始、最真實的樣子。

經過近半個世紀漢語的浸染，我理解了父親這個維吾爾族人，他為何能透過對幾個漢字的理解，達到對持用這種文字的民族的胸懷和人本觀念的深入理解。直到現在，我才將他當時想要表達而無法表達的意思，用文字還原了出來。

有時透過兩種文化的縫隙看到的，才是沒有被遮蔽的，我真正想從另一個民族身上看到的東西。

七

佛洛伊德認為，一個主體吸收另一個主體的某個方面之後，根據那個主體提供的模式，全部或部分地被改造。這個看似模糊的觀念其實是在說，身分是在一系列認同過程中形成的。

一個民族真正跟另一個民族交往，雙方必得放下一部分東西，掩藏起那根看不見的第六根指頭。對於這個，恐怕那些在國外生活的中國人最有體會。你要學習另一個民族，又不迷失自己，這需要多麼強的自覺意識。交往本身就是人類具有偉大意義的事業，人與人、種族與種族交往中產生的一切不適和疼痛感，都是人類在交流中必須付出的代價。

與主體民族的文化交融，往往是通過精神、語言等交叉作用形成的，我的身分也因此由經歷、選擇和社會力量混雜作用而逐漸被界定。我不得不猜想我的父親，當年從維吾爾族聚居的喀什，到了烏魯木齊這個維、漢為主體民族的城市；從一個阿訇，到一個工人，再下放成為一個農民，在北疆沙漠邊緣多民族混居的小村莊，娶了一個回族女人，起初他是不是也有過對自我身分確認和對後代民族身分定位的擔憂。

人的身分正是由於不斷被掩藏而顯得神祕。在新疆，「二轉子」是一個神祕而尷尬的身分，從我的體會出發，「二」就是合成品，「轉」就是變化、不穩定、無法準確定位。這是我從兩種文化的夾縫裡看到的，對這個稱呼隱祕含義的解釋。

後來看到《漢書．西域傳》記載的一個故事，不禁啞然失笑，說的是龜茲王絳賓娶了嫁給烏孫王的漢朝公主所生的女兒。在漢宣帝時，兩人一起入朝並住了一年，回龜茲後龜茲王處處仿效漢人，西域一帶的人都說他非驢非馬，稱龜茲王為騾。

勢力如王者尚受到一般人的嘲笑，看來要完成一種身分認同，是需要由完整的文化來作為支撐的，讓固有的文化習俗轉向另一種文化是何等的難。在兩種文化間徘徊多年的我，也因此釋然了，心裡不得不認同了中國自古就有的這種「混血文化」的概念。

人類的歷史本身就是一部混血史。混血本身就是一類人的出生方式，也是他們的存在方式，他們攜帶著不同的文化印記生活。

就像小時候我們村裡那個抽旱菸的山東女人，旱菸袋就是她不同於當地女人的一個標記，也是她不同於他人的第六根指頭。她從遙遠的山東來到新疆生活，遷徙的經歷和異地生活的經驗，讓她具備了敏感的生活感受力和文化辨別神經，她能發現一個人不同於另一個人最根本的要素，比如語言、種族、血緣等等。她要檢查我的舌頭，到底與其他孩子有什麼不同，看起來那更像是檢驗不同動物雜交後，對後代遺傳帶來的影響，還夠不上有意識的人類學和社會學等文化意義上的對比，但她畢竟看到了我混血的出身和最突出的特徵，並預測了我未來幾十年的生活。她在我的一生中扮演了一個預言家的角色，從那時起，她看到的恐怕不只是我長於他人的舌頭，還隱隱地看到了我不為人知的第六根指頭，儘管它那時還在蒙昧中，沒有從我身上破肉而生。

作者簡介

——帕蒂古麗（1965-），維吾爾族，出生於新疆沙灣縣老沙灣鎮大樑坡村。蘭州商學院畢業，現任職於浙江餘姚日報社。曾獲年度《民族文學》獎、《散文選刊》最佳華文獎、在場主義散文獎新銳獎、全國散文大賽一等獎、人民文學獎、北京市優秀長篇小說及優秀圖書獎等。著有散文集《隱祕的故鄉》、《散失的母親》、《水乳交融的村莊祕境》、《模仿者的生活》等；長篇小說《柯卡之戀》、《百年血脈》。

村裡的時尚

畢飛宇

補丁

我的母親畢業於師範學校，方圓幾十里之內，她是最大的知識分子。知識分子一定有知識分子的講究，比方說，衣著。她可以穿得很破，她的衣服上可以有很多補丁，但是，褲子上必須有兩條縫，襯衣的胸前也必須有兩條縫。作為一個女性，母親很喜歡周恩來，她說，周恩來「氣質好」。「氣質」這個詞哪裡是我能聽懂的？聽不懂就研究。我花了很多時間去研究《人民日報》——那時候我還不能讀報呢。我的研究成果出來了：在所有的圖片上，周恩來都有一個共同的特點，褲管上有兩道縫。當周恩來曲著他的胳膊站在外國友人面前的時候，他的兩條褲管「可以開火車」，母親是這樣說的。從此我就懂了，「氣質」不是什麼玄妙的東西，就是褲子上的縫。有一年的寒假，全縣的教師組織學習，母親把我帶過去了。遠遠的，我看見了一位女教師，她的褲子上有兩道筆直的褲縫，我突然冒出來一句：「她氣質好。」所有的教師都回過頭來，他們用驚訝的目光盯著我。我一下子就在母親的學習班上出名了。「氣質好」的那位女教師還特地給我買了一只燒餅。說別人「氣質好」就是好。

母親也有母親的麻煩，她時常要穿有補丁的褲子——褲子上的補丁一般在哪裡呢？膝蓋的部分。這一來麻煩得很。因為補丁，母親很難保證褲子上的「縫」。

還是先說褲子上的補丁吧。那時候有一張非常著名的油畫，名字我記不得了，畫面我卻是記得——年輕的、瘦削的毛澤東站在延安的窯洞前面，他扳著他的手指頭，正在講「第一點」。在我看來，那張著名的油畫有兩個亮點，一個在上，一個在下。一、毛澤東和我們小孩一樣喜歡扳手指；二、毛澤東的褲子也和我們一樣，膝蓋那裡有兩個醒目的大補丁。

我不知道毛澤東的那兩個補丁有沒有引導「政治時尚」，我只知道人們對膝蓋上的補丁有了一種近乎迷戀的喜愛——偉大的舵手都是如此這般的呢。

母親的膝蓋上也有補丁，但補丁並沒有降低母親對「褲縫」的熱情。在參加一些重要的場合之前，母親會把開水倒在搪瓷茶缸裡，拿茶缸做熨斗，來來回回地「熨」。實在不行的話，她也會把褲子摺疊好了，用屁股去壓一壓。有一次，村子裡來了一位攝影師，他的相片一共有兩個款式，一吋的頭像和兩吋的全身像，母親選擇的是兩吋的全身像。照片洗出來之後，所有的人都驚訝於我母親的照片，同樣的時刻、同樣的地點，「陳老師」站在那裡怎麼就那麼高、那麼漂亮的呢？我現在就告訴大家謎底，母親熨了她的褲子；母親還站了丁字步。兩條褲縫構成了九十度的關係，「陳老師」一下子就挺拔了——這和褲子的中部鼓著兩個空蕩蕩的「膝蓋」是很不一樣的。看看毛澤東的油畫像吧，如果那兩塊補丁是鼓起來的，那麼，毛澤東就是一個農民；如果那兩塊補丁是平整的，毛澤東就只能是一個革命的領袖。

母親是知識分子，但她和鄉親們的關係處得卻相當好。是哪一天呢，幾個女人到我們家拉家常了。拉家常就是說閒話，而說閒話永遠都是說閒話。一個高個子的女人終於對我的母親說了：「你瞧瞧她兒子身上的補丁，瞧。」這是在說另一個女人的不是了。高個子女人的話很怪的，她明明在批評一個女人，著眼點卻是「她兒子身上的補丁」。

我和我的母親一起瞧見「她兒子身上的補丁」了，不看不知道，一看嚇一跳，「她兒子」身上的補丁真的很糟糕。是的，補丁不是別的，它是一個家庭主婦的綜合能力——補丁剪裁得方不方，針腳齊不齊，在衣服上熨貼不熨貼，顏色和諧不和諧，這些都是問題。我的母親能歌善舞，卻不會拿針。她把我的衣服拿出來，看了看，慚愧了。我衣服上的補丁有問題，針腳也算不上「齊齊整整」的——母親怎麼能容忍這個呢？母親拿出剪刀，用剪刀的刀尖把線頭挑開了，撕膏藥那樣，她把我衣服上的補丁全撕了。母親抱著我的衣服去了大隊會計的家。大隊會計的老婆，也就是「會計娘子」，她有縫紉機。「會計娘子」實在是手巧的，她拿出她的大剪刀，把補丁修理得方方正正，然後，貼在我的破衣服上，用指甲刮了刮，摁住，再然後，踩動了她的縫紉機。

我很感謝我的母親，雖然家裡很窮，但是，母親把我們拾掇得很乾淨，所有的補丁都周周正正。我們從不邋遢。父親說，做人最重要的事情是受人尊敬，母親說，做人最重要的事情是體面。這是一回事。體面是受人尊敬的前提，受人尊敬是體面的結果，事情就是這麼簡單。我不敢說我是受人尊敬的，但是，我和我的父母一樣，都是體面的人，這樣的自信我有。

就在兩、三年前，兒子讀初中的時候，他在放學回家之後突然抱怨開來了。他覺得家裡窮——毫無疑問，他在哪裡受刺激了。我告訴兒子，這樣說不好，沒出息。窮不等於不體面，富不等於體面。這不是什麼大道理，生活真的就是這樣。我對兒子說，如果你將來不富裕而受人尊敬，我將為你驕傲；如果你很有錢而得不到尊重，我會非常失望。可兒子堅持認為，還是又有錢又受人尊敬比較牛叉。好吧，上陣父子兵，咱爺兒倆一起努力——雖然這從來就不是一件容易的事。

游泳褲

光屁股游泳算不算裸泳？不算。光屁股游泳是一件很原始的事，裸泳呢？卻是城裡的年輕人所玩的時髦遊戲。

我記不得我是幾歲開始游泳的了，我的父母怎麼從來就沒有過問過這件事的呢？我至今還記得我帶領我的孩子去學游泳的情形——教練就在他的身邊，可我依然不放心，一步也不肯離開泳池。我不能說我的父母不關心我，我只能說，在他們的眼裡，夏天來了，他們的孩子泡在河裡是一件再正常不過的事，和一條泥鰍泡在水裡絕對沒有什麼兩樣。

鄉下人學游泳永遠是一個謎，沒有一個人真的「學」過，划著划著，突然，你就會了。這個突然真的是「突然」，彷彿身體得到了神的啟示，你的身體擁有了浮力，你和水的關係一下子就建立起來了。從這個意義上說，我相信所謂的「基因」，作為最初的「水族」，人體的內部一定儲存著關於水的基因，說白了，關於水的記憶。同樣，我相信人體的內部儲存著音樂的基因、繪畫的基因和文學的基因。摧毀基因的大多是愚蠢的父母，孩子是他們的，他們自作聰明，自然而然就成了孩子的老師。結果呢，神祕的基因消失了，水銀一般靈動、水銀一般閃亮的東西變成了水泥。他們為孩子的笨拙捶胸頓足。

鄉下孩子在游泳的時候當然不用泳褲。泳褲？那太可笑了。我們在岸上都光著屁股，到了水下還裝什麼斯文？給誰看呢？反正魚和蝦都不看。再說了，不就是一個小雞雞加一個小蛋蛋麼，都是耳熟能詳的，你花錢請人看都不一定有人願意看。

但是，是誰呢？是誰呢？他帶來了一項了不起的發明——他把兩條三角形的紅領巾重疊起來，剪去三個角，再縫上，這一來兩條紅領巾就成了不折不扣的游泳褲。這個天才的發明鼓動了所有的孩子，一下子成了時尚。不要以為時尚一定就是「席捲全球」的大事，有時候，一、兩個小村莊也能流傳自己的時尚。我們村熱鬧了。一到傍晚，所有的孩子都成了猴子，帶著紅紅的屁股跳進了河流。

時尚緊接著就成了我們村子裡的文化。村子裡很快就有了這樣的傳聞——河裡的鬼，也就是水鬼，最怕的就是紅色。一個孩子一旦穿上紅色的泳褲，水鬼就再也不敢靠近他了。道理很簡單，紅色的紡織品就是水下的火，它們像太陽一般，能以一種不可思議的方式燃燒，它會照亮幽暗的河床——水鬼無處可藏了。想想吧，那麼多的紅色泳褲一起擁擠在一條小河裡，小河裡頓時就融入了十多個太陽，水鬼？嗨嗨，見鬼去吧。

我要說，六〇年代或七〇年代的中國鄉村是愚昧的。愚昧要不得，愚昧是我們的敵人，這個還要說麼。但是，任何事情都要分兩頭說。長大之後，我成了一個現代的文明人，但是，我始終認為，我的靈魂深處有某些神祕主義的東西，這是愚昧在我的靈魂上留下的疤，在文明之光的照耀下，它們會閃閃發光。這對我是有幫助的，尤其在我選擇了寫作之後。我是一個堅信科學的人，我推崇邏輯。但是，我從不認為科學可以對付一切、邏輯可以表達一切。有許多東西會越過科學與邏輯，直接抵達我們的靈魂。

愚昧從來都不可怕。愚昧可怕的地方就在於，它引導並企圖控制這個世界，它引導並企圖控制每一個人。

——我們的時尚並沒有流行多久，和我們這一代人所經歷的時尚一樣，我們的時尚遭到了另一種力量的摧毀，那就是文革時期的政治。終於有一天，我們的校長發現了泳褲的祕密。他嚇壞了。他哪裡能想到呢，一群無畏的孩子拿「紅領巾」做了小雞雞的遮羞布！這怎麼了得！這怎麼了得哦！出大事了嘛——紅領巾是什麼？「紅旗的一角」，「烈士的鮮血染紅了它」，它居然和小雞雞、小蛋蛋混到一起去了。

查！

是誰第一個這麼幹的？

和許許多多時候一樣，結果出來了：A看見B先穿的，B看見C先穿的，C看見D先穿的，D看見E先穿的，而E則是看見A先穿的。這是多麼光滑的一個迴圈，光滑的迴圈在骨子裡是一個死結，除非你把孩子們一網打盡。

孩子們並沒有政治智慧，可強大的政治智慧在孩子們的面前時常無功而返。這是天理，老天爺總是保佑孩子的。

再威武的政治都有它的死穴。阿門！阿彌陀佛！

口袋

長大之後，我在美國大片裡看到過美國大兵，一下子就愛上了美國大兵的迷彩服。最讓我羨慕的就是迷彩服上的口袋。到處都是口袋，肩膀上都是，袖口上都是，大腿上都是，小腿上也是。眾多的、咣叮咣噹的口袋眼饞死我了，我的身上怎麼就沒有那麼多口袋的呢？滿身的口袋不只是實用性的勝利，也是想像力的勝利，當然，歸根結柢，還是經濟實力的勝利。

男孩子真的不講究穿著，可我們也有講究，那就是衣服上的口袋。很不幸，我出身在貧窮的時代，當貧窮到達一定的地步時，一種奇怪的分配制度就產生了——配給制。在配給制的掌控之中，穿衣服和做衣服就不再是一件隨心所欲的事，一個人在一年當中可以使用多少布，國家有嚴格的規定。這個規定就是「布票」。沒有布票，你寸布難求。

我要說，在貧窮面前，人是有創造力的。在我的童年時代，每一個家庭主婦都是節約的天才。我們的衣服通常都小一號，只要穿上新衣服，都有點像猴。袖口是短一號的，這個不用說了，褲腳也是短一號的——在如此這般、戰戰兢兢的節約面前，你怎麼能指望我們的衣服上有眾多的、咣叮咣噹的口袋呢？不可能。為了節約布，我們的上衣通常沒有口袋，而褲子的褲兜也只有一個。

可我們需要口袋。我們貪玩。貪玩的孩子就有許多裝備。彈弓、彈弓的子彈、賭博用的銅板、賭博用的白果（銀杏）、糖紙、菸殼紙三角、陀螺。在童年與少年時代，我們侷促的口袋就像一個雜貨鋪，永遠都鼓鼓囊囊，隨便一掏都將琳琅滿目——其實是垃圾。

對我來說，最重要的裝備當然是彈弓。我一點都不想誇張，在我們村，我的彈弓是最棒的。大部分彈弓都是用牛皮筋組裝起來的，而我的彈弓呢？不一樣。它在性能上是卓越的，早已經領先了一個時代。這麼說吧，在別人還是小米加步槍的時候，我已經擁有了迫擊炮、坦克、機關槍了。

現在，我要介紹我口袋的主人，那把彈弓了。

我的母親和村子裡的赤腳醫生是好朋友。赤腳醫生那裡有一樣寶貝，那就是打吊針用的滴管，中空，米黃色。我至今不知道滴管是用什麼材料做成的，我就知道那玩意兒有肆掠的彈力，還不容易斷。想一想吧，如果用滴管做成一把彈弓，它的射程將何等驚人。我想到過偷。想過的。但是，我是一個有頭腦的孩子——偷來了也沒用，彈弓一掏出來你就自我暴露了。

我只能請我的母親幫忙，讓母親去「要」。

赤腳醫生很為難。對她來說，滴管也是稀有的。如果我沒有記錯的話，我們村的「合作醫療」總共只有三根滴管。這一來滴管就得反反覆覆地使用，用完了，消毒，然後，下一次再用。「消毒」是怎麼一回事呢？就是點上一盞酒精燈，把滴管放在清水裡，煨雞湯一樣，燉豆腐一樣，咕嚕咕嚕地煮。滴管其實不能煮，煮的遍數多了，它的表皮就會像老人的皮膚那樣，皺了，皴了，變得非常脆。失去彈性不說，還會布滿密密麻麻的小裂痕。不要小瞧了那些小裂痕，那是致命的。只要一發力，裂痕就會像新郎的嘴巴那樣，越咧越開，越張越大，收不住的。最後，「啪」的一下，斷了。所以，我所需要的滴管是尚未使用的新滴管。赤腳醫生也不好辦。作為母親的朋友，她給我的母親留了一個活口：「下次去公社的時候試試看。」

我至今害怕等待。我在童年與少年時代簡直被「等待」折磨慘了。那是一個什麼都需要等待的時代。過年要等。吃肉要等。看露天電影要等。走親戚要等。開萬人大會也要等。我的童年是在等待中度過的，我的少年也是在等待中度過的。我的童年與少年如此地漫長，全是因為等——在大部分時候，你其實等不到。一次又一次的失望讓我擁有了無與倫比的忍受力。我的早熟一定與我的等待和失望有關。在等待的過程中，你內心的內容在瘋狂地生長。每一天你都是空虛的，但每一天你都不空虛。

終於有那麼一天，我的母親回家了。她在跨越門檻的時候臉上浮出了神祕的微笑。她什麼都不看，就是笑，詭祕極了。其實，那個神祕的微笑是有對象的，只有我知道，它和我有千絲萬縷的聯繫。我愛極了母親神祕的微笑。它和遙遠的許諾有關。它和臨近崩潰的等待有關。每一次見到母親神祕的微笑，我的小小的心臟都會受不了。那是感人淚下的。無論生活窘困到何等地步，耐心也有它的回報。倉促和絕望絕不可取。

母親給了我一條長長的滴管。我把它一分為二，我終於有了一把性能卓越、超越時代的彈弓了。當我請一個木匠用桑樹的樹椏做成自己的彈弓之後，我是耀武的，揚威的。桑樹的韌性這時候顯示出了它的價值，在我瞄準的時候，我的手指會發力，兩邊一壓，中間只留下小小的空隙——這差不多就是命中率的全部隱祕了。那是夏天。大地在為我的彈弓生長彈藥。數不清的楝樹果子掛在樹梢上。它們大小合適，圓潤、碧綠，水分充足，沉甸甸的。在滴管被拉到極限之後，楝樹的果子繼承了滴管呼嘯的反彈力，一出手就呼呼生風。

長大之後我從事過許多體育運動，每一項運動我都注重基本功訓練。這和我的父母有關。他們都是鄉村教師，他們對我最大的幫助就是重視基本功。重視基本功永遠是對的，永遠永遠是對的。也許我天生就是一個教練，我會輔導自己訓練。我把父母的粉筆偷過來，掰成一小段一小段的，做子彈。然後，在黑板上畫一個圈。我要求自己每一次都要擊中圓圈。這是很好檢驗的，黑白分明。圓圈越來越小，小到只有一塊燒餅那麼大的時候，我們村的麻雀開始了牠們的惡夢。我不吹牛，我打得準極了。

一九八四年，美國洛杉磯，第二十三屆奧林匹克運動會傳來了好消息，一個叫許海峰的安徽人獲得了中國奧運歷史上的第一個冠軍。這個姓許的供銷員就是打彈弓出身的。他神奇的瞄準能力就是靠麻雀的屍體堆積起來的。那一年我二十歲，正在享受大學一年級的暑假。就在那個暑假裡，「彈弓」這個不起眼的玩意，成了一個關鍵字。我很平靜。我清晰地感受到，一個歷史階段結束了，另一個歷史階段開始了——就在這兩個歷史階段的中間，有一個劃時代的東西，它是彈弓。我的這個說法不會得到社會學家的認可，但是，在我的個人歷史裡，事情就是這樣。我的歷史是從彈弓開始的，現在，為這段歷史做總結的，是一把空氣手槍。新的歷史開始了。

我打彈弓打得很歡。可是，一個問題馬上暴露出來了，我的身上只有一個口袋，在褲子的右側。要知道，一隻褲兜的楝樹果子很快就會被打光的，同時，左側的口袋也不順手。我是一個驍勇的戰士，卻被糟糕的後勤與糟糕的補給拽住了後腿。我多麼希望我的衣服上能多幾個口袋啊。如果是那樣的話，在我出征之前，我會把所有的口袋都裝得滿滿的，我的身軀被子彈撐得鼓鼓囊囊，然後，風撩起我的頭髮，烏雲在天空肆意地翻捲，我微笑著，瞇起眼，仰天長望，麻雀在天空來來往往，在天與地之間，我，緩緩的抬起了我的胳膊——這是一個標準的少年英雄夢，一個標準的紅色中國的少年英雄夢。如詩如幻。就因為貧窮，我的少年英雄夢寒磣了，少年英雄的身上布滿了補丁，卻只有一個口袋，嗨，和一個小叫化子也差不多。

我有些猶豫，該不該把「襪子」這一章寫下來。要知道，如果把時光倒退到四十年前，在蘇北的鄉村，一個少年的腳上穿著一雙襪子，其囂張與得瑟的程度一點也不亞於今天的少年開著他的保時捷去上學。好吧，且讓我虛榮一回、得瑟一回，我要寫「襪子」了。

穿襪子是一件大事。寫穿襪子必然也是一件大事。依照常規，在描寫大事之前，作者有義務交代一下大事的背景。

一九五七年，我的父親成了「右派」。我要簡單地說一說一九五七年，那是一個非常有趣的年分——你得時刻留意你的說話。如果你有一句話沒有說好，或者說，你有一句話讓做領導的不高興，那你就麻煩了，你會成為「壞人」。那個時候的「壞人」是很多的，所以，有關「壞人」的概念往往不夠用。不夠用怎麼辦呢？造。「右派」就這樣成了嶄新的、具有里程碑意義的「新概念壞人」。

我的「右派」父親終於被送到鄉下去了。一同前往的還有我的母親。我的母親是一個教師，她沒有說領導不愛聽的話，她也許說了，但領導沒有聽見，這一來她依然是一個左派。左派最大的好處是什麼呢？她和右派做同樣的工作，右派顆粒無收，而左派每個月可以領到二十四元人民幣。二十四元人民幣，放在今天都買不來一杯卡布奇諾。可就是這杯打了八折的卡布奇諾，它使我的母親成了「大款」。你完全可以這麼看——一九六四年，在我出生的時候，我其實是一個富二代。太嚇人了。

交代來交代去，我說的意思只有一個：即便是一個倒楣到底的「右派」家庭，在物質上，依然比那些「農家」要好一些。在任何時候我都要說，沒有人比中國的農民更不幸。他們最大的不幸就在於，他們無法言說他們的不幸。他們的不幸歷史看不見，看見了也不記錄。實在需要記錄了，他們已經是屍體了，作為資料。

——富二代必須有富二代的標誌。在冬天，富二代的腳上有棉鞋。在棉鞋與褲腳之間，裸露出來的不是腳踝，而是紡織物。那個圓圓的紡織物就叫「襪子」。

我現在就來說說我的襪子。

我一共有兩雙襪子，尼龍的。按照我們家的生活節奏，我的母親一個星期洗一次衣服。那可是一大家子的髒衣服，滿滿一桶。換句話說，我的襪子也是一個星期洗一次。可我是一個男孩，男孩最大的特點就是出腳汗。用不了一節課的時間，我的鞋裡頭差不多就濕了。到了晚上，鞋子裡全是濕的，襪子當然也是濕的。父親是很聰敏的一個人，他告訴我，每晚睡覺的時候可以把襪子壓在身子底下，這一來襪子就烘乾了。

我每天早上都可以穿上乾爽的襪子。然而，腳汗就是腳汗，它不是水。在襪子被體溫烘乾之後，襪子上會留下腳汗的遺留物。它臭極了。它還能讓襪子的底部變硬。在遇上新的腳汗之後，硬的部分慢慢就融化了，再一次變軟，漿糊一樣黏稠。它冰冷冰冷的，很難回應你的體溫——這麼一說你就明白了，在一個星期之內，我只有一、兩天會喜歡我的襪子，其餘的五、六天我都充滿了恨。我痛恨襪子。它又冷又濕又臭。我最想做的一件事就是把我的襪子扔進爐膛，一把火燒了了事。老實說，我不想穿襪子。

但我的母親不許我不穿襪子。我想我的母親也有她的虛榮，這麼說吧，在她的心目中，襪子就是領帶，我「西裝革履」的，沒有「領帶」怎麼可以。

我附帶著還要說一下棉鞋。以我家的經濟狀況來說，我不能要求我的母親每年都給我做一雙新棉鞋。雖然我是一個富二代，可我真的不能要求我的母親每年給我換一輛保時捷。那個太過分了。所以，每年冬天，尤其在春節之前，我都要被「小鞋」所折磨。解決的辦法也不是沒有，那就是像穿拖鞋一般，靸拉著。可我的母親是什麼人？她怎麼能容忍她的兒子靸拉著棉鞋？那是絕對不能允許的。「一點學好的樣子都沒有。」我怎麼辦呢？我只能把「兩片瓦」的後半部撕開，這一來腳就不疼了——這樣做的後果是我的腳後跟始終裸露在外面，每一年的冬天都要生凍瘡。

生凍瘡是不該被同情的。在我們蘇北的鄉村，哪一個孩子的身上沒有凍瘡呢？沒事的，開了春「自己就好了」。可是，你別忘了，我是富二代，我的腳上有襪子。每天睡覺的時候，我得把襪子從凍瘡上撕開。那得慢慢地，小心地，一點、一點地揭。絕對不能快。如果你想快，好吧，你的雙腳將血流如注。

我倒也沒那麼怕疼，可是，一天疼那麼一遍，箇中的滋味也真的不好受。

母親，我們村裡最富有的「大款」，為了她的體面，我這個「富二代」真的沒有少受罪。現在，我的兒子也大了，他時常對我說起一些「富二代」的事。我告訴我的兒子：「不要羨慕。天下從來就沒有兩頭都甜的甘蔗，一根都沒有——你的老爸當年比別人多了兩雙襪子，可那兩雙襪子給你的老爸帶來的幾乎就是災難。」

作者簡介

——畢飛宇（1964-），生於江蘇興化，現居南京。畢業於揚州師範學院，曾任教師，後從事新聞工作，現任江蘇省作家協會副主席、南京大學教授。二〇一七年獲頒法國文學藝術騎士勳章。作品〈哺乳期的女人〉獲首屆魯迅文學獎短篇小說獎、第七屆百花文學獎、一九九六年中國十佳短篇小說獎、一九九六年《小說選刊》獎。長篇《推拿》獲第八屆茅盾文學獎、《當代》長篇小說年度獎、《人民文學》優秀長篇小說獎、中國當代文學學院獎、小說雙年獎，散文集《造日子》獲二〇一三年度華文最佳散文獎。曾獲中國大紅鷹文學獎、中國小說學會獎等。著有長篇小說《推拿》、《平原》、《上海往事》、《那個夏季，那個秋天》；小說集《玉米》、《青衣》、《大雨如注》、《充滿瓷器的時代》等；散文集《造日子》、《寫滿字的空間》；評論與對話集《小說生活：畢飛宇、張莉對話錄》、《小說課》。

冬至如年

徐則臣

人老了對生命和死亡的看法會變。七十歲後，祖母突然熱衷於談論死亡。之前有二十年她對此毫不關心，每過一天都當成是賺來的，一年到頭活得興興沖沖，裡裡外外地忙，不願意閑下來。這二十年的曠達源於一場差點送命的病患。五十歲時，醫生在我祖母肺部發現了可疑的陰影，反覆查驗，儘管好幾家醫院都說不清楚這陰影究竟是個什麼東西，但結論驚人地相似。當時正值寒冬，馬上到春節，醫生們說：回家準備後事吧，過不了這個年。那時候中國還處在喑啞灰暗的二十世紀七〇年代，醫生的話跟老人家的語錄一樣權威。一家人抱頭痛哭之後，把家裡所有的錢都拿出來，又借上一部分，決定再跑一家醫院。去的是大城市裡的一家軍隊醫院，在遙遠的海邊上。其實也不遠，一百里路，但對一個一輩子生活在方圓十里內的鄉村女人來說，那基本上等於天的盡頭。祖母有生以來第一次看見了大城市，有樓有車，馬路上的人都有黑色的牛皮鞋穿，她覺得來到了天堂裡，死也值了。她做好了準備。可是在經過繁複的檢查之後，醫生告訴我們家人：沒查出明確的毛病，但應該不至於死，回家好好活，活到哪算哪。

等於從鬼門關走一遭又回來，祖母滿心再生的放鬆和欣喜，決定遵照最後一個醫生的囑咐：活到哪算哪。就活到了七十歲。七十歲的時候身體依然很好，好得彷彿死亡的威脅從沒降臨過。這個時候，祖母突然開始談論死亡。那時候我念中學和大學，每年只在節假日才回家，一回來祖母就跟我說，在我不在家的這些天，誰誰誰死了，誰誰誰又死了。白紙黑字，好像她心裡有本「錄鬼簿」。祖母不識字，也不會抽象和邏輯地談論死亡，她只說一些神神道道的感覺。有一陣風過去，她就說，有人死了。一塊黑雲擋住太陽，她就說，誰要生病了。滿天的星星裡有一顆突然劃過夜空，她就說，某某得準備後事了。有一年暑假我在家，祖母坐在藤椅上覺得渾身發冷，她跟我說，這一回得多走幾個人了。

的確，年紀大一點的老人經常會約好了一起死，七十五歲的這個剛埋下地，七十四歲的那個就跟上去了。一死就一串子。過去我不曾在意過。到祖母七十多歲開始不厭其煩地談論死亡時，我才發現，在鄉村，死亡真的像一場瘟疫，開了一個頭，總會一個接上一個。所以祖母說，你看巷子裡的風都大了。她的意思是，人少了，沒個擋頭，風就可以越來越肆無忌憚地滿村亂跑了。在七十多歲的某一年，祖母開始抽菸、喝酒。過去活得勁頭十足，每天都像過年，現在要把每天都當年來過。七十多歲了，祖母還是很忙，但動作和節奏明顯慢了下來，從堂屋到廚房都要比過去多走好幾步，往藤椅上一坐，經常一時半會兒起不來。她肯定很清楚那把老藤椅對於她的意義，所以經常擦拭和修補；她坐在藤椅裡慢悠悠地抽菸，目光悠遠地對我講村裡已經發生的、正在發生的和將要發生的死亡。

現在想起祖母，頭一個出現在我頭腦裡的形象就是祖母坐在藤椅裡抽菸。祖母瘦小，老了以後又瘦回成了個孩子，藤椅對她已經顯得相當空曠了。她把一隻胳膊搭在椅子上，一隻手夾著菸，如果假牙從嘴裡拿出來，吸菸時整個臉都縮在了皺紋裡。除了冬天，另外三個季節藤椅上都會掛著一把蒼蠅拍，抽兩口菸她就揮一下蒼蠅拍。有時候能打死很多蒼蠅和蚊子，有時候什麼都打不到。這個造型又保持了二十年；也就是說，從祖母熱衷於談論死亡開始，時光飛逝中無數人死掉了，祖母在連綿的死亡敘述中又活了二十年。

臨近九十歲的這幾年，祖母每天都會有一陣子犯糊塗。除了我，所有半個月內沒見到的人她都可能認不出來。即使是我，她最疼愛的唯一的孫子，有一次在電話裡也沒能辨出我的聲音。我在北京，隔著千山萬水跟她說了很多噓寒問暖的話。然後她放下電話，跟我姑媽說，剛才有個男的打來電話，讓我多喝水，多吃東西，誰啊？

還有一個重大變化，祖母不再談論死亡。菸還繼續抽，酒也照樣喝，一天裡有越來越多的時間坐在藤椅裡，偶爾揮動蒼蠅拍，話也越來越少。死亡重新變成一件無足輕重的事。

因為間歇性的糊塗，我們經常把她的沉默也當成病症之一，看她安詳地坐在藤椅裡，不忍去打擾。只有等祖母想要說話了，我們才陪她聊一聊。祖母開始談論各種節日和節氣，往歡欣鼓舞上談。這個我能跟她老人家談得來。土節、洋節，各種稀奇古怪的節日，我基本上都知道一點，傳統的二十四節氣也能扯上幾句。我還不識字的時候，二十四節氣歌和一些農諺就會背了，這大概是大多數鄉村知識分子家庭裡的孩子都要經歷的最早的知識啟蒙。不過啟蒙完了也就完了，跟土地漸行漸遠，與鄉村為數不多的聯繫之一，也僅是靠著那點童子功，能把二十四節氣有口無心地順溜地背下來了。祖母在談論這些節氣時像回到了二十年前，而一旦回憶起在這些節氣中的個人史，祖母思路之清晰，簡直就是回到了四十年前。某年某節，某件事發生了；某年某節，某個人如何了。她用她為數不多的清醒時光回憶了九十年裡的各種節日和節氣。

「那個時候，」祖母說，「我就想活到過年。」

我明白。醫生當時斷言，她過不了年。「都過去的事了，奶奶。」

「現在不想了。過了年也就那樣。」

祖母的口氣裡有一個勝利者在。但她對春節還是相當看重。實際上是最看重，在她的時間節點裡，一生中最大的事情不少都發生在這個天寒地凍的日子裡。因為過年的時候一家人總要團聚在一起，一夜連雙歲，是終點也是起點。

但祖母去世在冬至那天：她完全是掐著點兒要在那天離開人世。這當然是我們事後的推斷和發現。

是我們迷信嗎？祖母能決定自己的死亡？我們一直在懷疑，但不得不承認，從祖母決定不再進食開始，她的確就一直在扳著指頭數。冬至前的半個月，祖母從藤椅上下來，經過走廊前的臺階時摔倒了，摔裂了右腳踝骨。就算對一位九十歲的老人來說，這也不算多大的傷。對祖母來說更算不了什麼。在之前的五年裡，因為股骨頭壞死，祖母相繼動過兩場大手術，第一次植入了人造的左股骨，第二次植入了人造的右股骨。換了兩根骨頭，祖母依然能夠拄著拐杖到處走。

踝骨骨裂無須大驚小怪。不過傷筋動骨一百天，需要耐心。照例治療，上藥，石膏，夾板，休養。祖母枯瘦，醫生建議打點滴給祖母消炎和補充能量，以利於恢復。這個建議很好，祖母在醫院裡靜脈注射了幾天藥水，出院後回到家，某個早上突然決定不再進食。祖母自己的決定。祖母多年來一直是過於有主張的人，說一不二。開始還願意喝點粥，兩天后，一粒米粒都不進，只喝稀湯，然後稀湯和牛奶也不喝，只喝白開水，很快連白開水也不願大口喝，只能過一會兒喂一湯匙，潤潤喉舌。十二月天已經很冷，祖母躺在床上，你把她兩隻胳膊放進被子裡，她就拿出來，兩手交叉，閉著眼，緩慢地扳動手指頭。不說話，只是一遍遍數手指頭。給她掛鹽水打點滴更不答應，連著針頭一起拔了扔掉。不吃，不治，閉著眼數手指頭，數得越來越慢。直到某一天，手指頭不再數了，很長時間才能艱難地睜一次眼。祖母不再說話，除了嗓子裡偶爾經過的痰音，再也沒有說過一句話。

一大早我還躺在北京的床上，母親打來電話，說祖母可能不行了，抬頭紋都放平了。鄉村裡的死亡有一套自己的倫理和秩序，抬頭紋攤平了意味著是眼瞅著的事。我趕緊往機場跑，回到家，祖母躺在床上，睜了半隻眼看了看我，接著又把眼睛閉上。我不知道這一次她老人家是否認出她的孫子來。祖母沒吭聲，再也沒吭過一聲。

接下來是殘忍卻無可奈何的漫長的守候過程。漫長是指那個煎熬的過程，殘忍也指的是那個煎熬的過程，你知道她在奔赴死亡，你知道無法救助，你還得眼睜睜地看著她的生命一寸寸地從她的身體上消失。這種守候完全是一種謀殺。一天過去，一夜過去；又一天過去，到晚上，祖母早已經神志不清。你知道緩慢的死亡對她也是煎熬，但你也得順其自然。先是胳膊不再動，然後是腿不再動；祖母偶爾轉動一下脖子的時候，九十三歲的祖父經過祖母身邊（這也是在他們共同的生活中，最後一次經過祖母身邊，其餘時間祖父把自己關在房間，一個人悲傷和回憶），祖父說：

「她要等到十二點。」

十二點就是半夜，零點，是新一天的開始。被祖父說中了，十二點附近，祖母突然挺了一下身體，不動了。再沒有比那夜更漫長的夜晚。

的確沒有比那夜更長的夜晚。那天是冬至。那一天太陽光直射南回歸線，北半球全年白天最短，黑夜最長。那一天在北方，是數九寒天的第一天，明天會比今天更冷。

我們的哭聲響起。祖父在房間裡說：「這日子她選得好。」是不是祖父都知道？他們在一起生活了七十年。祖父說，這一天要吃餃子，要給祖先燒紙上墳，這一天要當成年來過。我知道往年冬至也要吃餃子、上墳，但從不知道這節氣有祖父這一次語氣裡的隆重。

安葬了祖母，我查閱相關資料：這一天，「陰極之至，陽氣始生」，古時它是計算二十四節氣的起點，也是歲之計算的起訖點；這一天如此重要，僅次於新年，所以又稱「亞年」；民間常說，「冬至如大年」、「冬至大如年」。

祖母過了年，也到了冬，圓滿了。願她在天之靈安息。

二〇一四年三月十三日，知春里

作者簡介

——徐則臣（1978-），畢業於北京大學中文系，文學碩士，現居北京，任《人民文學》雜誌編輯。長篇小說《耶路撒冷》獲第五屆老舍文學獎、二〇一四年亞洲周刊中文十大好書，短篇小說〈如果大雪封門〉獲魯迅文學獎，長篇小說《北上》獲第十屆茅盾文學獎等。著有長篇小說《午夜之門》、《夜火車》、《耶路撒冷》、《王城如海》、《北上》；中短篇小說集《跑步穿過中關村》、《居延》、《石碼頭》；散文集《我看見的臉》、《別用假嗓子說話》、《從一個蛋開始》等。

李自成在北京

祝勇

城破之時

整整三百七十年了，李自成進入紫禁城的威風，依舊被人津津樂道。就在前不久，我還在網上看到這樣一個帖子，說：李自成進入紫禁城時射在承天門（即天安門）上的那一箭，至今讓人血脈賁張。

那一天是西元一六四四年、農曆甲申年三月十八，穀雨剛過，北京突然下起了雨夾雪，開始只是稀薄的雨霧，後來越來越濃，變成寒凝的雪粒。清冷的雨絲雪粒被寒風裹攜著，抽打著人們的臉龐，讓人睜不開眼。唯有李自成的軍師宋獻策站在雪中，望得出了神，臉上露出喜色——老天爺給力，剛好驗證了他此前的占卜：「十八大雨，十九辰時城破。」（〔清〕計六奇：《明季北略》）自清晨開始，城外響了一夜的炮聲就零落下來，取而代之的，是戰靴在鬆軟的雪泥中踏過的聲響。蒼茫的天地之間，這座孤懸的城池果然被攻破了。

第二天辰時，李自成頭戴氈笠，身穿縹衣，騎著烏駁馬，一副英雄氣概，在人群中格外顯眼。他自德勝門入城，穿過大明門，一路殺到紫禁城前。仰頭，「承天之門」四字赫然在目。李自成躊躇滿志，扭頭對丞相牛金星、軍師宋獻策、尚書宋企郊等人說：我射它一箭，如能射中四字中間，必為天下一主。他從牛皮箭筒中拔出一箭，砰的一聲射出。細雨橫斜中，那支蓄滿勢能的箭矢在克服了風的阻力之後，疾速奔向那塊門匾，雖射中門匾，卻不夠精准，射在「天」字的下半部，最多八點五環。李自成眉頭微蹙，牛金星寬慰道：「中其中，當中分天下。」（〔清〕計六奇：《明季北略》）李自成淡然一笑，沒有在意，縱馬率先衝入紫禁城。

出身草根的李自成或許很想跟出身龍種的天子照個面，這樣的英雄事，連項羽都未曾做到。當年張獻忠兵敗降明，李自成在潼關被洪承疇、孫傳庭打得落花流水，只剩下十八騎逃向商洛山中，苟延殘喘之際，支撐他的，或許就是這樣的癡心妄想。他沒有想到崇禎不給他機會。他命令部下滿紫禁城尋找，也沒有找到他的屍體。他的龍體，此刻正在煤山頂上的瑟瑟寒風中飄來蕩去。

李自成下令清場，對於占領者來說，這是必不可少的一道程序，然而，它卻成為紫禁城歷史上至為慘烈的一刻，在這座不設防的皇宮裡，那些貌美如花的嬪妃宮女必將成為對勝利者的犒賞。那些不願被辱的宮女，紛紛墜入御河。御河上漂浮著一兩百具屍體，色彩濃麗，燦若荷花。

有一位姓費的宮女，匆忙投井，不想多年乾旱，使水位下降，淹不死人。大兵們跑到井邊，看見井下竟有美人，立即派人下井打撈。撈上來，那張臉，竟讓在場所有人失了分寸，想必浴水之後，濕漉漉的裙裳緊貼在身體上，勾勒出身體的線條，更讓人情不自禁，無數種骯髒的念頭在肚子裡打轉。接下來，眾士兵爭先恐後，開始爭搶，相互間大打出手，現場亂作一團。沒有人想到，此時的她還身懷利刃，誰先近身誰倒楣。突然，宮女喊道：我乃長公主，眾人不得無禮，我要見你們的首領！眾人被她的厲聲吶喊嚇了一跳，一時無措，把她送到李自成跟前。李自成叫那些被俘的宮女辨認她的身分，瑟瑟發抖中，宮女們說，她不是長公主。李自成似乎突然沒了興趣，把她賞賜給手下一名校尉。史書中沒有記載那位倒楣的校尉的名字，只說他姓羅。羅校尉把她帶出宮門，帶回自己的營帳，心急火燎地正要上手，又聽到那宮女的立喝：「婚姻大事，不可造次，須擇吉行之。」羅校尉聽罷，並沒有生氣，反而心頭暗喜——反正是嘴邊的肉，吃下它只是早晚的事，不差這一會兒。於是擇吉日準備迎娶，沒想到酒席之上，那宮女趁著羅校尉爛醉，抽出利刃，在羅校尉的脖頸上割出一道深深長長的刀口。鮮血混合著濃烈的酒精，從他的喉嚨裡滋滋地噴濺而出，在大紅燈籠的照耀下顯得無比壯觀。宮女眼見事成，一刀刺向自己的喉嚨，當場嚥氣。

許多史料都記錄了費氏女的死亡。杭州大學圖書館收藏的清初抄本《明季北略》上，有無名氏的眉批。在這段文字後面的批語是：李自成聽到這個消息後大吃一驚，驚在他當時有意占有這名女子，賜給身邊的校尉，不過是一閃念而已，正是這一閃念，讓羅校尉作了自己的替死鬼。

但是面對著如雲的美女，李自成還是沒有客氣。李自成、劉宗敏、李過等人，瓜分了抓起來的嬪妃美女，各得三十人。牛金星、宋獻策等也各得數人，可謂見者有份，誰都不吃虧。其中李自成最愛竇氏，封她為竇妃。

武英殿內

閻崇年《大故宮》說：「李自成進駐紫禁城，以武英殿為處理軍政要務之所。」這座宮殿始建於明初，位於外朝熙和門以西，與東邊的文華殿相對稱，一文一武，相得益彰。據說明成祖朱棣早年曾在這裡召見大臣，他甚至把全國官員的名錄貼在大殿的牆上，時時觀看，以思考王朝的人事布局問題。崇禎八年（西元一六三五年），崇禎皇帝突然做出一項決定，從乾清宮搬入武英殿居住，從此減少膳食，撤去音樂，除非典禮，平時只穿青衣，直到太平之日為止。他沒有想到，他沒能看到太平之日的到來，自己死後，最大的對頭李自成成為紫禁城新的主人，偏偏選定了武英殿。

清代于敏中等編纂的《日下舊聞考》描述：「武英殿五楹，殿前丹墀東西陛九級。乾隆四十年御題門額為武英。」東配殿叫凝道殿，西配殿叫煥章殿，後殿為敬思殿，東北角有一座恆壽齋，就是繕校《四庫全書》諸臣的值房——這部曠世大書的傳奇，將在後面提到。西北為浴德堂，其名源自《禮記》中「浴德澡身」之語，有人說是清代詞臣校書的值房，也有人說，由於清代武英殿成為皇家內府修書、印書的場所，也就是皇家出版社，浴德堂是為其蒸熏紙張的地方。

武英殿現在是故宮博物院書畫館，但除了舉辦書畫展覽，平時並不開放，只能透過武英門，窺見它武英的一角。武英門前有御河環繞，河上有一石橋，名叫斷虹橋，橋上雕刻極精。周圍是一片樹木，有古槐十八棵，在宮牆的映襯下，顯得格外蒼古。那一份清幽，在極少樹木的紫禁城裡顯得格外珍貴。每逢上班，從擁擠的地鐵、嘈雜的人群中掙脫出來，從西華門一進故宮，我都會向那片樹林行注目禮，或者乾脆走進去，聽一聽樹枝上嘰喳的鳥鳴。樹枝上的鳥鵲，有時會轟然而起，飛向天空，像一把種子灑向田野。牠們繞著宮殿的鴟吻、觚棱盤旋，又成群結隊地落下來。也有時，下班前，我會在那裡駐足片刻，看暮色一點點地披掛下來，籠罩整個宮殿。那時，武英殿漆黑的剪影就像一隻倒懸的船，漂浮在深海似的夜空下。很多年前，也是薄暮降臨的時分，就在我站立的地方，站著大清王朝軍機大臣曾國藩，忙中偷閒，留下一首〈臘八日夜直〉詩。然而此時在李自成的心裡，沒有一項軍政要務比玩弄女性更加急迫。剛剛住進武英殿，李自成就召「娼婦小唱梨園數十人入宮」（參見〔明〕趙士錦等：《甲申紀事（外三種）》）。三月二十一日，李自成進入紫禁城的第三天，正像太子朱慈烺預言的那樣，多達一千三百多名明朝官員向李自成朝賀，承天門不開，他們站在門外，被廣場上的風吹了一天，雙腿站得僵直，一整天沒吃東西，居然連李自成的汗毛都沒有見到。李自成正在武英殿飲酒作樂，在朝歌夜弦中飄飄欲仙。

武英殿內，玉碎香消，花殘月缺。一個名叫曹靜照的宮女，在離亂中逃出宮闕，流落到金陵，出家為尼，孤館枯燈之下，寫下宮詞百首，充滿對昔日的緬懷。

姚雪垠小說《李自成》，寫武英殿裡的李自成被宮女侍奉著飲茶、洗腳，在燭光與水霧的掩映中，看宮女十指如蔥、面如桃花，又加上博山爐裡飄散出來的「夢仙香」（一種專門用來催生情欲的熏香）的威力，將這位來自黃土高原的低層漢子熏得七葷八素。半醉半醒的分寸，作家拿捏得頗為妥當。這段文字，我是喜歡的，可惜接下來的描寫，李自成又成了那個大無畏的無產階級革命家，保持著堅定的意志和純潔的品性，在妖嬈宮女的糖衣炮彈面前巋然不動，而李自成在宮殿裡的荒淫舉動，也就這樣蜻蜓點水般地敷衍過去了。

李自成確曾是個正經人，儘管張岱說他「性狡黠」（〔明〕張岱：《石匱書後集》），儘管《明史》說他「性猜忍，日殺人劓足剖心為戲」（〔清〕張廷玉等：《明史》），但是，性情狡黠與足智多謀、殺人如麻與勇冠三軍都是同義詞，就看誰在說，或者在說誰。但有一點似乎是肯定的：「自成不好酒色，脫粟粗糲，與其下共甘苦。」至少在生活作風問題上，他始終保持著純潔的革命本色，證明姚雪垠所言不虛。

然而，自從李自成進入紫禁城那一刻開始，他就變成了另一個人，一個只能用欲望、自私和野蠻來形容的人。紫禁城是一個充滿規矩的地方，什麼人走什麼路，什麼人住什麼屋，都有嚴格規定，僭越者殺頭。而這所有的規矩，都是為了保證皇帝可以不守任何規矩——所有的禁忌，只為凸顯皇帝的特權。宮殿就是這樣一個矛盾體，它一方面代表著禮儀秩序的最高典範，另一方面卻又是野蠻的氏族公社，無論多麼純潔的女人，都注定是權力祭壇上的祭品。除了皇帝本人，宮殿裡的任何男人都不能踏入那些妖嬈的後宮。皇帝的性特權，與無數人的性禁忌形成了奇特的對偶關係。或者說，只有以眾人的性禁忌為代價，皇帝的性特權才能長驅直入，一往無前。

與曾經征戰的荒山大漠不同，當李自成策馬揚鞭，姿態豪邁地進入紫禁城，他的造反生涯就畫上了一個圓滿的句號。這個連橫槊賦詩的曹孟德、鞠躬盡瘁的諸葛亮都望塵莫及的天下，就這樣像一個熟透了的果子，落在他李自成的掌心裡了。厲兵秣馬的歲月結束了，船靠碼頭車到站，除了征服女人，天下再沒有什麼需要他來征服了。只有女人，可以驗證力比多的數量和質量；也只有紫禁城，可以成為他欲望的庇護所，因為在這裡，所有的欲望都是正當的、名副其實的。李自成並不需要「夢仙香」來煽動情欲，因為整個紫禁城，就是一塊巨大的「夢仙香」，處處錦幄初溫，時時獸煙不斷。勝利者是不受譴責的，勝利者有資格耍流氓。而人性一旦墮落，立刻就深不見底。同甘共苦與酒池肉林，其實只隔著一張紙。

還有一種可能，就是李自成突然的變化裡，包含著一種強烈的報復心理。這也是一種復仇——憑什麼「和尚摸得，我摸不得」？秀才娘子的寧式床，他當然要睡；娘娘宮娥的玉體，他當然要摸。但這並不僅僅是在向崇禎示威、向崇禎尋仇，因為自打那具曾經風流俊雅的龍體變成一堆潰爛的死肉，李自成就無須再惦記他了。

他是在向不平等復仇。對於這個在荒涼貧脊、餓殍遍野的土地上揭竿而起的農民領袖來說，沒有什麼比紫禁城更能凸顯這種不平等。它們猶如正負兩極，彼此對稱，卻遙似天壤——同樣是喘氣動物，為什麼人生的差距這麼大呢？紫禁城是金銀的窖、玉石的窩，是人間仙境、神仙洞窟。當百姓易子而食、流離失所，皇帝卻溫香軟玉、醉臥花蔭。武英殿裡，李自成左擁右抱，粗礪的手在女人的肌膚上反覆摩擦，彷彿在探尋著他內心的真理。他愛眼前的一切，又對它恨之入骨。紫禁城，就是這樣一個既讓人愛、又讓人恨的地方。

看陸川《王的盛宴》，有一點我是喜歡的，就是他對火燒阿房宮的解讀。項羽這一破壞文化遺產的行徑，歷來為人詬病，但陸川借項羽之口表達了這樣的邏輯：正是因為阿房宮無限的壯美，「五步一樓，十步一閣；廊腰縵回，檐牙高啄」，才勾起了這些草莽英雄對於權力的渴望。所以，在影片裡，項羽總是對先期抵達的劉邦是否進過阿房宮、見識過它耀眼的繁華耿耿於懷。他知道，無論什麼人，只要見識過它，就過目不忘了。他認為——或者說，陸川認為，燒了它，就等於燒掉了人們心頭的欲望和野心。陸川給了項羽一句臺詞：「燒了它，大家都不用惦記了。」

李自成後來也燒了紫禁城，但那時他已經留不住本已屬於自己的江山，他不願意它落到別人手裡，這是後話。李自成在進京四十二天的時間裡，以大躍進的步伐走完了一個王朝由興起到敗亡的全部路程，他的成功，亦是他的失敗。

人民群眾曾經傳誦：「迎闖王，盼闖王，闖王來了不納糧。」

據說李自成進城時是下令秋毫不犯的軍令的，軍令說：「敢有傷人及掠人財物婦女者殺無赦！」（〔明〕劉尚友：《定思小紀》，見《甲申核真略（外二種）》）還貼了告示，說：「大師臨城，秋毫無犯，敢有擄掠民財者，凌遲處死。」（〔清〕彭孫貽：《流寇志》）

也真有兩名搶劫綢緞鋪的士兵被拉到承天門（天安門）前的棋盤街，千刀萬剮。

但是，當大順軍進入北京的時候，首都並沒有出現簞食壺漿以迎王師的局面，像馮夢龍《東周列國志》裡形容的：「入國之日，一路百姓，扶老攜幼，爭睹威儀。簞食壺漿，共迎師旅。」

原因很簡單，李自成自己，就成了帶頭「掠人婦女」的人。那時的他，已經掙脫了道德的捆綁，迷失在這座華美壯麗的囚籠裡，以實際行動廢除了自己制定的軍令。當無數美女雪白的肌膚遮蔽了他曾經深邃的目光，他的下屬，也必然成為和他同樣的貨色。劉宗敏、李過、田見秀……大順的官員們不僅霸占大明高官們的豪華居所，而且殺了它們的主人，強占了他們的妻女。大明官員的豪宅巨府，成了他們縱欲的樂園。他們叫來蓮子胡同優伶孌童為他們搞「三陪」，自己「高踞几上，環而歌舞」（〔清〕彭孫貽：《流寇志》），誰聽話，他們就犒賞誰；誰不聽話，他們就一刀把她劈成兩段。

起義領袖言傳身教，基層士兵自然心領神會，大範圍的姦淫行動，終於在這座城市裡不可遏止，倘非如此，他們的心理如何平衡？《燐火錄》記載，士兵們學習劉宗敏，開始從娼妓下手，後來擴展到倡優，看無人禁止，膽子就越來越大，遍尋百姓女子，一個也不放過。計六奇《明季北略》則說，士兵初入人家，先是要借鍋灶吃飯，後來要借床鋪睡覺，再後來就乾脆借老婆借女兒睡覺，如有不從，一刀劈死。僅安福胡同，一夜就砍死三百七十多名婦女。

很多年後，明朝遺民張岱——從前那個好精舍、好美婢、好孌童、好鮮衣、好美食、好駿馬、好華燈、好煙火、好梨園、好鼓吹、好古董、好花鳥的紈褲子弟，在經歷這場家國之變後，避入剡溪流域的山村，在「布衣蔬食，常至斷炊」的窘境中寫下上述之類故事的時候，內心深處定然有一種肝腸寸斷的疼痛。他後來五易其稿，九正其訛，終於完成一部明史巨著《石匱藏書》，以表達對舊王朝的沉痛悼念。

大順軍陷入集體癲狂，整座城市都在顫抖和慟哭。

他們並不知道，所有這一切，日後都將得到報應。

在我的成長記憶裡，這些史實或被歷史學家們藏匿起來，或輕描淡寫，以免有損農民領袖的「英雄形象」。所以，縱然面對成堆的史料、如山的鐵證，也讓我感到很不習慣，怎麼看怎麼像對封建地主階級的誣衊。然而，所有這一切，都是真實的，無數人留下了當時的現場記錄，完全可以相互比對。對此，歷史學家避重就輕，但對於他們來說，隱瞞事實和做偽證沒有區別，況且，這樣的「形象」越是維護，就越是弱不禁風，像廟裡的泥胎、風中的蠟燭、林黛玉的身板兒。

還是林肯說得好：「你可以在全部的時間內欺騙部分的人，也可以在部分的時間內欺騙全部的人，但你不能在全部的時間內欺騙全部的人。」

李自成在為誰而戰？李自成自己似乎從來沒有回答過這個問題。姚雪垠在《李自成》中卻替他回答了：「咱們一開始就立下一個起義的大宗旨，非推倒明朝的江山絕不罷休……咱們立志滅亡無道明朝，救民水火，就是按照這個宗旨做事。」

但是推翻大明之後呢？這個問題李自成必然想過，所以在小說裡，姚雪垠先生又替他回答，哪怕是張獻忠坐了天下，他也願意解甲歸田，做一個堯舜之民，決不會有非分之想。

這個回答可以得一百分，但卻只是姚雪垠先生的一廂情願。李自成奪天下，如果沒有想過做皇帝的事，那無異於面對裸體美人時滿腦子的四書五經，不是神經有病，就是生理有病。打下江山，拱手送人，這樣的二百五，中國五千年歷史中沒有出現過一個，讓我想起當年《編輯部的故事》中余得利的一句臺詞：「這年頭要找一個傻瓜真比登天還難啊！」李自成的豪言壯語除了證明姚雪垠先生作為小說家的想像力之外，什麼也證明不了。

如果說科舉為士人們提供了一條上行的路線，使那些出身貧寒的人有可能通過科舉考試成為「統治階級」，那麼農民只能克勤克儉苦熬苦作，他們的命運被土地牢牢地鎖定了。造反是一種鋌而走險，然而在這個固化的社會中，卻是農民階級唯一的上行之路。

帝國中那些貧弱的百姓實在可憐，土地貧瘠，災異頻仍，朝廷稅賦不減反增，因此，不要金，不要銀，只要造反者開出不納糧稅這一項條件，就可挑動百姓揭竿而起，可見大明王朝賦稅之沉重。西北荒涼的高原上，那些飢餓的農民們如蝗蟲般裹攜進起義的隊伍，令朝廷頻於應付，出師剿匪，卻越剿越多。終有一天，他們會遮天蔽日，覆蓋整個帝國，把它吃得一渣不剩。

然而，他們終究是一群沒有信仰的人，當年提出「均田免糧」的口號，對他們來說只是手段，是策略，而不是信仰。對於大多數人來說，造反只是求生之計（李自成本人也是如此），而不構成信仰。求生與信仰的區別在哪裡？在於求生是為己，而信仰是為人。簡單地說，這樣一些農民造反，只是從現實處境出發，非關人類正義，即使以「宗教」為號召的農民起義也不例外。就連對李自成大加讚賞的革命作家郭沫若在《甲申三百年祭》中，也承認：「『流寇』都是鋌而走險的飢民，這些沒有受過訓練的烏合之眾，在初，當然抵不過官兵，就在姦淫擄掠、焚燒殘殺的一點上比起當時的官兵來更是大有愧色的。」李自成和他的部下們登堂入室、鳩占鵲巢，大順軍人從被人凌虐到凌虐他人，「奴坐於上，主歌於下」，這只是身分的倒置，而不是他們所宣稱的平等。但這種權力關係的倒置所帶來的心理滿足，對他們來說已是最大的收益，遠比撅屁股種地更物超所值。

因此，當李自成率領他的軍隊衝進繁華的北京城，他們不再去想「均田免糧」、天下大同，而是燒殺擄掠、搶錢搶女人，就是再「正常」不過的事了。與那些虛無縹緲的政治理想相比，它無疑更加現實。白花花的銀子、丰肌雪骨的美女，都是實實在在的紅利，是他們出生入死打江山所必須得到的回報。

如李自成所說，起義是集體的事業，所有的義旗上，都書寫著「替天行道」四個字，他們流血犧牲，以天下為己任，然而，無論是招安當投降派，還是奪天下當皇帝，卻最終只能成就少數人的意志。據說李自成入宮後，為自稱為「孤」，還是自稱為「寡」頗費思量，但無論是「孤」，還是「寡」，都表明他是單數，而不再是群體中的一員。起義的初衷是為窮人打天下，結果卻造就了少數人的特權，「替天行道」的正義性也壽終正寢，假若窮人們早知如此，他們還會衝鋒陷陣、白白送死嗎？

至於「均田免糧」，在這個帝國裡一天也沒有實現過，也不可能實現。道理很簡單，任何政府都必須通過賦稅來組織和運轉，否則，連官員、軍隊的餉銀都發不出來。他們自己否定了自己，農民起義本身就是一個巨大的悖論。

假若李自成能在紫禁城建立起一個王朝，那個王朝一定不會比明朝更好。他們的基因，也決定了他們很難締造一個能夠代表民權的、可以監督政府的政治體制，以降低大規模動盪所帶來的改革成本。盧梭在《社會契約論》中早就言明：「政治學的大問題，是找到一種將法律置於人之上的政府型式，這個問題之難，可以與幾何學中將圓變方的問題相媲美。」

《禮記・中庸》說「誠者自成」，因為「誠者，天之道也。」自成自成，沒有了「誠」，自己的就不可能「成」了。

皇帝的金鑾殿，理所當然地成了造反者的終點。他們打倒皇帝，目的卻是把自己變成新的皇帝。每一次翻天覆地的動亂，塵埃落定之後，世界都與從前一模一樣，新的朝代與舊的朝代榫卯相接，嚴絲合縫。人們各就各位——坐龍椅的坐龍椅，上斷頭臺的上斷頭臺，解甲歸田的又回到當初舉起義旗的土地上，重新撅起屁股種地，等待著朝廷來征糧。宮殿分開了戰友們的行列，最大限度地凸顯著一個人的權力，同時，又把其餘的人最大限度地矮化。宮殿的空間設計，處處體現著「君君臣臣，父父子子」的政治哲學。軍事共產主義帶來的平等只是一種假象，或者說，一種迷幻劑，只有「理想」實現的那一天，人們才會發現，自己離「理想」不是更近，而是更遠。

九重宮殿，以不變應萬變，默然注視著英雄們的匆匆過場，注視著世道的無常。說到底，只有宮殿才是最後的贏家。它是權力和野心的最大容器，無論多麼桀驁不馴的身體，最終都要到這裡報到，所有的反抗、廝殺、吶喊，最終都將被收束於宮殿的臂膀中，在後宮的脂粉軍團的楊柳細腰中消隱於無形。

寫到這裡，我忽地想到一個細節——李自成是在甲申年正月在西安建立大順政權之後，馬踏黃沙，一路征塵，攻進北京的。征戰中，不可能攜帶太多的日常生活用品，即使攜帶，恐怕也是簡陋、粗鄙、不敷使用的。那麼，當他在武英殿的後殿下榻時，他用的，一定就是崇禎皇帝的御用品了。前一個夜晚，崇禎皇帝還在武英殿居住，他的身影消失未久，一柄摺扇、一襲春衫、一床錦褥、一隻龍泉窯的御碗，都殘留著崇禎的體溫。李自成在崇禎的浴盆裡洗澡，端起崇禎的茶盞飲茶，崇禎的御廚為他做飯（不知會不會做羊肉泡饃），崇禎的妃嬪宮女陪他睡覺。連他的呼吸裡，都是崇禎皇帝的博山爐裡漫漶出來的熏香。在這裡，他粗啞的吶喊變成細語，沉重的喘息變得柔和，他就像一個初來乍到的客人，所有的動作，都盡可能地模仿著主人的形態，唯有如此，他看上去才像一個帝王，才能夠合乎宮殿的要求。睡在崇禎的暖床上，睡意朦朧間，被摟在懷的宮女，又怎能分清自己依偎的，到底是哪一位君王？

血色的夾棍

大順政權不僅要女人，更要錢。在他們眼裡，大明王朝的每一個官員都是貪官，他們要像榨汁機一樣，把他們的財產榨乾，去充盈大順王朝的國庫。這項追索銀錢的艱巨工作由劉宗敏負責落實。劉宗敏身經百戰，對於這項工作充滿自信。為了不辜負闖王的信任，二十三日至二十五日，劉宗敏命人特別趕製了五千副夾棍，用來逼迫明朝官員們交錢。夾棍上有棱，有鐵釘相連，凡不從者，必將夾碎他們的手足，變成一堆骨肉混合的纖維。他還覺得力度不夠，於是命人在門口樹立了兩根柱子，作為凌遲專用。

二十四日，他隨便找了兩名隨行人員，在承天門前的棋盤街試了試夾棍，算是對新產品進行驗收。結果是產品質量過關，那兩人被夾得血肉迸裂，第二天就死了。這兩個無辜的人死後，五千副夾棍正式投入使用。那些前來向李自成朝賀，做著洗心革面、重入政府的美夢的明朝官員們被關押起來，二十五日，門開了，他們無論如何不會想到，等待他們的，是一場更大的噩夢。有八百人被綁成了粽子，被士兵踢打著，像趕牛趕羊一樣趕出來，一路押送到劉宗敏的住處（從前的明朝都督田弘遇宅邸），那些製造精良的夾棍張開著嘴，對他們拭目以待。

據說劉宗敏每天的工作是這樣進行的：他黎明起身，坐在院子當中，挨個點名。他為明朝原各級官員制定了嚴格的繳納標準：內閣十萬，部院、京堂、錦衣衛將帥七萬，科道、吏部郎五萬、三萬，翰林一萬，部曹則以千為單位（具體說法略有差異，參見〔明〕趙士錦等：《甲申紀事（外三種）》，〔清〕計六奇：《明季北略》）。各有定額，不得打折。願意出錢者，劉宗敏即令手下把他們押解到前門的當鋪，把家產當掉，得一收條，上寫：「某官同妻某氏，借救命銀若干。」然後就拿著這救命銀，回來救命。（〔清〕計六奇：《明季北略》）

但並不是所有人都拿得出這麼多錢財，或者說，絕大多數官員都完不成「定額」，劉宗敏的手下於是開始日以繼夜地勞作，把他們血肉的五指、雙腿放進堅硬的夾棍，天空中迴盪著淒厲的哭嚎聲。還有些文官，從沒見過血，一見黏著血跡的夾棍，就暈死了過去。後來李自成前往劉宗敏居所，看到院子裡三百多名被夾棍夾成殘廢的明朝官員，都實在看不下去，他可能不會想到，此前被夾死者，已經超過了一千人。

那兩根用來淩遲的柱子也沒閒著，史書寫：「磔人無數。」（參見〔明〕談遷：《國榷》）

四月初一那一天，劉宗敏親自審問明朝最後一任內閣首輔魏藻德。魏藻德被夾棍夾斷了十指，交出白銀數萬兩，然而劉宗敏絕不相信一個內閣首輔僅有幾萬兩白銀，繼續用刑，魏藻德大聲呼喊，當初沒有為主盡忠報效，有今日，悔之晚矣！五天五夜的酷刑後，魏藻德腦裂而死，他的兒子也因為交不出銀子，隨即被處死。

追索銀錢的行動很快超出了明朝官吏的範圍，向普通人家蔓延。「青矜白戶，稍立門牆，無幸脫者。」李自成政權喪心病狂地搜刮民財，已經遠遠超出了自己的需要。崇禎皇帝加派三餉達到二千萬兩，百姓不堪重負，明朝就滅亡了；而大順政權僅在北京一座城市強征的財產總數，竟然高達七千萬兩，足夠大明王朝滅亡三次了。

對於這種明目張膽搜刮民脂民膏的野蠻作法，牛金星是不同意的，劉宗敏的理由是：「如今最擔心的是兵變，而不是民變。如果士兵們不滿意，那才是災難。相比之下，百姓不滿意則容易對付，到時候挨家挨戶地殺，用不著費一文錢。部隊不能沒錢，不去強搶，錢從哪來？」說得牛金星啞口無言。（參見〔明〕談遷：《國榷》）

但劉宗敏把問題看得太簡單了，兵變尚可剿滅，唯有百姓不可剿。一個王朝，即使殺心再盛，也不可能把百姓作為剿殺對象。那不是自不量力，就是喪心病狂。得人心者得天下，這道理至為簡單，每個統治者都心知肚明，但一時的強勢總容易讓他們忘掉這一點，所以才有反反覆覆的歷史，像安意如〈再見故宮〉文中所說：「那亡國之人發出『雕欄玉砌應猶在，只是朱顏改』的感慨，那

『無限江山，別時容易見時難』的喟歎，並不只會造訪失敗者。滄桑的惆悵和倦怠，偶爾也會不經意地掠過勝利者的心頭，在華麗的間隙，這憂傷太輕淺，來不及思量，就已經消散，被眼前的良辰美景掩蓋……除卻亡國之君、末代皇帝之外，誰真心信了『夫盛者必衰，和會者別離』的道理？誰又曾親身經歷了『國破山河在』的悲愴？都以為，這人世間最奢侈的一個『家』，是金石永固、牢不可破的。」他們「看到的是別人的無常，卻看不見自身的幻滅」。

人算不如天算，被拷打者中，有一個老頭，他的兒子是大明王朝山海關總兵吳三桂。劉宗敏拷問他的目的，有人說是向他索要錢財，也有人說是向他要人——吳三桂的愛妾、絕代美女陳圓圓。

千里之外的山海關，吳三桂密切注視著北京城形勢的變化。他的父親、愛妾以及全部家產都已落在大順的手中，加之崇禎自殺，明朝已經滅亡，天下大勢已定，吳三桂的心理天平，已經傾向李自成。

對於吳三桂在這個關鍵時刻做出的政治抉擇，許多史料都予以記載。《甲申傳信錄》說：「闖旋以銀四萬兩犒三桂軍，三桂大喜，忻然受命，入山海關而納款矣。」「納款」，是說他要進關接受這筆巨款，不過是把投降說得好聽一點而已。明末著名東林黨人文震孟之子文秉在《烈皇小識》中說得更直白：「三桂聞京師失守，先帝殉難，統眾入關投降。」

他把山海關的部隊交給了李自成派來的親信唐通，就飛馬奔向北京，準備拜見他的新主子李自成。就在他行至灤州，距離北京咫尺之遙的時候，情況突然間發生轉折——一個從北京城裡逃出的人告訴他，他的父親被殺、愛妾被搶。吳三桂突然愣在原地，等他反應過來的時候，一個最惡毒的咒語已經脫口而出：

「不滅李賊，不殺權將軍（指劉宗敏），此仇不可忘，此恨亦不可釋！」

這百萬分之一的機率，決定了李自成的失敗。實際上，從大順王朝開始搜繳民財那一天起，它的敗亡就已經注定了，所沒想到的只是，這個指望傳承萬年的大順王朝，在紫禁城裡只存活了四十二天。

命運，總是會在最要緊的地方對一個人做出懲罰。

這一次，李自成劫數難逃。

為了告別的聚會

白光一閃，吳三桂手起刀落，斬落了李自成特使的頭顱。

也斬斷了自己與李自成政權的聯繫。

李自成終於清醒過來，發現肘腋之患，卻悔之晚矣。

武英殿裡，他召見京城父老，詢問疾苦，收拾人心。這一天，是四月初六。

但他的狂妄胡為，已經使他與世界裂開了一道巨大的口子。那道深長的口子，最先是從吳三桂把守的山海關裂開的。那種發自北方春天的巨大的冰裂聲，讓他感到驚惶和恐懼。終於，他坐不住了，帶著部隊，匆匆啟程，向東進發。他要把它補上。

他本來是要派劉宗敏出征的，甚至向劉宗敏鞠躬請求，但劉宗敏過慣了舒服日子，不願意再打仗了。

他只好親征。

出發那一天，是四月十二日。

部隊是從正陽門出城的，李自成白帽青布箭衣，打著黃蓋，他的太子一身綠衣，跟在身後。當時在前門投宿的年輕官員趙士錦遠遠地目睹了他出城的一幕。李自成目光淒迷，了無從前的從容堅定。

他走之後，留守的士兵在北京城發現了一些私貼的告示，撕下來，報告給劉宗敏。劉宗敏展開一看，突然間大驚失色。

告示告知北京市民，明朝並沒有亡，崇禎皇帝的堂兄弟朱由崧已經在南京被擁立為皇帝，建立弘光政權。上面說：「明朝天數未盡，人思效忠，於本月二十日立東宮為帝，改元義興。」（〔清〕計六奇：《明季北略》）

小廣告像牛皮癬一樣在街市裡孳生，讓劉宗敏焦頭爛額。為了制止「政治謠言」的流傳，劉宗敏索性把出現告示的附近居民統統抓起來，滿門抄斬。但告示猶如幽靈，照樣出現。

北京的市民並不知道，儘管朱由崧的父親、老福王朱常洵在李自成兵陷洛陽時被殺，李自成下令將他的肉與鹿肉一起，加上各種佐料煮了，起個好聽的名字——「福祿肉」，犒賞了全軍，但他的兒子、這位弘光帝，卻依舊是個沒心沒肺、縱情聲色的傢伙，流連宮闈床笫，男女通吃，不思報仇雪恨，連《桃花扇》中都留下「你們男風興頭，要我們女客何用」的暗諷，但當時的北京市民，對自己的未來茫然不知，這些祕密告示的出現，依然點燃了人們的希望。人心，已在不知覺間，發生了漂移。

論風流糜爛，南京的朱由崧，與北京的李自成，形成了驚人的對稱，勢均力敵。

這天下，只好由清人收拾了。

二十一日，長城腳下，九門口「一片石」之戰，是決定歷史的一戰。吳三桂與清軍聯合作戰，將李自成打得屁滾尿流。多年前，我曾前往這片古戰場造訪、考察，並在六百頁的《遼寧大歷史》裡詳述了戰事的過程。

落花流水春去也。再度回到北京，已是二十六日，春天已經過去，京城裡的樹木都已綠色飽滿，肥碩的枝條在微風中溫柔地輕扭。遼闊的蒼穹下，紫禁城堅硬的線條孤獨地挺立。馬蹄落在凸凹不平的石板路上，十分的沉悶滯重，早已不似一個多月前的輕盈歡暢。他知道輝煌的紫禁城不再屬於自己，他心裡想的只有一件事——趕快登基。

二十九日，登基大典在紫禁城武英殿舉行。歷史上沒有一個皇帝，像李自成這樣心情複雜地坐在龍椅上，也沒有一次登基大典如此潦潦草草。三拜九叩的威儀背後，是一盤不堪面對的殘局。這是一場為了告別的聚會，沒有人知道，自己還有沒有明天。

這一次，李自成真是要打下江山，拱手送人了。

但李自成還不甘心做這樣的好人。夜幕降臨的時候，士兵們點燃了早已堆滿紫禁城的柴草，沖天的烈焰立刻把紫禁城的瓊樓玉宇、雕樑畫棟化作一片片紛飛的黑霧，彷彿一個黑色的怪獸，盤旋在宮殿的上空。此時，京城九門也被點燃了，只有大明門（已被改名為大順門）、正陽門、東西江米巷一帶沒有火勢，這座輝煌的都城，變成一座浴火的城市。「哭號之聲，聞數十里。」（〔清〕計六奇：《明季北略》）瀰漫京城的大火，為李自成的登基大典提供了一個無比壯麗的背景。

天亮時分，李自成在一片耀眼的火光中，騎著他的烏駁馬，從齊化門黯然出城，走向自己的末路窮途。二十六日，李自成殺了吳三桂一家大小三十四口，仇恨已經把吳三桂的內心徹底吞沒，把他變成一個復仇機器。他心硬如鐵，一路追殺，追過黃河，追向湖北，像一條發瘋的狼狗，緊緊咬住李自成。那不是戰爭，是屠殺。他同李自成一樣，全憑殺人來瀉火，但是即使是最血腥的殺戮，都不能平復他眼睛裡凶狠的目光。

清軍一旦入關，就沒人擋得住了。順治二年正月，圖賴等在潼關大破李自成，《清史稿》說：「賊倚山為陣，圖賴率騎兵百人掩擊，多所斬獲。至是，自成親率馬步兵迎戰，又數敗之，賊眾奔潰。」

潼關大敗之後，李自成率殘部遁走西安，多鐸追至西安，李自成又逃向商州。大順軍就這樣一路逃，大清軍一路追。李自成號稱擁兵二十萬，要南下取南京，阿濟格（在努爾哈赤諸皇子中，豪格為長子，皇太極為第八子，阿濟格為第十二子，多爾袞為第十四子，多鐸為第十五子。後三人皆為努爾哈赤和阿巴亥所生，為同父同母兄弟。皇太極去世後，長子豪格與十四子多爾袞為爭奪皇位展開鬥爭）一路追過長江，追至九江，殺進李自成的老營，倉皇流離中，李自成帶著二十騎匆忙逃遁，丞相牛金星投降清軍，劉宗敏、宋獻策被活捉，吳三桂要活剮了劉宗敏，以解心頭之恨，被阿濟格強行阻止——那時多鐸已經受命去收服江南，阿濟格繼續追擊李自成部。終於，李自成率領他最後的十餘騎逃向湖北通山縣，戰至最後一人，孤獨無助地向九宮山逃亡。

那時又是五月，南方迎來雨季，突如其來的大雨將李自成的渾身澆透。李自成穿越黏稠的雨幕，想再度化險為夷，覓得一絲生機，卻偏偏連人帶馬，跌入一片泥潭。一個名叫程九百的鄉勇頭目衝上來，要手刃這個顛覆了大明的罪魁禍首。但他不是李自成的對手，爛泥之中，被李自成坐在身上。李自成抽刀要砍，血水與泥水卻把他的刀緊緊地黏在刀鞘裡，拔不出來，千鈞一髮之際，一個身影衝上來，舉起一把鏟子，把李自成的頭顱當作他收穫的果實，猛鏟過來。李自成用力繃緊著肌肉猶如一隻被驟然戳破的牛皮水袋一樣，滋出一片血霧，只把半截叫聲留在空氣中，就重重地摔下去，濺起一片汙泥濁水。（關於李自成的死因，一直存在爭議，此處不一一詳述。但李自成遇難湖北通城縣九宮山，被清初的諸多公私著述認可，這些著述包括《明史》、《乾隆御批綱鑒》、《綏寇紀略》、《見聞隨筆》、《罪惟錄》、《懷陵流寇始終錄·甲申剩事》、《所知錄》、《甲申傳信錄》、《明末紀事補遺》、《明亡述略》、《永曆實錄》等。）

那一天，是清順治二年（西元一六四五年）五月初二。一年前的五月初二，也就是李自成的身影從北京城消失僅僅兩天後，多爾袞、皇太極的遺孀孝莊皇太后帶著七歲的順治抵達北京城，倖存的明朝大臣們比歡迎李自成更加隆重，出城五里迎接。他們跪在道路兩旁，把身體攢成一團，額頭緊緊地貼在地面上，車輦通過的時候，頭也不敢抬，一任車馬蕩起的塵土落在他們的頭上、身上，把他們一層一層地包裹起來，使他們看上去有點像出土的石俑，彷彿唯有如此，才令他們感到安全。紫禁城的新主人乘輦，第一次進入這座傳說中的宮殿。他們站立在三大殿前，昔日輝煌的宮殿已經變成一片焦糊的廢墟。

李自成在北京城放出的最後一句狠話是：「皇居壯麗，焉肯棄擲他人！不如付之一炬，以作咸陽故事。」他模仿項羽，但他終不是項羽。他與項羽的區別是——項羽毀滅了他得到的，而李自成毀滅了他失去的。

不到兩個月，已有兩個王朝在這裡滅亡。望著從廢墟中蒸發的兩個王朝，沒有人知道，多爾袞想了些什麼。

他下令安撫百姓，將士夜宿城頭，禁止進入民宅。違者，斬。

多爾袞開始了長達七年的攝政王生涯。他要辦的第一件事，就是為剛剛定鼎北京的新王朝，確定一個用於理政的宮殿。

他選擇了武英殿。

作者簡介

——祝勇（1968-），生於遼寧省瀋陽市，現居北京。作家、紀錄片導演、藝術學博士。現任故宮博物院影視研究所所長、北京市作家協會理事。曾任美國加州大學柏克萊分校駐校藝術家等。擔任大型紀錄片《辛亥》、《歷史的拐點》、《蘇東坡》等總撰稿，《天山腳下》總導演。已出版作品四十餘種，著有《故宮的古物之美》、《故宮的隱祕角落》、《在故宮尋找蘇東坡》、《最後的皇朝》、《舊宮殿》、《血朝廷》等。

殘院之內黃昏之後

吳佳駿

一

這是一幢舊樓。

儘管牆壁上新刮上去的石灰層潔白耀眼，卻仍難以掩藏歲月饋贈的斑駁裂痕。據當地人講，它原先是一個化工廠，倒閉後，一直閒置，荒草叢生，蛇和蜥蜴等動物時常出沒其間，附近居民都不敢靠近。後來，政府搞新農村建設，便有闊綽之人將此工廠規劃翻新，改造成了如今的敬老院。

或許是臨近黃昏的緣故，若隱若現的光籠罩著整幢大樓，朦朧中更添了幾分幽靜。院垻裡幾個老人拄著拐棍，傴僂著身子在慢慢移動，彷彿晚風中晃動著的幾根蒼老的樹枝。更多的老人則坐在大廳裡，呆望著牆壁上那個大大的電子顯示屏。屏幕上正在播放一部時下炒得很熱的愛情劇。劇中的人物卿卿我我，哭哭啼啼，被所謂的愛情折騰得風生水起，驚天動地。但他們貌似深情的表演卻並未使這群垂暮的觀眾受到感染——一個個表情呆滯，目露淒楚，有的還打起了瞌睡，如雷的鼾聲淹沒了劇中轟轟烈烈的愛情。

我剛步入大廳，有個銀髮老人忽然從人群中向我撲來，抓住我的衣袖，又打又罵。情緒的失控使她那焦黃的面孔愈加猙獰可怖。我聽不清楚她到底罵的什麼，只依稀從她那張漏風的嘴裡，聽出兩個字：「你滾，你滾……」聲音顫抖，帶著某種宿命的抗爭。我站在老人身前，無言以對。正在我猶豫不決之際，老人發瘋般用頭朝我胸膛上撞。我用力握住她那乾枯如柴的手，她幾次試圖掙脫，嚇得我連連後退。我退一步，老人緊逼一步。我想，她一定是把我當成了自己年輕時的一個愛人，或晚年時的一個仇人。唯有愛和恨，才能讓人刻骨銘心，到死都不能忘懷。我索性呆立不動，任憑老人頂撞。那一剎那，我好似看到老人的靈魂，正在飛出她的體內。

而其餘的老人則遠遠地看著，毫無反應，他們可能對眼前發生的一切，早已經習以為常了。麻木跟衰老一樣，都是生命的腐蝕劑。最為淡定的人，要數靠左面牆壁下那兩個癱在輪椅上的老者。他們脖頸上掛著毛巾，口水不斷從嘴角流出，卻仍舉起抖動的手臂，討論如何延長生命的話題。人對付死亡最好的辦法，大概就是不停地幻想活著的事情。想著想著，就把死亡給嚇跑了。

或許是老人的喧譁驚動了護理人員，一個腰上拴著白圍裙的中年婦女火速從側旁的小屋跑出來，將老人拽住，狠狠地吼了一聲：「你幹啥？」吼聲嚴厲，像風中呼嘯而過的箭鏃。老人聽到這吼聲，條件反射般鬆開手，安靜下來，變得乖乖的，像個犯了錯的小學生。繼而，中年婦女笑著對我說：「沒嚇到你吧？老太婆腦子恍惚了，把外面來的男人統統認作她兒子。」

我沒多說什麼，倒是站在身後的岳母嘀咕了一句：「像這樣的人，讓我今後怎麼伺候啊？」驚魂初定，一個胖胖的男人從樓梯上走了下來。他見到我們，逕直走過來說：「你們是來報到的吧，我是這裡的負責人。」我趕忙伸手相握，並說了一通客套話。他見我態度誠懇，挺直腰板詢問了岳母一些基本情況。然後，又以領導者的身分和口吻，重申了一遍紀律和注意事項，就揚長而去了。

根據護理組長的安排，我將岳母領到二樓指定的房間，幫她鋪好床，將換洗的衣服放入衣櫃，又去走廊盡頭接來一盆涼水，用毛巾將床頭櫃上的灰塵擦乾淨。我在做這一切時，岳母的臉上始終愁雲密布。看得出，她還在生她那兒子兒媳的氣。岳母認為，要不是他們，自己也不會在年過半百之際，被迫來這家敬老院做護工。命運總是充滿了諸多變數，你永遠都搞不清楚你的下一刻鐘將面臨怎樣的厄運。

疼痛是必然的。你只有面對，孤立無援地面對。

二

時間回轉到一年前的深秋，那是個空氣潮濕的午後，一場預告的秋雨遲遲不肯降臨。山坡上萬物蕭索，時而有一陣冷風吹來，讓人脊背發麻。整個村莊被一層蔭翳籠罩著，幾條黃狗在崖畔上來回狂吠，蒼涼的聲音，愈發增添了幾分陰沉和恐怖的氛圍。

不遠處，一場葬禮正在鑼鼓和嗩吶聲的伴奏下熱鬧地舉行——亡人要趕在暴雨來臨前入土為安。否則，他很可能被曝屍曠野，靈魂永世不得超生。然而，就在吉時已到，抬棺人正要把棺材放入壙穴時，我的岳母卻手握鋼叉，孤注一擲地衝向抬棺人。這突如其來的變故，使八個抬棺人六神無主，戰戰兢兢。要不是村支書眼疾手快，順手操起一根竹竿朝岳母揮去，將之掀翻在土溝裡，這場喪葬或許就會變成一場鬧劇，使之雪上加霜。

風呼呼地颳著，地上的枯草隨風搖擺。村支書怒不可遏地一邊控制住岳母的咆哮，一邊用眼神暗示抬棺人趕快下葬。一時間，嗩吶高奏，鑼鼓齊鳴，一陣手忙腳亂之後，亡者終於被一堆泥土掩蓋。道士手拿魂幡，繞墳三匝，宣布葬禮完畢。村支書見大功告成，仰頭面對天空長長地舒了一口氣。我岳母見此情形，感到棺蓋土落，回天乏術。她費盡心力阻止的葬禮，最終還是沒能成功。這一鐵定的事實，讓她深感絕望，一種強烈的挫敗感瞬間擊中了她的心臟——一個活人被死人打敗了。

喧囂的鑼鼓沉寂了，嗩吶也像生了鏽，發不出聲響。整個山崗上，看熱鬧的人逐一散去。只留下陰風簌簌地颳著，彷彿來自另一個世界。村支書用手彈彈衣服上的泥土，掏出一支菸點燃，淡藍色的煙圈像是墳前燃著的檀香一樣，帶著水氣向空中瀰漫。岳母仍舊坐在墳堆不遠處的草叢裡，蓬首垢面，茅草劃破了她的臉。血珠順著臉頰往下遊走，像一顆顆露珠在尋找春天的訊息。村支書挺直腰板，步履從容地從岳母面前走過，臉上流露出勝利者的欣喜。而且，他剛走了幾步，還故意回過頭來，朝岳母乾咳幾聲。那咳聲，像幾個響亮的炸雷，從田野上空滾過，使岳母心尖發顫。

風繼續吹。我岳母左手死死地抓住地上的泥土，五根指頭，像五把鋒利的刀刃，扎進大地的肉裡。她明顯感覺到大地在顫抖和痙攣。而她的右手則緊握著一塊石頭，石頭都快被她捏出水了。也就在剛才，當村支書的乾咳聲響起時，岳母幾次舉起手中的石頭，試圖向那充滿霸氣和囂張的聲響砸去。那石頭棱角分明，彷彿有著千金重量。若是砸出去，定會使聲音銷聲匿跡，變成個永久的啞巴。但沒想到的是，岳母只要一舉起石頭，石頭的重量就先把她給壓垮了。後來，她還是拚盡全力將石頭扔了出去，朝著乾咳響起的方向。這時，富有戲劇性的一幕發生了。岳母怎麼也沒料到，那塊石頭自己會轉彎。她明明砸的是村支書，可石頭砸中的卻是走在村支書旁邊的道士。其實，道士也沒砸中。石頭真正砸中的，是道士手裡提著的那面銅鑼。那聲脆響，好似並不是岳母製造的，而是亡者從土裡醒過來，用拳頭狠狠砸了銅鑼一下，埋怨道士手藝沒做好。

岳母砸道士也許是對的，要不是道士幫忙，村支書也不會那麼順利地讓他這個意外亡故的親戚長眠九泉。而且，還是葬在岳母家的土地上。按鄉村規約，只有本村人死後才能葬在本村的土地上。外鄉人的骨殖若想占用本村泥地，那就像過去背叛家族之人幻想進入宗氏祠堂一樣困難。可在這個人世間，即使再難的事，也有人能化險為夷，如履平地。

我岳母最痛恨這類人，就像她痛恨村支書的小舅子霸占了她的土地。儘管，在內心深處，她對這個亡故的年輕人尚存有幾分同情和惋惜。此人死時還不到四十歲，據說是一次在縣城跟人清洗玻璃外牆時不慎掉下去摔死的。本來，村支書一直對其懷有成見，只因他父母早逝，自幼被姊姊帶大。作為姊夫，加之來自老婆的壓力，他不得不被迫將其屍體搬回村裡安葬。起初，村支書的作法遭到全村人的反對，男女老少義憤填膺。但漸漸地，大家也都睜隻眼閉隻眼，只在背地裡談談。一旦見了村支書，又個個滿臉堆笑，百般奉承。

最有傲骨的，是村中的道士。當大家都當縮頭烏龜的時候，唯有他堅持原則，要求村支書改變主意，別破壞了規矩。道士的強硬態度，讓村支書騎虎難下。對其他村民，村支書完全可以置之不理，但對待道士，他不能不引起重視。他能管理活人，卻無法管理死人。陽間的事，他說了算；可陰間的事，只能聽道士的。離開了道士，他小舅子的屍體只能餵蟲子。

但道士也是人，是人就有軟肋。村支書看穿了這一點，在找道士談過幾次話之後，道士的態度大變。不但如此，他還轉而主動答應承擔安葬村支書小舅子的法事任務。

道士回報村支書恩賜的第一樁事，便是為其小舅子找塊風水寶地。他帶著羅盤，爬坡上坎，東瞅西望，臉上帶著幸福的笑容。他正在做的，彷彿不是替他人尋找歸屬地，而是為自己建造宮殿。那宮殿金碧輝煌，雕龍畫棟，一旦住進去，便可一勞永逸。經過一天時間的奔波，道士終於找到了那個宮殿。它就坐落在我岳母的一塊菜地裡。

我岳母本也是個厚道人，良善樸實，凡事不予計較，在村裡有口皆碑。但唯獨在這件事上，她毫不讓步。她在自家的菜地裡勞作了一輩子，她愛那片土地。她在那塊土地上迎接過日出，也送走過日落。經過風，見過雨。那塊土地，是她的一個夢……現在，有人要占她的地，她死也不答應。她要等到某一天，把自己埋進土裡，變成莊稼長出來。

農民就是這樣，她的愛永遠如針眼那般狹小，又永遠如海水那般深刻。可如今，村支書和道士的合謀，讓我岳母這個老農婦的愛受到了嚴重傷害。她唯一能做的，也許就是赤手一搏，再乾吼幾聲，掉幾滴眼淚。最後，還得讓風來把她的眼淚擦乾。

我岳母的兒子兒媳倒是深明大義，他們在鎮上做小買賣。雖然不再幹農活，但也沒有脫離土地。照理，自己的母親受了委屈，他們應該去安慰幾句，寬寬她的心。誰知，他們得知此事，回鄉劈頭蓋臉朝母親一通臭罵。我岳母的傷口上，無故又被撒上了幾把鹽。疼痛像毒蛇一樣盤踞在她心裡。

生存素來是嚴峻的，誰也沒有資格說我岳母的兒子兒媳不孝。對於岳母這個活了大半輩子的人而言，她可以活得不管不顧，但對於尚還年輕的兒子兒媳來說，他們這輩子還有很長的路要走。他們絕不希望看到自己未來的人生之路上布滿了荊棘和陷阱，泥潭和亂石。這樣說來，我岳母那兒子兒媳的咒罵，貌似也就變得合情合理。

但我岳母這個人，沒想到脾氣那麼倔。她可以忍受別人的欺辱，忍受兒子兒媳的咒罵，可就是無法接受拉下老臉，去向村支書道個歉的結局。故當她兒子兒媳提出這個要求時，岳母寧死不屈。無奈之下，她不得不找到我這個女婿幫忙，替她在敬老院找了個差事。

一個平凡得像草一樣的老人，在本該享受天倫之樂的年齡，就這樣以逃離的方式，把自己逼上了孤立和絕境。

三

敬老院無疑是死亡的邊界，在這裡，時間是靜止的。儘管那一排排看起來溫馨的房間，門都敞開著，進出最多的，彷彿只有輪椅和拐杖。而作為房間的主人，他們大多數時間是沉默的。每天早晨，如果天不下雨，陽光便從窗戶外面照進來，投射到躺在床上的老人們皺紋密布的臉上，有一種扭曲的滄桑感。精神狀態稍好些的老人，會梳理一下頭髮，瞇著眼盯住陽光看。那一束束光線，彷彿貫穿起了他們的一生。那稀薄的陽光，會多少照亮他們落寞的晚景。而對於另外那些神志恍惚的老人來說，哪怕再明亮的陽光，也是一匹黑紗，把他們裹得嚴嚴實實，像蠶困在自己的繭中。

按規定，每個護工照管五個老人。我岳母接管的五個老人中，有兩個是一對老伴，膝下有一兒兩女。兒子在政府部門供職，兩個女兒，一個是學校的教師，一個自主創業，在城裡開了家茶樓。他兒子本想讓老人跟著自己過，可老倆口跟兒媳婦關係不和，便主動要求到敬老院生活。而且，他們在敬老院的一切開銷，均不花兒女一分錢，用的都是自己的退休金。足夠的資金保障了他們擁有自由生存的權利，以及做人的尊嚴。還有一個老人，條件也比較好，大家叫他黃叔。黃叔的兒子是個包工頭，工程做得很大，常年在外遊走，很少有時間回來看老人。他解決問題的方式就是錢。他只要一次性把全年的護理費交給敬老院後，就百事大吉了，父親也不再是他的父親。剩下的兩個老人，一個姓余，一個姓張。余大爺沒有兒子，只有五個女兒。女兒們都不願照顧父親，便商量將老人送往敬老院，護理費一人負責一個月。情況最糟糕的是張婆婆，她是個孤寡老人，由政府送到這裡來的。雖然吃穿不愁，最難熬的是舉目無親的淒楚。一個人，當她在這個世界上，活到只剩下自己的時候，這個世界對她而言，也就沒什麼意義了。

岳母到底是把生活的好手，短短的時間，她便適應了這份工作。而且，幹得一絲不苟，對每個老人都照顧仔細，唯恐出現紕漏，對不住這些桑榆之人。每天，除了規定的清潔次數外，她總要多拖一遍地板。盡量讓房間通風，把衛生搞好。特別是張婆婆和余大爺的房間，由於他倆都大小便失禁，屋內老是臭烘烘的。岳母剛把尿不濕給他們換上，不多一會，褲子上又會沾滿糞便和尿液。遇到這種情況，岳母就耐心地給他們洗衣褲。洗滌衣褲的過程，也是洗滌她自己的過程。她已經深深地融入了這群老年人的生活。之前在村裡發生的所有不快，早已經煙消雲散。這群老人，打開了她生命的另一扇窗，豐富了她的情感和內心世界。

我每次去敬老院看望岳母，她都要跟我講那些老人的故事。講到動情處，她會熱淚盈眶；講到傷心處，她會肝腸寸斷。彷彿裡面住著的每個老人，都是她的親人，或者是她生命的一部分。我猜想，岳母一定是從那群老年人的身上，體察到了自己將來的處境——憂傷與彷徨，困頓與寂寥，疾病與抗爭，冷暖與眷戀，痛苦與死亡……

在敬老院裡，岳母最羨慕的，是她接管的那對老伴。每天清晨和黃昏，他倆都要手牽手去樓下的花園裡散步。老頭每次下樓，頭髮都梳得一絲不苟。偶爾還會戴個帽子，脖子上圍條毛巾。看上去，儀表堂堂，很儒雅，酷似一個舊時代的知識分子。老太婆也很講究，衣服紐扣從來都扣得整整齊齊。下樓之前，還要對著穿衣鏡照了又照，好像他們不是去散步，而是去赴一個朋友的宴會。

花園裡栽種了許多花草，每逢花開時節，香氣撲鼻。尤其是那幾株月月紅和水仙花，開得煞是豔麗。老倆口大概都是愛花之人，他們在花朵前流連忘返。敘舊，談笑，回想年輕時的事情。遠遠看去，就像一對情侶，在品嘗屬於他們的愛情。岳母說，這對老伴是讓她最省心的兩個人。他們從來都把自己的生活過得井井有條，被子疊得方方正正，餐具擺放得整整齊齊，衣服洗得乾乾淨淨。岳母唯一要做的，是每晚去查兩次房。有一次深夜查房時，岳母瞧見老頭子正在給熟睡中的老伴蓋被子，儼然一個老父親，在照顧自己的孩子。

與這對老伴形成鮮明反差的，是黃叔。自從岳母到敬老院工作後，從來就沒看見他兒子來過。時間長了，大家都忘記了他還有個兒子。黃叔唯一的嗜好，是酒和菸。敬老院禁止飲酒，他就偷著喝。有一次，他喝醉了，趴在房間地板上破口大罵。主要是罵自己，從少年時一直罵到中年，又從中年罵到年老。他試圖借助酒精的力量，要對自己做一次釜底抽薪似的清算。那晚，可把岳母嚇壞了。為此，岳母還被院領導扣了工錢。從那以後，岳母便將黃叔盯得很緊。

沒了酒喝，黃叔就使勁抽菸。每天兩包或三包。只要一走進他的屋子，裡面像剛剛發生了火災，煙霧彌漫，嗆得人流淚。可黃叔喜歡這種被煙霧包圍的感覺。

余大爺可以說是五個人中最幸運的一個，又是最不幸的一個。說他幸運，是指他那幾個女兒隔三岔五地跑來看他。每次來，都不忘提點水果或餅乾之類的東西。這讓諸如黃叔那樣的老人羨慕不已。只要余大爺的女兒一到，敬老院保證熱鬧非凡。她女兒喊爸的聲音，以及噓寒問暖的關懷之聲，整幢樓的人都能聽見。這時，黃叔準會從房間裡走出來，朝余大爺的房門張望。儘管，他對這一誇張的聲音早已心生厭倦，可依舊喜歡瞅這貌似其樂融融的親情畫面。只是，不知道余大爺自己能否真正感受得到那份親情的存在。

說他不幸，是指余大爺的女兒每次來看望他之後，都會發生不大不小的口角糾紛。糾紛的核心，無一例外都牽涉到錢。原來，她們全都懷疑余大爺藏有私房錢。理由是余大爺未住進敬老院之前，三女兒一次在家為父親擦洗身子時，發現他在腰桿上用繩子拴了個布口袋，裡面裝有兩萬塊錢。此消息一出，余大爺的幾個女兒就像蜜蜂一樣，整天圍著他轉。而且，她們料定，老頭子一定還藏有現金。個個都想套他的話，試圖使其說出藏錢地方。可余大爺自此恍恍惚惚，閉口不語。只睜大眼睛，看著這幾個自己含辛茹苦養大的孩子，像看著另一個陌生的自己。

如此看來，還是張婆婆每天高枕無憂。她餓了吃，吃了睡。沒有誰想到來看她，她也不想見任何人。有時，即使岳母前去叫她換衣，她也愛理不理。彷彿她壓根不是躺在床上，而是睡在時間的長河裡。哪怕死，都傷害不到她。

岳母的講述，讓我有恍若隔世之歎。她的講述呈現給我的，不僅是一個個老人的故事，而是一顆顆活著的悲愴的靈魂。

也正是因了岳母的講述，我每次看望她後，都習慣性地圍著敬老院走一圈。我還想看看那些岳母沒有講到的老人們的狀態。在這座青瓦灰牆的樓房裡，總共住著一百多個老人。他們雖然來自四面八方，來自不同的家庭和環境，卻最終都走到了同一條生命軌跡上來。這是巧合，還是宿命？是現實，還是夢境？

我彷彿看到了一座流動的房間，房間裡關著的，不是一個個血肉之軀，而是一道由生和死構成的巨大的時光深淵。

四

我原以為，岳母見慣了老人們的喜怒哀樂、冷暖甘苦之後，可以就此消泯內心深處隱藏的恨。但哪知道，那恨就像一顆定時炸彈，埋伏在她的心房裡，隨時都有引爆的可能。其實，我應該預料到，這顆恨的種子，早已經生根發芽。因為，我曾聽岳母跟我說，她在敬老院經常做夢。夢見自己蹲在菜地裡收穫蘿蔔、大豆、高粱和紅薯；夢見有人搶她的地，還夢見兒子兒媳指著鼻子在罵她。每次醒來，她都背脊上冷汗直冒。

真正使岳母恨意重生，是在她到敬老院工作半年之後。那時，張婆婆剛剛去世不久。這個睥睨死神的老人，在與死神交戰無數個回合之後，終於筋疲力盡，衰竭而亡。她以死的方式戰勝了死，抵達了恆久的漫漫長夜。因無後人，張婆婆的出殯顯得有些草率。沒有祭幛和花圈，沒有鑼聲和鼓聲。在院方人員的見證下，幾個護工用毯子將其兜住，輕輕一抬，就將她那輕飄飄的軀體送進了殯葬車。殯車開走之後，才有兩個膽小的護工流下幾滴心慈的眼淚，為其送行。

送走張婆婆的第二天，敬老院就恢復了常態。在這裡，死亡如同吃飯、睡覺般正常。最開始，護工們見到有人老去，還會議論紛紛。見多了，也就麻木了，甚至連談論的興趣都沒有。

我岳母是個心細如髮之人，張婆婆離去後，她總覺得老太太還在。每次走進那個虛空的房間，她都會產生幻覺。好似看到張婆婆還躺在床上，與時間鬥爭，沒有絲毫和解的意思。然而，一週時間不到，另一個新來的老人，即住進了張婆婆曾睡過的房間，開始了另一場更為複雜的鬥爭。這個老人就是前面提到的道士，那個曾受了村支書恩惠並最終使得岳母的命運發生改變的道士。我岳母一見到他，即怒火中燒，仇恨的火苗瞬間被點燃。那一刻，岳母的記憶又回到了一年前那個淒風苦雨的下午。

那一刻，岳母的拳頭重又拽得緊緊的，彷彿那顆被擲出去的石頭，又飛回到了她的手中。道士見到岳母後，更是驚慌失措。儘管中風使他的左半邊臉已經僵硬，但仍可從他的右半邊臉上看出抽搐的動靜。好在，他們彼此都心照不宣。

佛教裡有業障之說，而我的岳母和道士之間，好像生來就彼此是彼此的業障。在敬老院這個物質的、隱喻的「六道輪迴」裡，他們在彼此博弈，彼此阻止對方消除業障，抵達「人道」。岳母無疑是興奮的，在「服侍」道士的過程中，她心中淤積已久的仇恨終於得以發泄。洗衣時，她故意不洗乾淨；送飯時，她故意在碗裡撒上鹽。總之，岳母想盡各種辦法，欲讓道士倍受折磨之苦。道士知道岳母存心報復他，敢怒不敢言。如今，他已是病殘之軀，人為刀俎，他為魚肉，若公然反抗，他擔心會遭到岳母更為嚴厲的報復。

道士感到幾分恐懼，又似有幾分懺悔。他也曾是鄉里一個風光體面人物。自他十七歲那年，跟著師傅傳承道業以來，便受到村民尊敬。他曾親自把村裡一些德高望重的老人送往西方極樂，也曾親自把個別意外夭折的生命歸還給大地懷抱。他見證了村莊的榮辱興衰，一輩子都在跟死亡打交道，卻無法參透活人之謎。道士共生有一男一女，這在鄉村，算得上是福祿雙全了。但他命運多舛，福祿皆薄。女兒本來嫁了個好人家，卻不幸死於難產；剩下唯一的兒子，也在前幾年被病魔奪去了生命。白髮人送黑髮人，向來是人世間最為悲痛之事。可就是這種悲痛，卻相繼在道士身上上演了兩次。他的老伴不堪重負，氣得瘋瘋癲癲，啥事都做不了，只知道坐在村頭的槐樹底下，呼喊兒子的名字。就在他決定來敬老院的前兩個月，他老伴去鎮上趕集，再也沒有回來。道士拄著拐棍去鎮上找過，無任何下落。回去後，他坐在院子裡左思右想，覺得自己罪孽深重。他埋葬過無數別人，卻最終把自己的親人也一個個給埋葬了。有人說，道士落得如此慘景，皆緣於他接觸死人太多，被陰魂所困。道士不信這種說法。他說，人死如燈滅，哪有啥魂不魂的？話雖這麼說，但道士還是偷偷地在一個月黑風高的夜晚，將伴隨自己一生的道袍、令牌、鑼鼓等法器，挖個坑悉數給埋了。埋完後，他還念了三天的經，又躺在床上痛哭了一場。哭著哭著，就睡著了。醒來，他發現自己的嘴巴竟然歪了，左半邊身子也失去了知覺。好在，他埋了一輩子的人，積攢了幾萬塊錢。他不想把這些錢帶到陰曹地府去用，於是來到了敬老院。可誰知，他到來後，卻遇上了我岳母這個剋星。

道士畢竟是道士，他雖然沒了法器，道行卻依然在。他覺察到我岳母不會輕易放過他，表面上不動聲色，卻背地裡大肆宣揚我岳母虐待老人。很快，此事傳到了院領導耳朵裡，院方正式找岳母談過話。並警告她，若再不改正，就辭職走人。

來自院方的壓力使岳母心情鬱悶。那段時間，她的這一復仇心理還殃及到其他老人。她對黃叔和余大爺的態度也很不好。若是遇到余大爺的女兒們來輪番吵鬧，她也會發脾氣，言語裡滿是抱怨。而且，她對那相敬如賓的老倆口，也不再心生感動。每當他們去樓下花園散步時，岳母會覺得他們是在演戲，簡直是在預習死亡。留存在她心裡的，只有虛空，以及比虛空更大的幻滅感。

一天凌晨，當黃叔也在她的眼皮底下死去後，這種幻滅感更像個逐漸脹大的氣球，充塞了岳母的胸腔。黃叔跟張婆婆一樣，死時都無人送終。但死後的結果卻霄壤之別，張婆婆上路時悄無聲息，黃叔上路時卻熱鬧異常。他兒子一接到噩耗，即從外地趕了回來。一到敬老院，不問青紅皂白先對院領導一通斥責，繼而罵我岳母沒有照顧好老人。然後，隨即請來一個響器班子，在敬老院裡就吹打開了。那陣仗，那架勢，彷彿要把其沉睡的父親震甦醒過來。有錢人就是逍遙，想法也大膽。若不是有人勸阻，他竟要掏出真錢來充當買路錢，一路揮撒。唯有黃叔置身事外，任何的熱鬧和喧騰都與他無關了。

我岳母站在敬老院樓上，看著黃叔被他兒子雇來的人簇擁著，哭哭啼啼地越走越遠，心裡浮起一股難言的酸楚。她又想到張婆婆，那個先黃叔而去的老人。雖然，她在離開這個世界的時候，沒有享受過如黃叔那樣隆重的葬禮，但他們到底可以在另一個世界裡相聚了。在那個永恆的世界裡，他們根本不需要那麼大的排場。他們帶走的，是人活一輩子都未必能參悟透徹的東西。

五

人活一輩子都未必能參悟透徹的東西，到底是些什麼呢？我每次走進敬老院，都會引發無限的聯想。特別是當我洞悉了岳母的內心世界，以及熟知了敬老院裡的老人們的生存故事之後，這種聯想和追問變得尤為強烈。後來，我隱約覺察到，那些讓人參悟不透的東西，或許有這樣一些：大地上的陽光、空氣和水分；一朵花盛開和凋謝時的祕密；冬天失蹤的鳥和下墜的雪花；太陽底下被陰影掩蓋的部分；藏在身體裡的寒冷和溫暖；一個人皺紋裡的記憶；嗩吶和鑼鼓聲中的頌歌；兩個老人的一次牽手；一個道士的罪與罰；張婆婆和黃叔臨終前的眼神；余大爺女兒們的白天和黑夜；我岳母的愛與恨……這一切，構成了人的巨大困惑。它們像蛛網一樣，糾纏著活著的每一個人。不同的是，有一部分人掙扎著從網裡面走出來了，自己拯救了自己。而更多的人，則永遠困在網中央，執迷不悟，越陷越深，直至筋疲力盡。

值得慶幸的是，我的岳母最終從那張網裡走了出來，成為了那少部分人中的一個。至於是什麼原因促使她放下了心中的屠刀，我不得而知。或許是那些老人們的生老病死，改變了她對待生命的態度；又或者是仇恨本身，讓她領悟到了愛的奧義。當然，也可能什麼原因也沒有，她突然就這樣了。像一棵樹，長著長著，就褪去了浮華和滄桑，成為了鳥兒們歌唱的綠蔭；像一條河，流著流著，就滌淨了混濁和清淺，成為了魚兒們歡樂的海洋。這一轉變最直接的體現，是她對待道士的態度。她不再像過去那樣，處處刁難人，處心積慮給道士苦果子吃，而是百般照顧，細心呵護。岳母的突然轉變，讓道士很不放心。他不知道岳母唱的哪齣戲，葫蘆裡賣的什麼藥。因此，他時刻提防岳母，睡覺都睜著眼睛，唯恐岳母在背後給他來上溫柔一切。

我岳母見道士心存芥蒂，不知如何是好。她怨恨他的時候，道士防她；她同情他的時候，道士也防她。愛和恨都是一道難題。我不由得想起陪岳母去敬老院報到那天，那個跑出來拽著我衣袖大罵的銀髮老人。我想，有一天，道士會不會落得跟那個老人一樣的下場。恨或者愛，都能使人發瘋。岳母說：道士可憐啊，埋了一輩子的人，到頭來，卻無法安葬他自己。

岳母是明智的，她知道只有自己離開敬老院，道士才能徹底心安。況且，出來打工一年多了，她也累了，想回家去。她不想自己今後變成敬老院裡的任何一個老人。在我的精心安排和勸慰下，岳母的兒子兒媳也原諒了她，同意其回家共同生活。到底是血濃於水，岳母收拾東西離院那天，她兒子兒媳都來了。我們一起把她接回家。

走出敬老院大門時，那對相濡以沫的老倆口，竟然手挽手，拄著拐棍來送她。一張皺紋縱深的臉，憨態可掬，慈祥中，透出寧靜。那一刻，岳母淚如雨下。我背轉身，抬頭看天，天上雲淡風輕。秋深了，幾隻南歸的大雁，又飛回了久違的故鄉。

作者簡介

——吳佳駿（1982-），重慶人。現為《紅岩》文學雙月刊編輯部主任。曾獲巴蜀青年文學獎、重慶市文學獎、冰心散文獎、紫金·人民文學之星文學獎等。著有散文集《掌紋》、《院牆》、《飄逝的歌謠》、《在黃昏眺望黎明》、《蓮花的盛宴》、《巴山夜雨》、《生靈書》、《結婚季》、《雀舌黃楊》、《誰為失去故土的人安魂》等。

好好活著好好死

賈平凹

都怕自己死

人總是要死的。大人物的死天翻地覆，小人物說死，一閉眼兒，燈滅了，就死了。我常常想，真有意思，我能記得我生於何年何月何日，但我將死於什麼時候卻不知道。一覺睡起來，感覺睡著的那陣就是死了吧，睡夢是不是另一個世界的形態呢？

我的一個畫家朋友，一個月裡總要約我見一次，每次都要交我一份遺書，說他死後，眼睛得獻給××醫院，心肺得獻給××醫院。過些日子，他又約我去，遺書又改了，說××醫院管理混亂，決定把眼睛獻給另一個××醫院的。對於死和將死的人見得多了，我倒有個偏見，如果說現在就業十分艱難，看一個孩子待父母孝順不孝順就看他能不能考上大學，那麼，評價一個人的歷史功過就得依此人死後是否還造福於民。秦始皇死了那麼多年，現在發掘了個兵馬俑坑，使中國贏得了那麼大的威名，又賺了那麼多旅遊參觀的錢，這秦始皇就是個好的。

人怕毛毛蟲，據說人是從小爬蟲衍變的，人也怕人，人也怕自己，怕自己死。凡能說到死的人，其實離死還遙遠，真正到了死神立於門邊，卻從不說死的。我見過許多癌症病人，大都有三個發展階段，先是害怕自己是癌症，總打問化驗檢查的結果，觀察陪護人的臉色。再是知道了事實，則拒不接受，陪護人謊說是無關緊要的某某部位炎症，他也這麼說，老實在配合治療，相信奇跡的出現。後是治療無效果，絕望了，什麼話也不說了，眼睛也不願看到一切，只是流淚。

死後去哪兒

為什麼不肯死，民間的意識裡，死是要到陰曹地府去的，那是一個漆黑無比的地方。幾乎誰也沒見過鬼，但每個人都認為鬼是青面獠牙，血口長舌的。接觸過許多死去了又活過來的人，他們都在講死的時候，覺得自己一直往上飛，越往上飛越覺得舒服，甚至能看到睡在床上的自己的身子，還聽得到醫生的話和親屬的哭。這情景真實不真實，我沒有經驗，但凡見過的病死的人最後嚥氣的時候差不多都呈現出一絲微笑的。

我在陝西的鎮安縣見過一次葬禮，十幾人圍著死人敲鑼打鼓唱孝歌，其中一段在唱：「說一聲你死了就死了，親戚朋友都不知道。親戚朋友知道了，亡人已過奈何橋。奈何橋七寸的寬來萬丈的高，中間抹著花油膠。大風吹來搖搖擺，小風吹來擺擺地搖。有福的亡人橋上過，無福的亡人被打下橋。亡人過了奈何橋，從此陰間陽間路兩條。社會主義這麼的好，你為什麼要死得這樣早?!」

這是沒辦法的，誰都要離開這個人世的，如果人世真是這麼的好，你總不能老占著地方不讓別人來吧。而且死去有死去的好處，基督教徒們不是說死去要到天堂見上帝嗎，共產黨的幹部也常說「將來要去見馬克思」。我們這些芸芸眾生，死了只能去閻王那兒報到，閻王是什麼，閻王是監督執行公正平等的長官。

也有人從容

把生與死看得過分嚴重是人的稟性，這稟性的表現出來就是所謂的感情，其實，這正是上天造人的陰謀處。識破這個陰謀的是那些哲學家、高人、真人，所以他們對死從容不迫。另外，對死沒有恐懼的是那些糊裡糊塗的人。最要命的是高不成低不就的人，他們最恐懼死，又最關心死，你說人來世上是旅遊一趟的，旅遊那麼一遭就回去了，他就要問人是從哪兒來的又要回到哪兒去。道教來說死是乘雲駕鶴去做仙了，佛教來說靈魂不生不死不來不往，死的只是軀體，唯物論講師說人來自泥土，最後又歸於泥土。芸芸眾生還是想不通，詛咒死而歌頌生，並且把產生的地方叫作「子宮」，好像他來人世之前是享受到皇帝的待遇的。

不管怎樣的美好來到人世的情景，又怎樣的不願去死，最後都是死了。這人生的一趟旅遊是旅遊好了還是旅遊不好，每個人都有自己的體會。我相信有許多人在這次旅遊之後是不想再來了，因為看景常常不如聽景。但既然陽世是個旅遊勝地，沒有來過的還依舊要來的，這就是人類不絕的緣故吧。

作為一個平平常常的人，我還是做我平常人的庸俗見解，孔子有句話，是「朝聞道，夕死可矣」，當我第一次讀到這句話，我特高興，噢，孔聖人說過了，早上得了道，晚上就應該死了，這不是說凡是死的人都是得了道的嗎？那麼，這死是多麼高貴和幸福，而活得長久的，則是一種蠢笨，不悟道，是罪過，越是擁戴誰萬壽無疆，越是在懲罰誰，他萬壽了還不得道，他活著只是災難更多，危害更大。

活著最不易

海明威有個小說，寫的是一個人看見妻子在生產，他承受不了人生人的場面，就割破動脈血管而死了。海明威講的是生比死可怕。我小時候聽水磨坊的老漢說過一個故事，一個人夜裡獨自在家，有鬼來騷擾，這人不理，鬼很生氣，鬧得更厲害，以死來威脅，這人說了一句：「我對活著都不怕，我怕死?!」這人說得真好，人在世上，是最艱難的事，要吃喝拉撒，要七情六欲，要傷病災痛，要悲歡離合，活人真不容易的。那些自殺的人，自己能對自己下手，似乎很勇敢，其實是一種自私，逃避和怯弱。

既然死是人的最後歸宿，既然壽的長短是聞道的遲早，既然聞道而死去的時候是一種解脫和幸福，對於死應該坦然。而恐懼的人，不能正確地面對死去，也絕不會正確地面對活著，這樣的人即使一時還未死，卻錯誤地理解人生，以為人生就是在有限的時間裡吃好穿好玩好，要吃好穿好玩好就去掠奪、剝削、欺騙、傷害別人。這樣的活著把自己的肚腹變成埋葬山珍海味的墳墓，穿絲掛綢，把身子變成一個蠶，只能是人人得不了道，老而不死，「老而不死則為賊」了。

作者簡介

——賈平凹（1952-），出生於陝西省丹鳳縣棣花鎮，畢業於西北大學中文系。曾任西安建築科技大學人文學院院長、文學院院長，現為全國人大代表、陝西省作家協會主席、《延河》及《美文》雜誌主編。曾獲茅盾文學獎、魯迅文學獎、全國優秀短篇小說獎、全國優秀中篇小說獎、全國優秀散文獎等數十個文學獎，以及美國美孚飛馬文學獎、法國費米娜文學獎、香港紅樓夢獎、法蘭西文學藝術騎士勛章等。出版作品有《賈平凹文集》二十四卷，代表作有長篇小說《商州》、《廢都》、《秦腔》、《高興》、《古爐》、《老生》、《極花》、《山本》等；中短篇小說集《山地筆記》、《晚唱》、《匪事》等；散文集《靜水流深》、《自在獨行》、《商州往事》等。作品被翻譯成英、法、德、俄、日、韓、越文等出版三十餘種，被改編電影、電視、話劇等二十餘種。

2017

孩子、驢子和水

梁曉聲

那是一頭漂亮驢子。三歲多，能幹不少活了。

驢子屬於牲畜。

若將迄今為止的中國歷史數位化，則可以這麼說，此前十之八九的世紀是農業史。全人類的歷史也是如此。在漫長的農業時期，牛馬騾驢四類能幫人幹活的牲畜，也被中國某些省分的農民叫作「牲口」。牲畜是世界性叫法；「牲口」是中國的特殊叫法。特殊就特殊在，視牠們為另冊的「一口」。在古代，評估一個農村大家族興旺程度時，每言人口多少，「牲口」多少。「土改」時畫成分，土地和「牲口」是兩項主要依據。若一戶農民分到了一頭「牲口」，必會興高采烈。

「牲口」實際上是對牲畜含有敬意的尊稱，後來才演變成辱人話的。

在四類「牲口」中，驢子的地位排在最後。牛馬騾的力氣都比牠大，牠幹不了的重活，對牛馬騾不是個事兒。通常情況下，驢的本職工作是拉碾子或磨，拉輕便的載物小車，代足。如果代足，騎牠的大抵是女人、老人和孩子。男人一般是不騎驢的，覺得失風度。若驢幹的是第一種活，那時牠是比較可憐的。怕牠暈，人要將牠的眼罩上。牠圍著磨盤或碾盤，轉了一圈又一圈。即使很累了，人不喝止，牠自己則不停止。往往，一幹就是一天。秋季，須去殼的糧食多，一兩個月內，牠從早到晚被罩著眼，拉著沉重的碾石或磨扇，一千圈一千圈地轉啊轉的。牠也往往充當拉大車的牛馬騾的邊套。驢那時是不惜力氣的，實心實意地往前拉。可一卸了車，人首先將水桶和草料袋子拎向駕轅的牛馬騾，待牠們飲夠吃飽了，才輪到驢。人覺得，最辛苦的當然是駕轅的牲口。在「大牲口」中，驢一向被視為小字輩。如果牛馬騾是自家的，且正當壯年，農民往往會以欣賞的目光望著牠們，目光中有時甚至流露著感激；卻很少以那種目光看驢。

但，那孩子卻經常以欣賞的目光望著自家的驢，欣賞起來沒個夠。在他眼中，他家的驢好漂亮啊——兔耳似的一對耳朵；睫毛很長又整齊的眼睛；不寬不窄的頭；不厚不薄的唇；肩部那條驢們特有的招牌式的深色條紋；直直的腿；完好的尚未受損的蹄……總之，在那孩子眼中，他家的驢哪兒都漂亮，沒有一處不耐看。

十六歲的少年只從印刷品上見過牛和馬，還沒見過真的。至於騾，他僅僅會寫那個字，都沒從印刷品上見過。他也暗自承認印刷品上的牛和馬皆很精神，各有各的雄姿。但牠們是印在紙上的，不是他家的呀。而且，不論他還是他父母，都不敢想自己家裡會有一頭牛或一匹馬。中國剛實行分田到戶不久，全村哪一戶人家都不敢做家有大牲口的夢。

那個村太小，在大山深處，東一戶西一戶的，幾十戶農家分散而居，圍繞著面積有限的一片可耕地。不論每家的人多麼勤勞，那片土地上打下的糧食從沒使人們吃飽過。後來，被遷到此處的農戶多了，全村就只能年年靠救濟糧度日了。

然而那少年當年卻是有自己的夢的，他正處在喜歡有夢想的年齡。他家的驢是好的，他的夢想是牠經常做母親，每年都會生下小驢，一頭頭送給別人家，於是全村有很多驢，家家都有小驢車。女人、老人和孩子們，經常可以進縣城了。十六歲的他，還沒進過縣城。進過縣城的孩子是有數的幾個，進縣城是他的另一個夢。

他不可能不對別人說說自己的夢想，首先聽他說過的是他父親。

「不許你再作那種大頭夢！你也是驢腦子呀？還夢想著家家都養驢！人不喝水啦?!」

父親生氣地一訓，他就再也不在家裡說他的夢想了。

對於一個少年，心有夢想是憋不住的。不久，老師和同學們也知道他的夢想了。同學們對他的夢想都持嘲笑態度——和驢聯繫在一起的夢想，也能算是夢想麼？夢想應該是高級的想法嘛！老師卻對他的夢想深有感觸，還鼓勵他寫出來。他就寫了。幾個月後，他家的驢出了名，他也出了名，因為他的夢想登在縣裡的文學刊物上了。同村的同學將此事在村中說開了，不僅他的父母，村裡的大人都對他刮目相看了。

但是對那頭驢，他父親的既定方針並沒改變——盡快賣掉。那也就意味著，縣裡某些飯館的菜單上，會多了以「驢肉」二字吸引人眼球的菜名；縣城裡沒有靠驢來幹的什麼活。村裡的大人們也都認為，他父親盡快那麼做了，才不失為明智的一家之主。

分田到戶時，那頭驢出生不久。牠母親是隊裡重要的公共財富，為隊裡貢獻了畢生力氣，生下牠沒隔幾天就病死了。牠的父親是另一個隊的牲口，被殺掉了，將肉分吃了。小驢沒人家要，都明白長大了誰家也養不起，驢的胃口並不比牛馬騾小多少，單幹了，每家才分一二畝地，莊稼活人就幹得過來，何必非養一頭驢？少年的父親出於惻隱之心，將小驢牽回了家。果不其然，驢子後來給他家帶來了很大的煩惱——全村人僅靠一口井解決飲用水問題，井水忽然變淺了。縣裡的地質專家給出的結論是，水層太薄，已快滲完了。解決方案是，須找準水層豐沛的地方，用鑽井機再鑽出一處深井，起碼得鑽一百幾十米深，也許還要深，並且要靠汲水設備將水汲上來。總之，在當年，少說得花十幾萬元。村裡的人家生活都很困難，湊不了那麼大數的一筆錢，只得作罷。後來，井水更淺了。便每家輪流用水。輪到誰家，將孩子和桶輪流吊下井去，一大碗一大碗地往桶裡裝水。各戶人家斯時都全家出動，一切能盛水的東西都用上，輪到一次要一周多呢！倘缺水了，就得向別人家借水啊！

輪到那少年家時，他母親將驢子也牽到井邊。拽上的第一桶水先不往家裡拎，而是先讓驢子飲個夠。那驢經常處於渴而無水可飲的情況，有幾次都闖入屋裡找水喝。見著水，飲得像沒個夠似的。往往，牠一抬頭，一小桶水已飲光了。有村人看見，心裡便生氣了——「專家說水層都快滲不出水來了，那話你家人也聽到了！還講不講點人道主義啦？」少年的母親也生氣了，「到哪時說哪時，現在不是還有水嗎？有水我就不能讓我家的驢活活渴死！我家的驢還被別人家借去幹過許多活呢，這又該怎麼說？」

結果，吵了起來。少年趕緊將驢牽回家，他父親則急忙跑到井那兒去制止自己的老婆，向對方謝罪。也許，他父親的內心裡，也曾有過如兒子一樣的夢想——造一輛小驢車，使自己的老婆、兒子進縣城變得容易些。沒想到出了水的實際問題，夢想破滅了。自從發生了吵架事件，少年的父親賣驢的想法更急迫了，只不過一時還找不到出價合理的買主。而少年望著他眼中那頭漂亮的驢子時，目光憂鬱了，他變得心事重重了。兩年過去了，他家的驢卻沒賣，真相是——每天夜裡，他將驢牽到井邊，將長繩的一端繫在驢身上，另一端繫自己腰上，一手拎小桶，緩緩下到十幾米深的井裡。好在井壁並不平滑，突出著些石凸，可踏足。預先測準距離，並無危險。驢也聽話，命牠在哪站定，就老老實實站在哪兒，一動不動。待拎上半桶水，看著驢一口氣飲光了，再下井。每次臨走，還要拎回家半小桶水。那驢聰明，經過兩次後，明白小主人的半夜行動是出於對牠的愛心，以後極配合。因為半夜飲足了水，白天不那麼渴了，不犯驢脾氣了，幹起活來格外有勁兒了。某夜下雪，他粗心大意，留下了蹄印和足跡。天亮後，一些男人女人聚到他家院門前，嚷嚷成一片，指責他家人偷水。

丟人啊！

但那種行為確實是偷嘛！

他母親臊得不出屋，他父親當眾扇了他一耳光，保證當日就殺驢，驢肉分給每一家，算是謝罪。待人們散去，父親一會兒磨刀，一會兒結繩套。瞪著驢，剛說完非把你殺了不可，嘆口氣又說，我下得了手嗎？要不就吊死你！又瞪著少年吼，我一個人弄得死牠嗎？你必須幫我！

少年流淚不止。

驢也意識到問題嚴重，大禍即將臨頭了，在圈內貼壁而站，惴惴不安。

那時村裡出現了幾名軍人，是招兵的。為首的是位連長，被支書安排住到了他家。該縣是貧困縣，該村是貧困村。上級指示，招兵也應向貧困村傾斜，所以他們親自來了。

天黑後，趁父母沒注意，少年進了連長住的小屋。

連長笑問：「想走我後門參軍？那可不行。我住在你家裡也不能為你開後門。招兵是嚴肅的事，各方面必須符合條件。」

他哭了。說自己參得了軍參不了軍無所謂，儘管自己非常想參軍——他哀求連長們走時，將他家的驢買走，那等於救牠一命。他誇他家的驢是一頭多麼多麼能幹活的驢，絕不會使部隊白養的。

連長從枕下抽出兩期雜誌，又問：「發表在這上邊的兩篇關於驢的散文，是你寫的？」那時他已發表了第二篇散文，第二篇比第一篇反響更好。他點頭承認。連長是喜歡文學的人，雜誌是在縣裡買的。上世紀八〇年代的中國，是文學很熱的年代，那份雜誌是縣裡的文化名片。

一位招兵的連長，一個貧困農村的少年，因為文學的作用忽然有了共同語言。

連長說：「你對你家的驢感情很深啊！」

他說：「牠早已經是我朋友了。牠為我家為別人家幹了那麼多活，人得講良心。」

連長思忖著說：「是啊，是啊，完全同意你的話。」

由於家中住了一位連長，他爸暫且不提怎麼弄死那頭驢了。

而那少年，已過十八歲生日了，嚴格說屬於小青年了。他和同村的幾名小青年到縣裡一檢查身體，都合乎入伍條件，於是都成了新兵。即將離村時，唯獨他遲遲不出家門。連長邁進他家院子，見他抱著驢頭在哭呢。

他父親說：「你倒是快走哇！」

他就跪下了，對父親說：「爸，千萬別殺死我的朋友……我走了，不是等於省下一份給牠喝的水了嗎？」

連長表情為之戚然，也說：「老鄉，告訴大家，我保證，一回到部隊就號召捐款，爭取能為你們村集到一筆打機井的錢。」

連長和他剛走出院子，驢圈裡猛響起一陣驢叫，聽來像是驢也放聲大哭了……

二〇一七年十二月某日，在一次扶貧題材的電視劇提綱討論會上，一位轉業後當起了影視投資公司項目主管的曾經的團長，講了以上他和一頭驢子的往事。

討論會我也應邀參加了。

有人問：「你們那個縣現在情況如何了？」

他說還是貧困縣，但已確實在發生一年比一年好的變化。

有人問：「你們那個村呢？」

他說已有兩口機井，不再缺水了；與縣城之間，也有一條暢通的公路了。

導演問：「那頭驢後來怎麼樣了？」

曾經的步兵團的團長，五十幾歲的大老爺們，眼眶頓時濕了。他說，據他父親講，當年為了送一名難產的女人到縣醫院去，一路奔跑，累死在醫院門前了。

他說，他無法證實父親的話是真是假。既然村裡人的口徑也一致，他寧願相信真是那麼回事。

「導演，請把我的朋友寫到劇本中吧。沒有牠，我也許不會熱愛上文學，也許不會有現在這一種人生。我一直在想用什麼方式紀念牠，人得講良心，求你了……」

眾人肅然。而且，愀然。

導演李文岐看著編劇說：「加上這個情節，必須。否則，咱們都成了沒良心的人了，可咱們得成為講良心的人！」

眾人點頭。

作者簡介

——梁曉聲（1949-），原名梁紹生，祖籍山東榮成，出生於哈爾濱市。畢業於復旦大學中文系。曾任北京電影製片廠編輯、編劇，中國兒童電影製片廠藝術委員會副主任；現為北京語言大學人文學院資深教授、中央文史研究館館員。著有長篇小說《一個紅衛兵的自白》、《伊人·伊人》、《雪城》、《生非》、《浮城》、《年輪》、《知青》、《返城年代》；中短篇小說集《天若有情》、《白樺樹皮燈罩》、《死神》、《這是一片神奇的土地》、《今夜有暴風雪》、《人間煙火》等；以及散文、隨筆、文學評論和社會時事評論等多種。多部作品被譯介到海外。

華文散文百年選・中國大陸卷 2

國家圖書館出版品預行編目（CIP）資料

華文散文百年選，中國大陸卷．2 / 陳大為，鍾怡雯主編．-- 初版．
-- 臺北市：九歌，2019.10
面；　公分．--（華文文學百年選；14）
ISBN 978-986-450-260-8（平裝）
855　　108014858

主　　編——陳大為、鍾怡雯
執行編輯——杜秀卿
創 辦 人——蔡文甫
發 行 人——蔡澤玉
出　　版——九歌出版社有限公司
臺北市 105 八德路 3 段 12 巷 57 弄 40 號
電話／02-25776564・傳真／02-25789205
郵政劃撥／0112295-1

九歌文學網　www.chiuko.com.tw

印　　刷——晨捷印製股份有限公司
法律顧問——龍躍天律師・蕭雄淋律師・董安丹律師
初　　版——2019 年 10 月
定　　價——380 元
書　　號——0109414
I S B N——978-986-450-260-8